La LOBA y el LEÑADOR  AVA REID

La
LOBA y
el LEÑADOR

AVA REID

Traducción de Eva González

☾ UMBRIEL

Argentina • Chile • Colombia • España
Estados Unidos • México • Perú • Uruguay

Título original: *The Wolf and the Woodsman*
Editor original: HarperCollins*Publishers*
Traducción: Eva González

1.ª edición: agosto 2022

The Wolf and the Woodsman
Copyright © 2021 *by* Ava Reid
All Rights Reserved
This edition is published by arrangement with Sterling Lord Literistic and MB Agencia.
© de la traducción 2022 *by* Eva González
© 2022 *by* Ediciones Urano, S.A.U.
Plaza de los Reyes Magos, 8, piso 1.º C y D – 28007 Madrid
www.umbrieleditores.com

ISBN: 978-84-19030-01-6
E-ISBN: 978-84-19251-42-8
Depósito legal: B-12.143-2022

Fotocomposición: Ediciones Urano, S.A.U.
Impreso por: Romanyà Valls, S.A. – Verdaguer, 1 – 08786 Capellades (Barcelona)

Impreso en España – *Printed in Spain*

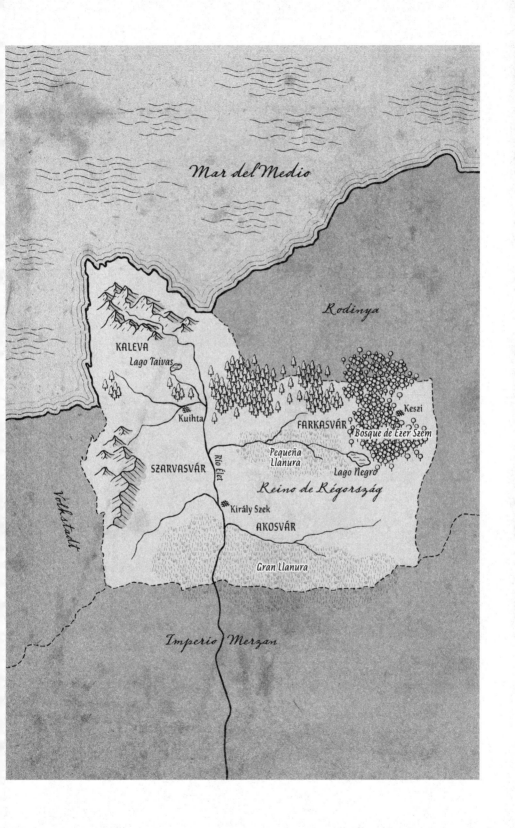

CAPÍTULO UNO

Los árboles tienen que estar amarrados al atardecer. Cuando los Leñadores vienen, siempre intentan huir.

Las forjadoras más diestras crean pequeñas estacas de hierro para atravesar las raíces de los árboles y anclarlos a la tierra. Sin el don de la forja, Boróka y yo arrastramos una gran longitud de cuerda y atrapamos a los árboles junto a los que pasamos con vueltas torpes y nudos desmañados. Cuando terminamos, parece la telaraña de alguna criatura gigante, algo que los bosques podrían esputar. La idea ni siquiera me estremece. Nada que consiga atravesar la línea de árboles podría ser peor que los Leñadores.

—¿Quién crees que será? —me pregunta Boróka. La luz del sol del ocaso se filtra sobre la parcheada catedral que forman las copas de los árboles, moteando su rostro. Hay lágrimas perlando las esquinas de sus ojos.

—Virág —le digo—. Si tenemos suerte.

Boróka tuerce la boca.

—Aunque sospecho que, a mitad de camino, los Leñadores se cansarían de oírla farfullar sus predicciones del tiempo y la tirarían al Lago Negro.

—No lo dices en serio.

Claro que no. No le desearía los Leñadores a nadie, por mucho que me haya pegado, por crueles que hayan sido sus reprimendas, por muchas horas que me haya pasado frotando el gulyás frío de sus cazuelas. Pero me es más fácil aborrecer a Virág que preocuparme por si la pierdo.

El viento se levanta, portando las voces del resto de las mujeres, tan cristalinas como los carrillones de hueso que cuelgan fuera de la cabaña de Virág. Cantan para fortalecer su forja, como hizo Vilmötten, el gran héroe, cuando creó la espada de los dioses. Cuando su canto vacila, también lo hace su acero. Casi sin pensar, me acerco a ellas, con el arco y las flechas moviéndose a mi espalda. En lugar de escuchar sus palabras, les miro las manos.

Se frotan las palmas, con suavidad al principio y después con mayor ferocidad, como si quisieran arrancarse la piel. Cuando la canción ha terminado, cada una sostiene en sus manos una pequeña estaca de hierro, tan pulida y recia como salida de la ardiente fragua de un herrero. Boróka me ve mirándolas; ve la expresión de desesperanzado anhelo que ha visto en mi rostro un centenar de veces antes.

—Ignóralas —susurra.

Es fácil para ella decirlo. Si Isten, el dios padre, mostrara su rostro sonriente sobre el bosque en este momento, vería un moteado arcoíris gris y leonado salpicando las zarzas verdes. Sus capas de lobo brillan incluso bajo la menguante luz, con el pelo casi traslúcido. Las dentaduras de los animales muertos, todavía intactas, forman un arco sobre las cabezas de las mujeres, como si las bestias estuvieran a punto de devorarlas. La capa de lobo de Boróka es de un ocre desvaído, el color de una sanadora.

Pero cuando Isten me mirara, lo único que vería sería una capa de lana ordinaria, fina y con retales de mis perezosas puntadas. Siempre siento su humillante peso, como si estuviera vestida con mi propia inferioridad. Me giro para contestar a Boróka, pero entonces oigo risas contenidas a mi espalda y el olor de algo quemándose me llena la nariz.

Me giro, con una estela de fuego azul en mi cabello. Me trago un grito y levanto las manos, impotente, para intentar extinguir la llama. Es lo único que quieren de mí, ver el pánico en mis ojos desorbitados, y lo consiguen. El fuego se apaga antes de que me dé cuenta, pero me arde la garganta mientras avanzo hacia Katalin y sus secuaces.

—Lo siento muchísimo, Évike —dice Katalin—. El fuego es difícil de dominar. Mi mano debió estar resbalosa.

—Qué pena que una tarea tan sencilla te resulte tan difícil —le espeto.

Con mi comentario, solo consigo otro coro de carcajadas. Katalin lleva la caperuza sobre la cabeza, con la boca del lobo retorcida en un horrible gruñido y sus ojos vidriosos y ciegos. Su capa es del color exacto de su cabello, blanco como el vientre de una carpa o, si soy benévola, como la primera nieve del invierno. Es el color de las videntes.

Quiero arrancarle la inmaculada capa de la espalda y obligarla a mirar mientras la arrastro por el fango del río. Una pequeña y callada parte de mí quiere ponérsela, pero sé que me sentiría una impostora.

—Quizá llegue a dominarla —dice Katalin, encogiéndose de hombros—. O quizá disponga que otra chica haga fuego para mí, cuando sea la táltos de la aldea.

—Virág no se ha muerto todavía.

—Aunque, por supuesto, no serás tú, Évike —continúa, ignorándome—. Tendrá que ser alguien que pueda crear algo más que una chispa.

—O sanar algo más que la herida de una astilla —añade Írisz, una de las engreídas lobas de su manada.

—O forjar algo más que una aguja de coser —sugiere Zsófia, la otra.

—Dejadla en paz —dice Boróka—. No deberíais ser tan crueles, sobre todo en un día del Leñador.

A decir verdad, no están siendo más crueles de lo habitual. Y, por supuesto, tienen razón. Pero yo nunca les daría la satisfacción de admitirlo, ni siquiera de reaccionar cuando enumeran mis fracasos.

—Évike no tiene que preocuparse en los días del Leñador, ¿verdad? —La sonrisa de Katalin es blanca y presumida, un reflejo perfecto de la de su lobo—. Los Leñadores solo se llevan a las chicas con magia. Es una pena que su sangre carezca de las habilidades de su madre; de no ser así, ya nos habríamos librado de ella.

La palabra *madre* quema más que la llama azul.

—Mantén la boca cerrada.

Katalin sonríe. Al menos, lo hace su boca.

Si lo pienso bien, casi puedo sentir lástima por ella. Después de todo, su capa blanca fue un regalo, no se la ganó, y yo sé lo desagradable que puede ser el papel de un vidente. Pero no voy a mostrarle la compasión que ella nunca me muestra a mí.

Boróka me pone una mano en el brazo. El contacto con ella es consolador... y restrictivo. La presión de sus dedos no impide que me tense, pero no me lanzo sobre Katalin. En sus ojos, tan pálidos como un río bajo el hielo, destella una victoria segura. Se gira para marcharse, arrastrando la capa tras ella, e Írisz y Zsófia la siguen.

Con manos temblorosas, echo mano al arco que llevo a la espalda.

El resto de las chicas se pasan los días perfeccionando su magia y practicando con las espadas. Algunas dominan tres habilidades; otras controlan una excepcionalmente bien, como Boróka, que es tan inútil con el fuego o la forja como yo, pero puede curar mejor que nadie de la aldea. Yo, por el contrario, como no poseo ni el más mínimo destello de la magia de los dioses, me veo relegada a cazar con los hombres, que siempre me miran con incomodidad y recelo. No es una relación fácil, pero me ha convertido en una buena tiradora.

No llega a compensar el estar yerma, ser la única chica de Keszi, nuestra aldea, sin aptitud para ninguna de las tres destrezas. Sin las bendiciones de Isten. Todas susurran sus teorías sobre por qué los dioses me han pasado por alto, por qué no está su magia contenida en mi sangre o injertada en mis huesos. Ya no me interesa oírlas.

—No lo hagas —me suplica Boróka—. Solo servirá para empeorarlo todo...

Quiero reírme. Quiero preguntarle qué podría ser peor: ¿me golpearán? ¿Me arañarán? ¿Me quemarán? Han hecho todo eso y más. Una vez, en la mesa del banquete, cometí el error de tomar una de las salchichas de Katalin y esta me envió una cortina de fuego sin vacilación ni remordimiento. Después de eso, me pasé un mes enfurruñada, sin hablar con nadie, hasta que volvieron a crecerme las cejas.

Todavía tengo una pequeña calva en la ceja izquierda, cubierta de tejido cicatrizado.

Preparo la flecha y tenso la cuerda. Katalin es el objetivo perfecto: un imposible montón de nieve en la bruma verde y dorada de finales de verano, tan brillante que te duelen los ojos al mirarla.

Boróka emite otro breve sonido de protesta, y lanzo la flecha. Esta pasa justo junto a Katalin, agitando el blanco pelaje de su capa de lobo, y desaparece en el negro embrollo de los escaramujos.

Katalin no grita, pero capto la expresión de absoluto pánico en su rostro antes de que su miedo se convierta en furia e indignación. Aunque es la única satisfacción que voy a recibir, es mejor que nada.

Y entonces se dirige hacia mí, rubicunda y furiosa bajo su caperuza de lobo. Mantengo una mano firme sobre el arco y me meto la otra en el bolsillo de la capa, buscando la trenza que guardo enrollada en él. El cabello de mi madre está caliente y parece seda entre mis dedos, aunque se separó de su cuerpo hace más de quince años.

Antes de que Katalin pueda alcanzarme, la voz de Virág resuena a través del bosque, lo bastante fuerte para espantar a los pájaros de sus nidos.

—¡Évike! ¡Katalin! ¡Venid!

Boróka me mira con los labios apretados.

—Puede que acabes de ganarte un azote.

—O peor —digo, aunque se me revuelve el estómago ante la posibilidad—. Me contará otra historia con moraleja.

Quizás ambas cosas. Virág es especialmente cruel en los días del Leñador.

Katalin me empuja al pasar con una fuerza innecesaria, golpeándome el hombro dolorosamente. No reacciono, porque Virág está mirándonos con sus malvados ojos de halcón, y la vena que cruza su frente late con una fuerza especial. Boróka me da la mano mientras salimos del bosque y nos dirigimos a Keszi, con sus cabañas de madera y tejado de junco emborronadas como negras huellas dactilares contra el ocaso. A nuestra espalda, el bosque de Ezer Szem emite sus ruidos característicos: un sonido como una fuerte exhalación y después como alguien buscando aire tras haber emergido a la superficie del agua. El Ezer Szem se parece poco a los demás bosques de Régország. Es más grande que todos juntos, y tiene su propio latido arbóreo. Los árboles tienen la costumbre de desplazarse cuando notan peligro, o incluso cuando alguien agita sus ramas con demasiada fuerza. Una vez, una chica prendió fuego accidentalmente a un árbol joven y un bosquecillo entero de olmos se marchó en protesta, dejando a la aldea expuesta tanto al viento como a los Leñadores.

Aun así, nos encanta nuestro quisquilloso bosque, sobre todo por la protección que nos proporciona. Si más de una docena de hombres intentaran abrirse paso a través, los árboles harían cosas peores que marcharse. Nosotras solo tomamos precauciones contra nuestros robles más cobardes, nuestros álamos más tímidos.

Cuando nos aproximamos, veo que Keszi está llena de luz y sonido, como siempre cuando se acerca la puesta del sol. Pero hoy tiene un tono distinto, un aire frenético. Un grupo de muchachos han reunido a nuestros escuálidos caballos para cepillar sus mantos hasta que brillen y trenzar sus crines, imitando a los corceles de los Leñadores. Nuestros caballos no tienen el pedigrí de los del rey, pero se limpian bien. Los jóvenes bajan la mirada a mi paso, e incluso los caballos me miran con punzante recelo animal. Se me hace un nudo en la garganta.

Algunas niñas y mujeres abrillantan las hojas de sus dagas, tarareando en voz baja. Otras corren detrás de sus hijos, asegurándose de que no tengan manchas en las túnicas ni agujeros en los zapatos de piel. No podemos permitirnos parecer hambrientos, débiles o asustados. El olor del gulyás llega a mí desde la cazuela de alguien, haciendo que mi estómago llore de anhelo. No comeremos hasta que los Leñadores se hayan marchado.

Cuando haya una boca menos que alimentar.

A la izquierda, la vieja choza de mi madre se alza como una enorme lápida, muda y fría. Otra mujer vive ahora en ella con sus dos hijos, junto a los que se acurruca ante la misma chimenea frente a la que mi madre se acurrucaba conmigo. Escuchando la lluvia que golpea el tejado de junco cuando las tormentas de verano mascullan a través del retumbar del trueno. Recuerdo la curva de la mejilla de mi madre, iluminada en los instantes en los que el relámpago agrietaba el cielo.

Es un dolor antiguo, pero tan crudo como una herida abierta. Toco de nuevo la trenza de mi madre, pasando los dedos por su contorno, alto y bajo de nuevo, como las colinas y los valles de Szarvasvár. Boróka me aprieta la otra mano mientras caminamos.

Cuando llegamos a la choza de Virág, Boróka se acerca para abrazarme. Yo le devuelvo el abrazo; el pelaje de su capa de lobo se encrespa bajo mis palmas.

—Te veré después —me dice—. En el banquete.

Tiene la voz tensa, grave. No temo que me elijan, pero eso no significa que ver a los Leñadores sea fácil. Todas hemos hecho nuestros cálculos en secreto: cuántas somos, y cuáles son las probabilidades de que el ojo de un Leñador se pose en tu madre o en tu hermana o en tu hija o en tu amiga. Puede que sea afortunada, porque tengo muy poco que perder.

Aun así, quiero que Boróka sepa la ferocidad con la que me alegro de que sea mi amiga. Podría haberse dejado arrastrar por Katalin, ser otro cuerpo cruel y anónimo con capa de lobo, lanzándome sus palabras hirientes. Pero pensar así me hace sentirme pequeña y lastimera, como un perro olisqueando el suelo en busca de migas de comida. En lugar de eso, le aprieto la mano y la observó mientras se aleja, con un peso en el pecho.

La choza de Virág está a las afueras de la aldea, tan cerca que el bosque podría extender sus dedos nudosos y rozarla. La madera de la choza está picada por la termita y cubierta de líquenes, y el tejado de junco es endeble, antiguo. El humo escapa de la puerta en gruesas nubes grises, haciendo que me lloren los ojos. Sus carrillones de hueso se agitan violentamente cuando atravieso el umbral, pero no he prestado suficiente atención a sus sermones para saber si es un buen augurio o no. Un mensaje de Isten, o una advertencia de Ördög. En cualquier caso, nunca he sabido si alguno de ellos me mira con buenos ojos.

Katalin está ya dentro, sentada en el suelo junto a Virág, con las piernas cruzadas. El fuego arde con fuerza y la habitación está llena de humo. Mi cama de paja está embutida contra la esquina, y odio que Katalin pueda verla, la única y bochornosa cosa que es mía y solo mía. Yo misma recogí las hierbas de las ristras sobre los estantes de madera de Virág, arrastrándome sobre el lecho del bosque y maldiciéndola con cada exhalación. Ahora Virág me señala, curvando los seis dedos de su mano arrugada.

A diferencia del resto, las videntes están marcadas al nacer, con el cabello blanco, algún dedo adicional o alguna otra rareza. Virág tiene incluso otra hilera de dientes, afilados como agujas y alojados en sus encías como guijarros en un cauce fangoso. Katalin, por supuesto, se ha librado de esos ultrajes.

—Ven, Évike —dice Virág—. Tienes que trenzarme el cabello antes de la ceremonia.

Lo que ella llama *ceremonia* me llena de una furia ciega. También podría llamarlo *rito funerario*. Aun así, me muerdo la lengua y me siento a su lado para trabajar los enredados mechones de su cabello, blancos por el poder y la edad. Virág es casi tan vieja como la propia Keszi.

—¿Queréis que os recuerde por qué vienen los Leñadores?

—Conozco bien la historia —dice Katalin con recato.

La miro con el ceño fruncido.

—La hemos oído un centenar de veces ya.

—Entonces la oiréis por centésima primera vez, no sea que olvidéis por qué Keszi se mantiene independiente y sin mancillar en un reino que venera a un nuevo dios.

Virág es propensa al morbo y al histrionismo. A decir verdad, Keszi es solo una más del puñado de pequeñas aldeas que salpican el Ezer Szem, cuyas franjas de naturaleza casi impenetrable nos separan de nuestros hermanos y hermanas. No obstante, Keszi es la que se encuentra más cerca del límite del bosque, por lo que solo nosotros llevamos la carga de los Leñadores. Ato las trenzas de Virág con una tira de cuero y me contengo para no corregirla.

Podría recitar la historia entera de memoria, con las mismas pausas y entonaciones, con la misma seriedad en la voz. Hace más de un siglo, todos en Régország adoraban a nuestros dioses. Isten, el dios del cielo, que creó la mitad del mundo. Hadak Ura, que guiaba a los guerreros cuando asestaban sus letales golpes. Y Ördög, dios del Inframundo, a quien reconocemos de mala gana como el creador de la mitad menos agradable del mundo.

Entonces llegó el Patridogma, transmitido por los soldados y santos varones que marcharon al norte desde la península vespasiana. Hablamos de ello como una enfermedad, y el rey István es el más horriblemente afectado. Espoleado por su ascensión y por su febril devoción, extendió el Patridogma por las cuatro regiones de Régország, matando a todo hombre o mujer que se negara a venerar al Prinkepatrios. Los seguidores de los viejos dioses (ahora nombrados con el nuevo y desdeñoso término *paganos*) huyeron al bosque de Ezer Szem y construyeron pequeñas aldeas donde esperaban vivir su fe en paz, armados con la magia de los antiguos dioses.

—Por favor, Virág —le ruego—. No me obligues a oírla otra vez.

—Calla ya —me reprende—. Tengo la paciencia del gran héroe Vilmötten, cuando siguió el largo arroyo hasta el Lejano Norte.

—Sí, calla ya, Évike —añade Katalin alegremente—. A algunas nos interesa mucho la historia de nuestro pueblo. Mi pueblo...

Virág la silencia con una mirada antes de que pueda lanzarme sobre ella y mostrarle cuánto daño puedo hacerle, con o sin magia. Casi sin darme cuenta, me llevo la mano al otro bolsillo de mi capa para tocar los bordes estriados de la moneda de oro que guardo en él. Durante un breve instante, quiero a Virág de verdad, a pesar de la celosía de cicatrices que me han dejado sus azotes en la parte posterior de los muslos.

—Nada de peleas hoy —dice—. No hagamos nosotras el trabajo de nuestro enemigo.

Entonces sonríe. Sus colmillos extra destellan a la luz del fuego, y el humo se eleva en nubes oscuras a su alrededor, como si manara de su cráneo. Su boca forma las palabras, pero no hace ningún sonido: pone los ojos en blanco y se desploma, mientras su cabello recién trenzado escapa de mis manos como el agua.

Katalin se tambalea hacia ella, pero es demasiado tarde. Virág se retuerce en el suelo, con el cuello doblado en un ángulo extraño, como si una mano invisible retorciera las tallas de su columna. Su pecho se eleva en espasmos irregulares, respirando tierra; sus visiones son como alguien enterrado vivo, el forcejeo inútil y frenético mientras la tierra se cierra sobre su cabeza y sus pulmones se llenan de polvo. Katalin se traga un sollozo.

Sé qué está pensando: *Podría haber sido yo*. Las visiones llegan sin advertencia, y sin piedad. Siento una leve punzada de lástima mientras tomo la cabeza de Virág en mis brazos.

Virág cierra los ojos. Deja de retorcerse y se queda tan quieta como un cadáver, con la tierra apelmazando su cabello blanco.

Cuando abre los ojos de nuevo, están afortunada y bienaventura-
damente azules.

El alivio me inunda, pero se desvanece de nuevo en un instante. Virág se levanta del suelo y agarra a Katalin por los hombros,
sus doce dedos como garras sobre el pelo de la capa de lobo.

—Los Leñadores —resuella—. Vienen a por ti.

Algo (una carcajada o un grito) abre un agujero en la caverna de
mi garganta. Katalin está paralizada, como los árboles a los que
hemos amarrado, clavada al suelo sin poder evitarlo, con la boca
ligeramente abierta. Creo que todavía no lo ha entendido. Está
atrapada en ese frío y estático momento antes de sentir la espada
entre sus hombros.

Pero Virág no está paralizada. Se pone en pie, aunque todavía
tiembla por los vestigios de su visión. Lo que ha visto todavía la
estremece, pero las arrugas de su rostro están talladas por la determinación. Camina por el suelo de su choza, desde el musgo apiña-
do en la entrada al titilante hogar, con los ojos clavados en algo a
media distancia. Cuando por fin vuelve a mirarnos, dice:

—Quítate tu capa.

Miro mi capa de lana, frunciendo el ceño. Pero Virág no me
está mirando a mí.

—¿Mi capa? —Katalin agarra el cuello, cerca de la curva de la
boca abierta del lobo, suspendida en un aullido inmortal.

—Sí. Y ve a buscar a una forjadora.

Virág ya está rebuscando entre los bálsamos y tónicos del es-
tante. Con un asentimiento aturullado, Katalin se marcha de la
choza, dejando su hermosa capa blanca encharcada en el suelo
sucio. Verla me saca de mi estupor; la recojo y la sostengo cerca de
mi mejilla, pero no me hace sentir bien, tan vacía e incorpórea
como un fantasma. La boca me sabe a metal.

—Virág, ¿qué vas a hacer?

—Los Leñadores quieren a una vidente —dice, sin levantar la mirada—. Keszi no puede permitirse perder una.

No tengo tiempo para descifrar sus palabras. Katalin atraviesa el umbral de nuevo, con Zsófia a su espalda. Cuando me ve (sosteniendo su capa, además), succiona una arrogante inhalación e hincha las fosas nasales. Quiero creer que Katalin ha traído a Zsófia solo para fastidiarme, pero en realidad es una de las mejores forjadoras de la aldea.

—Lo sabías —dice Katalin miserablemente—. Ya sabías que querían a una vidente.

—Lo sospechaba —admite Virág—. Pero no podía saberlo con certeza. Podrían haber muerto en el trayecto. El rey podría haber cambiado de idea. Pero una visión es una visión. Ahora no tenemos mucho tiempo.

Abro la boca para decir algo, cualquier cosa, pero Virág me pasa los dedos bruscamente por el cabello, deshaciéndome los enredos y nudos. Dejo escapar un débil sonido de protesta. El pánico se filtra despacio en mi vientre.

Virág destapa un pequeño vial y vierte su contenido en sus manos. Parece polvo blanco y huele empalagosamente dulce. Me aplica la mezcla en el cabello, como si estuviera trabajando la masa de las tortas fritas.

—Asfódelo en polvo —dice—. Volverá tu cabello blanco.

—No esperarás que un tinte engañe a los Leñadores —se burla Zsófia.

Se me revuelve el estómago, afilado como un cuchillo.

—Virág…

Ella no dice nada. No me mira. En lugar de eso, se dirige a Zsófia.

—Los Leñadores no esperan a Katalin —dice—. Solo esperan a una vidente. No obstante, tendrás que forjar un poco de plata.

Con un suspiro enorme de fastidio, Zsófia se inclina y comienza a cantar… demasiado bajo para que pueda entender las palabras, pero reconozco la melodía de inmediato. Es la canción de

Vilmötten. Antes de llevar a cabo sus grandes hazañas y hacer tratos con los dioses, Vilmötten era un bardo que vagaba de pueblo en pueblo con su kantele atado a la espalda y la esperanza de ganar suficientes monedas para comprar pan y vino. Esa era la parte de la historia que a mí más me gustaba: la parte en la que el héroe era solo un hombre.

Es la misma canción que mi madre solía cantarme, acurrucada en la seguridad de nuestra choza compartida mientras el trueno y el relámpago cruzaban el negro cielo de verano. Antes de convertirme en la reticente pupila de Virág.

Antes de que los Leñadores me quitaran a mi madre.

Solo he sentido un miedo como este una vez. Regresan a mí en destellos los recuerdos que he enterrado profundamente en mi interior. La mano de mi madre abandonando la mía. El brillo mate de su capa gris mientras desaparecía en el bosque. El mechón de cabello que presionó en mi palma, apenas unos minutos antes de dejarme para siempre.

Intento gritar, pero el sonido se estrangula en alguna parte de mi pecho y solo emito un sollozo a medio formar.

No me importa llorar delante de Katalin y de Zsófia. No me importa que Virág me azote por ello; no me importa que esta sea la prueba precisa y condenatoria de lo cobarde que soy en realidad. Lo único que puedo ver es el rostro de mi madre, borroso en mi recuerdo de quince años de antigüedad, desapareciendo, desapareciendo, desapareciendo.

Virág me agarra la barbilla. A través de la bruma de las lágrimas, veo sus labios apretados, sus ojos duros.

—Escúchame —gruñe—. Todas debemos hacer lo que podemos para que la tribu sobreviva. No debemos permitir que el rey obtenga el poder de una vidente. ¿Lo comprendes?

—No —consigo decir, pues mi garganta comienza a cerrarse—. No comprendo por qué quieres que marche hacia mi muerte.

Virág me suelta con una brusca exhalación, derrotada. Pero al momento siguiente, empuja hacia mí una pequeña pieza de metal

---

pulido. Miro mi propio rostro en su interior, ligeramente deformado por las curvas del espejo forjado. El rostro de Katalin planea detrás del mío, dos estrellas polares en la oscuridad de la choza, con el cabello resplandeciendo como escarcha nueva. El mío no es totalmente blanco; es más de un gris deslucido, tiznado como el acero líquido.

Quizá sea lo bastante parecido para engañar a un Leñador, pero es ahí donde terminan las similitudes. Yo soy bajita y de extremidades gruesas, mientras que Katalin es alta como un sauce y sus hombros estrechos se elevan como un orgulloso y delgado tronco de dedos largos y delicadas muñecas. Su piel tiene una transparencia lechosa en la que las venas azules son tenuemente visibles, como los nervios de una hoja atravesada por la luz del sol. Mi cabello es (*era*) de un castaño rojizo, como si la melena rojiza de mi madre se hubiera escurrido como el agua para caer sobre mí; mis ojos tienen un verde turbio, y mi boca es pequeña y adusta. Mi nariz y mis mejillas están siempre enrojecidas y hay una cuadrícula de cicatrices en mi barbilla, de correr de cara contra la espesura.

Espero verla pavoneándose, radiante. Pero el adorable rostro de Katalin parece tan horrorizado como el mío. Solo en este momento somos la perfecta imagen reflejada de la otra.

Embustera, quiero decir. *Hace apenas una hora deseaste que me llevaran.*

Bajo la mano para tocar la trenza de mi bolsillo izquierdo, pero esta vez no me consuela.

—Évike. —Es la voz de Katalin, baja y susurrada como nunca la había oído antes. La miro en el espejo, pero no me giro—. No lo dije…

—Lo dijiste en serio —digo, con la mandíbula apretada—. O eres una mentirosa. ¿Qué es peor, ser una mentirosa o un monstruo?

Ella no responde. Espero que Virág me riña de nuevo, pero incluso ella guarda silencio ahora. La canción de Zsófia se ha detenido, la última nota de la melodía todavía por tararear. En el silencio que ha dejado su canción sin terminar, lo oigo: el sonido de los cascos sobre el terreno.

Los aldeanos se han reunido en pulcras hileras y miran la boca del bosque con la espalda recta y la barbilla alta, las mujeres y las niñas delante, los hombres y los niños detrás. Todas las espadas están envainadas, todas las flechas contienen el aliento en sus carcajes. La noche plagada de mosquitos se asienta sobre nosotros como el lino grueso. Virág me conduce al centro de los reunidos, apartando a las lobas de capas inmaculadas. Las mujeres y niñas tienen todas dos rostros: el del lobo y el propio. Los rostros humanos están compuestos, cubiertos por máscaras estoicas y mudas; incluso las más jóvenes saben bien que no deben temblar. Pero cuando paso entre ellas, fruncen los labios y abren bien los ojos. Boróka deja escapar un diminuto gemido y se cubre la boca con la mano. Apenas soporto mirarla.

Y después solo puedo mirar a los Leñadores.

Avanzan a través de nuestros impotentes y acobardados árboles. Son cuatro, sobre caballos de obsidiana cuyos pechos llevan la marca de su sagrada orden. Cada Leñador viste un dolmán de delicada seda bordada y, sobre este, una suba negra, la misma capa de lana peluda que usan los pastores de la Pequeña Llanura. Casi me da ganas de reírme, al pensar en los Leñadores como humildes pastores. No llevan espadas, pero hay enormes hachas de acero colgando de sus caderas, tan pesadas que parece un milagro que no los tiren de sus caballos.

¿Cómo se habrá sentido mi madre cuando vio el horrible brillo de aquellas hachas?

Tres de los Leñadores llevan el cabello muy corto, y sus destrozados cueros cabelludos son visibles bajo los mechones que están volviendo a crecer, ralos y desiguales. De niños, se dejan crecer el cabello para cortárselo el día de su decimoctava onomástico, el mismo día en el que el rey les pone el hacha en la mano. Queman el cabello largo en una hoguera, de la que se elevan hacia el cielo nocturno chispas y un olor terrible. Es su sacrificio al Prinkepatrios; a cambio, él promete responder a sus plegarias.

Pero el verdadero poder exige algo más que cabello. Mi mirada viaja hasta el cuarto Leñador, que lleva el cabello más largo, rizado en oscuros zarcillos contra su nuca. Tiene un parche de cuero sobre el ojo izquierdo. O sobre el agujero donde debería estar su ojo.

Solo los muchachos más dedicados y píos se separan de algo más que su cabello. Un ojo, una oreja, un trozo rosado de lengua. Los meñiques o la punta de su nariz. Cuando son hombres, a muchos de ellos les faltan pequeños fragmentos.

Todos los músculos de mi cuerpo se enroscan como una serpiente fría, tensos y con un millar de decisiones no tomadas. Podría correr. Podría gritar. Podría tartamudearles la verdad a los Leñadores.

Pero puedo imaginar qué ocurriría si lo hiciera: esas hachas oscilando entre la multitud, cortando la carne como una cuchilla a través de la seda, aplastando el hueso hasta la médula. La sangre tiñendo de rojo nuestras capas de lobo. Recuerdo que mi madre se marchó en silencio, sin lágrimas en sus ojos.

Toco su trenza en el bolsillo izquierdo de mi capa, la moneda de oro en el derecho. Apenas tuve tiempo para recuperarlos antes de que Katalin me cambiara la capa.

El Leñador tuerto se acerca a su compatriota. Casi no puedo oír las palabras que pronuncia, pero suena parecido a:

—Traedla.

—*Igen, kapitány*.

A pesar de mi nueva determinación, mi corazón sigue latiendo a un ritmo frenético. Me acerco a Virág y bajo la voz a un susurro grave y furioso.

—Esto no va a funcionar. Descubrirán que no soy vidente. Y entonces volverán a por Katalin, o algo peor.

—El viaje a la capital dura media luna, como poco —dice Virág, extrañamente tranquila—. Tiempo suficiente para que las visiones cambien.

Sus palabras duelen más que un millar de azotes. Quiero preguntarle por qué se molestó en criarme después de que se llevaran a mi madre, solo para usarme como escudo ante los Leñadores a la primera oportunidad. Pero no puedo decir nada de ello mientras el Leñador se acerca. Y entonces se me ocurre algo terrible, algo que quizá conteste a mi pregunta: me criaron como se cría a un ganso, para sacrificarlo, por si acaso llegaba este momento.

El Leñador detiene su caballo a escasos centímetros de donde estoy y baja la mirada, estudiándome como si fuera una cabeza de ganado llevada a subasta.

—¿Es esta la joven vidente?

—Sí —dice Virág—. Veinticinco años y ya la mitad de hábil que yo.

Mis mejillas se sonrojan. El Leñador mira a su capitán, que asiente rápido, brusco. Por supuesto, no le pide que se lo demuestre; solo una idiota intentaría engañar a los Leñadores.

—Traedle un caballo —ordena a continuación.

Virág agarra a la chica más cercana, una joven sanadora llamada Anikó, y le susurra una orden. Anikó atraviesa la hilera de aldeanos y desaparece. Cuando regresa, un momento después, lleva una yegua blanca a su espalda.

El Leñador baja de su caballo. De la bolsa de su cadera saca una cuerda corta. Tardo un momento en darme cuenta de que pretende atarme las manos.

¿Tenía mi madre las manos atadas, cuando se la llevaron? No lo recuerdo. Tiemblo como un árbol joven en una tormenta de invierno. El Leñador se encorva ligeramente mientras me ata, y desde tan cerca, me sorprende lo joven que parece, incluso más joven que yo. No tiene más de veinte años, y el rey ya lo ha convertido en un monstruo.

Cuando termina, Anikó le entrega las riendas de la yegua y la acerca hasta mí. Está claro que se supone que debo montarla, pero

tengo las manos atadas y las rodillas demasiado débiles para soportar mi peso.

—Monta —me ordena el capitán, notando mi vacilación.

Mi mirada atraviesa el claro, hasta que se encuentra con su ojo.
Es tan negro y frío como una noche de luna nueva.

Me sorprende la rapidez con la que me abandona el miedo, dejando solo desprecio en su estela. Lo odio tanto que me quita el
aliento. Lo odio más que a Katalin, más que a Virág, más de lo que
nunca había odiado la difusa idea de los Leñadores, apenas una silueta oscura en mis peores sueños. Aunque sé que no es lo bastante
mayor para haberlo hecho, lo odio por arrebatarme a mi madre.

Ninguno de los aldeanos se mueve mientras trepo con torpeza
a la grupa de la yegua, temblando como si a mí también me hubiera golpeado una visión. No puedo evitar examinar la multitud,
buscando ojos húmedos o labios apenados, pero solo veo sus máscaras impasibles, pálidas e inexpresivas. Solo Boróka parece a
punto de llorar, pero tiene la palma presionada contra los labios, y
sus uñas tallan lunas crecientes de sangre en la piel de su mejilla.

Hace mucho tiempo que me resigné a que ninguno de ellos me
quisiera, pero aun así me duele lo fácil que les resulta entregarme.
Soy una buena cazadora, una de las mejores de la aldea, aunque
no pueda forjar mis propias puntas de flecha. He pasado años haciendo el trabajo duro para Virág, aunque murmure maldiciones
todo el tiempo, y he matado y limpiado la mitad de la comida de
sus mesas de banquete.

Nada de eso importa. Sin una pizca de magia a mi nombre,
para lo único que sirvo es para el sacrificio.

Montada ya en la grupa de la yegua, agarro las riendas con los
dedos entumecidos. Zsófia me ha peinado una parte del cabello,
de mala gana, en una docena de diminutas y complicadas trenzas
tan finas como raspas de pescado, mientras que el resto cae por mi
espalda, blanco desde hace poco. La capa de lobo me cubre el
hombro, y recuerdo todas las veces que anhelé tener una. Parece
una broma cruel de Isten.

—Vamos —dice el capitán con brusquedad.

Y este es el final de su visita. Llegan, toman, se marchan. Nuestra aldea ha pagado su tributo (un tributo cruel, humano) y eso es todo lo que los Leñadores quieren. La fría brevedad de todo ello hace que los odie incluso más.

Mi caballo trota para unirse a los Leñadores allí donde se han detenido, en el límite del bosque. Sus largas sombras lamen nuestra aldea como el agua oscura. Mientras me acerco, oigo un aleteo de hojas, un susurro en el viento que suena casi como mi nombre. Es más probable que sea mi anhelante imaginación, esperando al menos una palabra que pueda interpretar como una despedida. Los árboles hablan, pero en un lenguaje que hemos dejado de entender hace mucho, una lengua incluso más remota que el régyar antiguo.

Contemplo el ojo despiadado del capitán. No miro atrás mientras mi caballo cruza el umbral entre Keszi y el Ezer Szem, pero los árboles se mueven a mi espalda, uniéndose en un encaje de ramas alargadas y enredaderas cubiertas de espinas, como si el bosque me hubiera tragado entera.

CAPÍTULO DOS

Nunca había estado en el bosque por la noche. Tan pronto como el sol se pone, no nos aventuramos más allá del estrecho perímetro que rodea Keszi, donde los árboles son verdes en verano y mudan sus hojas en otoño, y desde luego no nos adentramos en el verdadero bosque, en la densa maraña de naturaleza que hay tras él, furiosa y oscura. Allí los árboles no se someten a las leyes de los dioses, no cambian con las estaciones ni crecen hacia arriba, con sus esbeltas hojas estirándose hacia el cielo. Pasamos junto a los árboles con su atuendo completo de primavera, exuberantes con sus hojas verdes y sus flores blancas pequeñas como agujas, y después junto a árboles podridos y muertos, ennegrecidos hasta las raíces, como si los hubiera golpeado un rayo vengador. Pasamos junto a árboles que han crecido retorcidos unos con otros, dos amantes de madera atrapados en un abrazo eterno, y junto a otros que se inclinan hacia el suelo, como si sus ramas desearan llegar al Inframundo.

Apenas pienso que debo temer el bosque. Estoy demasiado ocupada temiendo a los Leñadores.

Aunque no me interesan, me aprendo sus nombres pronto. El joven Leñador rubio que me ató las manos es Imre; el mayor y robusto, con un arco y un carcaj en el costado, es Ferkó; y el arisco Leñador que va a mi espalda es Peti. Siempre que me atrevo a otear por sobre mi hombro, veo a Peti apuñalándome con la mirada, casi seguramente deseando atravesarme con su hacha. Al final, dejo de mirar atrás.

—¿Cuándo vas a deslumbrarnos con tu magia, mujer lobo? —me pregunta Imre mientras pasamos junto a un grupo de árboles cargados de una fruta carnosa y de olor asqueroso con el color de la turbia agua del río.

Me tenso. *Mujer lobo* es uno de los muchos nombres que utilizan para nosotras, pero me parece menos soportable que todos los demás. Después de todo, yo no tengo magia, y no he hecho nada para ganarme la capa que cuelga sin merecerlo de mis hombros.

—No elijo cuando vienen las visiones —contesto, y espero que no note cómo me arde la cara con la mentira.

—Entonces es bastante inútil. ¿No os enseñan un modo de invocar las visiones?

Su tono despreocupado me asusta más que el lívido silencio de Peti. Ninguna conversación entre el depredador y su presa debería ser fácil.

—No es algo que pueda enseñarse.

—Ah. —Los ojos azules de Imre brillan—. Tal como a nosotros, en la Sagrada Orden de los Leñadores, no nos enseñan a odiar a todos los paganos con la mayor pasión. Llevamos el desprecio en la sangre.

Agarro las riendas con fuerza. Tengo el estómago revuelto.

—Entonces debes odiarme.

—Sin duda —contesta Imre—. Pero a diferencia del zoquete que llevas al otro lado, o del papanatas a tu espalda, yo prefiero pasar el tiempo charlando en lugar de mirar la oscuridad y esperar la muerte.

—Quizá los demás preferiríamos morir en silencio —murmura Ferkó.

—Los Leñadores no temen a la muerte —dice Peti con seriedad—. El Prinkepatrios nos recibirá para conducirnos a la gloria eterna.

—Solo si mueres con honor. Y yo tengo la intención de salir huyendo y gritando en cuanto vea el primer par de ojos en la oscuridad.

—No tiene gracia —gruñe Peti, ladeando su caballo para echar una mirada férrea a Imre.

—No te preocupes, Peti. Solo estoy bromeando. Te prometo que te protegeré, cuando lleguen los monstruos.

Las puntas de las orejas de Peti se tiñen de rojo.

—Te irás bromeando a la tumba antes de tiempo.

—Mejor morir joven y con una sonrisa en la cara que vivir una vida larga sin risas.

—Si de verdad lo crees, no deberías haberte convertido en Leñador —dice Peti.

—Callad.

Es la voz del capitán. No lo he oído hablar desde que entramos en el bosque, y se muestra más silencioso ahora de lo que esperaba, casi como si lo avergonzara su autoridad. Por supuesto, no me he atrevido a preguntarle su nombre. Las pocas ocasiones en las que sus soldados le hablan, se refieren a él solo como *kapitány*. No me echa miradas asesinas, como Peti, ni intenta arrastrarme a una aterradora conversación, como Imre, pero lo temo más que a los demás juntos. A pesar de la suavidad de su voz, su ojo perdido deja clara una cosa: su feroz devoción a su dios, lo que implica un mayor odio hacia los paganos y las mujeres lobo que el de los otros hombres rapados.

El capitán se detiene en el camino. Nos detenemos tras él y miro el suelo, casi esperando ver un embrollo de entrañas o el cadáver de algo recién masacrado. Pero solo hay un círculo grabado en la tierra. Habría creído que era accidental, creado quizá por un animal arrastrando la cola, pero entonces miro de nuevo. Más allá hay huellas de pezuñas, y después, el inconfundible rastro entrecortado de un pie descalzo. Mirarlo hace que me sienta mareada y enferma.

Las huellas nos alejan del círculo, hacia la densa arboleda de robles. Tienen las hojas marrones, muertas, curvándose como el antiguo tejado de paja de Virág. En los troncos han marcado el mismo círculo, y sus raíces son fétidas y negras. El olor de la carne estropeada llega hasta nosotros.

—¿Deberíamos investigar, *kapitány*? —pregunta Ferkó, blandiendo su hacha.

El capitán mira los árboles que lo rodean en silencio. Gira la cabeza hacia un lado, para poder examinarlo todo a pesar del ojo perdido. Por un momento, su mirada se posa en mí y mi vientre se convierte en un pozo oscuro y frío.

—No —dice—. Sigamos.

Cuando nos detenemos para pasar la noche, he planeado mi huida siete veces. Saltar del caballo y desaparecer entre los árboles antes de que los Leñadores piensen siquiera en detenerme. Cortar la cuerda que me rodea las muñecas con una roca afilada y escapar de regreso a Keszi. Rezarle a Isten para que los Leñadores mueran en el bosque y que nunca vuelvan a buscarme. Rezar al rey para que no decida castigar a todo Keszi por mi farsa y quemar nuestra aldea hasta los cimientos, como hizo su bisabuelo, San István, con el resto de las tribus paganas.

Preferiría mirar el horrible y podrido corazón del bosque a enfrentarme a los Leñadores y sus hachas. Sé que eso me convierte en una cobarde, y quizá también en una idiota. Pero el destino de mi madre es un pájaro aleteante que me niego a seguir. No me hago a la idea de que los Leñadores maten la pequeña parte de ella que queda en mí, el facsímil de nuestra sangre compartida.

Por fin nos permiten acampar en un pequeño claro, rodeados por un grupo de álamos cuya piel pálida está casi mudada. Espirales de papel de álamo cubren la hierba seca, y perdura el tenue aunque inconfundible olor de la carne dejada al sol durante demasiado tiempo. Peti y Ferkó examinan la zona para comprobar si es segura, con las hachas preparadas. No puedo evitar mirar el arco y el carcaj que Ferkó lleva a la espalda, con un hormigueo en los músculos por el arraigado recuerdo. No volveré a disparar una flecha. Imre recoge troncos y ramas secas para una fogata, y los deja en el suelo delante del capitán. Yo me mantengo junto al costado de mi yegua, con las muñecas todavía dolorosamente atadas.

El capitán se quita los guantes y une sus manos desnudas. Por un momento creo que va a empezar a rezar, y me dan ganas de girarme, asqueada. Pero solo pronuncia una palabra:

—Megvilágit.

Lo dice casi como si fuera una pregunta, o una educada petición, con el mismo tono deferente en la voz que me sorprendió antes. Y entonces el fuego cobra vida ante él.

No puedo contener el sonido de alarma que escapa de entre mis labios, ni la acusación que lo sigue.

—Creí que los Leñadores censuraban cualquier tipo de magia.

—No es magia —dice Imre, alimentando las llamas con la desnuda rama de un abedul—. Es fe. Los únicos poderes que tenemos son los que nos concede el Padre Vida. Nosotros pedimos, y Él responde.

—¿Siempre responde?

Una sombra oscurece el rostro del capitán.

—Recompensa la lealtad —contesta Imre—. Cuanta más devoción muestras, mayor es el poder que Él te concede. No creo que nunca haya rechazado una petición del Érsek.

Lo miro, temblando, deseando preguntarle quién es el Érsek pero sin saber si puedo arriesgarme a hacer otra pregunta.

—El Érsek es la más alta autoridad religiosa de Régország —dice Imre, adelantándose—, y el confidente más cercano al rey. Király és szentség, realeza y divinidad. Piensa en ellos como pilares gemelos que sostienen el reino.

Preferiría no pensar en ellos para nada. No hay sitio para las mujeres lobo en un reino así. Mientras el fuego del capitán arde, recuerdo todas las veces que yo intenté encender uno. Cuántas horas pasé encorvada sobre la chimenea de Virág, desesperada por crear una débil llamita en las puntas de mis dedos. Virág se quedaba mirándome, con los brazos cruzados, repitiendo los mismos adagios que nunca me sirvieron de nada.

—Antes de despertar tu destreza, debes conocer su origen —me decía—. ¿Recuerdas la historia de cómo Vilmötten hizo fuego? Una noche, tarde, Isten tiró una estrella del cielo. Vilmötten la vio caer y hundirse en el mar del Mundo del Medio. Se zambulló en el agua tras ella, esperando rescatarla y ganarse el favor de Isten. Cuando llegó al fondo del océano, vio que la estrella ardía con una llama azul, incluso debajo del agua. No podía sostenerla y nadar al mismo tiempo, así que se la metió en la boca y se la tragó. Y cuando Vilmötten regresó a la superficie, la estrella seguía respirando en su interior, y pudo invocar el fuego sin pedernal.

—Conozco la historia —replicaba yo—. Pero no puedo hacerlo.

Virág suspiraba y negaba con la cabeza, o si estaba de especial malhumor, me ordenaba que lavara su túnica como castigo por mi fracaso y mi mala lengua. Pero después de un tiempo, dejó de observarme cuando me agachaba inútilmente ante la chimenea, y yo dejé de intentar hacer magia. Se suponía que hacer fuego era la más sencilla de las tres habilidades. Si no podía hacer eso, ¿cómo iba a forjar metal o a sanar heridas?

Siempre creí que, por alguna razón, se estaban riendo de mí, que había algún secreto que Virág y el resto de las mujeres sabían y me escondían. Yo conocía las historias tan bien como cualquiera de ellas, pero no era suficiente. No obstante, eso era mejor que pensar que estaba maldita, o que había algo extraño y ruinoso en mi sangre.

Quiero tocar la moneda de oro de mi bolsillo, pero tengo las manos atadas. Al otro lado del fuego, el capitán está extendiendo su estera. Lleva un pequeño cuchillo amarrado a la bota, justo debajo de la curva de su rodilla, y su empuñadura de acero refleja a la luz del fuego.

—La zona parece despejada, *kapitány* —dice Peti—. Yo haré la primera guardia.

Me pregunto si se refiere a vigilarme o a vigilar algo en el bosque que quizá desearíamos no llegar a ver antes de que nos matase. Ezer Szem significa *mil ojos*. Si miras la oscuridad del bosque durante el tiempo suficiente, algo acaba devolviéndote la mirada.

El cansancio ha comenzado a comerse mi miedo, erosionándolo como la orilla del río después de una tempestad. No hay modo de saber cuánto tiempo llevamos en el bosque, pero me duele el cuerpo como si llevara cabalgando un día o más. Imre y Ferkó se recuestan junto al fuego, apoyando las cabezas en los hatos.

El capitán me mira, expectante, sin parpadear con su único ojo. Como no me muevo, se lleva los dedos al hacha y la extrae con una extraña y mortificada vacilación, como si no hubiera calculado su peso. *Estúpido*, pienso tras efectuar mi propia evaluación. Tanto él como su filo han sido pulidos para matar a chicas paganas como yo.

Acorta el espacio entre nosotros en tres largas zancadas. Imagino la trayectoria de su hacha; el arco que describiría para encontrarse con mi garganta. Pero quizá pueda estimar mejor el peligro observando su ojo. Mira hacia abajo, y sus pestañas proyectan una sombra emplumada en su pómulo.

Sin hablar, el capitán empuja la empuñadura de su hacha contra mi espalda, justo entre mis omoplatos. A través de mi capa de lobo y de la túnica, puedo sentir la presión de la madera, su amortiguada maldad. El capitán traga saliva. Su garganta sube y baja.

Me tiemblan las piernas mientras bajo hasta el suelo. Me pregunto si reconoce el odio enquistado en la presión de mis dientes, o si solo ve el pálido rostro de mi miedo. Me pregunto si le causa placer verme de rodillas. No respiro de nuevo hasta que el capitán regresa a su estera, aunque su ojo negro sigue observándome.

Se supone que debo dormir. Pero mi mirada sigue regresando al cuchillo de su bota.

En el Ezer Szem, la noche cae de un modo distinto. El viento se queda en silencio cuando el sol se pone. Las sombras asumen formas que parecen garras y dientes. Después de un par de horas, el fuego arde bajo, más ceniza que llama, y apenas puedo ver a más de un metro. Solo oigo las suaves exhalaciones de los Leñadores dormidos y el crepitar de las hojas secas cuando algo se mueve más allá de los árboles.

No puedo robar el cuchillo del capitán sin despertarlo, pero quizá pueda escabullirme mientras duermen y desaparecer en la oscuridad del bosque. Me arriesgaré con los monstruos. Los Leñadores son peores.

Con la mandíbula apretada, me apoyo sobre los codos, y después sobre las rodillas. Me equilibro sobre las almohadillas de los pies y me levanto, haciendo una mueca cuando mis músculos doloridos se arquean y doblan. Doy dos pasos de prueba hacia atrás y me detengo, para comprobar si alguien se despierta. Nada. Me giro para mirar la fría y sólida negrura.

No me he alejado del campamento más de cincuenta pasos cuando algo atrapa el cuello de mi capa. Un grito me hierve en el vientre, pero me lo trago. Intento que mis ojos se adapten, para ver qué horrible criatura me ha apresado, pero lo único que puedo oír es una fuerte respiración humana. Una mano caliente y mortal me roza la piel de la garganta.

Un farol emerge de la oscuridad, amarillo y traslúcido, e ilumina un gajo de su rostro: una barbilla con bozo y una nariz roja, llena de capilares rotos. No es un monstruo. Es Peti.

Dejo escapar una exhalación que suena como una carcajada temblorosa. Mi plan de huida se ha frustrado antes incluso de comenzar, y soy una idiota, boba y condenada.

—¿Qué vas a hacer conmigo?

—Lo que nuestro capitán no tiene la piedad de hacer —dice, y saca su hacha.

Me doy cuenta de inmediato de que he cometido un terrible error. No hay nada humano en el rostro de Peti. Sus labios están retraídos en una mueca, mostrando las puntas de témpano de sus dientes, e incluso el blanco de sus ojos arde, bordeado de rojo.

El farol cae al suelo y las hojas secas casi oscurecen su luz. En su halo atenuado puedo ver el destello del hacha de Peti y me aparto de su trayectoria, casi demasiado tarde. Con un aullido furioso, Peti salta sobre mí, inmovilizándome contra la hierba. Forcejeo contra su peso, pero es demasiado fuerte y agito las extremidades inútilmente mientras aprieta los dientes y saca una daga de la caña de su bota.

El sudor le cubre la cara en una asquerosa película, de un turbio verde a la luz del farol. Respira con dificultad y su corazón golpea salvajemente nuestros pechos adyacentes, como si alguien estuviera amartillando la puerta de mi caja torácica. El instinto animal desplaza al miedo. Empujada por un demencial y frenético deseo de vivir, levanto la cabeza y le hundo los dientes en la oreja.

Grita, y yo tiro hacia atrás con tanta fuerza como puedo. La sangre salpica el aire y cae en gruesas hebras sobre mi capa de lobo, sobre la preciosa capa de lobo blanco de Katalin. Peti rueda, alejándose de mí, sollozando y agarrándose el lateral de la cabeza.

Escupo el músculo y los tendones de mi boca y me limpio su sangre de la cara.

—Querías una chica lobo salvaje —digo, con una voz estrangulada que no se parece a la mía—. Ya tienes una.

—Yo, no —gruñe Peti—. El rey. Él no… Él no hará lo que hay que hacer. Dejará que su país arda antes de librarse de la plaga pagana.

Sus palabras me hielan la sangre. Me digo que son los balbuceos de un loco con una oreja menos que la mayoría, pero mi momento de perplejidad le da una oportunidad. Vuelve a abalanzarse sobre mí, y pone la daga contra mi garganta.

—No te mereces la dignidad de una muerte rápida —gruñe. El cuchillo se hunde en mi piel. No lo bastante profundo para matar, pero lo suficiente para dibujar un collar de perlas rojas en mi cuello. Lo suficiente para hacerme exhalar un sollozo y cerrar los ojos con fuerza. Al menos, puedo decidir morir sin mirarle la cara, terrible y estúpida y sedienta de sangre.

Entonces su peso desaparece de mi pecho. Abro los ojos para ver al capitán levantándolo y lanzándolo al suelo, tan laxo como si no tuviera huesos. Por un momento, mi corazón tartamudea, aliviado, casi agradecido, antes de que el desprecio vuelva a tomar el control. Odio la fría negrura del ojo del capitán y el corte afilado de su mandíbula, incluso después de que me haya librado de Peti.

Peti retrocede bajo el brillo del hacha del capitán, llorando.

—Tus órdenes son llevar a la mujer lobo a la capital, no mutilarla y asesinarla —dice el capitán, elevando la voz sobre los lamentos de Peti.

—*Király és szentség!* —aúlla—. El rey solo exige la mitad de mi lealtad. Debo hacer lo que es correcto ante el único y verdadero dios, y por Nándor...

—Fue el rey quien puso el hacha en tu mano —lo interrumpe el capitán, pero veo algo que parece pánico atravesando su rostro—. Has traicionado a la Corona.

—¿Y ella? —Peti eleva un dedo tembloroso y me señala—. Deshonra el mismo nombre de Régország con su sucia magia pagana.

La mirada del capitán se posa brevemente en mí. Hay una expresión ilegible en su ojo.

—Es el rey quien decide su destino.

Imre y Ferkó llegan corriendo, con el cabello alborotado y las hachas en las manos.

—¿Qué está pasando? —pregunta Imre.

—Me ha mordido la oreja —gimotea Peti.

—Tú has intentado matarme —le recuerdo, con voz temblorosa.

—Traidor. —Ferkó escupe en el suelo ante él—. Conoces las órdenes del rey.

—¿Y debería seguir las órdenes de un rey que desafía la voluntad de Dios? —La expresión de feroz desesperación desaparece de los ojos de Peti. Por un momento, hay algo de lucidez en él. La sangre sigue manando del desastre de su oreja—. ¿Cuando es otro quien debería llevar la corona y honrar al Prinkepatrios en su reino? Nándor...

—No. —Las palabras escapan de la boca del capitán en una vaharada blanca—. No digas su nombre de nuevo.

Imre frunce el ceño, pero sigue agarrando el hacha con la misma fuerza.

—Ya conoces el castigo por la traición, Peti.

Peti no contesta. Está llorando de nuevo.

El capitán mira a Ferkó y a Imre.

—Sostenedlo.

Juntos, los Leñadores se lanzan sobre él. Peti aúlla. Lo obligan a tumbarse sobre su espalda e inmovilizan sus brazos extendidos. Yo miro y miro, y el horror crece en mi pecho. El capitán se detiene a los pies de Peti; el pelo de su suba negra parece erizado. A la luz del farol, el rostro de Peti luce resbaladizo por las lágrimas.

Imre se arrodilla sobre la mano de Peti para mantener su brazo presionado contra el suelo. Extrae el cuchillo de la bota y le mete la empuñadura en la boca.

—Muerde —le pide Imre. Me doy cuenta, con un escalofrío, de que su rostro también está húmedo.

Una palabra de protesta sube por mi garganta, pero recuerdo la expresión demente, monstruosa, en el rostro de Peti mientras presionaba su daga contra mi piel, y la palabra muere antes de que pueda pronunciarla.

El capitán baja su hacha en un pulcro arco, justo sobre el hombro izquierdo de Peti. La rápida guadaña del hacha agita el pelo de su suba, que vuelve a asentarse cuando la hoja se entierra en el suelo.

Durante un largo momento, el bosque se queda en silencio. Ferkó e Imre se ponen en pie. El capitán levanta su hacha; en su borde de medialuna gotea algo viscoso y negro. Con movimientos adormilados y lánguidos, como si acabara de despertar de una siesta, Peti se mueve sobre la hierba, eleva la cabeza. Cuando su torso se yergue, su brazo no lo acompaña.

Veo el pomo de hueso blanco sobresaliendo de su hombro, y la carne arruinada, tan roja como las bayas demasiado maduras. Veo la piel ajironada envolviendo la repentina terminación de su brazo, agitándose sin fuerza en la suave brisa.

A Peti se le cae el cuchillo de la boca. Grita, más alto que nada que haya oído antes. Se me cierra el estómago, como un puño, y me encorvo dominada por las náuseas, mientras presiono las palmas contra la tierra húmeda.

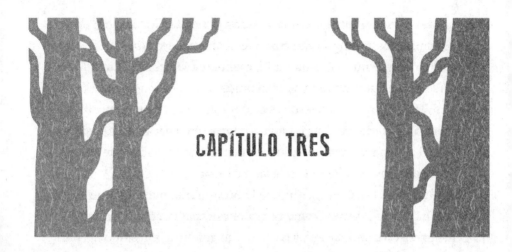

CAPÍTULO TRES

Peti llora durante toda la noche, sin cesar. Después de que Ferkó le acerca una hoja candente al hombro, Imre le cubre la herida con tiras de arpillera y cuero y puñados de hojas secas unidas con savia. Yo los observo, acurrucada junto al fuego casi extinguido, todavía con sabor a bilis en la boca. El capitán se detiene sobre la extremidad perdida de Peti y entrelaza las manos, al tiempo que susurra una respetuosa oración. La llama blanca azulada recorre la longitud del brazo cortado, brillante como la cola de un cometa. Los dedos de Peti se funden como pedazos de cera. Sus nudillos se encharcan sobre la tierra, como una extraña flor blanca. Creo que voy a vomitar de nuevo.

Un lastimoso amanecer repta sobre el bosque. Los rosas y dorados del alba intentan atravesar la oscura celosía de las ramas de los árboles y de la maleza que los desprovee de su color. Lo único que llega hasta mí es una luz amarillenta y descolorida. Cae sobre mis manos temblorosas, cubierta de diminutos arañazos desde la palma a las uñas, y sobre la salpicadura de sangre seca en mi capa de lobo. Cae sobre el capitán, y las motas de polvo platean su suba negra. Cae sobre Peti, cuyo pecho se alza a empellones, cada respiración es un gesto de violencia. Sus labios blancos se separan con un gemido apagado.

—Vas a echarnos encima a todos los malditos monstruos del Ezer Szem —gruñe Ferkó. Empuja el cuchillo de Imre hacia Peti con la punta de la bota—. Muerde esto, si quieres.

Peti no contesta. Sus pestañas aletean débilmente, como una polilla.

Ni los Leñadores ni yo hemos dormido. La herida de mi garganta sigue fresca y se abre siempre que intento hablar, así que mantengo los labios presionados con firmeza. Me concentro en acallar el rugido de mi estómago, pero entonces el capitán se acerca a mí, con las hojas muertas crujiendo bajo cada paso.

—Levántate —me ordena.

Mi corazón tartajea mientras me pongo en pie. Ahora que sé que el rey quiere que me lleven a la capital ilesa, debería sentirme envalentonada. Pero el recuerdo de la hoja bajando sobre el brazo de Peti mengua parte de ese nuevo coraje. Una promesa al rey me sigue pareciendo un escudo endeble para protegerme del hacha del capitán.

—Supongo que debería darte las gracias —le digo, con la garganta seca—. Por haberme salvado la vida.

Sin mirarme, el capitán dice:

—No hay gloria en salvar a una mujer lobo, y no he mantenido mi promesa para obtener tu gratitud.

La ira arde en mi pecho. Los Leñadores son tan beatos como crueles, y la venganza que pudieran desear infligirme se ve atemperada por su estúpida devoción.

—Entonces debes arrepentirte de ello.

—No he dicho eso. —Me dedica una única y rápida mirada inquisitiva—. Y te las habrías arreglado sin mi ayuda. Le arrancaste la oreja a Peti.

Siento una pequeña punzada de vergüenza, solo porque he confirmado las historias de los Leñadores sobre la barbarie pagana. Pero entonces recuerdo el arco del hacha del capitán, el parche sobre su ojo, y mi vergüenza se extingue tan rápido como una vela.

—Tenía entendido que los Leñadores a los que les falta alguna parte del cuerpo son más poderosos —digo—. Quizá debería darme las gracias él a mí.

—El poder de los Leñadores no existe —replica el capitán—. Solo existe el poder del Prinkepatrios, que fluye a través de nosotros, sus humildes servidores.

—En Keszi no tememos a los servidores. Tememos a los salvajes con hachas.

Espero a ver si mi aguja lo ha pinchado, pero el capitán solo arquea una ceja. No habla como un salvaje con un hacha. Sus palabras son medidas, y su voz tiene cierta elocuencia fácil. Es un soldado especialmente listo, decido. Pero un soldado, igualmente.

—Tú también debes temer la ira de tus dioses —me dice al final—, si te atreves a apartarte del camino correcto.

—No —contesto, desprevenida—. Nuestros dioses no nos exigen perfección.

Igual que nosotros no esperamos explicaciones o razones de nuestros dioses. Son veleidosos y testarudos, e imprudentes e indulgentes, como nosotros. La única diferencia es que ellos queman bosques enteros cuando están furiosos, y que se beben ríos completos cuando tienen sed. Cuando están contentos, las flores florecen; cuando están tristes, aparecen las primeras escarchas invernales. Los dioses nos han regalado un pequeño fragmento de ese poder, y a cambio, nosotros hemos heredado sus vicios.

Por lo que yo sé, el Prinkepatrios no tiene vicios, y sería blasfemia sugerir algo así. Pero ¿cómo pudo crear un ser perfecto algo tan imperfecto como los humanos, tan propenso al capricho y la crueldad? ¿Y por qué demanda un ser perfecto la sangre de los niños pequeños?

Miro al capitán (lo miro de verdad) por primera vez. Tiene la piel oliva de los sureños y una larga nariz con una abrupta ruptura en el puente. Pero no hay nada duro en el resto de su rostro. Es asombrosamente juvenil, suave excepto por el bozo ligero que amorata su garganta y su barbilla. Cuando se gira y solo veo la inmaculada mitad de su rostro, es casi regio, el tipo de perfil que esperarías encontrar en una moneda acuñada. Imagino que, si viviera en Keszi, Írisz o Zsófia lo habrían arrastrado para un encuentro furtivo junto al río, del que volvería con una sonrisa tímida y cómplice en sus labios hinchados. Pero no puedo ver la mitad izquierda de su rostro sin preguntarme morbosamente qué hay bajo el parche negro y de dónde sacó la fuerza para extraerse el ojo, como un cuervo picoteando un cadáver. Sin preguntarme si ese tipo de implicación me asquea o me impresiona.

¿Qué me habría sacado yo, a cambio de ser capaz de hacer fuego?

—Eso está bien. —El capitán parece notar el interés con el que lo miro, y baja la mirada. Aparece un ligero rubor en sus mejillas—. Es posible que vuestros dioses sean simples ilusiones creadas por el demonio Thanatos, pero os conceden una magia potente. ¿Por qué no usaste tu magia contra Peti?

No detecto sospecha en su voz, pero se me eriza la piel de todos modos.

—Yo… tenía las manos atadas. No podía invocarla.

El capitán asiente con lentitud, y los labios apretados. Por un momento, no sé si me cree o no. Y después dice:

—Dame tus manos.

Instintivamente, curvo los dedos sobre mis palmas. La cuerda sigue rozándome la piel del interior de las muñecas, dejando en ella una erupción roja.

A nuestra espalda, Peti gime. Con mucho cuidado, el capitán afloja la cuerda, dándome espacio suficiente para que saque las manos. Antes de que la idea de escapar atraviese mi mente, los dedos del capitán se cierran alrededor de mi muñeca. La presión de su mano me llena de un temor terrible y mudo que me paraliza en el sitio.

Se dirige a Ferkó y a Imre.

—Levantadlo.

Los dos Leñadores se inclinan sobre Peti y lo ponen en pie. Peti emite un grito gutural; la saliva espuma su boca abierta. Un lento hilo de sangre mana de su hombro a través de las tiras de cuero y de la malla de hojas secas, como el inicio del deshielo de primavera. Está claro que el intento del capitán de cauterizar la herida no salió bien. Se me revuelve el estómago.

Ferkó e Imre arrastran a Peti hasta mí y el capitán le agarra el brazo bueno. Me doy cuenta de lo que está ocurriendo solo un instante antes de que anude el otro extremo de mi cuerda a la mano de Peti, uniéndonos por la muñeca.

Un balbuceo asqueado atraviesa mis labios.

—No puedes...

—No puedo dejar que intentes escapar de nuevo —dice el capitán. No creo estar imaginando la nota de pesar en su voz, ni el oscuro palio que cubre su rostro, pero eso no hace nada para calmar la furia y el horror que hierven en mi vientre. La poca gratitud que sentía hacia él por haberme salvado la vida desaparece, como una luna creciente convirtiéndose en nueva. Su delicado rubor y su nariz orgullosa, el vibrante tenor de su voz... Todo ello es un revestimiento de su barbarie. Prefiero a Peti, con su desprecio espumante, sus dientes a la vista. Con la mano libre, toco la herida que rodea mi cuello, la sangre encharcada en el hueco de mis clavículas. Ya he visto lo peor que puede hacer.

El capitán se gira y camina hacia su caballo. Observo su espalda en retirada, midiendo mis respiraciones. Con la garganta acuchillada, me duele aún más tragarme el desprecio.

Siento un tirón en la cuerda. Peti se ha doblado por la cintura, tosiendo sangre.

Siempre había dado por sentada la vida en el bosque, por inquietante que fuera, todos esos robles poderosos y retorcidos y las globulares frutas grises. Ahora, el Ezer Szem ha perdido todo el color.

La corteza de los árboles es de un peltre mate, y todas las hojas han caído, dejando las ramas nudosas y desnudas. Incluso el suelo bajo nuestros pies parece más firme, más frío, como si los caballos caminaran sobre la piedra, en lugar de en la tierra. Los árboles han perdido sus copas, pero aun así no puedo ver el cielo; una bruma frígida nos lo ha robado, cubriendo nuestra escolta con una neblina casi impermeable.

Peti se balancea contra mi pecho, gimiendo. Nos han subido a ambos a la grupa de mi yegua blanca; él va delante, presionando el cuello del animal con las rodillas. Se agarra a sus crines con los nudillos pálidos. Donde nuestras muñecas se unen, siento la fría viscosidad de su piel, como si se hubiera sumergido en las aguas lechosas del estanque.

A nuestro alrededor, el bosque se ha quedado en silencio. Allí donde estaba el susurro de las hojas secas o el ligero sonido de unas patas, no hay nada, ni siquiera el murmullo del viento. Mi corazón es una revuelta, pero mi estómago es hielo puro. Creo que es posible que el bosque me esté mostrando lo idiota que soy, por inclinar la balanza del miedo a favor de los Leñadores.

—Chica lobo —susurra Peti. Echa la cabeza hacia atrás, sobre mi hombro.

—No —le espeto—. No hables.

—¿Sabes qué harán contigo? —insiste. No puedo verle los ojos, pero su nuca, la piel de su mandíbula... Todo es de un gris marmolado, del color de los líquenes sobre un tronco—. Cuando llegues a la capital. El rey, ese bárbaro y débil rey... No, él, no; su hijo...

Enderezo la espalda, intentando quitarme su peso de encima.

—¿Te refieres al príncipe?

El rey tiene un rebaño de bastardos, pero solo un hijo legítimo. El príncipe negro, le decimos, un epíteto que es más una omisión, un instante de silencio entre inhalaciones. En Keszi sabemos muy poco de él, solo que es el vástago de la difunta y muy odiada reina extranjera de Régország, una acotación en la canción popular que llamamos la Canción de los Cinco Reyes.

Primero llegó el rey István, con su capa blanca como una calavera.
Después su hijo, Tódor, hizo que el norte resplandeciera.
Más tarde llegó Géza, con la barba larga y gris de un vejete.
Y, por último, el rey János...
Y su hijo, Fekete.

—No; el príncipe, no —murmura Peti. Su aliento se eriza, blanco por el frío—. Su otro hijo. Su *verdadero* hijo. Nándor.

Levanto los hombros. Es la segunda vez que oigo ese nombre. Recuerdo la sombra que cayó sobre el semblante del capitán cuando Peti invocó a Nándor antes, y lo miro en este momento. Su caballo va varios pasos por delante, envuelto en la bruma, apenas un borrón negro en la niebla gris.

—Nándor —repito, con un hormigueo en la piel—. ¿Y qué pretende hacer conmigo?

Peti abre la boca y la cierra sin decir nada, como una carpa arrastrada hasta la orilla del río. Se inclina sobre el costado del caballo y vomita. La sangre y la bilis salpican el sendero.

Se me nubla la visión. El olor es lo peor de todo, peor que su roce frío y sudoroso, peor que el brillo de escarcha de su piel, peor incluso que la mancha negra que se filtra a través de la mezcla de hojas secas y de la arpillera de su hombro, sus vendajes improvisados. Peor que la atenazante sensación de mirar su brazo y darse cuenta, con asombro, de que no está ahí, de que hay un morboso espacio vacío en su lugar. En su agonía, Peti huele como la putrefacción verde de la madera húmeda, cubierta de moho. Intento contener el aliento.

Murmura algo en régyar antiguo y eleva su mano buena, y la mía a la vez, para limpiarse el vómito de la barbilla.

La repulsión me atrapa como un anzuelo, entrelazada con algo más grave, peor. Recuerdo una de las bromas más crueles e ingeniosas de Katalin. Ambas éramos crías entonces, no mucho después de que se llevaran a mi madre, y me preguntó si quería jugar a algo. El corazón se me aceleró ante su invitación, ansiosa por la improbable perspectiva de su amistad. Me dijo que me escondiera en el bosque, que ella me buscaría. Me oculté en una maraña de maleza y excavé un pequeño agujero con la barbilla en la tierra. Esperé y esperé, hasta que los parches de cielo visibles entre los dedos del escaramujo y de las oscilantes frondas del sauce se volvieron de un azul profundo y brillante. El frío del crepúsculo se asentó sobre mí como una segunda capa, y de repente las sombras de los árboles me parecieron bocas abiertas y la zarza bajo la que me escondía ya no era una cuna sino una jaula. Hui de mi escondite, mientras las espinas tiraban de mi ropa, y regresé a Keszi tambaleándome y llorando.

Mis lágrimas desconcertaron a Virág.

—¿Por qué no saliste?

Miré a Katalin, impotente, demasiado afectada para hablar.

Ella me miró, parpadeando, astutamente ingenua.

—Te he buscado en todas partes. No he conseguido encontrarte.

Solo más tarde comprendí por qué era la treta perfecta. No había dejado ninguna prueba de su malvado propósito, ninguna herida que yo pudiera señalar y decir: *Mirad, me ha hecho daño*. Cuando intenté articular mi dolor, solo conseguí parecer una niña balbuceante. Después de todo, ¿por qué no había salido? Todo el mundo sabe que el bosque es peligroso por la noche.

Ver a Peti agonizando contra mí hace que me sienta como si estuviera esperando a Katalin en el bosque. Es mi repulsión, mi terror, mi propia e inapropiada lástima y mi remordimiento los que me están lacerando, nada más. Odio al capitán por haberme atado a mi propia indefensión. Lo odio tanto que es un calor desplegándose en mi pecho, lívido y jadeante.

De repente, mi caballo se detiene. Se acerca al corcel negro de Imre, con las orejas aplanadas contra su cabeza marfileña.

—¿Oís eso? —pregunta Imre. Sus pestañas pálidas están cubiertas de diminutas perlas de hielo. A lo lejos, casi demasiado lejos para notarlo, se oye un susurro lento y medido.

—Es Peti —dice Ferkó, deteniendo su caballo al otro lado—. Los monstruos del bosque pueden oír sus gemidos desde kilómetros de distancia. Los está sacando de sus guaridas y...

El capitán se gira hacia nosotros con la mano en el hacha. Hay un rocío blanco en sus rizos oscuros, una pequeña corona de escarcha.

—Guardad silencio —les espeta, pero el pulso late en su garganta.

Peti se queda inmóvil contra mí. No decimos nada mientras el susurro se hace más fuerte. Más cercano. Siento el pecho de mi yegua, moviéndose entre mis muslos. Imre toma su hacha y Ferkó prepara su arco y nos agrupamos, como una única masa de una enorme presa humana.

La niebla escupe algo al camino ante nosotros. Los cuatro caballos se encabritan, relinchando frenéticamente, y Peti se desliza de la grupa de mi yegua, arrastrándome con él. Aterrizo sobre mi espalda contra la fría y dura tierra, demasiado sorprendida incluso para gritar.

—¡Parad! —grita el capitán.

—Es un pollo —dice Imre.

Una gallina solitaria está picoteando el camino, ajena al caos que ha creado. Tiene las plumas tan brillantes como la obsidiana pulida. Incluso su pico y su cresta son negras.

No puedo evitarlo. Empiezo a reírme. Me río tan fuerte que me lloran los ojos, aunque mi yegua trota en círculos ansiosos por el sendero, resoplando como reproche. Imre también se ríe, y el sonido aleja los vestigios del miedo de mi corazón y funde el hielo de mi vientre. El capitán me mira como si me hubieran salido siete cabezas.

—¿Esto es lo peor que tienes para ofrecer? —pregunta Imre al bosque, cuando su histeria remite—. ¿Una gallina negra?

Los árboles muertos susurran una respuesta ininteligible. El capitán salta de su caballo con un ruido sordo de sus botas. Me apoyo en los codos; un nudo de pánico sube hasta mi garganta de nuevo.

Pero el capitán no se acerca a mí. Se arrodilla junto a Peti y se quita un guante para presionarle la columna a la altura del cuello con dos dedos. La suavidad con la que lo hace me arrebata el aliento, y tengo que recordarme qué es lo que he visto: el destello de su hacha en la oscuridad, la rápida certeza de sus dedos mientras unía mi muñeca a la de Peti.

El capitán levanta la cabeza. Hay una película húmeda sobre su ojo negro, como un estanque en una noche sin estrellas.

—Está muerto.

No hay más risas.

Vemos tres gallinas más en nuestro trayecto, mientras la niebla empieza a dispersarse y el bosque se hace más escaso a nuestro alrededor. A medida que avanzamos, los árboles dan paso a los herbosos prados, y fragmentos negros de cielo nocturno apuñalan la neblina. El velo de la escarcha se derrite de nuestras manos y de nuestros rostros. Cuando capto el primer atisbo del lago, apenas consigo controlarme para no saltar de mi caballo y correr hacia él, agradecida por haber salido del bosque.

El Lago Negro se extiende por todo el camino hasta el horizonte; volutas de niebla se ciernen sobre él, como el siseante vapor de una olla. El reflejo de las estrellas salpica su superficie y destella, oscuro, bajo la bruma y una tajada blanca de luna. Parece un estanque de noche, y casi creo que podría meter la mano en el agua y sacar una estrella, brillante como una joya, para quedármela.

—Es precioso —susurra Imre. Ferkó cae de rodillas y murmura unas oraciones en la vieja lengua con los ojos cerrados, mientras el viento acaricia su rostro respetuoso.

—Debería ser un lugar seguro donde acampar —dice el capitán, indiferente.

No esperaba demasiada emoción en él, pero sé que el destino de Peti ha mancillado su alivio. Después de que Peti muriera, el capitán le puso una mano sobre la cara para cerrarle los ojos con cuidado. Le enderezó las piernas, hasta que sus tobillos se tocaron, y le colocó el brazo bueno sobre el pecho, en una torpe imitación del sueño. Estaba demasiado rígido para que fuera un sueño real, demasiado consciente de su piedad, como el propio capitán. Verlo me llenó de mi propio e incómodo pesar, sabiendo que yo no recibiré una ceremonia así de los míos. No habrá nadie que me cierre los ojos ciegos ni que se preocupe por la posición de mis piernas. Es decir, si mi cuerpo sobrevive a mi muerte; en Keszi nadie sabe qué hace el rey con las chicas lobo. Solo que nunca regresan.

Después el capitán unió las manos, susurró su oración y el cuerpo de Peti se elevó convertido en llamas y en humo.

Ahora observo al capitán bajando de su montura y arrodillándose ante el Lago Negro. Se quita los guantes y sumerge las manos desnudas en el agua. Su penitencia se clava en mí como una espina. ¿También estará el capitán tan sombrío y ceñudo tras mi muerte? Lo dudo mucho. Supongo que, para los Leñadores, el asesinato de una mujer lobo es un motivo de júbilo.

Imre tira del extremo de la cuerda que rodea mis muñecas, conduciéndome a las cercanías de su campamento. Ya hay un lecho de madera fría y una tetera de hierro forjado, oxidada en los bordes. Tendremos que hervir el agua antes de poder beberla. El Lago Negro tiene un toque de sal, como si Isten hubiera tallado un agujero en la tierra y después hubiera vertido el océano en su interior para darle a Régország su propio y diminuto mar interior. Más allá está la Pequeña Llanura, una pradera rala salpicada de salinas y de las ocasionales marismas que se derraman en los afluentes que tallan la tierra como un espejo agrietado. Señaliza el límite oeste de Farkasvár, la región donde se encuentra Keszi, que el rey István creó cuando cortó en dados los antiguos territorios tribales para convertirlos en pulcros nuevos distritos gobernados por un presumido conde.

El capitán enciende un fuego en la orilla e Imre coloca su tetera encima. Hierve una presa correosa y verdura para hacer un estofado; la cebolla hace llorar mis ojos y gimotear mi barriga. Debido al brutal paso del capitán, no he comido nada desde que salimos de Keszi.

Debería parecerme impensable compartir una comida con los Leñadores. No quiero reconocer que tenemos algo en común, aunque sea algo tan pequeño y tonto como que nos guste este guiso. Es el mismo tipo de receta sencilla que tomamos en Keszi, cuando nos reunimos en invierno y nuestras despensas están casi vacías. Me recuerda al hogar, y no quiero que los Leñadores envenenen mis recuerdos. Junto a mi moneda y mi trenza, y la capa de lobo de Katalin, son lo único que me queda.

Pero tengo hambre. Cada bocado de estofado me parece una traición, y pienso, de repente y vilmente, en Katalin. *Mi pueblo*, dijo. Virág la detuvo antes de que terminara, pero sé qué habría dicho. Que yo no pertenezco a Keszi. Que la mitad de mi sangre está corrupta, y que en realidad jamás seré una de ellas.

Una verdadera mujer lobo habría rechazado el estofado. Se habría muerto de hambre antes de hacer migas con los Leñadores.

Mi alivio tras conseguir salir del bosque se ve corroído por la idea de que nos estamos acercando a Király Szek. Nos estamos acercando a mi fin. Solo tengo su vaga silueta en mi mente, la helada garra del miedo alrededor de mi corazón, el sabor de la sangre en mi lengua. Preferiría saber cómo voy a morir, en lugar de pasarme el viaje preguntándome si será con acero o con fuego.

—¿Qué creéis que os espera cuando lleguemos a Király Szek? —pregunto con cautela—. ¿Una mención personal del rey? ¿Una celebración en vuestro honor?

Imre resopla.

—Solo espero que ningún otro soldado me haya robado el catre.

—¿Es tu primera misión como Leñador?

—La primera en el Ezer Szem. Vamos por todo Régország, a muchos lugares, además de a los bosques. Supongo que el nombre *Leñador* es un poco engañoso.

Quiero preguntarle qué hacen cuando no están luchando contra monstruos o secuestrando a chicas lobo, pero no estoy segura de si me gustará la respuesta. Así que, en lugar de eso, digo:

—Creí que para eso estaba el ejército del rey.

—El ejército del rey lleva apostado en la frontera doce años. Apenas quedan soldados suficientes para proteger la capital.

Inhalo una inspiración intranquila. No me gusta pensar en los Leñadores haciendo el trabajo de los soldados normales. Me es más difícil odiarlos si pienso que solo luchan a cambio de oro, si pienso que esperan regresar a casa con sus familias algún día.

—No pongas esa cara de decepción —dice Imre, notando mi expresión sorprendida—. La mayoría siguen siendo hombres temerosos de Dios. Algunos más que otros.

—Como Peti.

Imre emite un suspiro acosado.

—Peti no era un hombre especialmente devoto; solo era un bobalicón ingenuo, una presa fácil para aquellos con lengua viperina. Creía, como han hecho creer a muchos otros campesinos desesperados, que la presencia de los paganos en Régország era la causa de todos los males de nuestro reino.

Esto también me sorprende. De vez en cuando tenemos alguna cosecha mala en Keszi, o un invierno especialmente duro, pero solo nos culpamos a nosotros mismos de ello, o a nuestros volubles dioses. Algunos años, Ördög es más fuerte y la enfermedad reclama a más de los nuestros. Por el contrario, cuando Isten consigue recuperar el control (como el sol alzándose después de una larga noche), tenemos primaveras abundantes, florecientes, y un montón de niñas nuevas.

Por supuesto, algunos años vienen los Leñadores, y eso es mucho peor que una mala cosecha, o incluso que las artimañas de Ördög.

—¿Qué tipo de males? —pregunto.

—La guerra, sobre todo —me contesta Imre—. He oído que la primera línea está empapada de sangre régyar. Merzan es más fuerte cada día.

Las noticias de la guerra rara vez consiguen llegar hasta Keszi. Yo solo conozco lo básico: hace tres décadas, el rey Bárány János se casó con una princesa merzani para intentar forjar una alianza con nuestros poderosos vecinos del sur. Funcionó, durante un tiempo. Incluso tuvieron un hijo. Pero Merzan era demasiado ambicioso y Régország demasiado testarudo. Cuando la reina murió, la esperanza de paz pereció con ella.

—Es mejor no angustiarse por esas cosas —dice Imre al final—. La guerra va mal. El invierno será largo. Si el Padre Vida lo permite, será por alguna razón. Hemos sido entrenados para servir, no para hacer preguntas.

Recuerdo cómo cobró vida el fuego delante del capitán, tan repentino y seguro. Cualquier mujer lobo se hubiera quedado asombrada ante un fuego así, tan impresionante como la obra de nuestras mejores fogoneras. Lo habríamos llamado «poder, magia». Ellos lo llamaban «piedad». Pero ¿cuál es la diferencia, si en ambos casos el fuego arde con la misma fuerza?

El viento canta a través de las espadañas, empujando la niebla desde el lago. Las falsas estrellas que salpican la superficie del agua guiñan como ojos celestiales. Ferkó ya se ha acostado para pasar la noche, e Imre se le une pronto. El capitán, a quien no he visto comer un bocado de estofado o tragar un sorbo de agua, cruza los brazos delante del fuego. Con el borrón del bosque a nuestra espalda y solo la pálida y vacía extensión de la Pequeña Llanura ante nosotros, por fin es seguro que todo el grupo duerma a la vez. Pero yo me mantengo despierta, calentando mi pecaminoso cuerpo pagano con la luz de las llamas del Padre Vida, batallando contra la pesadez de mis párpados.

El cuchillo del capitán destella en su bota. Quizá todavía pueda ser una auténtica mujer lobo esta noche.

Cuando los Leñadores se quedan dormidos, apenas consigo despojarme de mi propio sopor. El agotamiento me inunda la cabeza como una bandada de pájaros chillones. Se me emborrona y agudiza la visión por turnos, haciéndome sentir mareada. Cuando oigo un susurro en las zarzas a mi derecha, apenas me sobresalto.

Es la misma gallina del bosque, con las plumas negras como una lengua de agua del lago, picoteando en su camino hacia mí. El miedo me ha desgarrado la garganta, así que trago con dificultad y murmuro:

—Deja de asustarme.

La gallina ladea la cabeza.

Después explota.

Al menos, eso es lo que parece. Hay una ráfaga de plumas, una bocanada de humo que huele peor que la podredumbre de la herida de Peti. Y cuando el aire se aclara, algo que no es un pollo está ante mí.

La criatura parece casi humana; apenas lo suficientemente humana para hacerme contener el aliento. Su piel verde grisácea se tensa sobre su columna y sus costillas, con los huesos a punto de atravesarla. La cabeza le cuelga precariamente de un cuello flaco, su lengua negra se desenrosca sobre una hilera de dientes afilados como cuchillas y se arrastra por el suelo mientras la criatura avanza hacia mí a cuatro patas, siseando y gimiendo. Sus ojos no son ojos en absoluto: son dos grupos gemelos de moscas reunidas sobre su rostro demacrado.

Retrocedo hacia el fuego, con un grito traqueteando en mi pecho. Tres criaturas más reptan a través de la maleza, con el pelo de sus espaldas puntiagudas erizándose en el aire frío. Se arrastran hacia Ferkó e Imre, olfateando la tierra húmeda, a ciegas, dirigidas solo por el olor.

Grito, por fin, cuando una de las criaturas muerde el cráneo de Ferkó.

La criatura se traga un trozo de carne y músculo, y la sangre se derrama sobre la hierba. La piel de Ferkó se agita en el viento como un vestido puesto a secar, exponiendo la placa ósea que hay, justo debajo de la cuenca de su ojo.

Imre despierta sobresaltado, pero no tiene tiempo de despojarse del aturdimiento del sueño. Otra criatura se abalanza sobre él, con los dientes en su garganta. El sonido borboteante que emite mientras que se ahoga con su propia sangre es peor que la visión, peor que ver a la criatura masticar y tragar el músculo rojo.

Mi propia criatura me rodea con curiosidad, perezosa, como si intentara decidir si merece la pena el esfuerzo de comerme.

La cuerda de mis muñecas se ha aflojado lo suficiente para poder quitármela con los dientes, pero no me sirve de mucho. No tengo ningún arma, solo los troncos ennegrecidos de la fogata a mi espalda y la inútil hierba mojada de abajo; el arco de Ferkó está empapado en sangre y demasiado lejos. El monstruo da un paso adelante sobre sus nudillos. Tiene manos humanas, con uñas amarillas y astilladas.

—Por favor —resuello—. Isten...

Pero ha pasado tanto tiempo desde la última vez que recé que no consigo recordar qué se supone que debo decir. *Permite que encienda un fuego*, pienso con desesperación. *Permite que forje un cuchillo, y no volveré a compadecerme de mí misma jamás.*

Aunque nada de eso ocurre. En su lugar, el aire silba cuando el capitán baja su hacha sobre el lomo de la criatura. Se oye el crujido del hueso y el monstruo cae al suelo, desplomándose como una tienda mal montada.

El miedo y el pánico rugen en mi interior tan sonoramente como el agua del río en una tormenta. En mitad de la agitación, del caos, solo puedo recordar una cosa: mi odio hacia los Leñadores. Me pongo en pie, tambaleándome, y le arrebato al capitán el cuchillo de la bota. Lo levanto sobre mi cabeza, sesgándolo para asestarle un golpe mortal.

—¿Estás loca? —brama el capitán. Esquiva mi cuchillo con facilidad antes de girarse y abatir a otra criatura, cuyo rostro cede bajo la hoja de su hacha.

Las otras dos criaturas abandonan a Ferkó y a Imre y caminan en un círculo cada vez más reducido, llevándonos hacia el lago. Me adentro en el agua fría, extendiendo el brazo para mantener el equilibrio, y me coloco espalda contra espalda con el capitán. Seguimos adelante hasta que el agua me llega a la cintura, y las bestias avanzan hacia nosotros. Las moscas que son sus ojos zumban lastimeramente. Tienen los dientes teñidos del rojo de la sangre de los Leñadores.

Una de ellas corre hacia donde estoy, saliendo del agua, y me agacho, dejando que caiga sobre mí. Me trago un grito cuando su boca se cierra sobre mi omoplato. Con la misma rapidez con la que una trenza de dolor baja por mi brazo, una repentina inundación de ira lo bordea. Me enfurece la posibilidad de morir de una manera tan tonta, no bajo el filo de la espada del rey János sino entre las mandíbulas de un monstruo sin nombre. Desde donde estoy, clavo mi cuchillo entre sus protuberantes costillas y lo retuerzo con crueldad. El monstruo cae hacia atrás con un chillido.

El capitán lucha contra su propia criatura, que sigue atacando a pesar de que tiene el brazo izquierdo casi arrancado del cuerpo. La extremidad pende de unas finas hebras de músculo y tendones. El capitán golpea a la bestia, pero falla. Sus movimientos son torpes; el hacha parece demasiado pesada en sus manos y, por un momento, me desconcierta su tosca ineptitud. La criatura consigue arrancarle un trozo de tela del dolmán, exponiendo una franja de su piel de bronce.

El Leñador gira frenéticamente en el agua, moviendo la cabeza con rapidez de izquierda a derecha, para tratar de compensar su punto ciego. Actuando por instinto, me acerco para proteger su flanco izquierdo, y cuando el monstruo ataca de nuevo, nuestras armas se encuentran en el centro mismo de su pecho, metal rasguñando metal. Con un chillido, la criatura cae hacia atrás en el lago.

Durante un largo momento, terribles espasmos atormentan su cuerpo. La sangre se acumula en el agua a su alrededor, oscura y nauseabunda, apestando a la verde podredumbre del Ezer Szem. Después, abruptamente, deja de chapotear. Las moscas cesan sus zumbidos. Solo se escucha el sonido de la respiración irregular del capitán, y el tortuoso latido de mi corazón.

Nos arrastramos de nuevo hasta la orilla mientras las estrellas titilan con miserable alegría. Me derrumbo en la tierra, aplastando la mejilla contra la fría hierba, y miro al capitán con los ojos medio cerrados cuando cae a mi lado. Mi cabello mojado se dispersa sobre mi capa de lobo y sobre el suelo, los mechones castaños cubiertos por el desvanecido tinte plateado. El capitán se gira para mirarme a los ojos, resollando.

—*Te nem vagy táltos* —consigue decir, con el ojo muy abierto mientras mira mi pelo castaño, ya desenmascarada. *Tú no eres una vidente.*

—*Te nem vagy harcos* —le espeto en respuesta entre respiraciones irregulares. *Tú no eres un guerrero.*

—No —asiente. Sus mejillas se sonrojan ligeramente—. No lo soy. —Con gran dificultad, se sienta y extiende una mano cubierta por el guante—. Bárány Gáspár.

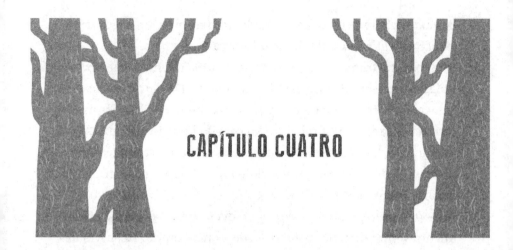

CAPÍTULO CUATRO

Miro al capitán a través de la telaraña de cabello húmedo, que se ha soltado de las pulcras trenzas, e intento asimilar sus palabras. La Canción de los Cinco Reyes retumba en mi cabeza, su melodía sencilla, familiar. Al príncipe lo llamamos «negro», *Fekete*. Pero ese no es su verdadero nombre.

Me echo el cabello hacia atrás e intento leer la expresión del rostro del capitán.

Del capitán, no. Del príncipe.

Solo consigo tartamudear dos palabras.

—¿Por qué?

—Vas a tener que ser más concreta.

Tengo la garganta dolorida después de los gritos y de haber tragado agua del lago mientras me arrastraba hacia la orilla, y mi voz suena ronca, nada parecida al rugido que quiero que sea.

—¿Por qué me mentiste?

Observa la herida de su pecho, el palpitante grabado de las garras de la criatura. Allí donde han ajironado su dolmán hay tres largos tajos, nuevos y de color rubí.

—No te mentí —me dice después de un momento—. Tú nunca me preguntaste mi nombre.

—Tú nunca me preguntaste el mío —replico—. Y nunca me preguntaste si tenía visiones. Si tú no eres un mentiroso, entonces tampoco lo soy yo.

Gáspár me clava su mirada, cauto.

—¿Cómo te llamas, chica lobo?

Aprieto los labios. Pienso en mentir, o al menos en quedarme callada, en hacer que se lo gane. Pero estoy demasiado cansada para todo eso.

—Évike —le digo—. Me llamo Évike.

—Y no eres vidente.

—No. —Levanto la barbilla—. No, no lo soy.

—¿Tienes aunque solo sea una pizca de magia?

—No, pero…

—Entonces fue la anciana la que me mintió. —Gáspár niega con la cabeza—. ¿Qué mayor insulto que enviar al rey a la única mujer lobo que no podrá usar?

Estoy muy acostumbrada a este tipo de desprecios pero sus palabras aún me escuecen, y viniendo nada menos que de un Leñador.

—¿No te parece un insulto secuestrarnos? Además, no estoy tan indefensa como crees. No habrías sobrevivido a esas criaturas sin mí.

—No nos habríamos enfrentado a los monstruos si tú los hubieras visto venir. Ferkó e Imre todavía estarían vivos.

—Ya te lo he dicho: no funciona así —le espeto—. Las videntes no eligen sus visiones. Las visiones las eligen a ellas.

No obstante, mi mirada vaga hasta donde yacen sus cuerpos destrozados. La cara de Ferkó está abierta como una fruta madura, una cavidad de carne rosada y astillas de hueso. El corazón de Imre se encuentra sobre su pecho, cubierto de marcas de mordiscos y todavía llorando chorros de sangre granate. Sé que son mis enemigos y que debería alegrarme de sus muertes, pero se me revuelve el estómago cuando los miro. Cuando pienso en lo horribles que fueron sus últimos momentos, noto una punzada de dolor entre los hombros.

Y entristecerme por la muerte de unos Leñadores me duele todavía más.

Gáspár se pone en pie y hunde su hacha en el agua de la orilla para lavar la sangre coagulada de su hoja. Sigo teniendo su cuchillo en la mano, y lo agarro tan fuerte que me duele soltarlo. Sé que no es un guerrero por cómo me da la espalda: podría atravesarle el gaznate con mi daga antes incluso de que se girase de nuevo.

Pero es un plan ridículo, más absurdo que cualquiera de mis fantasías previas. Los Leñadores son soldados sin rostro, criados como presas para los monstruos del bosque. El rey ni siquiera parpadearía ante sus muertes, y está claro que no castigaría a Keszi por ellas. Pero la muerte de un príncipe...

—No puedes regresar —comienzo—. No sobrevivirás al bosque solo, y Virág es demasiado vieja para hacer el viaje a Király Szek. Ella es la única vidente de la aldea.

—No voy a regresar. —Gáspár mira el enrejado de los árboles, las sombras aceitosas y negras entre sus troncos—. Y no voy a ir a Király Szek. No me presentaré ante mi padre con una mujer lobo indefensa e inútil.

Una furia que me es muy conocida se retuerce en mi pecho.

—Tú eres igual de inútil con ese hacha. ¿Todos los Leñadores son tan malos luchadores?

—Los Leñadores entrenan para matar monstruos con hachas —contesta, levantándose con una abrupta inhalación—. Los príncipes entrenan para enfrentarse a sus enemigos humanos con la espada y con la lengua.

Dejo escapar un sonido burlón. Si tenía alguna duda de que fuera el príncipe, su expresión altiva y petulante la habría aplastado. Sus palabras parecen ensayadas tonterías de la corte. Pero no creo que los melindrosos príncipes con sus piquitos de oro suelan ser Leñadores. Se supone que beben vino, a salvo en el interior de las murallas de la ciudad, mientras otros hombres inferiores mueren por ellos.

—Entonces, ¿por qué estás deambulando por Farkasvár con esa enorme hacha en tu cadera? —lo desafío.

Siento un estremecimiento de satisfacción ante la rapidez con la que desaparece su arrogancia. Gáspár aparta la mirada, y se pone serio.

—Yo también podría preguntarte por qué esas cosas a las que llamas «dioses» han decidido no otorgarte magia —me dice con lentitud—. Pero no estoy interesado en conocer las mentes de los demonios.

Para cualquier otra mujer lobo, ese habría sido un gran insulto. Pero ¿qué tengo yo que agradecer a los dioses, además de un invierno breve y la verde promesa de la primavera? Mi endeble fe no me ha evitado los azotes de Virág ni las crueles burlas de Katalin, y tampoco ha impedido que los Leñadores vinieran a buscarme. Mejor me iría si rezara a Ördög para pedirle una muerte rápida e indolora.

O quizá no debería rezar a los dioses paganos. Mi mano se mueve de repente hasta mi bolsillo derecho para pescar la moneda de oro, y el alivio me inunda cuando cierro los dedos pegajosos a su alrededor.

Me pongo en pie. Con la daga agarrada en el puño, camino hacia Gáspár y me detengo a su derecha, para que pueda verme con su ojo bueno.

—Entonces, ¿qué vas a hacer, Bárány Gáspár? —le pregunto—. ¿Matarme aquí mismo?

Me mira y me sostiene la mirada. Demasiado tiempo. Su ojo negro es abrasador y lo odio con una renovada ferocidad. Lo odio por ser un esclavo de los peores impulsos de su padre, por su hacha y su suba negra de Leñador y por atarme a Peti, pero sobre todo odio haberle tenido tanto miedo, que me hiciera sentirme muerta incluso antes de estarlo.

Ya no. Tensa los dedos sobre el mango de su hacha, pero ni siquiera parpadeo. Lo he visto luchar. Yo no soy una guerrera impresionante, pero si se reduce a eso, yo ganaré.

Al final, Gáspár no blande su arma. Me mira, parpadeando, despacio y reticente, y me pregunta:

—¿Conoces la leyenda del turul?

Lo miro sin expresión, dando vueltas a la pregunta en mi mente. Es tan inesperada que casi suelto el cuchillo. Habría sido un buen truco, si pretendiera matarme. Cuando recupero la compostura, contesto:

—Por supuesto. Es una de las muchas historias de Virág. Pero ¿por qué le interesan a un Leñador los mitos paganos?

Gáspár busca bajo el cuello de su suba y extrae un medallón, que cuelga de una cadena de plata. Se quita la cadena del cuello y me la ofrece. Es un pequeño disco de metal amartillado con el sello de los Leñadores, el mismo que adorna el petral de su caballo. En primer plano está el símbolo del Prinkepatrios, una lanza con tres puntas, pero detrás, tallada tan ligeramente que tengo que forzar los ojos para verla, está la silueta de un halcón.

—El rey está muy interesado en las leyendas paganas —dice Gáspár. Hay pesadumbre en su voz—. En esta en concreto.

—¿Y por qué?

—Porque ansía el poder más que la pureza, y quiere encontrar un modo de ganar la guerra. —Gáspár vuelve a ponerse el colgante alrededor del cuello y deja que caiga de nuevo bajo la lana de su suba—. ¿Qué te contó tu Virág sobre el turul?

El recuerdo de su relato es totalmente lúcido, transparente, y brilla en mi mente como un trozo de cristal roto. La leyenda no es una de las que cuenta a menudo, no sin mucha insistencia. Cuando lo hizo, fue después de uno de mis muchos intentos fallidos para hacer fuego, y se sentía generosa. En lugar de regañarme, me sentó en su rodilla e intentó enseñarme las historias de los orígenes: cómo rescató Vilmötten la estrella de Isten del mar, cómo siguió el largo arroyo hasta el Lejano Norte, cómo forjó la espada de los dioses.

—Estas historias son el origen de nuestra magia —me dijo Virág—. No dominarás ninguna de las tres habilidades a menos que comprendas de dónde proceden.

Yo conté las destrezas con los dedos: hacer fuego, sanar y forjar. Cada una más difícil y elusiva que la anterior. Pero había una cuarta habilidad, una que yo ni siquiera tenía la esperanza de dominar y que era mucho más valorada que el resto.

—¿Y la videncia? —le pregunté—. ¿Cuál es su origen?

Por una vez, Virág no aprovechó la oportunidad para contar la historia. Sus ojos no brillaron con el fuego azul que los incendiaba siempre que hablaba de esas cosas, animada por su feroz amor por nuestra gente. En lugar de eso, sus ojos estaban inusualmente ausentes, como dos pozos oscuros y vacíos. A la suave luz de la chimenea, su rostro me pareció especialmente viejo.

—Vilmötten estaba agotado, después de su largo viaje —comenzó Virág—. Quería regresar a su casa y descansar, aunque no sabía qué le esperaría cuando llegara a su aldea. Y entonces fue cuando vio un enorme pájaro con las plumas del color del fuego atravesando el extenso cielo gris. Parecía estar pidiéndole que lo siguiera, así que persiguió al ave, hasta que por fin la vio posarse en la copa de un árbol muy grande. Era el árbol más grande que había visto nunca, y su tronco ancho acuchillaba las mismas nubes.

»Vilmötten comenzó a trepar. Subió durante lo que podrían haber sido días. Y, cuando llegó arriba, se dio cuenta de que el turul lo había conducido al árbol de la vida: el árbol cuyas ramas acunan al Supramundo, el reino de Isten y de los otros dioses. Su tronco forma el eje del Mundo del Medio, donde vivían él y el resto de los humanos. Y sus raíces llegan hasta el Inframundo, donde Ördög y su esposa inmortal tienen su hogar entre mosquitos y pulgas y almas de humanos muertos.

Fingí una arcada y arrugué la nariz, aunque las pulgas me daban un poco de pena. Eran una gran molestia para nosotros, sobre todo en verano, pero no creía que merecieran que las relacionaran con Ördög y su ejército de cadáveres.

—Presta atención —murmuró Virág, sin nada de su fervor habitual—. Desde donde Vilmötten estaba sentado podía ver kilómetros y kilómetros, hasta el mismo límite del mundo. Y después vio incluso más allá. Vio lo que había sido, y lo que pronto sería.

—¿Qué vio? —le pregunté, pero Virág no me respondió. Solo me dijo que, cuando Vilmötten regresó al suelo, se sentía muy triste, porque había visto cosas que nadie más vería. Decidió que no regresaría a su aldea y que en lugar de eso seguiría vagando, tanto bendecido como maldito por lo que el turul le había mostrado.

Me gustaba esa historia, y a menudo le suplicaba a Virág que me la contara de nuevo, aunque casi siempre se negaba. Me gustaba que, a pesar de su poder y de su gloria, Vilmötten también se sintiera solo. Atesorando una esperanza amarga y casi derrotada, trepé al árbol más alto que conseguí encontrar a las afueras de Keszi para intentar atisbar desde allí algún rastro de unas plumas tan brillantes como el fuego.

—La leyenda del turul es el origen de nuestra videncia —le explico a Gáspár, tragándome la amargura del recuerdo—. Es una manifestación de la magia de Isten. ¿Es ese el poder que ansía el rey?

—Está convencido de que es el único modo de derrotar a Merzan. Con esta magia —pronuncia la palabra con una mueca— podría ver sus movimientos antes de que los hiciera. Sabría qué ruta tomarán sus soldados, cómo emboscarlos en su camino. La ubicación de su línea de suministros y dónde es mejor interrumpirla. Mi padre conocería su estrategia bélica antes incluso de que el bey levantara su pluma para escribir la misiva.

Pensar en el turul así, como un arma en la sangrienta guerra del rey, hace que se me hiele el estómago. Y es aún peor cuando me doy cuenta de lo que eso significa para Keszi.

—Por eso quería una vidente.

Gáspár asiente, y lo veo arrugar ligeramente la frente por el desagrado. Es un desagrado beatífico, el que su dios le ordena sentir siempre que habla de mitos paganos o de la potencial utilidad de las mujeres lobo.

LA LOBA Y EL LEÑADOR 67

—Cree que el poder de una vidente lo ayudará a mantener a raya al ejército merzani hasta que encuentre al turul.

La ira entrelaza mis venas con tal fuerza que me sorprende. El antiguo recuerdo y cualquier consuelo que pudiera albergar se ve arrastrado lejos de mí, con algo negro enroscado en sus bordes.

—El rey presume de su odio a los paganos mientras ansía nuestra magia impía. Es un hipócrita.

Gáspár se está mirando la herida. La sangre baja en paralelo al dobladillo de su dolmán, y su único ojo está concentrado en ella con una especie de impotencia que me arranca una gota de lástima. La destierro tan rápido como puedo.

—Sí —dice Gáspár al final—. Reza cada día para que el Padre Vida lo perdone por su falsedad.

Hasta ahora, solo ha hablado de Bárány János como el rey, el importante y temido gobernante de Régország cuyas manos están oscurecidas por la sangre pagana. Pero ahora habla de Bárány János como su padre, un hombre que no está más allá de la redención. No debería conmoverme. Debería hacerme desear atravesarle el ojo bueno con el cuchillo. En lugar de eso, noto un nudo en la garganta.

Gáspár sigue mirando su herida, y en ese momento me doy cuenta de lo que planea hacer.

—Por eso no vas a volver a Keszi. Vas a ayudarme a encontrar el turul.

Esta vez, solo puedo reírme sin alegría.

—Creí que eras un soldado listo —le espeto—. Pero resulta que solo eres un príncipe tonto.

—Yo sé dónde está —dice con una obstinación tan mezquina y miserable que, si fuera otra persona, me habría caído bien por ello. Si no fuera un Leñador—. Está en Kaleva.

Resoplo.

—¿Y qué te hace estar tan seguro?

—Porque los Leñadores han estado buscando en las otras regiones durante meses sin encontrar ni rastro de él. Tiene que estar en Kaleva.

Así que eso era lo que hacían los Leñadores cuando no estaban matando a los monstruos del Ezer Szem o secuestrando a las mujeres lobo de nuestra aldea: perseguir a criaturas míticas en las que se suponía que no creían. Me pregunto cómo consiguen mantener la fe a pesar de ello, cómo es posible que no los engulla el artificio sin gracia del rey. Algo más profundo que la recompensa material o la gloria mortal debe incitarlos, o de lo contrario el rey no solo tendría que preocuparse por el ejército merzani. Gáspár me está observando con los ojos entornados y un desafío en su mirada.

—Ese es el argumento más estúpido que he oído nunca —digo al final.

Gáspár eleva los hombros hasta sus orejas.

—¿Qué sabrás tú? Una chica lobo de una aldea diminuta que nunca ha puesto un pie fuera del Ezer Szem...

—Más que un príncipe mimado con un solo ojo —lo interrumpo—. Para empezar, no sabes si el turul está en Kaleva. Que unos Leñadores ineptos no lo hayan encontrado en ningún otro sitio no significa que esté allí. Además, llegarás a Kaleva justo con el invierno. Tu arquero está muerto, y si eres tan incompetente con un arco y una flecha como lo eres con esa hacha, no creo que sobrevivas mucho tiempo.

El viento sopla desde el lago y mi cabello húmedo forma ondas sobre mi cara. Gáspár me mira y me mira mientras su suba se eriza como las plumas negras de un cuervo; de algún modo parece más pequeño, aunque debe ser una cabeza más alto que yo.

—¿Hay algo que no harías por tu padre?

Su pregunta es un mazazo en la espalda. Por un momento, por puro y apasionado rencor, reconsidero mi decisión de matarlo.

—No lo sé —contesté, airada—. No lo conocí. Mi madre era una pagana a la que los Leñadores se llevaron cuando yo tenía diez años. Mi padre era un recaudador de impuestos yehuli.

—El reino no cobra impuestos a Keszi.

—Ya no. —No dinero, al menos, desde que su padre fijó la estrategia de secuestrar a nuestras mujeres—. Pero antes solían enviar a sus recaudadores de impuestos yehuli con una caravana de Leñadores. Así conoció a mi madre.

Gáspár me mira con el ceño fruncido. No debería importarme que pensase que estoy mintiendo, pero con un poco de mi obstinada petulancia me cambio la daga a la mano derecha y busco en mi bolsillo con la izquierda. Le muestro la moneda dorada, con los dedos resbaladizos y temblorosos, rozando con el pulgar su superficie grabada. Hay letras yehuli impresas en ella, pero yo no sé leerlas.

—Mi padre acuñó esta moneda él mismo —le digo—. Fue un regalo para mi madre, y ella me la dio antes de que los hombres de *tu* padre la arrastraran a la muerte.

Gáspár inspecciona la moneda con gran interés, y la arruga de su frente se suaviza. Sus labios se separan ligeramente, y por un momento puedo creer que es solo un joven, no el príncipe negro ni un Leñador asesino. Levanta la mirada.

—Esta moneda fue acuñada en Király Szek. ¿Conoces el nombre de tu padre?

—Zsigmond —respondo—. Zsidó Zsigmond. Es una de las pocas cosas que sé de él. Mi madre rara vez lo mencionaba y, cuando lo hacía, era siempre en voz susurrada y avergonzada. Los yehuli no veneran al Prinkepatrios, pero son más queridos por el rey que los paganos, y por tanto más desagradables para los de Keszi. Que el rey los emplee como recaudadores de impuestos, economistas y mercaderes, el tipo de trabajo que los patricios consideran inmoral, solo acrecienta ese desprecio.

A los ojos de los paganos los yehuli son traidores, esclavos de los tiranos patricios; por voluntad propia, además. Las palabras de Katalin regresan a mi mente, años y años de corrosivos insultos.

Tu sangre está sucia, y por eso eres estéril.

Isten no bendice a la escoria yehuli.

Naciste para lamerles las botas a los Leñadores.

Siento una oleada repentina de vergüenza, y me guardo la moneda deprisa en el bolsillo. No se la había enseñado a nadie, y no estoy segura de por qué se la he enseñado a este Leñador.

Espero que Gáspár diga algo ofensivo sobre los yehuli, él también, o que me pregunte por qué me he molestado en guardar la moneda todos estos años. Pero, en lugar de eso, me mira con un extraño escrutinio.

—¿Y eres una cazadora decente?

—Soy una cazadora genial —lo corrijo, engreída, hasta que comprendo por qué está interesado en mi habilidad para cazar—. Pero no voy a ir contigo. Prefiero que me coman viva en el Ezer Szem a morirme de frío en el Lejano Norte.

—Si no vienes, no tendré más opción que llevarte a Király Szek —me dice—. Y allí tendrás que explicarle al rey por qué intentó engañarlo tu anciana. Te lo advierto: no es tolerante con las artimañas paganas.

—Solo con nuestra magia —respondo amargamente, pero mi corazón late con fuerza—. No te atreverías a aparecer en la capital con todo tu grupo muerto y solo una chica lobo inútil a remolque. El rey se pondría furioso, ¿y cómo explicarías *tú* eso?

—No puedo —admite—. En ese caso, tendrás que esperar que su enfado conmigo supere su desprecio hacia las paganas de Keszi. —Gáspár tiene la voz tranquila, y sé que solo es una muestra más de su retórica cortesana, cada palabra tan pulida como las piedras del río—. Quizá no convierta tu aldea en cenizas para dejar claro su punto de vista. Es posible que se conforme solo con un par de muertes calculadas... ¿Tal vez esa anciana tuya? Tú misma lo dijiste: es demasiado frágil para serle de utilidad.

La furia que me provocan sus palabras está hilvanada con confusión. Durante muchos años he maldecido a Virág por sus azotes, he despreciado a Katalin por su implacable crueldad, no he querido a nadie en Keszi excepto a Boróka. Pero no me siento orgullosa de mi odio. Después de todo, si no encajo con los paganos, no estoy segura de encajar en alguna otra parte.

Mi mano se mueve de la moneda a la trenza de mi madre, temblando de ira.

—O podría huir —digo, desafiante. Vuelvo a considerar el cuchillo que tengo en la mano, y cómo sería ponerlo en contacto con una parte suave y vulnerable de su ser: el hueco carnoso de su rodilla, el interior de su muslo. Algún sitio doloroso pero no mortal; una herida que evitase que me persiguiera.

—Entonces estarías sellando el destino de tu aldea. —Gáspár deja escapar un suspiro, se pasa una mano a través de sus rizos oscuros. Despeinado, apenas parece un Leñador, y en absoluto parece un príncipe—. Además, si te importa lo más mínimo el pueblo de tu padre, deberías estar ansiosa por mantener al rey en el poder. Hay otros en Király Szek que son una amenaza para los yehuli.

El rostro lívido de Peti regresa a mí, el nombre que sofocó en su boca, entre la sangre y la bilis.

—¿Te refieres a Nándor?

Gáspár asiente, brusco y mudo.

—Tu hermano —añado.

—Hermanastro —dice Gáspár con demasiada rapidez—. Y si crees que mi padre es un fanático religioso… No posee ni siquiera una fracción del ardor de Nándor, o de su don para seducir a la multitud. Nándor da sus sermones en la calle, donde reúne a los seguidores que quieren culpar a los paganos o a los yehuli de las desgracias de Régország. No es un sentimiento impopular en la capital, sobre todo con el ejército merzani llamando a nuestra puerta.

Su voz se enreda cuando dice *merzani*. Me pregunto, con una punzada de culpa, si el apelativo de «príncipe negro» se referirá a su atuendo de Leñador o a la mancha de su sangre merzani. Me pregunto si alguna vez trazará los contornos de su rostro, intentando encontrar en ellos algún recuerdo de su madre, y si se sentirá igualmente aliviado y perturbado por el resultado. No tenemos espejos en Keszi, pero he pasado horas arrodillada en la orilla del río, observando mi reflejo plegándose como si fuera un bordado sobre seda, e intentando descifrar si mi nariz era de mi madre o de mi padre, y qué significaría una cosa u otra.

No había una respuesta que no doliera tragar. Casi se lo digo, antes de recordar que no es mi amigo.

—Nándor no es el príncipe —le digo—. Lo eres tú.

Gáspár aprieta los labios. Por un momento, nos quedamos tan callados que oímos la suave caricia del agua del lago, como un collar de espuma a lo largo de la orilla.

—No es tan sencillo —replica Gáspár, con una nota de finalidad—. La línea de sucesión importa poco cuando hay miles de campesinos reunidos a tu alrededor, una secta de Leñadores susurrando tu nombre y el consejo del rey sopesando los pros y los contras de la sedición; por no mencionar al Érsek, rezando cada día para que llegues al trono.

Su voz se afila mientras habla; al final, es tan cortante como el borde de su hacha. Gáspár aprieta el mango, y aunque sé que tiene en sus manos el destino de mi aldea, del pueblo de mi madre, ahora me doy cuenta con un tartajeo de alarma de que podría tener también el de mi padre. Pienso en la mueca de desagrado de Peti y en las centelleantes escleróticas de sus ojos mientras se arqueaba sobre mí en la oscuridad. Siento el aguijón de la herida de mi garganta. Me paralizo de terror al imaginar lo cruel que debe ser el hombre al que veneraba.

Aun así, una antigua vacilación surge en mí con un escalofrío. Puede que no tenga derecho a preocuparme por el destino de los yehuli, pues los delgados hilos que me unen a ellos son una moneda que no sé leer y un padre al que apenas recuerdo.

—Pero tú eres el príncipe —repito, esta vez con una incertidumbre mortificada—. Y tu padre, el rey...

—No desea nombrar a un bastardo como sucesor, pero la presión aumenta con cada momento, con cada soldado régyar asesinado en la línea de fuego —termina Gáspár. Los dedos de sus guantes están escurridizos por la sangre... La suya—. En menos de un mes, Király Szek celebrará el día de San Istrán, que Nándor reclama como el día de su onomástico. Si hay un momento para que haga su desafío, será entonces.

Se me nubla la cabeza. Mi olvidado agotamiento regresa de repente y tomo aire para afianzarme contra el emborronamiento de mi visión.

—¿Qué crees que va a hacer Nándor? ¿Intentará matar al rey en esa celebración?

—Hay un contingente de Leñadores que apoyan su demanda, y por lo que sé, varios miembros del consejo del rey. Y, por supuesto, el Érsek. Ya tiene el apoyo. Solo necesita la oportunidad.

Dejo escapar una exhalación.

—¿Y el rey está bebiendo vino y bordando mientras toda la ciudad se alza contra él?

—El rey tiene sus propios grilletes. —La voz de Gáspár está desprovista de emoción—. Pero es la mejor esperanza para la supervivencia de Régország, y para tu gente... Tanto para los paganos como para los yehuli. Estoy seguro de que preferiríais entregar a una chica lobo al año a ver toda la aldea masacrada y quemada, o a los yehuli expulsados de la ciudad.

Sus palabras me retienen con una espiral concreta de desconcierto y miedo. Durante toda mi vida, lo único que he odiado más que a los Leñadores es al rey; era la sombra que se movía tras los árboles a las afueras de Keszi, demasiado oscura y distante para verla. Oír que podría ser mi salvador, imaginar que puede incluso que tenga que jugar un pequeño papel para mantenerlo en el trono, hace que una vertiginosa repulsa me revuelva el estómago.

—El turul —digo lentamente, intentando no pensar en Virág mientras lo hago—. ¿Crees que le dará a tu padre el poder para someter a Nándor? ¿Para terminar la guerra, incluso?

Gáspár asiente. Tiene la mandíbula apretada, y me está mirando con una intensidad de pedernal que parece sorprendernos a ambos cuando por fin lo miro a los ojos.

—De acuerdo. —Rodeo la moneda de mi bolsillo con fuerza—. Iré contigo. Te ayudaré a encontrar el turul. Pero tú también tendrás que hacer algo por mí.

—Si me ayudas a encontrar el turul, regresarás a Keszi ilesa.

Niego con la cabeza. Eso no es suficiente.

—Y nadie será castigado por mi engaño.

—De acuerdo —repite Gáspár.

—Una cosa más —digo, mientras se me acelera el pulso—. Quiero saber qué hace el rey con las niñas y las mujeres a las que se lleva.

Gáspár me mira, parpadeando, y sus fosas nasales se hinchan con el inicio de una protesta. Separa los labios, después los cierra de nuevo. Pasan varios minutos antes de que se mueva pero, cuando lo hace, es para extender la mano.

—De acuerdo, chica lobo —dice—. Trato hecho. Ni tu aldea ni tú sufriréis daño alguno. Y cuando encontremos al turul, te contaré lo que ocurre con las mujeres paganas que llevan a la capital.

Tengo que soltar la moneda para estrecharle la mano. Su apretón es firme, y sus guantes están suaves al tacto. Alguien debió sacrificar a un ternero recién nacido para hacer unos guantes tan suaves. Cuando aparto la mano, hay escamas de sangre en las arrugas de mi palma.

—Si no te tapas esa herida, vas a seguir a Peti a la tumba —le digo. Mi voz suena extraña. No quiero que confunda mi practicidad con una preocupación genuina.

Gáspár mira el trío de tajos de su costado, y después de nuevo a mí.

—¿Eres sanadora, después de todo?

—No —replico, intentando no sonrojarme ante otro recordatorio de mi ineptitud—. Pero mi... Virág me enseñó a vendar heridas.

Se encoge de hombros con una inhalación repentina, rápida y brusca.

—Entonces podrías habernos ayudado a vendar a Peti. Podrías haberlo salvado.

La incipiente camaradería que pudiera haber sentido me abandona.

—¿Por qué habría tenido que ayudar a salvar la vida de un hombre que intentó matarme? Y si no querías que muriera, ¡no deberías haberle cortado el brazo!

—El castigo por su traición debía ser ejecutado —dice Gáspár, en voz baja.

—Todas esas proclamas solemnes te hacen sonar como a Virág —le espeto—. ¿Disfrutas siendo tan dramático como una vieja bruja pagana de cien años? Podrías haberle cortado la cabeza, en lugar del brazo. En ese caso, al menos, no habría sufrido, y yo no habría tenido que verlo.

Un instante de silencio pasa entre nosotros. Gáspár da un paso hacia delante, y por un momento me pregunto si le habré otorgado razones suficientes para que se olvidara de nuestro trato y me clavara un cuchillo por la espalda.

Se detiene antes de llegar hasta mí, cerrando los dedos en un puño.

—Tú no lo comprendes, chica lobo. Cortarle el brazo a Peti fue un acto de piedad, para salvar tanto su alma como la mía. Ahora él se enfrentará al juicio del Prinkepatrios por su crimen, y mi alma ha quedado ennegrecida por su muerte.

Lo miro, boquiabierta.

—Entonces, ¿es el destino de tu alma lo que te tiene tan perturbado? ¿Prefieres que un hombre sufra antes que tener que cargar con la culpa de su muerte? Tienes razón... No sobrevivirías un solo día en Kaleva sin mí.

—El asesinato es un pecado mortal, sobre todo cuando la víctima es un hombre del Patridogma. —El ojo de Gáspár está tan entornado como el blanco de una flecha—. Es mejor herir que matar, y es mejor sufrir que morir sin confesión. Peti nunca será perdonado, y el Prinkepatrios lo castigará en el más allá.

Me trago un sonido de desdén.

—Pero el Prinkepatrios no tiene nada que objetar al secuestro de mujeres lobo. Y atarme a un hombre moribundo, obligarme a oír sus gemidos de dolor... Más crueldad que no exige absolución.

—Eso fue idea de Ferkó —dice Gáspár, bajando la mirada—. No mía.

—Entonces eres cruel y cobarde. —Tengo el rostro acalorado—. ¿Siempre dejas que tus hombres guíen el arco de tu hacha?

—Ya no —dice Gáspár con brusquedad—. Ahora están muertos.

Algo se hunde en mi vientre con la pesadez de una piedra. Ferkó e Imre están junto al fuego, sus cuerpos acunados en un sepulcro de hierba empapada en sangre. La bruma sobre el agua se ha aclarado y hay pequeñas cuchillas de luz de luna agitándose sobre su superficie, volviéndola plateada y tan brillante como un espejo. Desde donde estoy, parece inconcebible que alguien pudiera llamar Negro al lago.

Gáspár pasa sobre los cadáveres, y lo sigo. Antes de que pueda decirme una palabra, tomo el arco y el carcaj de Ferkó y me los pongo a la espalda. Su peso es familiar y consolador, como una canción que nunca voy a olvidar.

—¿Tenemos que quemarlos a ellos también? —le pregunto.

—Sí —dice, y se arrodilla delante de los cuerpos. Une las manos—. *Megvilágit.*

Un hilo de fuego desciende sobre el rostro destrozado de Ferkó y sobre su suba de Leñador empapada en sangre. El corazón de Imre se vuelve púrpura a la luz de las llamas, como un moretón del tamaño de un puño. El aire se llena de algo febril y horrible, y de repente mi capa me parece demasiado pesada, mi cabello está demasiado caliente en mi nuca.

El bosque de Ezer Szem está a nuestra espalda, pero la Pequeña Llanura se extiende ante nosotros, una colcha raída de pastos entre este punto y las mesetas heladas. En el norte, el invierno ya ha eclosionado, como un huevo de codorniz, derramando el hielo y la nieve de su interior.

—Si vamos a ir a Kaleva, no necesitamos un mapa —le digo—. Solo tenemos que avanzar en dirección norte hasta que no quede ningún sitio adonde ir.

Gáspár se pone en pie; todavía le sangra la herida del pecho. Bajo la sangre y los jirones deshilachados de su dolmán, su piel es de color oliva y nudosa, musculosa. Aprieto la empuñadura de mi cuchillo... de su cuchillo. Por supuesto, no quiere que lo vende. Si el Prinkepatrios llevara un almanaque de pecados, me pregunto qué añadiría el roce de una chica lobo a su recuento.

Un trato entre un Leñador y una mujer lobo ya me parece algo frágil y terrible. ¿El dios de quién lo aprobaría?

Cuando Gáspár pasa a mi lado, con cuidado de no rozarme con el hombro, me ruborizo sin razón. No me miro las manos hasta que ambos hemos montado en los caballos; su sangre todavía me mancha las palmas.

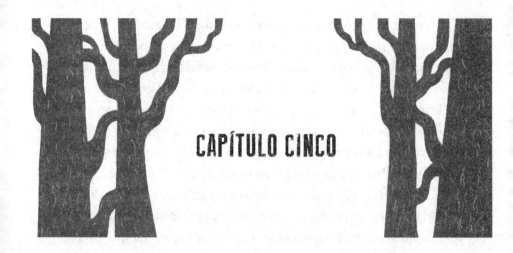

CAPÍTULO CINCO

La Pequeña Llanura se extiende ante nosotros, amarilla e interminable, salpicada de cardos color lavanda y de los escasos árboles negros. El sol se filtra, amodorrado, a través de la gasa de las nubes, tan aguada como el caldo del gulyás. Las últimas moscas del otoño revolotean alrededor de nuestras cabezas, tarareando sus canciones nasales y agitando sus alas iridiscentes. No hay más sonidos, excepto los pasos suaves de nuestros caballos y el viento aplanando la hierba contra la tierra arcillosa.

Hay algo en el infinito espacio abierto que hace que sienta mi vientre como un abismo, escarpado y vacío. Estoy acostumbrada a los árboles apiñados en grupos, a la asfixiante presión de la madera y las zarzas.

—Casi prefiero el bosque —medito en voz alta mientras la hierba pinta sombras onduladas en los flancos de nuestros caballos.

Gáspár abre la boca.

—¿Cómo puedes decir eso? Viste lo que le pasó a Ferkó y a Imre. Realmente sois tan duras de corazón como dicen las historias de los Leñadores.

Tomo nota en silencio de no volver a relajarme tanto con él. Pero todos los años que he pasado con Virág me han enseñado a aplacar mi ira, aunque justificada. Bajo la voz, dócil, y le pregunto:

—¿Qué eran esas criaturas del lago? ¿Llevan los Leñadores un inventario de todo lo que matan en el bosque?

—Eran monstruos —dice con rotundidad—. Algunos Leñadores los llaman lidércek. No importa. No sirve de nada poner nombre a la maldad.

Su frío tono de superioridad me irrita, sobre todo después del parloteo sobre la negrura de su alma.

—¿Consideras malvado a un halcón cuando atrapa a un ratón para comérselo? ¿Consideras malvado al fuego que quema tu leña hasta que solo es ceniza? ¿Consideras malvado al cielo nocturno cuando se bebe el día? Claro que no. Están sobreviviendo, como todos los demás.

Me sorprende la ferocidad de mi voz, y lo parecida que sueno a Virág.

—No creo que el halcón sea malvado —dice Gáspár, después de un momento—. Pero yo no soy un ratón.

—Y gracias a Isten que no lo eres —replico—. Los ratones no pueden darse el lujo de juzgar moralmente a todas las criaturas vivas con las que se cruzan. Los ratones solo son comidos.

Gáspár se tensa en su montura.

—El Prinkepatrios exige fortaleza moral a todos sus seguidores. Es lo mejor que podemos hacer para amoldarnos a su imagen.

—¿Y él te recompensa con una débil magia para hacer fuego?

Yo ni siquiera puedo encender una cerilla, claro, pero si el precio del poder de un Leñador es el lazo de honor con un dios malhumorado y despiadado que exige pureza y perfección, no estoy segura de que merezca la pena. Nuestros dioses piden muy poco, en comparación: sonreír sin ganas durante las interminables historias de Virág, sacrificar pájaros carpinteros junto al río… Tareas horribles contra las que despotricaba con cada exhalación, aunque ambas eran preferibles a separarme de mis meñiques o de los dedos pequeños de mis pies.

—Nos recompensa con la salvación. —El rostro de Gáspár es pétreo, pero hay un nudo en su voz—. Aunque no creo que tú puedas comprender algo así.

—Me alegro de no poder hacerlo —respondo, con un picor furioso en la piel—. Me alegro de no vivir mi vida a expensas de un dios que arrebata partes del cuerpo a niños de diez años.

Gáspár se gira, de modo que solo puedo ver la mitad intacta de su rostro, y el breve palio de vergüenza que lo atraviesa.

—Si seguimos así —dice con lentitud—, será un viaje muy largo.

Mis nudillos palidecen en las riendas de mi caballo. Después de un instante dejo que mis músculos se relajen, que mis hombros se encorven bajo mi capa de lobo.

—Bien —digo. Pero en mi cabeza, pienso: *Príncipe estúpido.*

La noche en la llanura es neblinosa e incompleta, muy distinta de la espesa negrura del bosque. El farol de Gáspár se balancea, proyectando largas astas de luz, acuchillando un camino a través de la hierba. Más adelante hay otra luz, apenas un lechoso borrón naranja en el horizonte. Miro a Gáspár, compartimos una mirada de incertidumbre. Al final, asiente con brusquedad y avanzamos hacia la luz, que palpita más brillante con cada paso.

Han instalado una serie de tiendas contra la lobreguez y la oscuridad, abruptos triángulos que son como las aletas de una carpa de río increíblemente grande. Hay un grupo de reses de un gris pálido, con los cuernos retorcidos tan grandes como las raíces de un árbol. Un perro greñudo con el pelo rizado gimotea cuando nos acercamos, arrugando el hocico húmedo. En el interior del grupo de tiendas hay una hoguera enorme, arrojando su luz naranja, y sobre el fuego hay una alargada figura de palos, tallada toscamente para parecerse a la lanza de tres púas del Prinkepatrios.

—No creo que podamos pedirles hospitalidad —murmuro. El fuego tose chispas que parecen una bandada de insectos fundidos.

—Por supuesto que podemos —me contesta—. Soy un príncipe. Mejor aún, un Leñador.

Antes de que pueda contestar, se abren las solapas de una de las tiendas. Una mujer sale de ella. Lleva el cabello recogido en una trenza castaña, salpicada de gris, y tiene los ojos salvajes, desorbitados.

—¡Es un Leñador! —grita—. ¡El Padre Vida ha respondido a nuestras plegarias, estamos salvados!

Más tiendas se abren, el cuero se agita. Los hombres y las mujeres salen, persiguiendo a sus niños. Es una aldea pobre, lo sé de inmediato: la mayor parte de los niños viste túnicas hechas a mano, cubiertas de agujeros diminutos. Los abrigos de los hombres tienen las costuras abiertas. Su desesperación es tan obvia que me avergüenza, porque nunca he pensado en las penurias de las aldeas pequeñas como aquellas; aldeas no muy distintas de Keszi, pero sin magia que desafile los bordes serrados del hambre y la escasez.

Gáspár, el santo varón que es, mira a la mujer con compasión, sin artificios en su ojo.

—¿Qué está pasando aquí?

—Nos aqueja un mal terrible, señor Leñador. Nosotros… —Se detiene, mirándome. El miedo y el asco cubren su rostro de nubes oscuras.

—¡Puede que fuera esta mujer lobo! —grita alguien de la multitud—. Mirad, ¡hay sangre en su capa!

La sangre de Peti, pienso, mientras la furia se eleva por mi garganta. *La sangre de uno de vuestros benditos asesinos.* Me llevo la mano a la daga del bolsillo, pero primero encuentro la trenza de mi madre, como un pequeño animal dormido.

—Eso es imposible —dice Gáspár, con voz amable pero firme—. La chica lobo ha estado bajo mi vigilancia desde que abandonó su aldea. Ella no es vuestro monstruo.

No es vuestro monstruo, pero es un monstruo, al fin y al cabo. Dejo la trenza de mi madre y agarro el cuchillo, escaldada bajo las duras miradas de todos estos patricios.

—Por favor, señor Leñador —continúa la mujer—. Una escarcha temprana mató todas nuestras cosechas y la mitad de nuestro ganado, y ahora nuestra gente también está desapareciendo. Debe ser un monstruo al que el olor de nuestra sangre ha atraído desde el Ezer Szem. La semana pasada, Hanna se alejó y no regresó, pero su pañuelo rojo apareció flotando en el agua. Después Balász; no hallamos nada de él excepto su guadaña y su azada. Y anoche, la pequeña Eszti salió de la aldea para jugar y todavía no ha regresado. No hemos encontrado ni rastro de ella.

Se me eriza el vello de la nuca. Las únicas criaturas vivas que hemos visto en nuestro viaje eran cuervos gruñones, pero por lo que sé, los cuervos son tan engañosos como esas gallinas negras: están listos para mostrar los dientes y las garras tan pronto como el sol se pone.

—¿Y habéis mantenido vuestra fe incondicional? —les pregunta Gáspár.

—Sí, señor —dice la mujer—. Nuestra hoguera ha ardido todo este tiempo, a pesar de que no tenemos demasiada leña seca para avivarla. Esto no puede ser un castigo del Prinkepatrios, o de lo contrario también nos habría quitado el fuego. Debe ser obra de Thanatos.

Los aldeanos murmuran su acuerdo, y la expresión preocupada de Gáspár se convierte en algo más severo, de líneas duras y bordes afilados. Estoy poco informada sobre el Patridogma, pero sé que Thanatos es algo que temen sobre todo lo demás, algo que tienta a los buenos seguidores del Prinkepatrios hacia el mal y el pecado.

Y, después de escuchar todo esto, me dan ganas de reírme de sus cuentos de hadas patricios. Los humanos no necesitan que un demonio de sombra los tiente; ya somos lo bastante imprudentes sin ayuda. Incluso Isten y los dioses están motivados por la codicia y la lujuria, y son propensos a robar estrellas del cielo y a forzar a doncellas junto al río.

Aun así, Gáspár dice:

—Hablaré con el jefe de vuestra aldea. Buscaré al monstruo que os está cazando y lo mataré. Pero ya ha oscurecido. Necesitamos alojamiento para pasar la noche.

La fluidez de su cambio del singular al plural no sorprende a nadie más que a mí. La mujer entorna los ojos mientras me mira de arriba abajo. Los aldeanos susurran y susurran, los hombres se acarician las barbas con nerviosismo. Abro la boca para protestar, pero el destello sonriente de sus guadañas me detiene. No sé si puedo arriesgarme a pronunciar una palabra delante de estos patricios.

—De acuerdo —cede la mujer—. Pero debes comprender, señor Leñador, que tenemos motivos para recelar de dormir junto a una mujer lobo.

—Por supuesto —asiente—. Ella estará bajo mi atenta supervisión durante toda la duración de nuestra estancia. Voy a llevarla para trabajar como sirvienta en las cocinas de la fortaleza del conde Korhonen. Es excepcionalmente dócil, para ser una mujer lobo.

Tengo que controlarme para no tirarlo de su caballo, sobre todo cuando me mira para asentir furtivamente, como para advertirme que no ponga en peligro su mentira. Hay un leve temblor en sus labios, la hermana de una sonrisita de superioridad. La mujer sonríe.

—Es maravilloso que los paganos decidan expiar sus pecados —afirma—. El Padre Vida es piadoso y la aceptará como sierva, sin duda.

Miro a Gáspár con intención casi asesina. Ambos bajamos de nuestros caballos y atravesamos la multitud de aldeanos. Se apartan para dejarnos paso, por respeto al Leñador o por terror ante lo que imaginan que es mi magia pagana. Por supuesto, no tienen nada que temer, excepto la pequeña daga y el torpe manejo que hago de ella, pero les sonrío, mostrándoles todos los dientes.

El jefe de la aldea es Kajetán, un joven con una barba tan pelirroja como el pelaje de un zorro y un rostro rubicundo a juego. Su edad me pilla desprevenida, su frente es completamente lisa. Esperaba que todas las aldeas estuvieran gobernadas por líderes tan arrugados como Virág. Pero aunque Kajetán no tenga la edad de Virág, tiene al menos la mitad de su mal genio.

Su tienda es la más grande de la aldea, caída y descolorida por el sol en el lado que da al este, pero ni siquiera nos ofrece una alfombra de vaqueta en la que sentarnos. En lugar de eso, se enfurruña sobre su propia estera, erizado bajo su suba blanca.

—Cuéntaselo, Kajetán —lo insta la mujer, Dorottya—. Háblales del mal que ha estado acechando a nuestra aldea.

—No hay nada más que contar —dice Kajetán, hundiendo un diminuto vaso oxidado en un cubo de agua del pozo. Se lleva el vaso a los labios, lo bebe y continúa—: Se han producido desapariciones. Una anciana, un hombre joven y una niña pequeña. Pero dudo de que los Leñadores nos sean de ayuda; no hay rastros que seguir, ni cuerpos que enterrar. Además, apenas podemos permitirnos malgastar comida en dos visitantes. Se acerca el invierno. No necesito más bocas hambrientas y deseosas.

Miro a Gáspár de soslayo, esperando que responda. Esperando que se presente como Bárány Gáspár y así poder disfrutar de la expresión humillada en el rostro de Kajetán cuando descubra que se ha negado a alojar al príncipe de Régország en persona. Gáspár levanta la barbilla.

—Comprendo vuestra aprensión, pero no dejaré que la gente buena y pía sufra. Alojadnos esta noche. Cazaremos nuestra propia comida, y mañana encontraré y mataré a vuestro monstruo.

Kajetán hace un sonido con el fondo de la garganta.

—¿Qué te hace estar tan seguro de que conseguirás encontrarlo?

—El Padre Vida me ha enviado a esta aldea por una razón —dice Gáspár—. Es su voluntad la que estoy cumpliendo, y por tanto no puedo fracasar.

—¿Estás diciendo que eres más beato que nosotros? —Los ojos de Kajetán arden, pero a pesar de su audacia, hay terrones en la lana de su suba—. ¿Que tendrás éxito donde nosotros fracasamos porque el Padre Vida te ha concedido una bendición mayor? Nosotros no somos Leñadores, señor, pero no permitiremos que cuestiones nuestra devoción al Prinkepatrios.

—Kajetán —murmura Dorottya. Una advertencia.

Gáspár da un paso hacia el jefe, que se ha puesto en pie. Le pone una mano en el hombro y le dice:

—He sacrificado mucho para obtener su bendición.

Y después juro que gira la mitad cicatrizada de su cara hacia la luz del fuego. Kajetán mira el ojo de Gáspár con desafío, pero su bravata se disuelve rápidamente. Baja los ojos al suelo.

—Una noche —murmura—. Pero quiero a la mujer lobo atada.

No voy a cometer el mismo error dos veces. Cuando Kajetán viene hacia mí con una cuerda, me revuelvo y grito tanto que todos se quedan paralizados como pollos asustados. Me alegro de estar estropeando la historia de Gáspár, su aseveración de que soy una chica lobo especialmente sumisa, callada y maleable, una joya inusual entre las mías. No quiero pensar que soy distinta a ellas, aunque sea una fabulación. No dejaré que los Leñadores me quiten también eso.

Por fin consiguen rodearme las muñecas con la cuerda; tengo una magulladura en la mejilla y sigo gritando maldiciones. Gáspár está pálido, hundido. Kajetán está furioso. Cuando Dorottya nos conduce a una tienda vacía, se asegura de mantenerse muy alejada de mí.

—Esta tienda era la de Hanna —dice—. Por supuesto, ahora está vacía.

Intento no dejar que el dolor de su voz atempere mi furia.

—Gracias —contesta Gáspár—. Aprecio mucho vuestra hospitalidad.

—Es bastante pequeña —replica ella.

—Está bien. —Gáspár asiente levemente—. Que el Padre Vida te guarde.

—Que el Padre Muerte te indulte —contesta ella, en el modo instintivo y visceral de un adagio repetido a menudo. Después sale de la tienda, dejándonos a Gáspár y a mí a solas.

Tan pronto como ella se marcha, lo miro con una expresión furiosa.

—Quítame esto —gruño.

Gáspár me observa con un mohín en los labios. El fantasma de su sonrisa sigue exasperándome. Se mantiene al otro lado de la tienda, con los brazos cruzados, y dice:

—Tendrás que mostrar un poco más de arrepentimiento.

—¿Arrepentimiento? —Me lanzo sobre él; si tuviera las manos desatadas, se las habría puesto alrededor del cuello—. No me molestes con tus tonterías patricias, sobre todo después de haberme presentado voluntaria para luchar contra un monstruo.

—Tú no tendrás que luchar —me asegura Gáspár—. De todos modos, dudo de que los aldeanos te agradecieran tu ayuda.

—Como si tú pudieras hacer algún daño sin mi ayuda. —Retuerzo las muñecas inútil, furiosamente—. Me rogaste que te ayudara a encontrar el turul antes del día de San Istprocess, y ahora has aceptado de buena gana demorarte durante quién sabe cuánto tiempo en una aldea sin nombre para luchar contra un monstruo que ni siquiera estás seguro de que exista. ¿Qué intentas demostrar?

Gáspár baja la frente sobre su ojo.

—¿Y qué has demostrado tú, chica lobo, excepto que eres precisamente lo que estos aldeanos temen? Cruel, salvaje, ajena a la moralidad o al sentido común. No conseguirás nada confirmando los peores prejuicios sobre ti.

Me río con rencor.

—Tampoco conseguiré nada intentando demostrarles que se equivocan. Podría haber sido la chica lobo más humilde y humillada que hayas visto, y eso no habría cambiado nada. ¿Crees que San István se detuvo a medir el carácter de cada pagano antes de abatirlos con su espada? ¿Crees que le importaba lo inofensivas que pudieran ser sus sonrisas?

Gáspár aprieta la mandíbula, y no contesta. Pienso en cómo se detuvo su voz en la palabra *merzani*. Me pregunto si se ha pasado la mitad de su vida con la barriga contra el suelo, postrándose ante cualquier hombre o mujer que lo mirara con una mueca. La idea me apacigua, atenúa parte de mi afilada ira.

—¿Me desatas, por favor? —le pregunto al final, apretando los dientes.

Veo que relaja los hombros, con un suspiro. Gáspár cruza la tienda de una única zancada y comienza a aflojar la cuerda de mis muñecas.

—Tendré que volver a atarte por la mañana, ya lo sabes.

—No me importa. ¿Sabes lo difícil que es rascarse con las manos atadas?

—En realidad, no.

Flexiono los dedos recién liberados y frunzo el ceño.

—Eres afortunado.

La tienda *es* pequeña. Hay pieles y esteras de lana amontonadas alrededor de un pequeño hogar. Gáspár une las manos para encender un fuego y este pinta nuestras turbias sombras en movimiento contra las paredes de cuero de la tienda. Me acerco, dejando que me caliente las mejillas y mi congelada nariz rosa.

Todavía no quiero hacer las paces.

—No estoy convencida de que esto sea preferible a pasar una noche al raso.

Gáspár me echa una mirada severa.

—Pareces estar disfrutando del fuego.

—También podríamos haber encendido un fuego fuera.

—Pero no tendríamos un techo sobre nuestras cabezas.

—Solo querías una excusa para imaginarme como sirvienta en las cocinas, fregando los suelos en penitencia por mi irreverencia. —Dejo escapar otra carcajada, más breve, sin humor—. ¿Para eso quiere el rey a las mujeres que se lleva de Keszi? ¿Para que le limpien el orinal?

—No —me contesta—. Y tú seguramente serías una sirvienta horrible.

—Qué pena. Ahora nunca podré redimirme.

—Podrías. —El ojo negro de Gáspár se posa sobre mí, con una repentina intensidad que me calienta la cara—. El Padre Vida otorga el perdón, y el Padre Muerte es el árbitro de la justicia. Tanto la justicia como el perdón tienen su lugar, y sé que el Padre Vida te concedería lo segundo, a ti y a los tuyos, si desearais cambiar de costumbres.

—Dos caras de la misma moneda. —Mientras hablo, giro la moneda de mi padre en mi mano, trazando sus símbolos ilegibles: una inscripción yehuli en un lado, letras régyar en el otro. Gáspár me observa, sin pestañear—. Tu dios puede guardarse su perdón. Quizá tú deberías pedir el mío, ya que nos has condenado a ambos a luchar contra un monstruo.

—No podía ignorar su súplica —dice Gáspár, negando con la cabeza como si mi reticencia lo decepcionara terriblemente—. Tomé los votos de los Leñadores. Y aunque no lo hubiera hecho… es lo correcto.

Siempre el noble Leñador. Pienso que no ha revelado su identidad, que ha aceptado los desaires y la insolencia de Kajetán, y vuelvo a enfadarme. ¿Para qué sirve el poder si rechazas todas las oportunidades de utilizarlo?

—Estoy harta de esa farsa del Leñador honorable —le espeto—. Eres un príncipe. Actúa como tal.

—No te gustaría mucho que lo hiciera.

—¿Por qué no?

—Porque te amordazaría, te vendaría los ojos por estar hablándome como lo haces.

Se me queda la boca ferozmente seca. Me siento estúpida por estar tratándolo con familiaridad, como un aliado, como cualquier cosa excepto como un Leñador. Me recuerdo de nuevo que es demasiado joven para haberse llevado a mi madre.

Pero podría haberlo hecho.

—¿Esa es tu idea de justicia? —le pregunto, sombría.

—La mía, no, chica lobo. La del rey, quizá. —Su tono es ligero, pero tiene el ceño fruncido—. Y es posible que te hayas dado cuenta de que todavía no te he amordazado.

Király és szentség. Las palabras que Peti farfulló mientras el hacha de Gáspár se cernía sobre él regresan titilando a mí. Me tenso ante el recuerdo: realeza y divinidad son espadas gemelas para atravesar la carne pagana. Gáspár se quita su suba y apoya el hacha contra la pared de la tienda. Se tumba sobre una piel plateada, contemplando el fuego en lugar de mirarme a mí.

Yo observo la negra silueta de su cuerpo, la luz encharcándose en cada arruga de su dolmán. Solo debería estar pensando en su hacha y en el ojo que le falta, pero en lugar de eso me pregunto por qué le importan tanto sus votos y tan poco su corona. Por qué parece sugerir que es más fácil ser un Leñador que un príncipe. Me acurruco en una de las pieles al otro lado de la tienda, cerca del fuego, y el sueño me reclama antes de que pueda empezar a preguntarme por qué estoy pensando tanto en él.

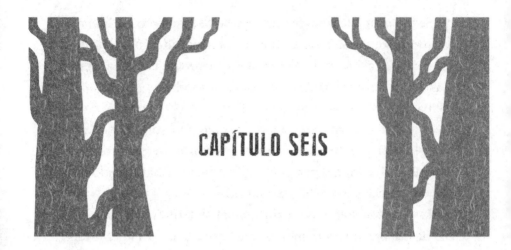

CAPÍTULO SEIS

Por la mañana, la escarcha se extiende sobre la Pequeña Llanura, una guirnalda en cada brizna de hierba. El cielo está furioso y gris, las nubes hinchadas, todo ello es un mal augurio. Virág me enseñó las señales que podían anunciar a un monstruo, pero Gáspár y yo no conseguimos encontrar ni rastro de él.

La llanura no es como el bosque; no hay agujeros en los árboles en los que esconderse, no hay sombras que oculten la presencia de algo grande con colmillos y garras. No hay proféticas manchas de sangre ni montones de huesos mascados. Mientras trazamos un perímetro de tres kilómetros alrededor de la aldea y las escasas tiendas se balancean en la distancia, Gáspár se encoge de hombros con frustración.

—No lo comprendo —dice—. La gente no desaparece sin más.

—Lo sé —replico. El bosque puede tragarse cosas, pero no la llanura—. Quizás estén mintiendo.

—No ganan nada mintiendo.

—Puede que no estemos pensando en el tipo de monstruo adecuado. Virág vivió en una aldea donde había una mujer que se había casado con un dragón y ni siquiera lo sabía.

Gáspár aprieta los labios.

—Un dragón es una bestia.

—Si las mujeres pueden ser lobos, ¿no pueden los hombres ser bestias? —le pregunto. Eso lo silencia, así que sigo—. Esa mujer estaba casada con un hombre al que quería mucho, aunque era de una aldea distinta. La aldea en la que vivían era pacífica, así que todo el mundo se sorprendió mucho cuando, un día, los niños comenzaron a desaparecer. Sus padres los buscaron desesperadamente, pero apenas consiguieron encontrar algunos cabellos y huesos, y sus dientes infantiles. Y entonces la mujer notó que su marido empezaba a actuar de un modo extraño. Y se dio cuenta de que no recordaba el nombre de la aldea de la que procedía, o cómo lo había conocido.

»Llorando, la mujer fue a sentarse debajo de un cidro. Las hojas comenzaron a agitarse sobre su cabeza, y levantó la mirada. Su rostro cambió de la tristeza al horror. ¿Sabes qué vio allí?

—Los cadáveres de los niños —dijo Gáspár sin emoción.

—No. Vio las siete cabezas de su marido, ocultas entre las ramas, con los ojos cerrados, como si estuvieran durmiendo.

Casi espero que se burle de mis tonterías paganas, como yo me reí sin escrúpulos de sus cuentos patricios. Pero su expresión es sincera, casi expectante.

—¿Y qué ocurrió entonces?

—La mujer tomó las cabezas en sus brazos y se las llevó a su marido para pedirle explicaciones. Al verlas, él comenzó a llorar y le mostró los cadáveres de los niños que se había llevado, a los que les faltaban las partes más carnosas. Todavía llorando, le dijo que se había cortado las cabezas para casarse con ella, y que solo había matado y se había comido a los niños para no tener la tentación de comérsela a ella.

—¿Los aldeanos se unieron y mataron al dragón?

—Qué patricio por tu parte —le digo—. No, la mujer guardó el secreto a su marido y a partir de entonces lo alimentó con corazones tiernos de corderos recién nacidos.

Disfruto de su ceño fruncido e ignoro la añoranza que serpentea por mi pecho. El recuerdo de las palabras de Virág es duro y dulce a la vez, como el sabor de una cereza ácida. Me recuerdo sentada en el suelo de su choza, con las piernas cruzadas y los dedos entrelazados con los de Boróka, escuchando mientras nos llenaba la cabeza de historias de hombres dragón y de dioses embaucadores.

A mediodía, Gáspár no ha avanzado en su promesa de terminar con el monstruo. Intento no regodearme demasiado, pero nos gruñe el estómago. Aunque la caza es escasa en la Pequeña Llanura, pues el viento y la emergente nieve han enviado a la mayoría de las criaturas a una hibernación temprana, con el arco de Ferkó consigo matar a una liebre ágil con las puntas de las orejas negras. La desuello y eviscero en silencio mientras Gáspár usa el arco y las flechas. Si yo fuera más generosa, y Gáspár menos testarudo, me habría ofrecido a cazar para él. Pero mi buena voluntad se ha evaporado después de tantas horas caminando contra el viento a través de la llanura, y a pesar de nuestro trato, creo que sigue reacio a aceptar la ayuda de una mujer lobo.

Con gran esfuerzo, tensa la cuerda del arco contra su mejilla y la suelta. La flecha abandona su muesca como un pájaro borracho, y gira para fallecer antes de tiempo a mis pies. No puedo evitarlo: me río.

—Espero que seas mejor príncipe que Leñador.

Gáspár se ruboriza y recoge la flecha. Se acerca a mí, hinchando el pecho, y a la fría luz del día puedo ver riachuelos rosados de tejido cicatrizado corriendo bajo el parche de su ojo. Las pestañas oscuras de su ojo bueno tiemblan, como si ni siquiera él estuviera convencido de su audacia.

—Sigo siendo un príncipe —me recuerda, en voz baja—. Y tú eres una insignificante mujer lobo.

Su bravata no consigue alterarme; si acaso, solo demuestra que incluso mis burlas más toscas logran sacarlo de quicio.

—Entonces debe dolerte saber cuánto me necesitas —le espeto—. Saber que no sobrevivirás sin mí.

Tenso los músculos y me preparo para su réplica. Pero Gáspár entorna su único ojo, con nubes de tormenta amoratando su rostro.

—Tu vida depende de mi supervivencia. Si el príncipe fallece bajo tu custodia, serás tú quien pague por ello. Dime, chica lobo, ¿quién pertenece a quién?

Habla del príncipe como si fuera otra persona, alguien a quien conoce aunque no demasiado bien. Vuelvo a preguntarme por qué parece despreciar el poder tanto como yo lo deseo. Pero eso solo hace que mi corazón aletee con ira, una ira real en lugar de un despecho orgulloso.

—Mi vida es mucho menos valiosa que la tuya —replico—. Si ahora te pertenece, has hecho un mal trato.

Gáspár inhala.

—Si solo fuera tu vida… Te recuerdo que has apostado el futuro de toda tu aldea en este trato, pues confías en que yo la proteja de la ira de mi padre. Si fracasas, sus vidas también se perderán.

Sus palabras me golpean como un rayo. Cuando mi ira se abate, me sonroja la vergüenza. Tiene razón: he hecho algo terrible, estúpido, egoísta, uniéndonos a mí y a mi gente a este Leñador quisquilloso. Mi mirada se posa en su hacha y me la imagino atravesando la suave columna de la garganta de Boróka. Le miro las manos, cubiertas por los guantes negros, imaginando que fueron las manos que arrastraron a mi madre hasta las fauces abiertas del bosque. Lo peor, no obstante, es que es verdad: yo misma podría haber invocado la muerte de Keszi.

—Entonces lucha tú contra tu monstruo —escupo, alejándome de él—. Caza tus propios conejos, y mantén tus estúpidos votos.

No me importa lo inútiles que sean mis palabras, o lo petulante que suene mi voz. Regreso a la aldea, con la liebre muerta balanceándose en mi puño, y no miro atrás. Si Gáspár me llama, no lo oigo.

Tardo casi una hora en llegar al grupo de tiendas. Una furia avergonzada crece en mi interior como un nudo de lágrimas contenidas. El perro del pelo rizado me mordisquea el dobladillo de la capa, gimoteando. Tiene tanto pelo que no consigo encontrar sus ojos, solo su hocico negro y nervioso. Una oveja flaca bala con nerviosismo, como si no supiera que el lobo que llevo a la espalda está muerto. Las vacas grises rumian, ajenas a lo demás.

Se supone que debo tener las manos atadas, pero Kajetán no está a la vista, así que empalo mi liebre y la coloco sobre el fuego. Me quedo unos pasos atrás, con el brazo encorvado sobre la frente, y aun así la luz y el calor hacen que me lloren los ojos. Una fogata así podría mantener caliente a la aldea durante todo el invierno en la llanura, donde, por la noche, puede hacer tanto frío como en Kaleva. Siento una punzada de satisfacción cuando recuerdo que este es el fuego sagrado del Prinkepatrios, y que ahora está sirviendo para llenar el estómago de una pagana.

Me siento ante la choza de Hanna para comerme mi liebre; le lanzo al perro su hígado y el arrugado corazón morado. Arranco la oscura y grasienta carne con las manos y me trago la ternilla sin masticar. En otros momentos incluso he succionado el tuétano de los huesos de los conejos, en mitad de algunos de nuestros inviernos más duros, pero ahora no estoy tan desesperada.

Cuando termino, me lamo los dedos para limpiarlos y saco la moneda de mi padre. He trazado sus símbolos un centenar de veces, tratando de encontrar sentido a sus líneas grabadas como un hombre hambriento intentaría extraer leche de una piedra. Hay un perfil del rey János en un lado, con su nariz real y su exuberante bigote. Procuro encontrar el rostro de Gáspár en el retrato dorado de su padre, pero no veo ningún parecido, y después me enfado conmigo misma por pensar tanto en él.

—¿Eso es un forinto?

Levanto la mirada, sobresaltada. Dorottya está a mi lado, a un brazo de cauta distancia de mí. Lleva el cabello recogido debajo de una pañoleta roja. Mira mi moneda con gran interés y yo la rodeo con los dedos, con un nudo en la garganta.

—No lo sé —respondo. Me avergüenza admitir que no estoy familiarizada con la moneda régyar. Cuando el rey recaudaba impuestos en Keszi, le pagábamos con plata forjada y pieles de conejo que los Leñadores se llevaban en las grupas de sus corceles—. Es de oro.

—Entonces es un arany —me dice Dorottya, estirando el cuello para ver la moneda. Hay un destello esperanzado en sus ojos que me entristece y me hace recelar, a partes iguales—. Vale dos docenas de monedas de plata, quizá más. Solo había visto una moneda de oro una vez.

La fulmino con la mirada, esperando algún comentario cruel. Esperando que me acuse de robar o de alguna otra perfidia pagana. Pero solo me observa, pensativa, apoyando la barbilla en su mano.

—Durante mucho tiempo, aquí no tuvimos monedas —me cuenta—. Después, hace algunos años, los mercaderes de Király Szek vinieron y compraron nuestras pieles, nuestros cuernos y nuestra lana. Nos dijeron que nos comprarían todas las mercancías que tuviéramos, pero nos pagarían en plata. Así que tuvimos que esperar hasta que esos mercaderes volvieron, porque en ninguna de las otras aldeas aceptaban la plata, y cada año nos cobraron más y más por sus mercaderías.

Una sensación callada y fea hierve en mi vientre.

—¿Eran mercaderes del rey?

Dorottya asiente.

—Vi a un hombre con una moneda como esa una vez, con la inscripción extraña y todo, un hombre yehuli. Pero no era mercader... Era recaudador de impuestos.

Tardo un instante en asimilar el peso de sus palabras.

—¿Conociste a un hombre con una moneda como la mía?

—Sí —dice Dorottya, arrugando la frente.

No puedo evitar sonar ansiosa cuando me inclino hacia delante.

—¿Sabes cómo se llamaba?

—No. Era un recaudador de impuestos de la capital, eso es lo único que sé. Cuando llegó, se llevó la mitad de nuestra plata, e incluso una alfombra de piel. El rey mantiene a esos yehuli como víboras en un saco, para soltarlas sobre nosotros una vez al año.

Cierro la mano en un puño alrededor de mi moneda. Sus palabras han dragado un extraño dolor en mí, pero no sé si tengo derecho a sentirme herida por su desprecio hacia los yehuli.

—Me parece que deberías culpar al rey. Por imponeros su moneda, para empezar.

—Los mercaderes nos dijeron que todos los vecinos de Régország usan oro y plata para comprar y vender —me dice Dorottya—. El rey János quiere seguir su ejemplo, y por eso acuña su propia moneda real.

Nunca he pensado demasiado en los vecinos de Régország, el Volkstadt al oeste y Rodinya al este. No son más que patricios, con acentos peculiares pero el mismo odio beato. Mientras sigo perpleja por lo que me ha dicho, Dorottya se marcha. Se une sin decir nada a un pequeño grupo de aldeanos que se han reunido alrededor del fuego para calentarse las manos. Kajetán no está entre ellos. Me pregunto qué tipo de jefe se queda en su tienda todo el día, envuelto en pieles, mientras sus aldeanos se ocupan de los campos y atienden a las ansiosas ovejas. Seguramente el mismo tipo que rechaza la ayuda de un Leñador.

Gáspár aparece detrás del redil de reses grises, con el arco colgado del hombro y las manos vacías. Su fracaso cazando debería proporcionarme algún tipo de perversa alegría, pero hago un mohín cuando se acerca, como si hubiera mordido algo cubierto de moho.

—¿Has cocinado el conejo? —me pregunta, moviendo con el zapato el montón de huesos diminutos a mis pies.

—Sí. Ha sido una buena práctica para mi trabajo en las cocinas del conde Korhonen.

—Eres muy testaruda.

—Tú no eres mucho mejor.

Gáspár inclina la barbilla.

—Como sea, no es bueno discutir con cada inhalación. La naturaleza de nuestro trato, por desgracia, implica que nos pertenecemos el uno al otro.

Se sonroja un poco al decirlo, y yo curvo los dedos de los pies en el interior de las botas. Gáspár elige sus palabras con esmero y cuidado, como yo peinaría los árboles a las afueras de Keszi buscando la manzana más grande y menos golpeada. Me pregunto por qué ha elegido ahora esas palabras. Puede que solo esté siendo tan miserablemente razonable como siempre, pero aun así mi mente tartamudea ante la idea de una unión entre nosotros.

Suspiro profundamente, y me tiembla la boca mientras intento evitar una mueca.

—Supongo que quieres que te alimente.

Creo que casi sonríe, pero se contiene. Una sonrisa resultaría extraña y aterradora en su cara, como un lobo intentando bailar, o un oso tañendo las cuerdas de un kantele.

—¿Estaba regañándote Dorottya? —me pregunta.

Hay una nota de preocupación en su voz, o quizá sea solo mi imaginación.

—No, aunque tenía para mí algunas palabras venenosas sobre los yehuli.

Gáspár ladea la cabeza.

—No sé cómo ha conseguido adivinar tu ascendencia. No tienes el aspecto de los yehuli.

—No lo ha hecho. Reconoció la moneda de mi padre.

Lo miro, recordando el perfil grabado del rey János, con sus ojos embotados y su barbilla débil. El ojo de Gáspár es brillante y perspicaz, su mandíbula tan afilada como el filo de una espada. Debe haber salido a su madre.

—¿Los yehuli tienen un aspecto especial?

—Mucha gente dice que sí. —Levanta un hombro, todavía mirándome—. Algo en la nariz, o quizás en la frente. Hay varios yehuli en la corte, recaudadores de impuestos y prestamistas. Ninguno de ellos tiene tu nariz o tu frente, y desde luego no tienen tus ojos.

Lo miro, parpadeando.

—¿Mis ojos?

—Sí —dice, brusco y con una pizca de vergüenza—. Son muy verdes.

El pulso de un millar de alas diminuta se estremece en mi estómago. Es una sensación rara, no desagradable.

—¿Los merzani tienen un aspecto especial?

Gáspár se queda en silencio. Me pregunto si me he pasado, si este breve momento de paz se deshilachará entre nosotros como un puente de cuerda sobre las aguas picadas. Después de un instante, dice:

—No lo sé. Mi madre es la única merzani a la que he conocido.

—¿Y te pareces a ella?

Por alguna razón, tengo la necesidad de fingir que no he estudiado la imagen dorada del rey János con el rostro de Gáspár en mente, catalogando sus muchas diferencias.

—Eso dicen. —No hay sentimiento en su voz, como si la respuesta fuera una rima bien conocida—. Para el gusto de mi padre, tengo el color equivocado. Uno de los condes propuso que me pasara un año sin salir para ver si eso mejoraba mis perspectivas.

Sus palabras casi me provocan una carcajada, pero me la trago. No estoy segura de que él la considerara una risa exasperada y solidaria, en lugar de una burla a su dolor. Gáspár aparta la mirada por fin, para observar sobre su hombro a los aldeanos reunidos alrededor del fuego. Ahora hay más que antes, con las espaldas encorvadas después de un largo día de trabajo en el campo y un río de agotamiento corriendo bajo sus palabras murmuradas.

El cielo se ha teñido de un violeta oscuro, el color de un cardenal que todavía duele. Franjas rosas y doradas cubren el horizonte, tan limpias como los latigazos en la parte de atrás de mis muslos. La violencia del ocaso me impresiona: en Keszi solo veíamos parches de luz púrpura del tamaño de esquirlas de cristal, tamizadas a través de las grecas de las ramas de los árboles. Una ráfaga de aire frío sube por mi columna. Me maravilla y me asombra, y no me importa parecer tan tonta e impresionable como una niña. Entonces oigo la música.

La ropa de los aldeanos parece más rica y delicada a la luz del fuego, como imbuida del brillo de la seda tejida. El kantele de alguien empieza a sonar y recuerdo la historia de Virág sobre Vilmötten, que estaba vagando por el bosque cuando oyó un sonido adorable y encontró los intestinos de una ardilla colgados entre dos árboles, que tomó y convirtió en un laúd que emitía una música más hermosa que cualquier ruiseñor o zorzal. Incluso el perro del pelo rizado añade sus aullidos a la melodía.

Gáspár y yo observamos mientras los aldeanos forman dos largas filas, los hombres a un lado y las mujeres al otro. Reconozco los pasos de inmediato: es la misma enérgica danza por parejas que bailamos en Keszi, solo cuando necesitamos distraernos del frío o del vacío de nuestros estómagos. Los hombres y las mujeres cambian de pareja, golpeando el suelo y saltando al ritmo del rasgueo del kantele, y riéndose siempre que la falda de una chica está a punto de quemarse en la hoguera.

Mirarlos me llena del peor tipo de odio: la envidia. De no ser por la extensión de hierba que nos rodea y de los sombríos diamantes negros que proyectan sus tiendas sobre la tierra, podría haber creído que estoy de nuevo en Keszi, enfurruñada mientras las otras chicas reclaman a sus parejas de baile. Pero estos aldeanos no viven con el miedo a los Leñadores o a los muchos horrores del Ezer Szem.

Aunque ahora tienen su propio monstruo, me recuerdo. *A pesar del cuidado con el que alimentan su llama divina.*

Una chica se aparta del círculo. Es guapa y delicada, con el cabello rubio de Boróka y los ojos de una cierva ajena al arco de un cazador. Se acerca a Gáspár con timidez y extiende la mano. Tiene una mancha de hollín en la mejilla, pero incluso así hay algo adorable en ella.

Gáspár niega con la cabeza, educadamente, y la chica retrocede, alicaída y ruborizada. Me pregunto si alguna vez ha tocado a

una mujer que no fuera una chica lobo. Después de todo, los Leñadores son una orden religiosa.

Me inclino hacia él, bajando la voz hasta un susurro.

—No tienes que rechazarla por mí.

—No lo he hecho —dice Gáspár, apretando los labios.

—Entonces, ¿por qué? Parece tu tipo.

Gáspár se tensa y levanta los hombros hasta sus orejas. Sé que
he aterrizado en una zona especialmente sensible.

—¿Y qué tipo es ese?

Miro a la chica, que ha regresado al círculo de bailarines y ha tomado del brazo a otro hombre de cabello rubio que parece su hermano. Pienso en mis torpes encuentros amorosos junto al río, en los
hombres y chicos que deslizaron sus manos entre mis muslos y después me suplicaron que no se lo dijera a nadie, *por favor*, cuando
ambos estábamos cubiertos de sudor y jadeando. A cambio, me decían que era guapa, lo que podía ser cierto, y que era dulce, lo que sin
duda no lo era, pero solo cuando estábamos a solas en la oscuridad.

—Inocente —digo.

Gáspár se ríe de mí; su suba se mueve cuando se gira para dejar de mirarme. Su rostro está iluminado por la luz del fuego,
como un trozo de ámbar sobresaliendo de un pino negro. Creo
que podría ser víctima de la broma cruel de un dios embaucador,
que me ha hechizado para que pensase que su piel parece bruñida
bajo el resplandor de las llamas, para que notase cómo aprieta la
mandíbula cuando mis burlas dan en la diana. Me digo que debo
dejar de fijarme en esas cosas.

Hay un momento de calma en la música y una voz se alza
sobre el resto.

—¿Dónde está Kajetán?

—Debe estar recluido en su tienda —contesta Dorottya. Intro-
duce su cuerpo delgado entre la multitud—. Que alguien vaya a
buscarlo.

—Yo iré —se ofrece Gáspár, con demasiado entusiasmo. Sé
que está desesperado por olvidarse de nuestra conversación—.

Debo decirle que finalmente no he conseguido encontrar al monstruo.

Baja la cabeza, avergonzado, y siento una punzada de culpa; me arrepiento de mi arrogancia, de mis burlas. Después de todo, podría haber encontrado al monstruo si yo no me hubiera reído de su habilidad para cazar y lo hubiera molestado con mis historias.

Gáspár no me invita a ir con él, pero no quiero quedarme sola con estos patricios, así que lo sigo de todos modos. En la oscuridad tienen los ojos tan brillantes como las ascuas; reflejan la feroz luz, y sus miradas me siguen en una hilera de calor. Toco la trenza de mi bolsillo derecho y después la moneda de mi izquierdo, extrayendo el poco consuelo que puedo del ritual.

—¿Qué tipo de líder deja que su gente se preocupe? —murmura Gáspár mientras nos dirigimos a la tienda de Kajetán—. Lo menos que debería hacer es mostrar su rostro en un momento de conflicto.

—Quizá no quiera ser el líder. Kajetán parece muy joven para ser el jefe de una aldea, aunque sea pequeña.

—Pero es el jefe —dice Gáspár—. Y solo por eso debería actuar con honor.

La simpleza del mensaje patricio me hace poner los ojos en blanco: bien y mal, y la inextricable división entre ambas cosas. No puedo negar que hay algo atractivo en su rectitud. Si no fuera tan difícil ser bueno a los ojos de un patricio, y tan fácil ser malo.

Gáspár aparta la solapa de la tienda y ambos entramos. El fuego de Kajetán está apagado, su cama fría. Mientras Gáspár da vida a un pequeño fuego, yo camino hasta la mesa de madera, donde está el cubo de agua junto al vaso diminuto. El cubo está casi lleno, pero tiene un aspecto extraño, una densidad que el agua no debería tener.

Cuando me inclino para examinar el líquido, la mesa cojea. Frunzo el ceño y bajo la mirada. Hay un pequeño agujero en el suelo de tierra de la choza de Kajetán, y una de las patas de la mesa se ha alojado en él.

—¿Qué estás haciendo? —me pregunta Gáspár—. No curiosees en las cosas de un hombre, como una vulgar ladrona.

Lo ignoro. El agujero es pequeño y tan negro como el interior de un pozo. Meto la mano dentro, hasta la muñeca, y muevo los dedos hasta que consigo agarrar algo. Cuando saco la mano, lo que veo me hiela las venas.

Abandonando sus principios, Gáspár mira sobre mi hombro.

—¿Qué es eso?

—Es una muñeca —contesto.

La muñeca de palitos y arcilla de una niña pequeña, con un trozo de lana por falda y hierba amarilla de la llanura como cabello. La muñeca no tiene ojos ni boca; solo un rostro de barro, mudo y ciego.

—¿Por qué tiene una muñeca? —me pregunta Gáspár—. ¿Por qué la esconde?

Vuelvo a meter la mano en el agujero. Esta vez, cierro los dedos alrededor de algo más pequeño, más tierno. Un puñado de bayas oscuras. Su jugo violeta me colorea las arrugas de la palma.

Hay otro color: un rojo brillante y oscuro, casi negro.

Tiro las bayas al suelo. Dejan un rastro de sangre sobre la tierra. Miro a Gáspár, y cuando veo el horror que ha aparecido en su rostro, sé que él también lo comprende.

—¿Qué crees que estás haciendo, mujer lobo?

Gáspár y yo nos giramos en perfecta sincronía. Kajetán está en la entrada de su tienda, con el rostro más sonrojado que antes, salpicado de capilares rotos. Sus ojos tienen un brillo mate y retorcido.

—Eres tú —susurro—. Tú mataste a la niña. Eszti.

—Sí —dice.

—Y a Hanna. Y a Balász.

Gáspár echa mano a su hacha.

—Entonces no solo eres un hombre débil. Eres un hombre monstruoso.

—¿Por qué lo haces? —Tengo la voz ronca, me arde la garganta—. ¿Por qué matas a tu propia gente?

—No tengo por qué responder las preguntas de la escoria pagana —replica, pero su voz ya no contiene rencor, solo un desprecio grave y resignado.

—Entonces responde las de un Leñador —le espeta Gáspár—. Responde las de tu dios.

—Tú deberías saber mejor que nadie que nuestro dios demanda sacrificio, Leñador. Bien podrías estar preguntando por el ojo que te falta. —Kajetán emite una carcajada amarga y breve—. Los inviernos en la llanura son infértiles y largos. Muchos habrían fallecido de todos modos. Es cierto, tenemos poca madera seca para alimentar el fuego, pero la carne y el hueso también sirven.

He visto monstruos clavando sus garras en las caras de Ferkó y de Imre, devorando sus cuerpos mutilados. He visto a Peti morir lentamente a mi lado, respirando la verde putrefacción de su horrible herida. Esto es más terrible que ambas cosas: me llevo la mano a la boca, temiendo vomitar.

Gáspár no parece asqueado. En lugar de eso, tiembla mientras eleva su hacha. Presiona la hoja contra el pecho de Kajetán, rezumando gentileza, justo debajo de su cuello y del pálido hueco de su garganta. Con cuidado de no cortar.

—Arrepiéntete —le ordena—. O te dejaré sordo y ciego como castigo por tus crímenes.

Kajetán se ríe de nuevo. Sus ojos contienen la luz del fuego.

—¿De qué debo arrepentirme, Leñador? ¿De servir al Prinkepatrios como Él demanda ser servido? Mejor morir rápidamente de una cuchillada que ver cómo el frío te pudre los dedos de las manos y de los pies, o sentir que tu vientre se está comiendo a sí mismo hasta que no queda más que hueso.

Gáspár agarra su hacha con fuerza. Su nuez sube y baja en su garganta.

—Ante los ojos del Prinkepatrios, sigues siendo un asesino. Arrepiéntete ante mí, o parecerás el Leñador más beato de todo Régország cuando haya terminado contigo.

—Debes estar loco —le espeto—. Él no está arrepentido.

No hay pesar en el rostro brillante y rubicundo de Kajetán, ni en su mirada vidriosa. Nos mira a Gáspár y a mí, burlón, y los hombros le tiemblan con una carcajada muda. Recuerdo que ordenó que me ataran, que me tiró al suelo y me puso la rodilla en la espalda para poder hacerlo, su aliento caliente contra mi oreja. Recuerdo que sus aldeanos se alejaron de mí, como si fuera a comérmelos mientras dormían, todo mientras el monstruo llevaba una suba blanca y vivía en la tienda del jefe. Recuerdo cómo habló Dorottya del saco de víboras yehuli del rey.

Hay monstruos, y hay mujeres lobo, e incluso hay mujeres lobo con sangre yehuli. Ahora lo comprendo: incluso atada y sin dientes, soy más insoportable para ellos que cualquier asesino patricio.

Desenvaino mi cuchillo y me lanzo sobre Kajetán, tirándolo contra la pared de la tienda. Se tambalea pero recupera el equilibrio y me clava un codo en el pecho. Antes de que pueda hincarle el cuchillo, me abandona el aliento.

—¡Évike! —grita Gáspár, pero su voz suena lejana, como algo que oigo desde debajo del agua.

Kajetán me agarra por los hombros con tal fuerza que mi cuchillo sale volando. Me retuerce el brazo y chillo; el dolor cubre mi visión de estrellas. Se produce un remolino de tela y destellos de piel y termino inmovilizada contra el pecho de Kajetán, con mi propia daga contra mi garganta.

—Deberías mantener a tu chica lobo encadenada y amordazada —dice Kajetán, jadeando—. Será la ruina de ambos. ¿Cuánto tiempo arderá la hoguera cuando su cuerpo sea añadido a la pira? ¿Cuánto valdrá una feroz mujer lobo, una pagana del mayor orden, para el Prinkepatrios?

Me presiona la herida de la garganta con el dedo, abriéndola de nuevo con la uña del pulgar. Ahogo otro grito; las lágrimas arden en mi mirada. Cuando Kajetán aparta la mano, está florida por la mezcla de sangre nueva y antigua.

—Suéltala —dice Gáspár. Baja su hacha, dejando que su hoja golpee la tierra.

Casi puedo oír el surco de la sonrisa de Kajetán, como el metal arañando el metal.

—¿Cuánto vale una feroz mujer lobo *para ti*, señor Leñador? Los hombres de tu orden seguramente brindarían por su muerte.

—Por favor. —Gáspár levanta la mano, desarmada—. Puedo traer oro a vuestra aldea, comida...

—No, no —dice Kajetán, negando con la cabeza—. No hay nada que puedas ofrecerme que sea de mayor valor para el Prinkepatrios que la muerte de una mujer lobo.

Y entonces cierra los dedos alrededor de mi cuello, levantándome, curvando mi cuerpo por la cintura. Arrastra el cuchillo hasta la comisura de mi boca, justo sobre mi lengua, y me doy cuenta con un sobresalto de lo que pretende hacer: cortarme en trocitos que quemará de uno en uno, alargando mi sacrificio tanto como sea posible.

Cierro los ojos, pero no siento el mordisco de la hoja. Solo se escucha el hueso aplastado, el sonido húmedo de la carne cediendo. Cuando abro los ojos, veo riachuelos de sangre sobre la tierra, y Kajetán ha apartado los dedos de mi garganta.

La inercia me envía al suelo y aterrizo sobre mis rodillas, jadeando. Tengo sangre en la boca, pero mi lengua está intacta. El cuerpo de Kajetán cae a mi lado como un gran roble talado, con el hacha de Gáspár alojada en su pecho.

Observo mientras su cuerpo se convulsiona por última vez, mientras sus extremidades se sacuden y después se quedan inmóviles. Su cabeza cae hacia un lado, con los ojos abiertos y terriblemente vacíos, como dos esquirlas pálidas de cerámica esmaltada. Tiene la barba salpicada de sangre, de los negros coágulos vermiformes que ha tosido al morir.

Me pongo en pie con las manos temblorosas. Aunque me sangra la herida de la garganta, apenas la noto ahora. Todo está embotado, tan romo como una piedra de afilar.

—Gáspár —comienzo, pero después no se me ocurre nada que decir. Está demacrado, jadeando. La sangre de Kajetán es una mancha de vino en su dolmán, y tiñe la piel de algo más oscuro que el negro. Solo puedo mirar mientras cae de rodillas y posa una mano sobre la frente de Kajetán para cerrarle los párpados.

Al final, los aldeanos convierten a Gáspár en su héroe. Hilvanan su propia historia cuando ven la salpicadura de sangre en la pared de piel de la tienda, el hacha de Gáspár en el pecho de Kajetán y la muñeca y las bayas en el suelo. La madre de Eszti, una mujer joven con una trenza oscura hasta la cintura, abraza contra su pecho el juguete de palo y arcilla de su hija y llora. El resto de los aldeanos se reúne alrededor del cuerpo rígido de Kajetán.

—Debemos enterrarlo —afirma Dorottya—. Y debemos elegir a un nuevo jefe.

Ingenuamente, pienso que los aldeanos votarán por ella. Pero después recuerdo que, desprovistas de magia, a aquellas mujeres patricias solo se les permite llevar a los niños en sus caderas y remendar las túnicas de sus maridos. Los aldeanos se reúnen para hablar en susurros. Cuando por fin se apartan, es un hombre llamado Antal el elegido.

Su primera orden como jefe de la aldea es deshacerse del cadáver de Kajetán.

—Sin ceremonia —proclama Antal—. Sin tumba.

Fuera, el perro de pelo rizado gimotea, hambriento.

Los aldeanos atraviesan la solapa de la tienda, pero antes de que yo salga, se oye un grito tan fuerte que se retuerce en mi vientre como un cuchillo. Gáspár se apresura, abriéndose paso entre la multitud, y se detiene delante de la hoguera.

El fuego se ha apagado. Puede que haya muerto con Kajetán, convirtiéndose en cenizas humeantes mientras el jefe yacía sangrando en el suelo de su tienda. Solo quedan la piedra ennegrecida y la escultura de palos de la lanza de tres púas del Prinkepatrios. A mi alrededor, los aldeanos se arrodillan, sollozando y murmurando oraciones. Bajo la blanca hoz de la luna, sus rostros están tan pálidos como el hueso.

Espero, pero el Padre Vida no considera que los aldeanos sean merecedores de su piedad. La hoguera se mantiene muda, fría.

—¡*Debemos* tener fuego! —aúlla alguien—. ¡Sin él nos congelaremos!

Gáspár se mueve de repente. Desde donde estoy, apenas puedo ver una franja de su cara, pero sé por la curvatura de sus hombros y la lentitud de su paso que la muerte de Kajetán ya es un peso en su espalda, otra marca negra en su alma. Me siento demasiado avergonzada para mirarlo a los ojos, para enfrentarme a la angustia que le he provocado con mi temeridad.

Se arrodilla ante el lecho de troncos quemados y une sus manos.

—*Megvilágit*.

Un pequeño fuego florece en la hoguera; sus llamas murmuran, bajas. No será suficiente para mantener a toda la aldea caliente durante el invierno. Me abro paso entre la gente hasta que estoy tan cerca de él como me atrevo.

Gáspár une sus manos de nuevo, con el ceño arrugado.

—*Megvilágit*.

Las llamas se alzan, onduladas y azules, como las algas que ondean en el lecho del río. Es solo una sombra amoratada del fuego que reptaba sobre los troncos antes, lanzando su luz a kilómetros.

Gáspár se dirige a mí.

—Évike, dame tu cuchillo.

Estoy demasiado desconcertada para negarme. Mi cuchillo (su cuchillo), el que recuperé de los dedos fríos de Kajetán antes de que los aldeanos entraran en la tienda, sigue manchado de sangre. Se lo ofrezco y él lo toma por la hoja. A nuestro alrededor los aldeanos se han callado, aprietan los labios, esperan.

Con virtuosa concentración en su mirada baja, Gáspár se quita los guantes y se sube la manga de su dolmán para revelar un enrejado de cicatrices en su muñeca, lazos blancos contra su piel de bronce. Se me queda la respiración atrapada en la garganta. Gáspár tarda un momento en encontrar una zona de piel limpia. Cuando por fin lo hace, arrastra la hoja por su brazo con un gemido, y su sangre salpica la piedra.

Con dedos temblorosos, deja que el cuchillo caiga sobre la hierba. Une las manos una vez más.

—*Megvilágit*.

El fuego se eleva en el aire con tal ferocidad que Gáspár retrocede de un salto mientras los dedos de las llamas intentan agarrar su suba. Las chispas motean la inmensa negrura del cielo. El alivio de los aldeanos suena tan fuerte como el viento de la pradera.

—¡Gracias, señor Leñador! —gritan—. ¡Nos has salvado!

Lo rodean, extendiendo las manos para colocar sus palmas contra su pecho, para pasar los dedos por el pelo de su suba. Ninguno menciona el cuchillo, la herida. Gáspár se baja la manga para cubrir la sangre y se pone los guantes. La chica del cabello rubio le pasa el pulgar por la mandíbula y murmura algo que estoy demasiado lejos para oír. La náusea me hace un nudo en el estómago.

Parecen pasar horas antes de que la multitud se disperse y los aldeanos regresen a sus tiendas. Cada brizna de hierba es un espejo esbelto para la luz del fuego, haciendo que parezca que estoy en un campo de temblorosas llamas. Gáspár se arrodilla para recoger el cuchillo y después camina hacia mí.

Me mira sin parpadear, con el ojo entornado. Por una vez, su mandíbula está relajada, sus labios un poco separados, como si se hubiera quedado sin fuerza. No soporto mirar su muñeca.

—¿Puedo confiar en que no volverás a ser tan imprudente? —me pregunta.

Casi deseo un reproche enfadado, un enojo mojigato. Cualquier cosa es mejor que esto, la inconmensurable fatiga de su rostro. Pienso en decirle que no necesito un cuchillo para ser una idiota imprudente, pero no creo que eso le arranque una de sus muecas ruborizadas, no esta vez. Solo asiento, y me devuelve el cuchillo por la empuñadura.

Rodeo el frío metal con los dedos y la maldita pregunta se me escapa:

—¿Un ojo no era suficiente?

—¿Qué?

—Tú ya le diste tu ojo. —Tengo un peso en el corazón—. ¿Todos los Leñadores tienen tantas cicatrices?

—Todos a los que merece la pena mencionar.

—¿Por qué? —consigo preguntarle—. ¿Por qué lo haces?

—El Prinkepatrios recompensa el sacrificio —me contesta—. Algunas veces, el sacrificio tiene forma de carne.

Me trago una carcajada. El recuerdo de mi hoja contra su muñeca titila en mi visión, y me dan ganas de vomitar.

—¿Es justicia o misericordia, el hecho de que debas sangrar por tu salvación?

—Misericordia —dice Gáspár. Su ojo está negro, desprovisto de fuego—. En todo este tiempo, Él nunca me ha pedido la vida.

CAPÍTULO SIETE

Los copos de nieve se arremolinan a nuestro alrededor, un torbellino blanco en el aire. Aterrizan en mi cabello, todavía parcheado por el tinte plateado, y se acurrucan en los rizos oscuros de Gáspár. Si no parpadeo a menudo, los copos se reúnen en mis pestañas y se funden, haciendo que el agua helada me escueza en los ojos. Bajo nuestros pies, el suelo está cubierto por una capa ligera de escarcha que la tierra negra atraviesa todavía. Es como si Isten soplara un enorme y helado diente de león, y sus peludas semillas se esparcieran a través del bosque de pinos del Lejano Norte.

En Kaleva solo hay dos estaciones: invierno y no invierno. El no invierno es corto y bochornoso, una época en la que las moscas campan a sus anchas y las plantas asoman sus cabezas de flores con cautela, solo para ser arrancadas y peladas y guardadas para un día más frío y hambriento. Los terneros nacen y son sacrificados para salar y guardar su carne. En el no invierno, los kalevanos disfrutan de algunas horas de débil luz solar y del breve deshielo de sus ríos y lagos, revelando un agua más clara y azul que el mismo cielo.

El no invierno casi ha terminado.

Conduzco por el camino a través del bosque, mientras el caballo de Gáspár trota más despacio detrás. Desde que dejamos la aldea, hace dos días, nuestras conversaciones han sido secas y superficiales, y por su parte, casi siempre monosilábicas. Me disculpo sin hacerlo ofreciéndole las presas más carnosas de los conejos que cazo y resistiéndome a la necesidad de molestarlo durante sus oraciones nocturnas. No estoy segura de que esté captando el mensaje.

Hay alfileres rojos sobre la nieve, siguiéndonos como huellas diminutas, susurrando la historia de nuestra estancia en la aldea de Kajetán. Gáspár se mete la manga por debajo del guante, pero la sangre consigue escapar de todos modos, con un suave sonido tamborileante que nos ha seguido durante kilómetros. Abruptamente, Gáspár detiene su caballo y mira el cielo, dejando que los copos caigan sobre su rostro y se conviertan en agua.

Me giro hacia donde está, con el corazón aleteando.

—Habías visto la nieve antes, ¿verdad?

—No desde hace mucho tiempo —dice, sin mirarme.

Frunzo el ceño. Siempre había pensado que en Régország nevaba en todas partes, incluso en el sur, en la capital. Pero Gáspár mira el aguacero de copos blancos sin que se lo impida el ensamble de las ramas de los árboles, como yo miraba el ocaso en la Pequeña Llanura, que empapaba la hierba con su luz rosada. Cuando agarra las riendas de nuevo, lo veo hacer una mueca.

Una larga exhalación escapa de mi boca, visible en el frío.

—¿Estás intentando castigarme?

Gáspár levanta la mirada. En su ojo hay un destello.

—¿De qué estás hablando?

—Si intentas que me sienta mal por lo que hice, ya lo has conseguido —le espeto—. Cómo le gusta a un Leñador dejarse morir de septicemia solo para demostrar que tiene razón.

—No voy a morirme —dice, pero hay un toque amargo en su voz—. Y no tengo nada que demostrarle a una ingrata chica lobo.

Sus palabras caen sobre mis hombros tan frías como la nieve.

—¿Estás enfadado porque no me he postrado ante ti para demostrarte mi gratitud? Me alegro de no ser leña de patricio, pero Kajetán era un monstruo. Merecía morir.

—No soy yo quien decide qué hombre merece morir.

—¿Quién mejor que tú para decidirlo? —La ira se retuerce en mi interior, después de dos largos días de muda contrición—. Puedes esconderte en tu atuendo de Leñador, pero sigues siendo un príncipe.

—Basta —dice Gáspár. Hay colmillos en su voz—. Kajetán tenía razón: serás la ruina de ambos. Crees que los Leñadores son unos mojigatos, pero fuiste tú quien intentó cortarle la garganta a un hombre porque sus aldeanos hicieron algunos desprecios ignorantes sobre los paganos y los yehuli. ¿No enseñan a las chicas lobo que a veces es mejor enfundar las garras?

Mi sangre late con fuerza. Tengo las mejillas tan calientes que casi olvido que nos hemos detenido en la nieve.

—Eso es lo único que me han enseñado, Leñador. Toda mi vida. A aguantar sus desprecios y tragarme mi odio. ¿Estuviste de acuerdo con el conde que te dijo que no salieras, o con los cortesanos que levantaban las narices al mirarte? Si es así… Bueno, debes ser el príncipe más idiota que ha existido nunca. Toda esa palabrería de muda obediencia los beneficia a ellos, no a ti. Ellos no tienen que hacer el esfuerzo de abatirte, si ya estás de rodillas.

Sé de inmediato que me he pasado. Bajo la voz, como una piedra pateada ladera abajo. El viento se encrespa entre nosotros, aullando. La expresión de Gáspár es dura, una esquirla de ámbar osificada en el ondulado paisaje blanco.

—¿Y qué conseguiste con tus protestas? —me pregunta al final—. Kajetán te habría cortado la lengua.

Separo los labios para contestar, y después los cierro de nuevo. Pienso en las cicatrices en la parte de atrás de mis muslos y en el látigo de junco de Virág, temblando como la cuerda rasgada de un laúd. Pienso en la llama azul de Katalin, en su presumida sonrisa blanca. Pienso en el bosque, cerrándose a mi espalda, y en Keszi desapareciendo de mi vista. Lloré y grité cuando los Leñadores se llevaron a mi madre, pero eso tampoco los detuvo.

Trago saliva, busco mi moneda y cierro mis dedos fríos a su alrededor. Nada habría cambiado si hubiera mantenido la boca cerrada y las garras enfundadas, excepto que me habría odiado más a mí misma. Me habría odiado lo suficiente para acercar un cuchillo a mi piel, intentando comprar con sangre mi salvación.

Cuando vuelvo a mirar a Gáspár, el estómago se me revuelve en el silencio.

—Déjame ver el corte.

—No —dice, pero no con demasiado ardor.

—Si mueres por una infección de la sangre antes de que encontremos al turul, te juro por Isten que te mataré.

Aun así, duda. El viento golpea su suba hacia delante y hacia atrás, como la colada en un tendal. Después baja de su caballo. Yo abandono mi montura y avanzo hacia él sobre la nieve.

La manga de su dolmán está mojada por la sangre. Se la subo con cuidado, con los dedos temblorosos. Una de mis uñas roza su piel y Gáspár retrocede, inhalando. Intento concentrarme en lo que estoy haciendo, imaginando que es la herida de otra persona, no la de un Leñador.

El corte es pequeño, pero la fricción de su piel contra la tela del dolmán ha evitado que se formara una costra. La presiono con tanto cuidado como puedo, y llora rojo. La carne alrededor de la herida está hinchada y caliente al tacto, y sé, por la somera enseñanza de Virág, que eso es mala señal.

Una trenza de furia y desesperación se enrosca en mi interior.

—Si fuera una verdadera mujer lobo, podría curarte.

—Si fuera un verdadero Leñador… —comienza Gáspár, pero se queda en silencio antes de terminar; su voz se rompe como el hielo sobre el río. Algo se estremece en mí, algo muy distinto del odio o del horror. Lo apisono con ferocidad.

Con un profundo suspiro, rasgo una tira limpia de tela de mi túnica y dudo. Podría dejarlo morir. Podría librarme de él sin cargar con demasiada culpa, y después volver a casa. Pero recuerdo las palabras que me dijo en la Pequeña Llanura: *Nos pertenecemos el uno al otro.* No puedo seguir oponiéndome a este maldito trato; el animal ya ha sido desollado. Y sospecho que el rey encontraría un modo de castigar a Keszi de todos modos.

Peor aún es pensar en él derrumbándose sobre la nieve, con las venas oscurecidas por la infección y el rostro desprovisto de color. Si lo imagino muriendo aquí, frío y solo, se me cierra la garganta casi dolorosamente.

Le vendo la herida.

De todos modos, no sé por qué me molesto con el vendaje improvisado. Por el aspecto de la nieve y de las nubes de tormenta sobre nuestras cabezas, Kaleva nos matará antes de que pueda hacerlo otra cosa.

Con cada paso que damos en dirección norte, los árboles se hacen más y más altos, sus troncos son tan gruesos como casas. La capa más baja de sus ramas está tan lejos del sol que la mayor parte de la madera está quebradiza y muerta; sus agujas secas se amontonan en el suelo del bosque. Pero sobre nuestras cabezas, donde los árboles rozan el cielo, las agujas son de un verde intoxicante, exuberantes gracias al agua y a la luz y vibrantes contra la nieve pálida.

Cualquiera de estos árboles podría ser el árbol de la vida, y el turul podría estar oculto entre el follaje escarchado. Pero no puedo ver nada más que la nieve cayendo en gruesas sábanas blancas. Cuando miro sobre mi hombro tampoco puedo ver a Gáspár, solo el borrón de su suba, como la huella de una mano tiznada de hollín en el cristal de una ventana. No sé si sigue sangrando, pues la tormenta ha cubierto el rastro.

Los caballos golpean la tierra con sus patas y relinchan obstinadamente. Bajamos de nuestras monturas y las dirigimos a través del bosque a pie, hasta que nos topamos con un árbol tan grueso como la choza de Virág, con su madera porosa y picada por la termita, oliendo a humedad y a podredumbre. Frondas de musgo cuelgan de las raíces retorcidas y el liquen trepa por el tronco, del color pálido del encaje viejo. Dirigimos a los caballos al espacio vacío donde sus raíces se separan y Gáspár ata las riendas a una rama recia y bulbosa.

—Ya hemos perdido mucho tiempo —dice, frunciendo el ceño.

Elevo la voz sobre el balido del viento.

—Puedes seguir solo. Yo volveré para desenterrarte cuando llegue la primavera.

Gáspár hace una mueca, pero no protesta. Nos adentramos un poco más en el bosque, buscando refugio, y finalmente nos detenemos a los pies de otro árbol. Su laberinto de raíces se extiende sobre un hueco entre el tronco y la tierra, con apenas espacio suficiente para dos cuerpos. Me paro ante la rendija, ciñéndome la capa de lobo.

Hasta ahora no lo he tocado excepto cuando le estreché la mano para cerrar nuestro incómodo trato o para examinarle la herida. La perspectiva de estar tan cerca de él me hace un nudo en el estómago; sobre todo porque sé que sigue enfadado por la indignidad de haber necesitado que le vendase el corte. Me deslizo a través del hueco más estrecho en las raíces, soltando puñados de tierra. Repto bajo el árbol y me subo las rodillas hasta el pecho. Gáspár sigue fuera, inmóvil a pesar de que el viento le carda furiosamente la suba. Tiene los labios apretados y pálidos. Durante un breve momento me pregunto si será tan testarudo como para quedarse allí fuera toda la noche, esperando que la nieve lo entierre. Entonces se desliza entre las raíces y se agacha en el hueco a mi lado.

Apenas tenemos espacio suficiente para movernos, cuando ambos estamos dentro. Gáspár tiene el hombro presionado contra el mío; el calor de su cuerpo se desangra a través de su suba y de mi capa de lobo. Siento la tensión de sus músculos, cuando abre y cierra los dedos, cuando aprieta la mandíbula. Nuestras frías respiraciones se mezclan en el espacio pequeño, oscuro.

Gáspár está ojeroso, su nuez sube y baja. Me pregunto por segunda vez si alguna vez habrá estado tan cerca de una mujer que no sea una chica lobo, pero decido no importunarlo con el asunto, pues ya está enfadado. Fuera, el viento agita las ramas con un aullido feroz.

—¿Quién podría vivir en un lugar así? —murmura, casi para sí mismo.

No conozco a nadie que tenga su hogar tan al norte, excepto los juvvi, que pastorean renos y construyen cabañas de pesca a lo largo de la irregular costa kalevana. Pero no le menciono a los juvvi. Cuando su bisabuelo, Bárány Tódor, conquistó Kaleva, decidió someterlos. Virág dice que capturó a uno de sus líderes tribales, una mujer llamada Rasdi, y que la confinó en una prisión hasta que se comió su propio pie. Recordar la historia hace que la ira me erice la piel.

—Dices que matar es un pecado para los patricios. —Mantengo la voz firme, intentando no pensar en el calor de su cuerpo junto al mío—. Pero vuestros reyes patricios masacraron a miles, sin que les importaran sus almas o las de sus víctimas.

Gáspár entorna el ojo.

—Esos eran paganos que se negaron a postrarse ante el rey y a someterse al Prinkepatrios. Kajetán era patricio. Podría haberse arrepentido.

—No iba a *arrepentirse* —digo, haciendo un mohín alrededor de la palabra—. Y dijiste que no eras tú quien decide si un hombre merece morir, pero lo *decidiste*. Decidiste que yo debía vivir, en lugar de Kajetán.

—Solo lo hice porque no sobreviviré en el norte sin ti, y mi alma sufrirá por ello —me espeta. Siento cómo eleva los hombros, cómo tensa los músculos—. Si muero antes de confesar este pecado ante el Érsek, me uniré a Thanatos durante toda una eternidad de tormento.

Casi me río ante el tono grave de su voz, ante su suprema certeza.

—¿Cómo puedes estar tan seguro de que no te unirás a Ördög en el Inframundo?

—Tu demonio no es más que una ilusión forjada por el mío —dice Gáspár, bajando la voz. Esto no es más que su retórica cortesana, practicada y repetida. Pongo los ojos en blanco.

—Ördög no es un demonio. Incluso tiene una esposa humana.

Él resopla.

—Como si alguna mujer lobo quisiera casarse con un monstruo.

—Csilla no era una mujer lobo —le digo—. Era como las chicas de tus historias patricias, dulce y bonita, pero con una madre y un padre crueles. Vivía junto a un pantano y sus hermanos la enviaron a cazar ranas para la cena, aunque no tenía red. Csilla pescó a las ranas de todos modos, pero una mano se le quedó atrapada en el barro y este se endureció. Por mucho que lo intentó, no consiguió liberarse y se resignó a morir. Entonces oyó una voz, grave y resonante, a su espalda.

»—¿De quién es la mano blanca que ha bajado hasta el Inframundo? —preguntó Ördög. Csilla le dijo su nombre y le suplicó que la ayudara. Pero Ördög le dijo—: Tienes una mano preciosa. Debes tener un rostro igualmente adorable. Si mueres en la ciénaga, puedes venir al Inframundo y ser mi esposa.

»Csilla agarró con fuerza la mano de Ördög. Era como aferrarse a un trozo de abedul en invierno, duro e inhumanamente frío.

»—Podría morir aquí, en la ciénaga —le digo Csilla—. Pero, antes de hacerlo, mi piel se volverá pálida y violácea. Mis labios se tornarán azules, y se me caerá la nariz por el frío. Entonces me uniré a ti en el Inframundo, pero ya no seré hermosa.

»—Eso es cierto —meditó Ördög—. Noto que tu piel ha empezado ya a arrugarse.

»—Dame un cuchillo —le pidió Csilla—. Me cortaré la garganta y moriré mientras mi rostro sigue siendo bonito y mi piel se conserva adorable.

»El agua del pantano borboteó a su lado, y un cuchillo con empuñadura de hueso flotó hasta la superficie. Csilla lo tomó con su mano libre. Pero en lugar de cortarse el cuello, buscó en el fango y se cortó la mano atrapada por la muñeca. Cuando estuvo libre, la joven huyó de la ciénaga tan rápido como sus piernas frías se lo permitieron. Todavía podía oír a Ördög protestando, sosteniendo su mano cortada.

—Ahórrame tus mitos paganos —me dice Gáspár, pero hay un destello de reacio interés en su ojo.

—Ördög no se rindió tan fácilmente —continúo—. Fue a por Csilla dos veces más, primero como una mosca y después como una cabra negra. En ambas ocasiones ella volvió a engañarlo. Primero, usó su cabello dorado para atraparlo en una telaraña. Después, se quemó la mitad de la cara con carbones encendidos para dejar de ser hermosa, pensando que así Ördög la dejaría en paz.

—¿Y lo hizo? —me pregunta Gáspár, en voz baja.

—No —respondo—. Tú mismo has dicho que era un monstruo. Y un monstruo necesita a una esposa monstruosa.

La historia de Csilla y Ördög es una de las favoritas de Virág, pero yo siempre odio que nos la cuente, porque el resto de las chicas aprovecha la oportunidad para lanzarme ramitas y barro y para intentar tirarme del pelo, afirmando que yo no soy mejor que la horrible consorte de Ördög y que bien podría unirme a él en el Inframundo. Es distinto ser la que cuenta la historia, y descubro que el relato me llena de una inesperada calidez, como un ascua ardiente en la cuenca de mi mano. A través de las rendijas finas como cuchilladas entre las raíces del árbol, solo veo estrechos diamantes blancos.

—¿Esos son los cuentos que las madres paganas les narran a sus niños para dormirlos?

Aunque la voz de Gáspár es solo ligeramente mordaz, oír la palabra *madre* saliendo de su boca me llena de ira.

—Ya te lo he dicho: a mi madre se la llevaron los Leñadores cuando yo tenía diez años —le digo con frialdad—. Virág era quien me las contaba. Además, pensé que esta te gustaría, ya que los Leñadores parecéis tan aficionados a cortaros extremidades.

Gáspár contiene el aliento. Sé que es especialmente cruel por mi parte mencionar a Peti, pero hablar de madres ha abierto mi vieja herida, volviéndome tan feroz como una loba con una espina en la pata.

—Yo perdí a mi madre cuando tenía ocho años, chica lobo —me cuenta. En su voz vuelve a haber un borde afilado; blande la revelación tan miserablemente como una daga—. No necesito que me ilumines sobre ese dolor en concreto.

Fue estúpido por mi parte hablar sin recordarlo: Gáspár es el hijo de la esposa merzani del rey János, la mujer extranjera con la que se casó para evitar una guerra con nuestro rival del sur, para disgusto de sus cortesanos. Murió hace casi dos décadas de una fiebre violenta, y la guerra entre las dos naciones comenzó con el primer tañido de las campanas de luto en Király Szek. Por supuesto, nadie tenía en demasiada estima al heredero que había dejado atrás, cuya sangre estaba ennegrecida por el linaje del enemigo.

Siento una tristeza tan descarnada y repentina que es como si alguien me hubiera clavado un cuchillo entre las costillas. Con cierta dificultad, me muevo para tocar la trenza de mi bolsillo. Cuando por fin hablo, mi voz suena extraña, distante.

—¿Te acuerdas de ella?

—No mucho. —Cada palabra es una vaharada blanca. Relaja los hombros contra mi cuerpo—. Ella no hablaba régyar bien. Hablaba merzani conmigo, pero solo cuando no había nadie que pudiera oírla.

—Cada día que pasa creo que recuerdo menos a mi madre.

La confesión escapa de mí antes de que pueda pensar siquiera en callármela. Antes de pensar que este Leñador podría convertirla en un arma.

—Yo también —dice Gáspár, después de un largo momento—. *Olacakla çare bulunmaz.*

Arrugo la frente. Las palabras son similares, en su cadencia, al régyar, pero a pesar de su inesperada familiaridad, no las comprendo.

—¿Eso es merzani? ¿Qué significa?

—«Lo que ha de pasar, pasará».

El dicho pende en el aire como una constelación sibilante. Me duele el pecho. Me pregunto qué tipo de vida de Inframundo habrá vivido él en Király Szek mientras Katalin me frotaba la cara con tierra y me quemaba el cabello.

Una luz azul se filtra a través de los espacios estrechos, y la noche sedosa se proyecta a través de las raíces y de la tormenta.

—No es lo mismo. Tú todavía tienes padre.

Gáspár ladea la cabeza.

—Tú también.

Tengo que retorcer las manos en mi capa de lobo para encontrar mi moneda, atrapada entre nuestros cuerpos adyacentes. Cuando lo hago, la agarro con fuerza a pesar del temblor de mis dedos.

—Es posible.

—Más que las otras chicas lobo, según he oído.

Las niñas de Keszi tienen padre, por supuesto, pero solo como las flores tienen a las semillas de las que brotan; son aldeanos sin rostro que las miran brevemente antes de apartar la mirada, ruborizándose y sintiéndose culpables. El cortejo se limita a los encuentros furtivos en el bosque o a las reuniones privadas junto al río. Las madres crían a sus hijos solas.

No me gusta pensar en ello. Me recuerda que nuestras vidas en Keszi se estructuran en torno a la supervivencia, y que las cosas superfluas, como el amor, tienen que ser cortadas como una extremidad fétida. Como Csilla dejó su brazo atrás en el pantano de Ördög o como se deshicieron de mí en Keszi. Todos los hombres de la aldea temían que yo pasara mi legado estéril a una niña y por eso ponían cuidado, cuando lo hacíamos, para no convertirme en madre.

Me ruboriza pensar en emparejamientos mientras estoy tan cerca de Gáspár. Pero ahora solo puedo ver las espirales de su cabello oscuro, su nariz larga y regia y la delicada curva de su mandíbula, cubierta por una sombra de bozo. Una vez me acosté con un joven de Keszi y su barba áspera me dejó un sarpullido rojo en la garganta y en la barbilla. Amargamente, recuerdo a la chica de la aldea de Kajetán, la que acarició la mejilla de Gáspár. Me pregunto si él se habrá imaginado besándola. Sospecho que es demasiado severo y beato para pensar en mí como yo he estado pensando en él. Huele a pino y a sal, no muy distinto de los hombres con los que he estado. Me pregunto si tiene cosquillas detrás de la oreja, o si el cabello de su nuca es suave.

La nieve se amontona sobre nuestro embrollo de raíces, suave como pasos lejanos. El crepúsculo azulado se ha marchado, dejando solo unas esbeltas franjas de luz de luna para iluminar nuestro pequeño hueco. Esa pálida luz laca el perfil de Gáspár, haciendo que parezca más tierno y joven que sus veinticinco años, y difícilmente un Leñador.

Me echo hacia atrás sobre la trenza de raíces, húmedas por la nieve derretida, y sobre mi cabello envuelto en guirnaldas de musgo. Tengo la cabeza tan cerca de la de Gáspár que creo que nuestras mejillas podrían tocarse, y me pregunto cómo voy a conseguir dormir. No tendría que preocuparme tanto por ello. Tan pronto como cierro los ojos, el mundo tiembla y desaparece.

Todavía está oscuro cuando abro los ojos, en ese amodorrado lugar entre el sueño y la vigilia. Me he movido durante la noche y tengo la mejilla aplastada contra la mezcla de madera y musgo. El cuerpo de Gáspár es una cálida luna creciente alrededor del mío, mi espalda contra su pecho. Estoy casi convencida de que debo estar soñando: acurrucada en esta cuna de raíces, con los brazos de Gáspár rodeándome como un tejado de juncos, todo parece brumoso e irreal.

Incluso más cuando siento su aliento en mi mejilla.

—¿Por qué seguís llevando capas de lobo?

—Cuando los primeros Leñadores persiguieron a la Tribu del Lobo hasta el bosque, la mayoría murió —contesto. Mi voz está cargada de sueño, cada palabra supone un esfuerzo—. Los hombres eran guerreros, así que los soldados del rey los mataron. Solo quedaron las mujeres y los niños. Los soldados creyeron que se los comerían, o que morirían de hambre y de frío, pero no lo hicieron. Sus capas de lobo los mantuvieron calientes, y construyeron sus aldeas en la seguridad del bosque.

—Por eso... —murmura Gáspár.

—Por eso son las mujeres las que tienen magia —termino, parpadeando en la vaporosa oscuridad—. Por eso no hay nada por lo que recemos tanto como para que nazcan más niñas.

Gáspár permanece en silencio tanto tiempo que me pregunto si ha vuelto a quedarse dormido. Cuando por fin habla, sus palabras tiemblan en mi garganta.

—Entonces tú eres una rareza.

—Ese es un modo inusualmente amable de decirlo.

—Puede que eso signifique que estás más cerca de nuestro dios —me dice—, porque estás más alejada del tuyo.

—¿Quieres decir que podría arrancarme un ojo o cortarme la lengua y tener poder como tú? —le contesto, aunque en este estado semidormido, no puedo estar realmente molesta con él.

—Solo si de verdad lo crees. San István también era pagano.

—Ese es el problema —le digo—. En realidad, tampoco he creído nunca que encajara en Keszi.

O quizá nadie en Keszi me permitió creerlo. Katalin, con su mirada cruel y sus canciones burlonas; el resto de los aldeanos demasiado aterrado o desdeñoso para mirarme a los ojos; e incluso Virág, que me salvó por compasión pero que nunca me quiso. ¿Cómo iba a dominar su magia, si todos pensaban que estaría mejor muerta? Isten guiaba sus manos cuando forjaban o sanaban o hacían fuego, pero los hilos de su magia, los que anudan sus muñecas, nunca moverán las mías. Con cada palabra cruel y cada mirada despiadada, y cada vez que el látigo de junco de Virág me lamía la parte de atrás de los muslos, mis hilos se deshilachaban sin cesar hasta que un día se quebraron.

—Lo hacías —susurra Gáspár. Su voz acaricia suavemente mi piel, como un fantasma; su aliento me humedece el cabello—. Al menos, pareces tan chica lobo como yo Leñador.

Las raíces de los árboles nos sostienen en perfecta suspensión, como un cuerpo en un lodazal, ajeno a la erosión del tiempo. Abro la boca para contestar, notando el sabor de la tierra y del musgo, pero tengo los párpados pesados y el sueño vuelve a arrastrarme a la inconsciencia. Cuando despierto a la mañana siguiente, en medio de la calma después de la tormenta, decido que debo haberlo soñado todo: sus palabras amables, la calidez de su cuerpo alrededor del mío. Pero, más de una vez, lo pillo mirándome de un modo extraño, como si supiera algún secreto que yo desconozco.

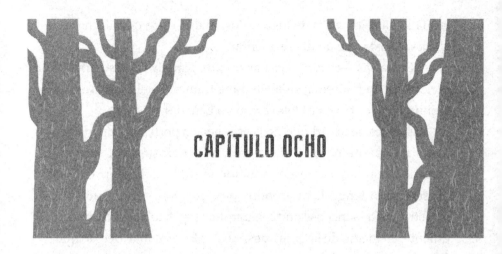

CAPÍTULO OCHO

Sobrevivimos a la nevasca con pocos daños, pero el invierno llega de verdad a Kaleva tres días después. Las ardillas se refugian en los agujeros de los árboles, con las barrigas redondas y llenas. Los zorros están mudando sus abrigos rojizos de verano por un camuflaje de marfil. Los mal encarados gansos hace mucho que se fueron, dejando las ramas de los árboles mudas y desnudas. Bajo nuestros pies, la nieve se ha solidificado en una resbaladiza capa de hielo, demasiado peligrosa para avanzar a caballo. Llevamos a nuestras monturas por las riendas y caminamos, con los dedos de los pies apretados en el interior de las botas.

Una mitad de mí espera ver un destello de plumas de fuego atravesando el cielo gris, y la otra mitad desea que el turul nunca aparezca. A menudo atisbo otras aves rapaces, halcones y gavilanes que rodean el bosque con los ojos fijos en sus presas. Cuando los veo, elevo el arco, trazando su camino a través de las nubes, pero no consigo disparar. Las aves son demasiado bonitas y nobles para morir por mi mano, y de todos modos serían una comida exigua. No habría gloria en sus muertes.

El ojo de Gáspár se entorna cada vez que bajo el arco, pero no dice una palabra. Como yo, debe estar aguardando en silencio a que reúna la fuerza para lanzar mi flecha.

Incluso sin nevada hace un frío terrible, inconmensurable. El sol brilla tras una lechosa capa de nubes, demasiado arisco para mostrar su rostro. Cuando llega la noche, las nubes se entrelazan como la enorme frente arrugada de Isten, ominosamente hinchadas, amenazando con otra tormenta. No estoy segura de que vayamos a sobrevivir a la siguiente, pero no doy voz a mi miedo. Hemos avanzado demasiado para retroceder ahora. Hay demasiados kilómetros de nieve y bosque y pradera entre Keszi y yo, una interminable distancia que humedece mis ojos cada vez que pienso en ella. Nunca imaginé que estaría tan lejos de casa, y solo con un Leñador a mi lado. Cada paso adelante endurece la unión entre nuestros destinos, tan inflexible como el acero.

La primera noche en el árbol fue un prólogo de las siguientes, aunque en ese momento no lo sabía. Cuando tenemos los músculos doloridos y la oscuridad se ha cerrado sobre la herida de la lívida luz del día, encendemos un fuego y nos tumbamos a varios pasos de distancia, a espaldas el uno del otro. Pero por la mañana siempre despertamos acurrucados, junto a la madera ennegrecida, como si nos hubiéramos deslizado sobre el hielo mientras dormíamos, con nuestros cuerpos rebelándose contra el viento y el frío. El primero en despertar se aparta en silencio y después fingimos que no hemos pasado la noche abrazados para calentarnos. Es algo que hemos acordado sin hablarlo, pero el pacto de silencio vibra bajo cada palabra que pronunciamos, escurridizo e incluso más frágil que nuestro primer trato.

A pesar del frío comemos bastante bien, sobre todo porque no tengo reparos en sacar ardillas y liebres de sus madrigueras, donde duermen, gordas e indefensas. Gáspár pone mala cara al contemplar mi barbarie mientras despellejo y eviscero a mis presas, pero tengo que reconocer que al menos contiene su necesidad de reprenderme.

—¿Qué comerás en el banquete del día de San István? —le pregunto mientras coloco a la desgraciada ardilla en un espeto, soñando con la verde luz del sol y con la sopa agria de tomate—. Estofado de pollo con fideos de huevo y pan frito caliente...

Al otro lado del fuego, Gáspár resopla con pesar.

—Esa es comida de campesinos, chica lobo, nada que el rey vaya a servir en su mesa. Tendremos visitantes del Volkstadt, y querrá impresionarlos.

—¿Por qué querrá impresionarlos?

—El Volkstadt ha sido un país patricio desde hace muchos cientos de años —me cuenta—, así que los volken se enorgullecen de ser más religiosos que nosotros, y sus embajadores siempre se muestran nerviosos en la corte de Régország. Creen que somos bárbaros, poco refinados, y que el rey es demasiado indulgente con sus súbditos paganos. Mi padre está ansioso por demostrarles que se equivocan.

Casi me río.

—¿Demasiado indulgente? ¿No es suficiente vivir con miedo a que sus soldados llamen a nuestra puerta y secuestren a nuestras mujeres?

—Para algunos, no. Para los seguidores de Nándor, no.

Escuchar su nombre de nuevo hace que me estremezca. Gáspár mira el fuego fijamente, sin pestañear, las llamas que saltan en el aire frío como lenguas de serpiente. Es la primera vez que habla de su hermano desde esa noche junto al lago, y nada en la inexpresividad de su voz me invita a hacerle preguntas. Pero no me importa.

—¿Y qué ha hecho Nándor para ganarse una devoción tan fervorosa? —le pregunto con cautela. Mi ardilla está ennegreciéndose en su espeto.

La exhalación de Gáspár se eleva, blanca, en el frío.

—Es encantador y listo y está lleno de promesas vacías. Dice a los campesinos desesperados todo lo que quieren oír, y susurra a los cortesanos y a los embajadores volken que él librará a Király

Szek de su lacra yehuli y que limpiará la nación de paganos. El
Érsek afirma que es el verdadero heredero de San István. Y como
los campesinos, los cortesanos y los embajadores volken lo creen,
quizá sea verdad.

Una ira vieja y conocida cobra vida en mí.

—¿Así que vas a renunciar a tus derechos, sin más? ¿Solo porque algunos funcionarios estirados y unos campesinos estúpidos
se creen el cuento de hadas de Nándor?

—Yo no he renunciado a nada. —La voz de Gáspár suena
brusca; enrosca las manos en su regazo—. Nándor tiene un poder
que puede verse y tocarse; no es solo un cuento de hadas. Sin el
turul, ni mi padre ni yo podemos igualarlo.

Es su confesión más sincera hasta el momento. Dejo que mi
ardilla se caiga del espeto. Mi mirada viaja desde sus manos enguantadas a su rostro, ese regio perfil de príncipe que he visto lo
bastante cerca para contar las delicadas pestañas de su ojo bueno,
para preguntarme por la suavidad de sus labios. Durante mucho
tiempo, su ojo perdido me ha horrorizado; había creído que era un
testamento de su piedad y de su odio. Ahora pienso que quizá sea
solo un testamento de su desesperación. Si yo hubiera sido un
príncipe al que nadie tenía en cuenta, engrilletado por la vergüenza de mi sangre extranjera, humillado en los salones de palacio,
bañado siempre por la luz dorada de mi hermano perfecto, ¿no
me habría clavado también el cuchillo en la carne? A pesar de sus
protestas sobre mi flagrante barbarie, Gáspár es más valiente y su
voluntad es más fuerte de lo que ha sido nunca la mía.

Darme cuenta de ello hace que me arrepienta al menos de la
mitad de mis bromas y de mi petulancia. Sonrojándome, le paso la
ardilla asada y él la acepta con un asentimiento férreo. Sobre nuestras cabezas, el cielo es del color del hierro forjado, cubierto de furiosas nubes negras.

—Lo encontraremos. Yo lo mataré —le digo, sorprendida por
la certeza de mi voz. Gáspár no responde. Su ojo está de nuevo
clavado en el fuego—. ¿Dudas de mi puntería?

—No —dice, levantando la cara para mirarme—. No dudo de ti, chica lobo.

Se me eriza la piel, y no por el frío. Comemos en silencio, pero me parece difícil dejar de mirarlo. Recuerdo la línea de su cuerpo contra el mío, el roce de su suba, la presión de sus brazos alrededor de mi cintura. En el pasado habría hecho una mueca ante su cercanía, o habría pensado en lo fácil que sería deslizar mi cuchillo por su garganta. Ahora tengo que parpadear y apretar los dientes, y obligarme a recordar que es un Leñador.

Gáspár es el primero en quedarse dormido, de espaldas a la llama. Aunque no le veo la cara, no puedo dejar de imaginar su sacrificio. La hoja al rojo vivo, el destello del metal, la ampolla de dolor y el flujo de la sangre. Me tensa la garganta y me revuelve el estómago. Y, aun así, a pesar de lo mucho que me perturba la violencia del código de los Leñadores, ¿no disfrutaba yo del cuento de Csilla, que se cortó la mano y se rapó el cabello y se quemó la cara para convertirse en la monstruosa y poderosa consorte de Ördög?

Pienso también en Katalin, que me presionó el rostro contra el barro y me dijo que mi lugar estaba tan cerca del Inframundo como pudiera llegar. Más tarde, cuando la crueldad dejó de parecerle divertida y ella y sus amigas me abandonaron, repté hasta un matorral y dejé que mi mejilla descansara sobre la tierra. Fingí que podía oír a Ördög, retumbando bajo el suelo, como lo había oído Csilla. Quería oírlo llamándome. Quería oírlo diciéndome que pertenecía a algún sitio, aunque fuera al frío reino de los muertos.

Si no puedo ser Vilmötten, si la estrella de Isten no puede brillar en mi vientre, posada en la rama del árbol más alto, quizá pueda ser otra cosa. Quizá pueda ser la favorita de otro dios.

Me tiembla todo el cuerpo cuando desenvaino el cuchillo. El metal es un espejo centelleante que contiene la luz del fuego. Agarro la empuñadura en mi mano izquierda y suspendo la hoja sobre mi meñique. No creo tener la fuerza o el estómago para despojarme de la mano entera, y además necesito ambas para utilizar el arco. El meñique es lo que menos echaré de menos, pero entonces me pregunto si esta será la actitud correcta para un sacrificio.

Rasgo una tira de mi túnica y me meto la tela en la boca. Después, elevo la mano y bajo el cuchillo con toda la fuerza que consigo reunir.

Lo primero es el astillamiento del hueso, la salpicadura de sangre. Una mancha de vino lame los troncos ennegrecidos. El dolor llega después, en un relámpago que me deja mareada y sin aliento. Muerdo la tela, conteniendo un grito. Al otro lado del fuego, Gáspár se mueve, pero no se despierta. Las lágrimas me arden en los ojos.

Con la visión borrosa, levanto la mano. Hay un nudo de hueso sobresaliendo de mi palma, como una suave piedra blanca. La parte donde estaba mi dedo está bordeada de sangre, la piel tan raída como el dobladillo de una falda vieja. Y después está mi meñique, un trocito de carne caliente sobre la nieve. Parece singular y lastimero, algo que un halcón podría llevarse y dejar limpio en una escasa comida de invierno. La idea hace que me derrumbe. Me encorvo por la cintura y vomito.

Cuando termino, me limpio la bilis de la barbilla y enderezo la espalda. El dolor empieza a remitir, dejándome llena de curiosidad y deseo. Esperaba sentir el sacrificio en mi garganta y en mi vientre, como un trago de buen vino, pero solo me siento atontada, asqueada. Csilla no vomitó, o al menos eso no formaba parte de la historia de Virág; quién sabe si lo hizo o no. Cierro los dedos restantes de mi mano izquierda, y me crujen los nudillos.

En la historia de Virág, la joven metió la cara en las llamas sin un instante de duda. Me inclino hacia delante, dejando que el fuego mordisquee las puntas de mis dedos. Me duele, pero no lo suficiente para detenerme. Y mi piel no humea ni se quema.

Una curiosidad más palpable se despliega en mi interior. Extiendo la mano de nuevo, y las llamas saltan hacia atrás. Acerco la mano hasta que toco los troncos cubiertos de ceniza en la base de la fogata y esta se apaga, tan rápida y bruscamente que contengo un grito, como si la hubiera extinguido con agua.

La piel me pincha como con un millar de picaduras de abeja, pero no hay bultos ni carne ampollada en ella. El dolor solo existe en un lugar inalcanzable de mi interior. Y lo único que queda del fuego es el zarcillo acre del humo.

Noto una zambullida en mi estómago, un terror que puedo sentir en las plantas de mis pies, como estar en el escarpado borde de un acantilado. La magia de las otras chicas no funciona así. Ellas forjan metal en sus manos vacías, hacen fuego sin yesca o pedernal. Cosen piel nueva sobre heridas viejas. Pero están tocadas por Isten, el creador, que ni una sola vez ha respondido a mis plegarias. Quizá todo este tiempo debería haber estado rezando a un dios diferente, al que ahoga los brotes verdes bajo la nieve del invierno, al que tiñe de blanco el cabello negro y talla arrugas profundas en la piel. Al dios que demanda carne humana, y no sangre de ganso o plateadas coronas de laurel, como sacrificio.

Quizá fuera solo cuestión de fe, como decía Virág, y yo estaba creyendo en algo equivocado. Casi puedo sentir un hilo oscuro rodeando mis muñecas, presionándose contra mi piel, como cicatrices finas y oscurecidas por la sangre.

Oigo que Gáspár se gira y despierta, parpadeando. Después de un instante de adormilados murmullos, susurra una oración y una bola de fuego azul tiembla en la copa de su mano. Sostiene el fuego tan cerca que su rostro se empapa en una luz zafiro que se aferra a la curva de su nariz y a su mandíbula embozada, y que se encharca en sus labios, apretados con una preocupación desconcertada.

—¿Qué ha pasado? —me pregunta, con voz ronca.

Muy lentamente, arqueo la mano, resbaladiza por la sangre, sobre la espiral de fuego. El ojo de Gáspár se llena de sorpresa cuando descubre lo que me falta, pero antes de que pueda hablar bajo la mano sobre las llamas, curvando mis cuatro dedos sobre los suyos y sumiéndonos a ambos en la oscuridad.

Una palabra pende en el aire entre nosotros, lanzada de un lado al otro por el gélido viento. Permanece impronunciada, no reconocida, y aun así es tan visible y tangible como el fuego bajo nuestros pies.

Boszorkány. Bruja.

A las mujeres lobo de Keszi las llaman «brujas» a veces, pero no es eso lo que la palabra significa en realidad. Las brujas de verdad no son humanas: sus cuerpos están hechos de arcilla roja esculpida; sus huesos son ramitas y madera del pantano. Tienen guirnaldas de hierba por cabello y guijarros pulidos por el mar en lugar de ojos. Son tan viejas como la misma tierra, y no responden ante ningún dios.

Ambos sabemos que yo no soy una bruja. Gáspár me ha visto sangrar, ha sentido mi piel bajo su guante, cómo mi carne cede bajo su mano. Pero este es un tipo distinto de magia, uno que no busca la supervivencia, como la magia de las otras chicas lobo. Con su magia, pueden resistir a los monstruos del Ezer Szem, soportar los duros inviernos en el bosque, mantenerse en guardia contra los Leñadores que las quieren muertas. Su magia construyó Keszi. La mía podría destruirla.

Cualquier otra chica la habría despreciado. Casi puedo ver la delicada naricilla de Katalin arrugándose con desdén. Pero entonces me imagino cerrando la mano sobre su llama azul, la expresión de asombro y terror en sus ojos antes de que mis dedos se muevan hasta su garganta. Me escuece la piel; los hilos negros se están tensando.

Gáspár frunce el ceño, preocupado por mi herida y tan susceptible como Virág en sus peores días, cuando cada palabra llegaba acompañada por un sobrio juicio. Cuando intenté vendarme la mano dejó escapar un profundo y resignado suspiro y me quitó los jirones para rodear con cuidado el tajo donde mi dedo había estado.

—No quiero oír una palabra más sobre el masoquismo de los Leñadores —me dice, con la frente arrugada.

Me río con debilidad.

—Me parece justo.

No ha hablado desde entonces. Mientras avanzamos contra el viento Gáspár me observa con cautela, desde unos pasos de distancia. Bajo su mirada a la defensiva hay un desagrado evidente, pero no consigo averiguar su fuente. Quizá le horrorice la magia que acabo de encontrar en mí. Quizá le recuerde la infranqueable distancia que hay entre un Leñador y una mujer lobo.

Su indiferencia me duele más de lo que esperaba. Después de días acurrucados juntos sobre el hielo, después de haber buscado al turul en el cielo hasta que me ardieron los ojos y me dolieron los pies, me está mirando como si de nuevo no fuera más que una bárbara pagana, algo que no conoce y que no le es posible conocer, algo feroz y despreciable.

Me deslizo sobre el hielo y adapto mi paso al suyo, hasta que estamos lado a lado.

—Tú no lo comprendes —le digo. No estoy segura de cuándo comenzó a importarme si me entendía o no—. En Keszi, estar vacía es peor que estar muerta. Me decían que era una esclava yehuli del rey patricio. Me decían que debía lamer las botas de los Leñadores. Deseaban tanto librarse de mí que...

Consigo detenerme antes de revelar la verdad, antes de delatar a Virág y a la malvada Katalin. Grito para que me oiga sobre el viento, con los ojos húmedos y enrojecidos por las lágrimas.

Gáspár se detiene. Se gira hacia mí con movimientos lentos y cautos, y con los dientes tan apretados que puedo ver el pulso del músculo a lo largo de su mandíbula. No habla.

—Puede que ahora te parezca aún más loba —continúo, con el corazón desbocado—, y menos mujer. Pero no puedes mirarme con tu único ojo como si fuera un monstruo por haber hecho algo terrible a cambio de tener por fin algo mío. Tú sabes cuál es el precio del poder. Lo sabes mejor que nadie. Ahora somos iguales.

El viento emite el escalofriante lamento de una viuda. Gáspár me mira y me mira, con su cabello negro acariciando su frente. Entonces empieza a reírse.

Lo miro, parpadeando por el desconcierto. Si está intentando que se me pase el enfado, ha funcionado: estoy demasiado perpleja para estar furiosa.

—Eres tú la que no lo comprende, chica lobo —me dice, cuando su risa muere.

Su alegría me hiere, su nauseabunda crueldad.

—Así que, después de todo, crees que tienes algo en común conmigo. Una insignificante chica lobo y el príncipe régyar...

—Ya es suficiente —gruñe.

No he visto tanto fuego en él desde que nos enfrentamos a Kajetán en su tienda. El ojo negro de Gáspár está frío de nuevo, implacable, y verlo hace que me ponga mi propia armadura. Con rencor, busco lo único que me había jurado que no usaría contra él, porque a mí también me condena.

—Para ser un Leñador tan beato, sin duda estabas ansioso por dormir conmigo... El frío era una excusa tan buena como cualquier otra. Debe ser bastante difícil, tener veinticinco años y no haber estado nunca tan cerca de una mujer. Te diré que, debajo de la capa, soy igual que cualquier ruborizada chica patricia.

—¿Es que nunca puedes mantener la boca cerrada? —me espeta Gáspár, pero hay un hilo de desdicha corriendo bajo su ira. Tiene las mejillas teñidas de rosa, y no solo por el mordisco del viento.

—Solo si eres capaz de aceptar que estás equivocado. Admite que, en cierto sentido, somos iguales.

Las palabras escapan de mi boca con un vigor tan intenso que tengo que dejar de caminar y necesito apoyar la mano en un árbol cercano para sostenerme.

—¿*Quieres* que seamos iguales? —me pregunta, entornando el ojo—. ¿Es esa la gran hipocresía que los paganos quieren que confesemos?

No sé qué quieren los otros paganos. No sé qué quiero yo. Lo
único que sé es que, por primera vez, siento que por fin voy a conseguir romper su brillante y testaruda fachada. Gáspár me mira,
entornando el ojo para protegerlo del viento. Mi mirada traza las
líneas de su rostro, las colinas y valles de músculo y hueso. Los
últimos días he llegado a conocer el modo altanero en el que inhala y la obstinada tensión de su mandíbula, y pienso en él tan a
menudo que reconocería su silueta aunque solo fuera una sombra
prensada en la pared. Durante un breve instante, deseo deslizar el
dedo por su mejilla, como hizo la chica de la aldea, solo para ver
cómo responde. Quiero hacer algo lascivo, algo peor.

Cuando por fin hablo, tengo la voz ronca y la garganta dolorida.

—Solo dime la verdad.

Gáspár niega con la cabeza. Él no imagina las cosas impúdicas
que han estado floreciendo, rojas y calientes, en mi mente.

—La verdad es mucho menos de lo que imaginas.

—Eso no vale como respuesta.

—Yo soy mucho menos de lo que imaginas —me dice—. Un
honorable Leñador, un noble príncipe. Crees que perdí el ojo para
conseguir poder, pero la verdad es que me lo quitaron a la fuerza
para despojarme de él.

—No tengo paciencia para acertijos —replico, frunciendo el
ceño.

—Mi padre *me sacó el ojo*, chica lobo. Él mismo cauterizó la herida antes de ponerme el hacha en la mano. Fue su modo de decirme que sería mejor Leñador que heredero.

Clavo los dedos en la corteza del árbol y hago una mueca
cuando la madera se astilla bajo mi uña.

—Pero eres su único hijo legítimo.

—¿Y qué importa eso, cuando la sangre del enemigo corre por
mis venas? —Emite una carcajada vacía—. Los campesinos clama-
ban que mi padre me desheredara, y Nándor y el Érsek le susurra-
ron al oído hasta que un día levantó el cuchillo y me sacó el ojo.
Solo uno de los condes, el conde de Kaleva, elevó la mano para

intentar detenerlo, pero el resto prefiere en el trono a un bastardo antes que a un príncipe de sangre sucia. El rey tiene cuatro hijos más, y todos son régyar puros.

Elevo los hombros y cierro los ojos, como si pudiera protegerme de la revelación. Me pregunto si, cuando los abra, veré a un Leñador ante mí y mi miedo y mi odio se injertarán en mi cuerpo como una coraza de acero. Pero en la oscuridad tras mis párpados, solo puedo ver a Gáspár arrodillado y el destello de una daga, y a su padre empapado en sangre y riéndose.

—Así que haces lo que tu padre te pide —susurro—, a pesar de que él no cree que seas adecuado para el trono.

Gáspár inclina la cabeza, aunque no es un asentimiento.

—Él no piensa en mí como en su hijo, ya no. Me arrancó el ojo, como si no hubiera podido hacerlo yo. No tuve la oportunidad de ganarme la bendición del Padre Vida por mí mismo, en un sacrificio entregado libremente. No es un sacrificio si estás inmovilizado contra el suelo, gritando.

Pienso en su muñeca, emparrada de pequeñas heridas. Pienso en cómo desprecia su título y en cómo se tragó el apellido *Bárány* mientras Kajetán lo amonestaba. Un dolor punzante me atraviesa, peor que cualquiera de los latigazos de Virág, peor que el pulgar de Kajetán contra mi garganta o incluso que el corte de mi dedo.

—Lo siento —le digo, aunque apenas parece suficiente—. Siento todos mis estúpidos insultos. Solo te merecías la mitad.

Gáspár ni siquiera sonríe y yo no esperaba que lo hiciera, pero relaja la mandíbula, solo un poco.

—Entiendo por qué no rechazas tu nuevo poder, sea lo que fuere. Bruja o chica lobo, estoy contigo. Apenas queda una semana para el día de San Istwithout y no podemos dar la vuelta ahora.

Me mira y, por primera vez, veo solo el ojo que existe, negro y abrasador, y no me pregunto por la horrible cicatriz donde estaba el otro. Pequeños temblores de dolor ciñen mi dedo ausente, bajando por mi mano y subiendo por mi brazo, extraños y fantasmales. Abro la boca para contestar, pero entonces levanto la mirada.

Sin darnos cuenta, nos hemos adentrado en un tipo distinto de bosque. Es una floresta como la del Ezer Szem, donde los susurros de las hojas suenan como palabras murmuradas y donde cada paso sobre la tierra podría ser el acecho de un monstruo. Tengo la mano sobre el tronco de un árbol tan ancho como la carreta de un mercader, y cuando entorno los ojos para intentar ver su copa, me da vueltas la cabeza y retrocedo, tambaleándome y con la boca seca.

—Esto es —susurro—. El turul... está aquí.

—¿Cómo lo sabes?

Pero no puedo explicarlo. Quizá sea una bruja, después de todo. Gáspár presiona la palma de su mano enguantada contra el tronco, como si buscara un mensaje grabado en la corteza, algo tallado y eterno.

El suelo tiembla bajo nuestros pies. El árbol empieza a estremecerse, él también, esparciendo sus agujas secas sobre la nieve. Nuestros caballos se encabritan, relinchando, y las riendas de mi yegua blanca se me escapan de los dedos.

Mientras los caballos galopan, los árboles que nos rodean se agitan como gigantes inquietos, desenraizándose de la tierra. Con cada árbol que se libera, el hielo se quiebra revelando la tierra debajo, la magullada memoria de la primavera. El desgarrador sonido es tan terrible que ahoga al viento, y cuando los árboles se mueven, el encaje de sus ramas oculta incluso el parche más pequeño de cielo oscuro.

Un pino enorme avanza hacia nosotros, afeado por los nudos y el liquen. Salto para apartarme de su camino, deslizándome por la nieve sobre mis rodillas. Cuando levanto la mirada, Gáspár me está ofreciendo su mano. La tomo y me pone en pie. En cuanto recupero el equilibrio, me suelta los dedos y, sin otra inhalación, empezamos a correr.

Corro tan rápido como puedo, con mi cabello y mi capa blanca en mi estela. A través de la maraña de ramas, apenas puedo ver el borrón de la suba negra de Gáspár. Mientras corro, miro sobre mis hombros, intentando esquivar los árboles que pasan a mi lado, o arriesgándome a ser aplastada por el rugido de raíces y nieve sucia.

Atravesamos la línea de árboles; mi corazón repiquetea como el yunque de un herrero. El bosque de pinos da paso a una llanura abierta, kilómetros de meseta helada extendiéndose hasta el horizonte. Solo me doy cuenta cuando el suelo ya no tiembla: el látigo de las ramas ha dejado de azotar mi cara y no hay raíces intentando agarrarme los tobillos. Los árboles se han detenido en el límite del valle, agitando sus agujas mientras se arrebujan de nuevo, plantándose en la tierra.

Me giro hacia Gáspár, agarrándome la punzada del costado.

—¿Por qué se han parado? —Su pecho se eleva bajo su dolmán—. Estaban persiguiéndonos.

Tengo la garganta demasiado tensa para contestar. Ahora sé, sin ningún atisbo de duda, que cuando el rey Tódor conquistó el Lejano Norte solo consiguió refrenar su magia antigua, no extinguirla por completo. La Sagrada Orden de Leñadores tendrá muchos años más de amargo trabajo si pretende terminar con la magia de Kaleva para siempre.

—Al menos, no hemos muerto pisoteados —digo cuando encuentro mi voz, dejando escapar una carcajada trémula—. Espero una muerte más noble.

Tan pronto como las palabras abandonan mis labios, el hielo se abre con un sonido como el del trueno al acercarse.

Miro la grieta sísmica con horror: se extiende perfectamente desde una punta de mi bota a la otra. No estamos de pie sobre la tierra sólida y cubierta de nieve; estamos sobre un lago congelado, cuyas aguas negro azuladas se filtran bajo el turbio manto de hielo.

Levanto la cabeza con lentitud para mirar a Gáspár. Consigo mirarlo al ojo, tan horrorizado como los míos, durante apenas medio segundo antes de sumergirme en el agua helada.

Un instante después el hielo se cierra sobre mi cabeza, tejiéndose de nuevo y encerrándome debajo. Estoy demasiado conmocionada para moverme, demasiado incluso para sentir el frío. Gáspár golpea el otro lado, sus puños abren diminutas fisuras en el hielo, pero no es suficiente.

Entonces mis pulmones empiezan a sufrir. El asombro que ha mantenido el frío a raya ha desaparecido, dejando solo un gélido terror en su estela. Pataleo frenéticamente para mantenerme a flote mientras golpeo el hielo con las manos, cada impacto amortiguado por las letárgicas aguas.

Oigo los gritos atenuados de Gáspár.

Voy a morir, pienso, sorprendida por lo tranquila que es esta idea cuando llega a mí. Sin darme cuenta, he dejado de luchar y de agitarme. Mi cuerpo se hunde en la negra inconsciencia, y el peso de mi ropa empapada tira de mí hacia abajo. Vagamente, pienso en quitarme la capa de lobo, pero me digo que voy a querer tenerla, allá adonde vaya. Mientras desciendo, apenas soy consciente del hielo que se quiebra sobre mi cabeza. La luz atraviesa la superficie fracturada en luminosos haces antes de oscurecerse de nuevo cuando Gáspár se zambulle en el agua.

Despertada de mi aletargado estupor, nado hacia él y sus brazos se cierran alrededor de mi cintura. Estrellas estallan en mi visión, un millar de alfileres dolorosos y calientes, cuando me arrastra hacia la superficie. Agarra el mango de su hacha, cuya hoja está clavada con firmeza en el hielo, y lo usa como palanca para sacarme del agua. Después emerge y reptamos apartándonos del agujero. No llegamos lejos. Tras unos segundos nos derrumbamos sobre nuestros vientres, jadeando, resollando. Cada inhalación es como tragar ortigas.

Pasa mucho tiempo antes de que pueda hablar de nuevo, e incluso después no se me ocurre qué quiero decir. El agua me congela la piel, el cabello, las fibras de mi capa de lobo, como si fueran gotas de rocío sobre la hierba. Me giro para mirar a Gáspár, con la mejilla contra el hielo.

—Solo me has salvado porque no sobrevivirías sin mí —exhalo, pensando en su torpeza con el arco y las flechas. Ya no parece tener gracia.

Gáspár tose agua y parpadea.

—Sí —dice, como si quisiera mirarme mal pero no lo consiguiera.

El sol se está poniendo en el horizonte, la luz gotea por el borde del mundo. Intento envolverme en mi capa, pero está empapada y más helada que mi piel. El frío me cala los huesos y se acomoda en los huecos de mi caja torácica, demasiado profundo para exorcizarlo.

—Quiero irme a casa —susurro—. A Keszi.

Poco me espera en la aldea, excepto Boróka y la irritable Virág. Pero en Keszi hay una cama cálida junto al fuego, y ahora el frío es demasiado extremo.

—Lo sé —dice Gáspár. Desliza la mano sobre el hielo y la entierra en mi capa. Por un momento creo que está buscándome, pero entonces saca mi cuchillo. Le tiemblan los dedos mientras se sube la manga, mientras la hoja destella contra su piel bronceada.

—No. —Extiendo la mano para agarrarle la muñeca, notando la reja de cicatrices en ella—. Por favor… No lo hagas.

No soportaría verlo, aunque eso significase que no habrá titilante calidez. Le agarro la muñeca con fuerza. Es como aferrarse a un trozo rígido de abedul en invierno, imposiblemente frío.

—Lo siento. —La voz de Gáspár se eleva hacia mí, suave como un eco—. Si fuera un verdadero Leñador, o un verdadero príncipe, podría…

No oigo el resto de lo que dice. A través de las pestañas medio cerradas, miro su rostro, su nariz rota y su ojo oscuro, la escarcha que perla su cabello. Es hermoso, me doy cuenta, y si tuviera la fuerza para hacerlo, me reiría de mi tardío descubrimiento.

Me siento extrañamente tranquila cuando lo miro, y muy cansada.

Si Gáspár dice otra palabra, no la oigo. Una marea negra se eleva y cae sobre mí, sumergiéndome en el silencio.

CAPÍTULO NUEVE

Cuando despierto, huelo carne asada. Tengo la mejilla presionada contra el suelo de madera, a centímetros de una chimenea. Me han quitado mi capa de lobo, pero estoy bajo una pesada piel de pálido pelo gris. Las finas cerdas de la piel se separan fácilmente cuando paso mis dedos sobre ellas, como una balsa dividiendo las aguas del río. No conozco ningún animal con la piel tan suave.

Me siento despacio y me descubro mirando los brillantes ojos ámbar de un oso.

Abro la boca y la cierro de nuevo, pero no emito ningún sonido. El aliento caliente del oso me golpea la garganta. Sus ojos son tan brillantes como diminutos botones cosidos a la lanuda masa de su cabeza. Después de un momento, se gira lentamente y se aleja, golpeando el suelo suavemente con sus patas.

Camina hasta la pequeña habitación donde yace Gáspár, cubierto por una idéntica piel gris. El oso empuja perezosamente su cuerpo con el hocico y Gáspár se incorpora, sobresaltado. Cuando ve al oso, el poco color que tiene abandona sus mejillas.

El oso está despertándonos. ¿Es este su comportamiento normal? No sé lo bastante sobre ellos como para afirmarlo. Por un momento, me pregunto si el oso nos ha sacado del hielo y nos ha traído hasta aquí, a su choza, que construyó con sus enormes y torpes patas, y si ahora está cocinando carne asada para agasajar a sus visitantes. Si hay un lugar en el mundo donde algo así podría ser cierto, es Kaleva.

Pero entonces se abre la puerta de la choza. Una figura atraviesa el umbral, cargando con una pila de leña que le oculta la cara. Desde donde estoy, sentada en el suelo, solo puedo ver el borde de una falda bordada oscilando sobre un par de botas forradas de pelo.

Gáspár se levanta de inmediato, despojándose de su piel.

—¿Quién eres? ¿Por qué nos has traído aquí?

La leña cae al suelo. La chica que la llevaba levanta una mano para secarse la frente. Parece de mi edad, o incluso más joven. Tiene los ojos bonitos y brillantes y las mejillas sonrosadas.

—Te he salvado la vida, Leñador —dice con frialdad—. Si lo prefieres, puedo llevarte de vuelta adonde te encontré, el Lago Taivas, y sentarme a ver cómo te las apañas.

La mirada de Gáspár se posa en mí y un profundo rubor lo asalta, de la frente a la barbilla. Me siento tan aliviada de verlo que casi me hundo de nuevo en mi piel. En lugar de eso, me pongo en pie, preparándome para la punzada de dolor cuando me apoyo en el suelo de madera con los nudillos de la mano izquierda. No llega. Mi meñique sigue desaparecido, pero ya no hay dolor fantasma.

—¿Quién eres? —insisto, mirando y mirando la ausencia de mi meñique.

La chica se quita los mitones y se pasa una mano por el cabello negro, tieso por el frío. Tiene la piel oliva de los sureños, casi como la de Gáspár, algo que habría pensado imposible en un lugar tan desprovisto de sol.

—Tuula —dice.

Un nombre norteño. Pero Tuula no parece norteña. En las historias de Virág, los kalevanos tienen todos el cabello rubio y los ojos como esquirlas de hielo, y la piel tan blanca como la nieve bajo sus botas.

—¿Y el oso? —le pregunto.

Tuula mira a su alrededor, sin expresión, como si hubiera olvidado que estaba allí.

—Oh —dice, después de un momento—. Es Bierdna. No te preocupes, no os hará daño mientras tenga la barriga llena y yo esté de buen humor.

Gáspár y yo intercambiamos una mirada.

—Por suerte para vosotros, suelo estar de buen humor.

Tuula acaricia a la osa, que está tumbada junto al fuego como una alfombra de pelo extraordinariamente grande.

Estoy demasiado desconcertada y atontada por el sueño para pensar qué decir. En mi último recuerdo estoy tumbada en el hielo junto a Gáspár, con los dedos alrededor de su muñeca. Pienso en cómo se lanzó a por mí sin pensárselo y algo se agita en mi vientre, un susurro de plumas como el de una bandada de pájaros alzando el vuelo.

Al otro lado de la habitación, veo que Gáspár se levanta la manga. Se me tensa la garganta, anticipando un surco de negra podredumbre y sus venas formando una telaraña de veneno. Pero solo hay una franja de piel limpia y sana, bordeada por las cordilleras blancas de sus viejas cicatrices. Se me escapa un sonido estrangulado.

—¿Cómo? —consigo decir—. ¿Cómo lo has hecho?

—No fui yo —contesta Tuula—. Y tampoco había nada que hacer con tu dedo. Uno de los cortes más chapuceros que he visto, y he visto muchos. Parecía que te lo había roído una comadreja.

—Quizá lo hizo —replico, con el estómago revuelto. No confío lo bastante en esta desconocida para contarle la verdad. Los hilos de Ördög se retuercen alrededor de mi muñeca, pero no conozco los límites de mi recién encontrada magia y no estoy segura de cómo me iría contra una osa adulta y gorda. El hacha de Gáspár está apoyada en un montón de leña al otro lado de la estancia, al otro lado del monte del lomo peludo de la osa, y mi cuchillo no está en mi bolsillo. Busco rápidamente mi trenza y mi moneda, y encuentro ambas cosas con un estremecimiento de alivio.

—Entonces debió ser una comadreja intrépida. —La voz de Tuula suena ligera, casi como si se riera, pero hay un destello en sus ojos oscuros, el reflejo de una daga—. Pero como os he salvado la vida, me gustaría pediros un favor. He oído que los Leñadores suelen pagar sus deudas. ¿Cuál es tu nombre, señor?

Su «señor» suena tan amargo como la mordedura de una serpiente. Gáspár nos mira a ambas y después a Tuula y a la osa, que, aun durmiendo, causa inquietud.

—Gáspár —dice al final, con voz tensa. Me pregunto si cree que Tuula podría reconocerlo como el príncipe. Me pregunto si quiere que lo haga. Los kalevanos son tibios con respecto a sus gobernantes del sur, aun después de un centenar de años de vasallaje a la Corona.

Pero no hay reconocimiento en la mirada de Tuula.

—¿Y tú, chica lobo?

La miro fijamente. Tengo las palmas húmedas, pero no quiero que piense que tengo miedo.

—Évike.

—Bueno, Gáspár, Évike. —Asiente hacia cada uno de nosotros, por turnos—. ¿Me ayudaréis a matar la cena de Bierdna?

La choza de Tuula está a tres metros del suelo, sobre un cuarteto de robles que parecen patas de pollo por el modo en el que sus raíces se extienden sobre la tierra helada. Bajamos una escala de cuerda, que se balancea desordenadamente con el viento. Me pregunto cómo consiguió subir Tuula la leña por la escala, y más aún nuestros cuerpos inconscientes. Es tan bajita como yo y mucho más delgada. Ni siquiera intento adivinar cómo logra subir a la osa hasta allí.

No nos hemos alejado demasiado de la choza cuando algo comienza a tomar forma a la distancia, dos bultos en la nieve, como borrosas huellas digitales. Entorno los ojos contra el gruñido del viento. Cuando nos acercamos veo a un par de caballos, uno negro y otro blanco, agitando las colas y resoplando.

Me giro hacia Tuula y mi caperuza de lobo cae hacia atrás.

—¿Cómo los encontraste?

—No fue fácil —me dice—. Los caballos suelen resistirse a mis encantos.

Mantengo la boca cerrada sobre sus encantos.

Dejo escapar un suspiro y presiono una mano contra el morro de mi yegua blanca. Resopla en mi palma, un sonido apesadumbrado, como si intentara disculparse por haberme abandonado. Me sorprende lo agradecida que me siento al verla de nuevo, no solo porque es una reliquia del ahora lejano Keszi sino porque es un modo de escapar, si lo decido. Tuula no parece tener caballos. Me descubro preguntándome a qué velocidad puede correr un oso.

Gáspár apoya la mano en el cuello de su caballo, pero está mirando a Tuula con los labios apretados.

Continuamos por la llanura, hacia una masa negra que se mueve sobre la nieve. Nos acercamos y vemos que no es una masa sino muchas, una manada de renos de manto plateado en movimiento. Tienen las cabezas gachas mientras mascan las escasas hierbas que han atravesado la escarcha. Cuando Tuula se acerca a ellos, levantan las cabezas y sus ojos transparentes la siguen en un estupor somnoliento. Se me eriza la piel. Bajo su suba, Gáspár tensa los hombros.

La falda de Tuula se hincha, proyectando una sombra oscura sobre la nieve. Extiende la mano hacia el reno más cercano y este camina obedientemente hacia ella, para hocicarle la palma. En menos de un parpadeo, sus patas se doblan bajo su peso. La bestia cae al suelo. Su enorme corona de astas rueda bruscamente sobre la nieve.

—Ahora está dormido —dice Tuula, todavía mirando su gorguera gris como el acero—. Leñador, ¿por qué no te das prisa?

Le había devuelto a Gáspár su hacha en el interior de su choza, ofreciéndole la enorme hoja sin un atisbo de duda. Eso solo me hizo desconfiar más de ella. Si no teme a un Leñador armado, es tremendamente estúpida o increíblemente poderosa. Ver al reno derrumbado hace que se me seque la boca.

Gáspár blande el hacha con una determinación y una precisión que me sorprenden. Hasta ahora la había blandido con torpeza, vacilante. La sangre se filtra en la nieve en riachuelos desiguales, siguiendo la suave pendiente de la llanura y encharcándose a mis pies. Se inserta en el pelo del reno, describiendo cada fibra plateada, como la sangre de Peti que se endureció en mi capa de lobo. Tuula se agacha para agarrar los cuernos de la criatura muerta y la idea me inunda como un abrevadero llenándose de agua de lluvia.

—Eres una juvvi —le digo.

Tuula se gira lentamente hacia mí.

—¿Y qué significa eso para ti, chica lobo?

Solo sé lo que se hilvana en las historias de héroes y dioses de Virág, en sus prejuiciados relatos. Sé que, cuando los primeros exploradores entraron cabalgando en Kaleva, encontraron a los juvvi ya allí, con hileras e hileras de renos a sus espaldas. Dijeron que la tierra era de ellos y que se la habían entregado los dioses. Los colonos se enfrentaron a los juvvi por desperdiciar la tierra, que usaban solo para cazar, para pastorear y pescar en lugar de labrarla. Empujaron a los juvvi hasta los ralos límites del Lejano Norte, y después del Patridogma los alejó aún más. Virág dice que tienen su propia magia, otorgada por sus dioses para ayudarlos a sobrevivir en este lugar estéril, a pesar de la serie de reyes patricios que ha intentado aniquilarlos.

—Significa que odias a los Leñadores —digo al final, elevando la voz sobre el entusiasmo del viento—. ¿Por qué nos salvaste?

Tuula mira a Gáspár, sus dedos enguantados curvados rígidamente alrededor del mango de su hacha. Veo en sus ojos un brillo de odio engrilletado que conozco bien, la mueca ante el veneno tragado demasiadas veces. Después de un momento, me mira de nuevo.

—Cuando te encontré en la nieve, supe que sobrevivirías —me dice—. Estabas tan fría como el Mar del Medio en el profundo invierno, pero todavía había color en tus mejillas y tu respiración me calentó la mano. Él apenas respiraba, y sus labios estaban tan blancos como el hueso. Se había quitado la capa y la había usado para cubrirte. Pensé que, si un Leñador había intentado dar su vida para salvar a una mujer lobo, estaría dispuesto también a hacer las paces con una juvvi.

Una bandada de cuervos nos sigue sobre nuestras cabezas; sus graznidos reverberan en el hielo y resuenan en kilómetros. Tuula tararea dos notas solitarias de una canción que no conozco y los cuervos descienden, para agarrar el pelaje del reno muerto con sus garras grises. Se elevan de nuevo; el aleteo de sus alas es como un latido asombrado, y suben al reno hasta el umbral de la choza de Tuula. Cuando los cuervos se marchan, dejan un regalo de plumas de obsidiana que el viento recoge y se traga con rapidez.

Tuula sube la escala de cuerda y después nos mira, expectante. Tengo las botas plantadas en la nieve, la mandíbula apretada. No estoy segura de que sea prudente seguirla hasta la guarida de la osa, pero la llanura vacía se extiende ante mí durante kilómetros, despiadadamente blanca. Recuerdo haber cerrado los ojos contra el puño cerrado del frío sin esperar abrirlos de nuevo. Es mejor enfrentarse a la osa, decido, y rodeo con la mano el primer travesaño de la escala.

No sé qué espero cuando llegamos arriba. Tuula nos ofrece comida y no intenta quitarle el hacha a Gáspár. Alimenta a Bierdna con la mano, le da trozos de reno rosados y crudos, y la sangre humedece el pelo alrededor de la boca de la osa. Sus incisivos brillan como cabezas de flecha a la luz del fuego.

Gáspár no toca su comida, y tampoco habla. Observa el fuego, sin mirarme con su ojo bueno.

Casi esperaba que intentara refutar la historia de Tuula. Quizá haya pensado que ambos estábamos condenados y que poco importaba a quién le abandonara antes el pulso. Casi me he convencido de esto cuando mi cuerpo traidor se gira hacia él y mis sediciosos labios se separan y susurran:

—Gracias.

—No lo hice para obtener tu gratitud.

Es lo mismo que me dijo hace muchos días en el bosque, con Peti, y ahora me pone dos veces más furiosa.

—¿Es otra marca negra en tu alma, salvar la vida de una mujer lobo? Si tengo que seguir aguantando tu malhumor beato, empezaré a añorar que no hayas evitado que me ahogara.

—No —dice con brusquedad, sin mirarme a los ojos—. Déjalo estar, Évike.

Los golpes de mi nombre son como tres pulsos de luz: rápidos, moribundos. Parpadeo y han desparecido. Por un momento creo que lo he imaginado diciéndolo, que lo he imaginado llamándome algo que no sea *chica lobo*. Pero sé que no he imaginado su cuerpo presionado contra el mío, todas esas noches en la nieve, ni su calor mientras dormíamos entre las raíces, respirando tierra. Lo único que he imaginado es lo que ocurre en el interior de mis párpados: mis manos en la columna de su garganta desnuda, mi pulgar acariciando la hoja de su clavícula. Ahora solo permito que mis sueños más mojigatos salgan a la superficie. Cualquier otra cosa me llenaría el estómago de una vergüenza negra.

Si Ördög fuera como el Prinkepatrios, me arrebataría mi nueva magia, como un halcón atrapando a un ratón, por haber pensado así de un Leñador. Me miro la mano derecha, desprovista del dedo más pequeño, y siento sus hilos tensándose alrededor de mi muñeca.

Gáspár se examina su propia muñeca, la suave extensión de piel donde estuvo su corte. El recuerdo de su confesión hace que se me acelere el corazón, aún más cuando recuerdo la promesa que le hice a cambio.

—¿Cuántos días quedan hasta la celebración de San István? —le pregunto, con más inseguridad en la voz de la que querría.

Gáspár se baja la manga, todavía sin mirarme.

—Muy pocos.

Tuula nos observa con los ojos entornados mientras la osa le limpia la mano a lengüetadas, sus omoplatos tan enormes como rocas. Bierdna mueve una oreja, como si intentara librarse de una mosca. Ver a la bestia tan amedrentada, tímida como un gato casero, hace que una idea arraigue en mi mente. Tuula hizo que un reno se tumbara sobre su vientre solo con el roce de su mano, e invocó a una bandada de cuervos con dos notas de una nana sin nombre. ¿Qué necesitaría, me pregunto, para llamar a algo más grande y reticente?

¿A algo iluminado por la magia de los dioses?

Abro la boca para hablar cuando la puerta deja entrar el violento aguacero y a otra chica junto con él. Está envuelta en piel de reno, con la caperuza sobre la cabeza.

La osa se acerca a sus pies para olfatear el dobladillo de su capa. Por costumbre, busco mi cuchillo en mi bolsillo antes de recordar que me lo han quitado. En lugar de eso, encuentro mi moneda y cierro los dedos a su alrededor. A mi lado, Gáspár se tensa y echa mano a su hacha.

—Szabín —dice Tuula, levantándose—. Nuestros invitados están despiertos. Évike y Gáspár…

La mujer, Szabín, se baja la capucha, pero no se detiene a saludar a Tuula. En lugar de eso, cruza la habitación con una larga zancada y cae de rodillas delante de Gáspár. Cuando lo hace, su capa se abre, revelando una túnica marrón, fluida, y el cordón de un colgante. Este, una lámina de metal amartillada con la forma de una lanza de tres puntas, brilla a la luz del fuego con sus muescas y bordes.

—¿Qué estás haciendo? —le pregunta Tuula—. No te postres ante un Leñador.

El desagrado es patente en su voz, espontáneo. Gáspár no reacciona.

—No es un Leñador ordinario —dice Szabín. Tiene los ojos grandes y suplicantes, aunque Gáspár la mira con desconcertada inexpresividad—. Que el Padre Vida te guarde, príncipe.

Desde el otro lado de la estancia, Tuula emite un sonido ahogado. La comprensión suaviza la arruga de la frente de Gáspár, y le ofrece a Szabín la mano.

—Que el Padre Muerte te indulte —le responde—. No te arrodilles ante mí, Hija.

Szabín toma su mano y se pone en pie. Cuando él la suelta, la manga baja por su muñeca y se detiene en el hueco de su codo, y no puedo más que mirarla horrorizada: cada centímetro de su piel está cubierto de tejido cicatrizado, rosa y blanco, un centenar de marcas protuberantes que hacen que las imperfecciones de Gáspár parezcan tan inocentes como los arañazos de una zarza. El rostro de Tuula está retorcido por la tristeza, no por el asombro. Gáspár endurece la mirada.

Szabín se baja la manga rápidamente para esconder la carne cicatrizada. Un rubor se extiende por su rostro, excepcionalmente pálido.

—Perdóname, mi príncipe —le dice a Gáspár—. Te salvé, pero no puedo servirte. Ya no soy Hija de nadie.

Szabín se sienta junto al fuego, con los hombros hasta las orejas y las manos entrelazadas en su regazo. A diferencia de Tuula, ella sí parece una auténtica norteña: sus ojos son como dos estanques de hielo fundido y su cabello es tan pálido como la cascarilla del trigo, cortado muy cerca de su cuero cabelludo. Es casi como el de un Leñador. Hay algo brusco y áspero en su rostro, algo casi masculino. Desde atrás o con poca luz, podría haberla confundido con un chico. La osa apoya su nariz negra sobre la punta de su bota, con los ojos entrecerrados.

—Te había visto antes —susurra Szabín, mirando a Gáspár. No debió reconocerlo al principio, cuando lo encontró en el hielo, pálido y sin el ceño fruncido—. Viniste a visitar nuestro monasterio en Kuihta con tu padre. En aquel entonces, tenías dos ojos.

—Las cosas cambian —dice Gáspár con brusquedad.

—Sí, lo hacen. Eso fue cuando pensaba que podía ser una leal sierva del Prinkepatrios. En Kuihta rezaba cada día, cada hora. Venían a nosotros para que los curáramos: fiebres y forúnculos, huesos rotos. Necesitaban mi sangre para ello. Con el tiempo, me cansé de sangrar para otros. Quería algo para mí.

Apenas soporto mirarla ahora, sabiendo lo que hay debajo de su ropa. Gáspár se ciñe la suba.

—Y, no obstante, sigues llevando su símbolo. —Señala su colgante—. ¿Todavía rezas al Padre Vida? ¿Él todavía te responde?

—A veces. —Szabín pasa el pulgar por la longitud del colgante de hierro—. Pero en el momento en el que decidí huir, hubo un cambio. Todavía responde a mi llamada, pero su voz es distante. Solía sentirlo como si estuviera susurrándole al oído, pero ahora es como si le gritara a través de un lago, en la nieve.

Recuerdo que a Gáspár le falló su oración cuando intentó encender el fuego en la Pequeña Llanura. Quizá cada paso que ha dado hacia el norte con una mujer lobo a su lado ha hecho que los hilos que lo unen al Prinkepatrios se erosionen y se quiebren. La idea cae en mi estómago, cargada de un inesperado sentimiento de culpa.

—Kuihta. —Gáspár dice la palabra norteña con cautela en su acento del sur, como si fuera un ámbar en su lengua—. Ese es el monasterio que acogió a mi hermano. Nándor.

Una sombra cae sobre el rostro de Szabín.

—Sí. Yo lo conocí bien.

El aire de la estancia destella, como lo hace en el lánguido calor del verano. Hay un momento de silencio que parece que nadie quiere llenar hasta que Gáspár dice:

—Debiste ver el instante en el que recibió su bendición.

Los dedos de Szabín se curvan alrededor de las púas de su colgante con una certeza tan presta que estoy segura de que es una vieja costumbre de la que todavía no se ha despojado.

—Todos los Hijos e Hijas de Kuihta fueron testigos.

—Entonces, ¿es cierto? —La voz de Gáspár está desprovista de emoción, pero la nuez se mueve en su garganta—. Siempre creí que era una historia inventada para satisfacer al Érsek.

—No —dice Szabín—. Yo estaba allí, aquel día, en el hielo.

Los miro a los dos, punteados por sus cicatrices patricias. Tuula coloca la mano en la coronilla de la osa, con los ojos entornados y astutos.

—Que seamos paganas impías no significa que podáis hablar como si no estuviéramos aquí.

En otras circunstancias, su afirmación me habría hecho reír. Szabín sonríe un poco.

—Tú ya has oído esta historia antes.

—Sí; pero la chica lobo, no. Cuéntala de nuevo, por ella. Tiene más que temer a Nándor que ninguno de nosotros.

Mi corazón se salta un latido. A diferencia de estos patricios, Tuula no parece propensa a la morbosa teatralidad. Confío en el tono débil de sus palabras.

—Cuéntamelo.

Szabín toma aire.

—Nándor era un niño monstruoso, consentido en todos sus caprichos por el Érsek y su madre, Marjatta. Torturaba a los otros niños cuando los adultos le daban la espalda, y cuando se reunían de nuevo con él, se mostraba sonriente y tan dulce como un cordero.

Gáspár emite un sonido que es casi una carcajada. Aun sin mirarlo, noto el cambio en su respiración, siento la tensión de sus músculos mientras varía de postura sobre las tablas del suelo. Mi conciencia de él es tanto un consuelo como una maldición. Cierro mis cuatro dedos en un puño.

—Estaba muy mimado —continúa Szabín—. Apenas había un momento que no pasara pegado al pecho de su madre o subido a la rodilla del Érsek. Pero solía desoír sus advertencias. Pasábamos los meses más amargos del invierno encerrados en el monasterio, un frío y deprimente día tras otro. Así que Nándor organizó una pequeña rebelión y condujo al resto de los niños al exterior, para jugar en el lago congelado. A pesar de sus momentos de crueldad, todos buscábamos su favor desesperadamente; tenía un modo extraño de conseguirlo. Marjatta decía que podía hacer que una gallina le hiciera ojitos mientras la descuartizaba para la cena.

—Las gallinas no son las mejores juzgando el carácter —apunto, pero las palabras salen de mi boca sin vida, sin humor.

Szabín apenas reacciona a mi intervención.

—Así que todos estábamos jugando en el hielo, exhalando vaho, riéndonos. No notamos que gemía bajo nosotros. Y cuando se rompió, pareció imposible: Nándor se vio arrastrado bajo la superficie, tan rápido que ni siquiera gritó.

»Estábamos todos paralizados por el terror. Pareció una eternidad, pero apenas pasaron unos minutos antes de que uno de nosotros corriera de vuelta al monasterio, buscando ayuda. Recuerdo haber mirado la pequeña daga de agua oscura, la estrecha abertura por la que Nándor había caído, esperando ver su cuerpo flotando hasta la superficie. Estaba segura de que estaba muerto. Todos estábamos seguros, cuando el Érsek y Marjatta llegaron. Debió ser el Érsek quien lo sacó, azulado y tan frío como el mismo hielo. Tenía las pestañas congeladas, los ojos cerrados. Yo estaba tan asustada que lloré.

»Los otros niños también lloraban, pero Marjatta estaba gritando. Maldijo a Dios en la lengua del norte y en régyar, e incluso en régyar antiguo. El Érsek tenía a Nándor en su regazo, y estaba rezando. El hielo seguía crujiendo bajo nuestros pies. Y entonces Nándor abrió los ojos. Por un momento pensé que me lo había imaginado; su corazón no latía, no había pulso en su garganta. Pero abrió los ojos y después se levantó y el Érsek le dio la mano y lo alejó del hielo, con Marjatta en su estela. Y al día siguiente, durante nuestras oraciones de la mañana, el Érsek dijo que Nándor era un santo.

—Eso es imposible —digo, demasiado rápido, antes de que el silencio se haya asentado. Quiero decir que solo hubo un hombre que fue al Inframundo y regresó, y que Nándor no es Vilmötten. Pero no creo que aprecien mis cuentos de hadas paganos.

—Yo lo vi —afirma Szabín, sin levantar la mirada—. Todos lo vimos.

—Nándor está ahora en la capital —dice Gáspár—. Lleva años allí, reuniendo apoyos. Con la ayuda del Érsek, ha puesto a la mitad del consejo de nuestro padre y a una camarilla de Leñadores de su lado. Sospecho que planea apoderarse de la Corona durante la festividad de San István.

Oigo que Tuula se mueve en su asiento, dejando escapar un tenso suspiro. Szabín lo mira fijamente, boquiabierta.

—La celebración de San István es dentro de ocho días.

—Lo sé.

Mi corazón ha comenzado un tamborileo enfebrecido.

—No es tiempo suficiente para...

—Lo sé —dice Gáspár de nuevo, con brusquedad, y me mira. Me quedo en silencio, con el rostro acalorado. Aunque no sé decir por qué, tengo la intensa sensación de que no sería prudente revelar nuestro plan a Tuula y a Szabín, ni contarles lo del turul.

—Y aun así aquí estamos sentadas, con el legítimo heredero, al que pescamos del hielo junto a su consorte loba. —Tuula se inclina hacia delante, entornando los ojos—. Perdóname por preguntarte por qué no has cabalgado de vuelta a la capital para cortarle la cabeza al usurpador de tu hermano.

Me ruborizo aún más ante la palabra *consorte*. A Gáspár se le tiñen de rojo las puntas de las orejas.

—Ojalá la política de la corte fuera tan sencilla —dice—. Nándor tiene a la mitad de la población de Király Szek de su lado, por no mencionar a los Leñadores y a los condes. Si su salvador imaginario fuera asesinado, habría revueltas en la plaza. Y el primer lugar contra el que se volvería la turba sería la calle yehuli.

—¿Qué? —Me giro hacia él. El asombro y el miedo es como una flecha afilada en mi pecho—. Nunca me dijiste nada sobre eso.

Gáspár inclina la cabeza, como si se estuviera conteniendo contra mi repentino enfado.

—Te advertí que Nándor había alimentado el odio hacia los yehuli, y hará cosas peores si consigue subir al trono.

—Peores —repito lentamente. Tengo la garganta tremendamente seca—. Dime qué significa eso.

—Los países patricios del oeste han empezado a expulsar a sus yehuli a Rodinya. Sospecho que Nándor quiere hacer lo mismo: eso agradaría a los embajadores volken, sin duda: poder ver una caravana de yehuli saliendo de la ciudad y sus casas convertidas en cenizas.

Un fuego me calienta la sangre y sube hasta mis mejillas, y entonces me pongo en pie y atravieso la puerta hacia el frío. La escala de cuerda se balancea bajo mis pies en la oscuridad y casi me caigo del estrecho saliente intentando alcanzarla. Tuula me llama, pero el viento atenúa sus palabras. Mis botas hacen crujir la escarcha y curvo los dedos sobre la áspera cuerda, notando cómo se aplasta contra mi palma. Exhalo, en un pobre esfuerzo de mantener mis lágrimas a raya, y mi respiración se solidifica ante mi cara.

El corazón me late tan fuerte en los oídos que no oigo a Gáspár bajando la escala hasta que ya está a mi lado. Durante un largo momento, el viento se despliega por la llanura vacía y ambos miramos hacia delante en silencio.

—Creí que lo comprendías —me dice al final—. Nándor y sus seguidores quieren purgar el país de todo lo que no sea patricio, de todo lo que no sea régyar.

Lo había entendido, pero solo con difusos condicionales y «quizá», como mirar una silueta borrosa en la oscuridad con los ojos entornados. Había hecho las paces, lo mejor que pude, con lo que significa ser una mujer lobo, temer siempre que los Leñadores llamen a tu puerta y se lleven a tu madre o a tu hermana o a tu hija. Pero no me había permitido considerar la otra mitad de lo que soy: me dolía sostenerla, como un atizador de hierro hundido durante demasiado tiempo en el fuego. Encuentro la moneda en mi bolsillo y presiono su borde estriado con el pulgar.

El viento pasa junto a nosotros y me echa hacia atrás la capucha. Me giro para evaluar la expresión de su rostro: no tiene el ceño fruncido, no tiene el ojo entornado, no hay una línea dura y arrogante en su boca. Tiene la cabeza ladeada, los labios ligeramente separados. Bajo la plateada luz de la luna, puedo ver el movimiento de sus pestañas oscuras contra su mejilla. Es fácil imaginar, en este momento silencioso, suspendido, que se ha despojado de todo lo que lo hacía un Leñador. Es solo el hombre que me abrazó en el caparazón de aquel enorme árbol. El hombre que se lanzó a las aguas heladas para salvarme.

—Si tu madre estuviera viva —comienzo, y me detengo para inhalar superficialmente—, en alguna parte, ¿dejarías de buscarla algún día?

Gáspár parpadea. Después de otro instante de silencio, dice:

—No. Pero esperaría que ella también estuviera buscándome a mí.

—¿Y si no lo supiera? —continúo—. ¿Y si te creyera muerto?

—Esto empieza a sonar cada vez menos hipotético —dice Gáspár, pero su tono es amable.

Con las manos temblorosas, me saco la moneda del bolsillo y se la ofrezco.

—¿Puedes leerla? —Mi voz suena débil, casi ininteligible en el viento—. Está en régyar.

Gáspár toma la moneda y la gira. Me doy cuenta, por primera vez, de que tiene la mano desnuda, sin guante.

—Solo dice el nombre del rey. Bárány János. No sé leer yehuli.

—Yo sabía —susurro—. Antes.

Oigo el cambio en la respiración de Gáspár.

—Creía que habías dicho que no conociste a tu padre.

Solo fue una pequeña mentira, y me sorprende que se acuerde. Niego con la cabeza, cerrando los ojos con fuerza como si pudiera invocarlo todo de vuelta, recuerdos medio olvidados latiendo como la distante luz de una antorcha.

—Cuando era pequeña, venía todos los años. A Virág y a las otras mujeres no les gustaba, pero él se quedaba con mi madre y conmigo en nuestra choza. Nos traía baratijas de Király Szek, y libros. Largos pergaminos. Cuando los desplegaba, se extendían desde la puerta de nuestra choza hasta la chimenea, en la esquina. Empezó a enseñarme las letras, alef y bet y guímel... —El recuerdo titila y se aleja de mí, pero juro que puedo oír el crujido del pergamino viejo—. Había una historia de una reina muy lista y astuta y de un ministro malvado, y cuando la contaba siempre le ponía al ministro una voz aguda y muy tonta, así que sonaba como una vieja con la nariz congestionada.

Dejo escapar una carcajada breve y, cuando miro a Gáspár, él también sonríe un poco. Pero hay algo tenso y cauto en su sonrisa, como un conejo ante una serpiente.

—Él no estaba allí cuando se llevaron a mi madre. —Mi voz se debilita con cada palabra—. Los Leñadores vinieron a por ella y el resto de los hombres y mujeres quemaron todo lo que él nos había traído, todos los pergaminos e historias. Yo enterré la moneda en el bosque y la desenterré más tarde.

—¿Y tu padre? —me pregunta Gáspár, todavía amable—. ¿Por qué no volvió a por ti?

—Porque creyó que estaba muerta —le digo. Siento una extraña oleada de alivio al decirlo, como si el poder que esperaba que tuvieran esas palabras no fuera más que cenizas en el viento—. Y tenía razones para pensarlo, en realidad. Cuando se llevan a una mujer que tiene un hijo pequeño, un niño, es la costumbre dejarlo en el bosque para que el frío y los lobos terminen con él. Apenas hay comida suficiente, pero cuando es una niña, la comparten hasta que ella desarrolla su magia. Todos en Keszi sabían ya que yo no tenía magia, y no merecía la pena malgastar un trozo de pan de sus mesas.

Algo se quiebra, como un relámpago. Me encorvo buscando aire, cuando el poder de la historia me abandona como un grupo de hojas secas, atrapado durante mucho tiempo bajo el agua corriente. Doblada por la cintura, toso y escupo, y Gáspár me pone una mano en la espalda. Puedo sentir sus dedos tensándose sobre mi capa de lobo, como si no supiera si quitármela o dejarlo estar.

—Virág me salvó —consigo decir—. Aunque era una niña terriblemente arisca que siempre tenía la nariz roja y las rodillas peladas. —Gáspár abre la boca, pero sigo con ferocidad antes de que pueda decir una palabra—. Y no me digas que no he cambiado nada.

—No iba a decir eso.

Con el estómago revuelto, busco la moneda en mi bolsillo antes de recordar que la tiene él, tan brillante como un estanque de luz solar en el cuenco de su mano. La sostiene con cautela, como si fuera algo extraordinariamente valioso, aunque una moneda de oro no puede valer demasiado para un príncipe, lo hayan desheredado o no.

—Sabes que mi padre está en Király Szek —le digo. El viento se ha calmado y es un débil lamento que suena como un animal huérfano en el hielo—. Nándor lo expulsará, ¿no? Si le dan la oportunidad. Y ahora no habrá nadie allí que lo detenga.

Gáspár duda. Oigo que une los dientes, que su mandíbula asume su tensión habitual. Después asiente.

Me miro las manos. A la luz de la luna, son tan pálidas como la grasa del cordero, y mis nudillos están cubiertos de diminutas cicatrices. Veo la ausencia de mi meñique, el espacio negro donde estuvo antes imbuido de un poder que todavía no comprendo. Y después miro a Gáspár, alto y silencioso como un centinela. Si la luna se ocultara y el viento se levantara de nuevo con la fuerza suficiente para ampollar la piel, me pregunto si estaría lo bastante oscuro y frío para que quisiera abrazarme de nuevo, para que ambos nos prometiéramos separarnos ante la primera franja rosada del alba.

—No seas imprudente, Évike —me pide en voz baja, y después deja la moneda en mi mano. La aprieto con tanta fuerza que sus bordes grabados dejan marcas emplumadas en mi palma, y cuando me la guardo de nuevo en el bolsillo, todavía puedo sentir el calor que la piel de Gáspár ha dejado en ella.

CAPÍTULO DIEZ

Duermo intranquila, apresada por la preocupación, con un seísmo en el vientre. Las palabras de Szabín giran en mi mente, y tengo los dientes apretados alrededor de la silueta del nombre de Nándor. Tiemblo a pesar de estar debajo de la piel de reno; mi cuerpo se contorsiona en una postura que encaja con la de Gáspár a la perfección, un recuerdo carnal de las noches que hemos pasado en el bosque helado. Miro tan a menudo su cuerpo durmiente que me enfado conmigo misma, y en lugar de acercarme a él, arrastro mi piel hacia la osa. Una osa es un enemigo que puedo comprender con mayor facilidad, y temer u odiar según corresponda. Incluso roncando, puedo ver todos sus dientes.

Un amanecer púrpura se eleva en el hielo; el alba humea tras una bruma de nubes y niebla. Gáspár se pone de lado, con el ojo abierto, y me mira por fin. Siento una oleada de vergüenza, y me pregunto si me ha visto moviéndome y dando vueltas toda la noche. El recuerdo de nuestra conversación es un zumbido insistente en el fondo de mi mente, como el suave lamido del agua contra la orilla. Me incorporo, con cuidado de no despertar a la osa, y me agacho a su lado.

—Siete días —susurro—. Todavía queda tiempo para encontrar el turul, pero tenemos que marcharnos ya.

Gáspár asiente y se levanta; un músculo aletea en su mandíbula. Sin decir nada, toma su hacha, apoyada contra la pila de leña. Se me da bastante bien descifrar sus sobrios silencios y sé que hay algo atrapado en él, como un abrojo en el pelaje de un perro, pero no puedo preguntarle ahora. En la otra habitación de la pequeña choza, Tuula y Szabín todavía no se han despertado. Me pongo la capucha de mi capa y abro la puerta; el frío me picotea las mejillas y la nariz.

Gáspár empieza a bajar la escala de cuerda y, tan pronto como sus pies tocan el hielo, lo sigo. No he llegado lejos antes de sentir que algo tira de mi caperuza desde abajo y, con un gemido ahogado, casi pierdo el pie en el peldaño. Cuando mi capucha cae hacia atrás, descubro a Szabín mirándome, con una mueca enfadada en los labios y el colgante destellando bajo esta luz dura y cruel.

—Suéltame —le espeto—. ¿O somos prisioneros aquí?

Szabín me agarra con más fuerza.

—Ningún sureño ha venido nunca a Kaleva sin ansia en sus ojos.

Quiero contestarle que haber nacido en Keszi difícilmente me convierta en una sureña, pero lo que Szabín quiere decir está claro: para ella, todos somos sureños. Echo una mirada rápida a Gáspár, todavía sosteniendo la escala, y él me mira con desconcierto.

—Ya me he llenado la barriga de carne de reno, gracias a Tuula —digo, y sonrío con tanta dulzura como consigo reunir. Szabín frunce el ceño—. ¿Qué sentido tiene renunciar a tus votos, hermana, si tratas a todos los paganos con los que te encuentras con cautela y reproche?

—Tú eres la primera que me encuentro —dice Szabín. Me mira con el mismo desprecio amordazado que Gáspár en los primeros días de nuestro viaje, cuando alternaba entre los reproches por mi barbarie y la preocupación por el estado de su alma—. Y no has hecho nada para ganarte mi confianza.

—Tampoco he hecho nada para ganarme tu ira —replico. El viento nos gruñe con renovada ferocidad, sacudiendo la escala, y si Gáspár no la estuviera sosteniendo desde abajo, me habría caído. Tengo la extraña y espontánea sensación de que, si me cayera, se movería para atraparme—. No me parece adecuado que me mire con desagrado alguien que comparte cama con una juvvi. ¿Te quitas el colgante antes de yacer con ella?

Mis palabras son suficiente para desequilibrarla, para hacer que su mano se debilite. Me zafo de ella, dejando algunos pelos de mi capa de lobo en sus dedos, y bajo apresuradamente el resto de la escala. Cuando mis botas rozan la nieve, veo que Szabín sigue mirándome desde arriba, con los ojos entornados, finos como tajos.

—¿Qué te ha dicho? —me pregunta Gáspár.

—El morboso dramatismo patricio —contesto, con tono brusco. Sus palabras me han herido en un lugar inesperadamente tierno, o quizá sea solo una ascua más profunda y antigua a la que ha insuflado vida. Szabín no es tanto una enemiga como una tonta, por creer que una patricia podría vivir en una paz feliz y satisfecha con una juvvi. La hoja de alguien se interpondrá entre ellas al final, o sus propios agravios quemarán la choza de Tuula hasta los cimientos. Hay una pequeña parte de mí irritada con la idea de que yo soy igual de tonta por querer encontrar consuelo en los brazos de un Leñador. Me subo la capucha de nuevo y me concentro en lo que tengo delante.

A la luz del día, el lago está tan pulido como una brillante moneda de plata, y el reflejo de los árboles oscuros ondea sobre su superficie. Se han convertido en algo más pequeño y comprensible, en árboles a los que podría haber trepado de niña cuando estaba en Keszi.

Piso sus reflejos mientras caminamos. El hielo gime y cruje bajo nuestros pies, pero no se rompe. Ni siquiera veo el agujero por el que caí, o el encaje de grietas. El hielo se ha remendado de nuevo, como seda blanca sobre un rasgón negro.

Cuando terminamos de cruzar, podría besar la tierra, el suelo sólido. Me siento aliviada, a pesar del incesante peligro del bosque,

que retumba como si poseyera su propio latido, verde y blanco. Envuelto en la niebla, el bosque no ha cambiado: ahí están los árboles enormes, cubiertos de líquenes y oscurecidos por la nieve derretida. La escarcha destella en cada aguja de pino como el cristal derramado.

Recuerdo la certeza que tuve hace apenas un día, el instinto innombrable que llameó en mi pecho mientras miraba el embrollo de ramas, entrelazadas como la urdimbre de una cesta y que apenas permitían ver el cielo azul. No siento nada de esa certeza ahora. En mi mente solo está el nombre de Nándor y el estribillo de siete días, siete días, siete días farfullando tras él como un perro de caza siguiendo a su presa. Presiono el tronco más cercano con la palma, pero si alguna vez he tenido una intuición de bruja, esta ha desaparecido ya.

La desesperación me abruma.

—Ya no lo sé. Creí que el turul estaría aquí, pero ahora…

La expresión de Gáspár no cambia; es como si mis palabras hubieran rebotado en él. Hay una expresión dura en su ojo, como si no hubiera esperado más de mí. No sé por qué eso, su decepción, me duele más que ninguna otra cosa.

Entonces hay un destello en su ojo.

—¿Oyes eso?

Me detengo, con el puño cerrado en mi costado. Es el suelo, no los árboles, lo que late bajo nuestros pies, y de repente el viento se queda en silencio. Abro la boca para contestar, pero las palabras se marchitan en mi garganta cuando una mano gigante se curva alrededor del tronco que tengo más cerca, con los dedos del color y la textura exacta de la madera. La mano gira un instante para agarrar bien, y después arranca el árbol de raíz, tirando de él hacia el inadvertido cielo gris.

La criatura que tengo delante no tiene ojos, solo dos ranuras deformadas en la corteza acanalada de su rostro. Su barba entrecana está hecha de guirnaldas de agujas de pino y hojas secas, sostenidas con una pegajosa savia amarilla. Su cuerpo es tan grueso como dos árboles encajados, y sus brazos y piernas están cubiertos de musgo y podredumbre. Un único pájaro sobrevuela su cabeza, como si buscara un lugar donde anidar entre el follaje animado.

Sigo mirándolo, boquiabierta y perpleja, cuando su dedo rodea mi torso y me eleva en el aire.

Gáspár grita mi nombre, esas tres sílabas que me desconcertaron tan completamente anoche, y después oigo la escofina del metal cuando saca su hacha. La criatura me gira en sus manos, soltándome y agarrándome de nuevo, como un gato curioso con un juguete. Cada vez que caigo hacia el suelo, mi estómago se agita en una mareada protesta, pero estoy demasiado aturullada para gritar, y mucho más para recurrir a mi inescrutable y nueva magia.

Me siento abrumada por mi propia y desesperada estupidez cuando la criatura me toma por la capa, como un hilo entre sus dedos gigantes, y me sostiene sobre su boca abierta. El aliento le apesta a carne quemada y madera podrida, y un par de lágrimas aparecen en los rabillos de mis ojos, inútiles y condenadas. El hacha de Gáspár golpea furiosamente la pierna de madera de la criatura, y la urgencia de su acción me sorprende: no ha dudado, como lo hizo en la tienda de Kajetán.

Y entonces, inexplicablemente, otra voz se eleva, brusca y clara: *Avanza sin pausa, se curva mas no se quiebra, tiene ramales y nudos pero fronda no lo enhebra.*

La criatura se detiene, dejándome pender, retorciéndome entre sus dedos. La corteza de su rostro se arruga como si frunciera el ceño. Con la mano libre se rasca la cabeza, desconcertada; parece, por un instante, bastante humana.

Tuula es una mota de llamativo color sobre la nieve. Repite: *Avanza sin pausa, se curva mas no se quiebra, tiene ramales y nudos pero fronda no lo enhebra.*

La criatura entorna los ojos. Cuando me escurro de entre sus dedos, aprieto los ojos con fuerza y me preparo para golpear el suelo. Pero el impacto ha sido atenuado, amortiguado. Abro los ojos y me encuentro en el lomo de Bierdna. La osa gira la cabeza y me olfatea, y mi aliento atrapa la palabra *gracias*. ¿Cuándo he empezado a creer que puede entenderme?

Gáspár se detiene en su camino hacia mí, con el hacha levantada y el rostro pálido. Cuando me mira de arriba abajo, no creo estar imaginando la preocupación de su ojo, pero se detiene antes de llegar a mi lado.

Bajo de la osa, todavía jadeando. Tuula me mira, con los brazos cruzados y Szabín a su espalda. Cuando consigo hablar, solo puedo preguntar:

—¿Qué *es* eso?

—Solo uno de nuestros inoportunos y terribles gigantes de madera —dice Tuula—. Son muy fuertes, como puedes ver, pero muy estúpidos. Si les dices un acertijo, se quedan siglos paralizados, intentando resolverlo, hasta que al final se olvidan de la frase por completo.

La miro, abatida y amedrentada. Como ella ha dicho, la criatura está clavada al suelo, todavía rascándose la cabeza de madera.

—Es un río, por cierto —continúa Tuula.

—¿Un qué?

—La respuesta al acertijo. —Su voz se vuelve aguda—. *Avanza sin pausa, se curva mas no se quiebra, tiene ramales y nudos pero fronda no lo enhebra.* Un río. Supongo que debes saberlo, ya que planeas enfrentarte al bosque sola. No disfruto salvando tu insípida vida, chica lobo.

Me trago el insulto, al menos medio merecido, y me pongo en pie sin dejar de mirarla. Renos y cuervos, gigantes de madera y osos. Tuula tiene un conocimiento y una magia que hace que el norte parezca agua en el cuenco de una mano, algo que puede sostenerse sin dificultad. Si nosotros tuviéramos que dibujar un mapa de Kaleva, estaría lleno de caminos que esquivan a los monstruos y a los árboles en movimiento, líneas que atraviesan el peligro hacia la seguridad. Ni siquiera las mujeres de mi aldea soñarían con moverse por el bosque con tanta seguridad como ella.

Aprieto los cuatro dedos de mi mano, todavía pálida con su poder sin probar. Tuula me mira con sus ojos de halcón negro, como si pudiera ver la parte animal de mi mente, como si pudiera oír el estribillo de *siete días, siete días, siete días*, o ver el ansia en mis ojos. Szabín tenía razón en una cosa: nadie iría a un lugar tan desabrido y brutal a menos que estuviera desesperado.

—Tú sabes dónde está, ¿verdad? —le pregunto, poniéndome en pie—. El turul.

La voz de Tuula suena brusca y rápida.

—Tú no has de encontrar al turul.

La energía de su respuesta hace que el calor florezca en mi pecho. Avanzo hacia ella, aunque la osa gruñe, mostrándome sus dientes amarillos.

—Tú sabías que estábamos aquí para encontrar al turul. Lo has sabido todo este tiempo, y no has dicho una sola palabra.

—Por supuesto que lo sabía —me espeta Tuula—. No os adentraríais tanto en el norte a menos que buscarais poder. Y todos los Leñadores quieren lo mismo. Si no intentan aplastar a los juvvi, están tratando de robar la magia que nos protege de ellos.

Me giro hacia Gáspár, con el corazón desbocado. No se ha acercado a nosotras, pero tiene la mano en el hacha. Nubes de tormenta cruzan su rostro.

—¿Por qué te molestaste en salvarnos, entonces? —replico—. ¿Por qué no nos dejaste morir?

Tuula hace un mohín, como si hubiera probado alguna fruta pasada.

—Te lo dije, chica lobo. No tengo el corazón totalmente negro. Los Leñadores son humanos, bajo esos ridículos uniformes y su odio fanático. Esperaba que la gratitud os persuadiera de abandonar esta búsqueda absurda.

Su voz es implacable y suave, y hace que una horrible impotencia crezca en mi interior. Las palabras de Gáspár sobrevuelan mi cabeza como una bandada de cuervos; la moneda de mi padre me quema a través de mi capa.

—Es posible que vosotras estéis satisfechas, escondidas aquí, en una esquina del mundo —le digo, y esta vez miro a Szabín también, que tiene el ceño fruncido bajo su capucha—, pero hay mucha gente que no cuenta con la protección del hielo, de la nieve y de la magia. Si el turul es lo único que puede igualar el poder de Nándor, los estáis condenando al esconderlo.

—Yo no estoy escondiendo nada. —Tuula camina hacia la osa y le apoya la mano en el hueco entre sus enormes hombros—. Tú no has de encontrar al turul. Y quizá cometí un error cuando evité que os congelarais. El príncipe te ha inyectado su veneno... Bien podrías jurar lealtad a su dios, porque tu aldea no te aceptará si pones el turul en las manos del rey.

La ira me atraviesa con tal ferocidad que se me humedecen los ojos. Miro a Gáspár, estúpidamente, sin expresión. He intentado durante mucho tiempo no pensar en Virág, no pensar en el turul cayendo del cielo con mi flecha en su pecho. Pero siempre he sabido, por supuesto, la verdad: que matar al turul me alejará de Keszi para siempre. No podré cojear de vuelta con su sangre todavía caliente en mis manos; esta vez Virág me arrojaría a los lobos, y no sentiría ni una pizca de pesar.

Abro la boca, pero ninguna palabra sube por mi garganta. La osa resopla, y la humedad perla su hocico negro.

—No tiene sentido —dice Gáspár entonces.

Las palabras se elevan rápidas, furiosas.

—¿Qué?

—No tiene sentido insistir; no nos dirá dónde está el turul. —Su voz suena dura y átona, y dedica a Tuula una mirada de pedernal—. Además, ya hemos perdido mucho tiempo. La festividad de San István será dentro de siete días, y si me entretengo más aquí, no podré detenerlo.

—Dijiste que no podrías detenerlo sin el turul. —Por el contrario, mi voz suena tan temblorosa como el viento—. Hicimos un trato.

—Lo sé.

No dice nada más y solo puedo mirarlo: su mandíbula dura, cuadrada, su piel como el bronce pulido. Sus pestañas oscuras y sus labios arrogantes. Pero no parece enfadado. Su mirada es firme, casi demasiado brillante.

—No es culpa mía —consigo decir, pensando en los Leñadores asolando nuestra aldea, en todos los modos que el rey podría encontrar para castigar a Keszi—. Tu padre...

—Lo sé —dice Gáspár de nuevo, en un tono susurrado y tranquilo, como si intentara sacar a un conejo de su madriguera para hacerlo caer en una trampa—. Y te prometo que evitaré que mi padre se vengue sobre tu aldea, pero tengo que regresar ya a Király Szek. No puedo perder más tiempo.

El tono de sus palabras me hace sentir pequeña como una niña, con el rostro rosado contra el reproche del viento.

—¿Y qué voy a hacer yo?

—Vete a casa —me dice.

Por un momento, me permito imaginarlo. Pienso en arrastrarme a través de la tundra, por la Pequeña Llanura, ante los aldeanos con sus horquetas y sus ojos abrasadores, con la palabra *bruja* en sus lenguas. Pienso en enfrentarme a los monstruos del Ezer Szem y en atravesar el límite del bosque, jadeando y resollando, y en ver solo las expresiones vacías del resto de aldeanos. Katalin me exhalará su llama azul, pero no antes de arrancarme su capa de lobo de la espalda. Los muchachos con los que me he emparejado apartarán la mirada, ruborizados por la vergüenza. Boróka protestará, intentando apaciguarlos. Ni siquiera puedo pensar en Virág. Y todos me odiarán el doble, por no haberme muerto cuando se suponía que debía hacerlo.

Y entonces, sin quererlo, otra inundación de imágenes me golpea. Pienso en los brazos de Gáspár rodeándome en el interior del hueco húmedo del árbol, suspendidos en el tiempo por sus raíces. Pienso en su voz suave y cansada en mi oído, en su olor a pino y a sal. Recuerdo que se zambulló en el hielo tras de mí, y que me cubrió con su capa mientras él se congelaba. La vergüenza me retuerce el estómago. Le he contado cuánto me odiaban todos, cómo deseaban que me devoraran, incluso le confesé el horrible secreto de mi menguante dolor: que a veces no recuerdo a mi madre. Me guardé las garras y escondí mis dientes para él, y ahora quiere que vuelva, dócil y desdentada, con Virág y su látigo de junco, con Katalin y su fuego, y con todos los demás aldeanos con sus miradas despiadadas.

Todo lo que pienso que podría decir me parece terriblemente estúpido. Así que le doy la espalda a Gáspár, le doy la espalda a Tuula y a Szabín y a la maldita osa, y camino a través de la nieve, hacia el ojo fijo y pálido del lago.

Según lo cuenta Virág, Vilmötten abandonó su hogar en dirección a Kaleva sin nada más que su kantele a la espalda. Viajó tanto tiempo que descubrió que ya no estaba en el Mundo del Medio, el mundo mortal, sino en el Inframundo, el reino de Ördög. Estaba rodeado por las almas de los difuntos, muertos de enfermedad o de vejez o de graves heridas, con la piel negra y fétida y gusanos retorciéndose en las cuencas de sus ojos desaparecidos.

Ningún mortal había viajado nunca al Inframundo y había regresado. Vilmötten lo sabía. Pero empezó a rasguear su kantele y a cantar una canción tan hermosa que conmovió a Ördög, el mismo dios de la muerte, y lo hizo llorar.

—Puedes irte —le dijo a Vilmötten—. Pero nunca debes regresar.

Y así pudo volver a entrar Vilmötten en el Mundo del Medio. Pero más tarde, cuando se cayó y se cortó la mano con una roca afilada, vio que el corte no sangraba. Su piel se unió de nuevo en un instante, tensa como un tambor. Vilmötten miró su reflejo en un lago de hielo y vio que todas sus arrugas se habían suavizado, que el gris de sus sienes se había teñido de negro. Era joven de nuevo, y ninguna herida o fiebre podía dañarlo. Ördög, el dios de la muerte, había dado a Vilmötten el don de la vida eterna.

Esta historia es el origen de la magia sanadora de las mujeres lobo, aunque ellas no son tan intachables como Vilmötten. Su cabello aún se vuelve gris y su piel se arruga con el tiempo, aunque más lento que la de las demás. Más lento que la mía. Y la sanación les arrebata algo: he visto el rostro de Boróka volverse más y más pálido mientras trabajaba, el sudor perlando su frente, y después estaba tan cansada que dormía durante dos amaneceres sin despertarse. Casi parecía envejecerla, como si su magia se estuviera comiendo sus años de vida.

Mientras patino sobre el lago hacia el oscuro montículo de la choza de Tuula, me miro la mano, con su dedo inexistente. Recuerdo que cerré la mano sobre el fuego, que vi las llamas muriendo bajo mis dedos, y se me ocurre algo: si otras chicas lobo pueden hacer fuego y yo puedo extinguirlo, quizás eso signifique que, si ellas pueden sanar, yo puedo herir.

Estoy demasiado asustada para preguntarme qué me arrebatará eso. Trepo el banco de nieve, jadeando con fuerza. Justo más allá de la choza, los renos de Tuula se mueven en borrones de plata, como nubes a la deriva. Sus cuernos son griales de hueso, sosteniendo tazas de cielo. Siguen olfateando el suelo distraídamente mientras me acerco; sus brillantes flancos se elevan y caen con sus respiraciones.

Los hilos que rodean mi muñeca se tensan. Extiendo mi mano de cuatro dedos hacia el reno más cercano, y casi dudo. Mi resolución flaquea un instante y después regresa de nuevo, como una balanza equilibrándose después de levantar el peso. Extiendo los dedos contra su flanco, sintiendo la suave elasticidad de su pelo.

El tiempo me azota, el viento gruñe. Y entonces el reno sacude la cabeza y resopla y se aleja corriendo de mí, pero no antes de que vea la marca quemada en su costado, una ampolla roja con la forma de mi mano.

El resto de la manada se sobresalta con él y se aleja por la llanura. Los dejo hacerlo, esperando la repercusión, esperando el reflejo de lo que he hecho, que reverbere en mi oído como la cuerda de un

LA LOBA Y EL LEÑADOR 171

arco. Nada. Espero y espero, y no me doy cuenta de que estoy llorando hasta que noto las lágrimas congelándose en mis mejillas. Si hubiera sabido que era tan fácil, habría tenido poder hacía mucho. Si lo hubiera sabido, me habría cortado el dedo en un suspiro. Habría extinguido todas las llamas azules de Katalin, y nunca me habría postrado para recibir los azotes de Virág. Me siento como una niña ingenua, pues tuve que esperar a que un Leñador me enseñara lo que era el sacrificio. Pues no había comprendido las historias de mi propio pueblo hasta que las conté en voz alta yo misma, con Gáspár escuchando.

Mi pueblo. Katalin me habría arrebatado esas palabras de la boca.

Oigo pasos arrastrados a mi espalda. Rápidamente, me seco las lágrimas congeladas de las mejillas y me giro. Gáspár camina por la llanura, el viento le carda el cabello oscuro. Algo duro y caliente se eleva en mi garganta.

—Qué extraño giro del destino —digo, cuando se detiene a mi lado—. Un Leñador llevando a una chica lobo de vuelta a Keszi.

—No voy a llevarte —dice Gáspár. Mueve los labios, como si le resultara especialmente difícil no hacer una mueca—. No eres una adivina. Al rey no le servirías de nada, de todos modos.

La vieja herida aún me punza.

—No soy una adivina, pero tengo poder. Tú lo has visto.

—Un giro del destino aún más extraño. —Gáspár entorna el ojo—. Una chica lobo suplicando a un Leñador que la lleve a Király Szek.

—No voy a suplicártelo —le digo. Con una repentina oleada de rencor inútil, añado—: ¿Te gustaría que lo hiciera?

Solo lo digo para que se ruborice, y lo consigo. Las puntas de sus orejas se vuelven rosadas, pero su mirada es implacable.

—Supongo que depende de lo que me supliques.

En respuesta, mis mejillas se llenan de calidez. No esperaba esta contestación, ni que me mirara tan intensamente, sin pestañear.

—No necesito suplicar —le digo—. No puedes detenerme. Me dijiste que, si supieras que tu madre estaba viva, no dejarías de buscarla. Mi padre está vivo en Király Szek y Nándor ha encendido una pira a sus pies. ¿Qué otra cosa puedo hacer?

Una larga y áspera exhalación sale de la boca de Gáspár, tan pálida como la bruma en el frío.

—Eres una tonta —me dice sin rodeos—. Más tonta que un Leñador que pensó que podía hacer un trato con una mujer lobo, o que creyó que conseguiría encontrar al turul. No sé qué poder tienes, pero no es suficiente... Ni de *lejos*. Nándor es la peor amenaza, es cierto, pero la ciudad de mi padre tampoco es segura para una mujer lobo. Te prometí que te diría qué hace el rey con las mujeres que toma.

Curvo los dedos contra mi palma.

—¿Y lo harás?

—No. Pero te diré que, cuando era niño, mi padre decidió que mi madre no debía abandonar el castillo. Tenía un grupo de habitaciones aisladas para ella, y todas tenían barrotes de hierro en las ventanas. Solo acudía por la noche, y la reprendía con palabras que ella no comprendía. Así que yo me quedaba allí, hablando merzani a mi madre y régyar a mi padre, traduciendo los insultos de él y las súplicas de ella, e interponiéndome entre ambos para que me golpeara a mí, en lugar de a ella.

El asombro me atraviesa, y después un torrente de dolor. Pensar en él cuando era niño casi me ablanda y abro la boca para contestar, pero Gáspár habla primero.

—No digo esto para darte lástima. Soy yo quien debería sentir lástima por ti, por lo poco que comprendes lo que planeas hacer. Mi padre es más débil que Nándor, en algunos sentidos, pero no es menos cruel. Si hacía algo así a su esposa, solo porque era extranjera, y a su hijo, solo porque se atrevía a interponerse entre ambos, ¿qué crees que te hará a ti? ¿A la chica lobo que lo engañó?

Niego con la cabeza ferozmente, como si sus palabras fueran flechas y pudiera evitar que golpearan su objetivo. El viento me estremece y busco la moneda en mi bolsillo. He trazado sus grabados tantas veces que he memorizado sus líneas, aunque no comprendo su significado. Si tengo que elegir entre ahogarme en el mismo río que me ha arrastrado al fondo un millar de veces o caminar hacia una pira en llamas que nunca me ha quemado, elegiré las llamas y aprenderé a soportarlas. Pero no puedo aguantar ni un momento más la furia de Katalin, u otra lengüetada del látigo de junco de Virág. No cuando mi padre está en algún sitio de Király Szek, espumando la costa como una marea que ha perdido la atracción de su luna.

—Entonces quizá llegues a verme desnuda, después de todo —le digo, estrujando la broma para que pase más allá del nudo de mi garganta—. ¿Despluma el rey a las chicas lobo como si fueran gallos, antes de cocinarlas y comérselas?

Gáspár me mira, con los labios separados y el ojo lleno de la difusa luz del mediodía. Su expresión está en alguna parte entre la incredulidad y la furia, y veo el cambio, el momento en el que se decide por la furia silenciosa: eleva los hombros alrededor de sus orejas, con los puños apretados en los costados, y se aleja de mí sin decir otra palabra.

Ha oscurecido de nuevo cuando ensillamos nuestros caballos, cuando eludimos a Tuula y a Szabín. En el invierno kalevano, las horas de luz solar se escapan entre tus manos como el agua. Sobre nuestras cabezas, las estrellas son joyas brillantes cosidas a la colcha del cielo nocturno. El manto de mi yegua es de un blanco brillante, su crin como rayos de luz de luna. El corcel negro de Gáspár es casi invisible en la noche, y cuando sube a su grupa, envuelto en su suba, es casi invisible él también.

No me habla mientras atravesamos la tundra. Me protejo con la certeza de mi poder, esa huella roja en el flanco del reno, y el recuerdo de la voz de mi padre, tan lejano como la llamada de un cuervo. Es suficiente para mantener mi espalda recta, mis ojos fijos hacia delante, hacia el sur. Pero las riendas me tiemblan entre los dedos.

CAPÍTULO ONCE

El erial desierto de Kaleva da paso lentamente al verde: ralos olmos maltratados por el viento y largos trechos de hierba mascada y aplastada bajo las pezuñas hendidas de las ovejas racka salvajes, con sus grandes cuernos en espiral. Las colinas se desbordan hacia una negra extensión de montaña a lo lejos, cuya silueta solo puedo ver si entorno los ojos y elevo el pulgar para bloquear el sol. Las montañas son una frontera natural entre Régország y el Volkstadt, nuestros vecinos occidentales, que, como Gáspár me ha contado, nos llevan ventaja en el Patridogma y son mucho más beatos que nosotros.

Gáspár apenas ha hablado conmigo desde que abandonamos Kaleva, perseguidos hacia el sur por el viento y la nieve. Le ofrezco los conejos que mato solo cuando están desollados y desangrados, pero no responde a mis intentos de reconciliación con nada más que un asentimiento férreo. Y por la noche se aleja de mí, tumbándose de espaldas al otro lado de la fogata. Yo me acurruco bajo mi capa, furiosa con mi estúpido dolor. Sé que no debería ansiar la calidez del abrazo de un Leñador, pero una parte de mí quiere enfadarse con él de todos modos. Si le mostrara la celosía de cicatrices detrás de mis muslos, ¿aceptaría mis razones para no querer regresar a Keszi? Seguramente se ruborizaría y tartamudearía, ante su primera visión de la piel desnuda de una mujer. Duermo a ratos, como mucho.

Una mañana, nos topamos con un grupo de piedras erosionadas por el tiempo que se elevan sobre una colina como dientes afilados. Cubiertas de líquenes, el tiempo las ha dejado casi blancas. En el centro de cada piedra hay un círculo ahuecado, lo bastante grande como para meter el puño. Verlas me eriza el vello de la nuca. Gáspár las rodea con su caballo, que relincha.

—¿Son una construcción pagana? —me pregunta al final, como si no pudiera seguir conteniendo su curiosidad—. ¿Un sitio para adorar a vuestros dioses?

Es la primera vez que oigo su voz en días, y hace que me tiemble el estómago de un modo curioso, alivio entrelazado con desesperación. Niego con la cabeza, con la frente arrugada. En el interior de uno de los agujeros hay un jirón de tela descolorido por el sol que podría haber sido rojo, y un borrón de algo negro que parece sangre seca. Una de las historias de Virág se eriza en mi mente y siento los hilos de Ördög tensándose sobre mi mano. Quien sangró aquí, era más antiguo que los paganos. Estas piedras fueron dispuestas por algo mucho más antiguo, algo tan antiguo como el mundo cuando este era nuevo.

Estoy tan desesperada por oírlo hablar de nuevo que una pregunta se eleva en mi garganta, humillantemente sincera.

—¿Te gustaría oír la historia de cómo Isten creó el mundo?

Gáspár aprieta los labios.

—Creo que ya he oído demasiados cuentos de hadas, chica lobo.

Ahora que está enfadado conmigo vuelvo a ser una mujer lobo, y yo debería pensar en él solo como Leñador. Debería escurrirme sus bondades como el agua del cabello. Debería olvidar que se ha quedado dormido rodeándome con los brazos, y pensar solo en encontrar a mi padre. Pero me siento como un perro con un tesoro entre los dientes, sosteniéndolo con fuerza, sabiendo que me dolería demasiado y que quizá se llevaría mis dientes consigo si lo dejara escapar.

—¿Temes empezar a disfrutarlos? —le pregunto. Si no puedo recuperar su camaradería, al menos lo haré enfurruñarse y sonrojarse como los primeros días. Cualquier cosa es mejor que su silencio inexpresivo.

—No —dice con brusquedad—. Y ya que estás tan ansiosa por morir, quizá deberíamos cabalgar más rápido hacia Király Szek. La festividad de San István es dentro de dos días.

Me levanto, me quito la tierra de las rodillas, e intento no dejar que sus palabras me confundan. Ördög me ha bendecido con su poder y solo necesito un destello de voluntad, un dolor fantasma en mi meñique ausente, para blandirlo. Su potencial se retuerce en mi interior, como una serpiente debajo de una piedra calentada por el sol.

—Quizá te lo cuente de todos modos —digo, subiendo de nuevo a mi yegua—. A menos que se te ocurra algún modo de silenciarme.

—Basta —murmura Gáspár, una advertencia grave. Tiene las riendas apretadas entre los dedos, pero no emite otra palabra de protesta.

Y por eso hablo en el verde silencio, mientras el viento apenas acaricia los olmos delgados.

—En el pasado solo existía Isten, que vivía a solas en el Supramundo y tenía el cabello blanco tras siete eternidades. No creía que pudiera sobrevivir a otra sin compañía, porque los dioses también temen a la soledad. En su angustia, comenzó a llorar. Sus lágrimas lavaron la tierra estéril con tal vigor que se convirtieron en el primer océano, hecho de sal, agua y dolor.

»Pero a pesar de tener el océano, Isten seguía sintiéndose solo. Examinó aquella cosa hermosa que había creado y no se sintió enfadado ni desolado. Se sintió en paz, y ese es el único momento en el que puedes hacer un sacrificio que funcione. Así que Isten se cortó un trozo de su carne y lo dejó caer en la tierra. Cuando aterrizó, empezó a extenderse y a cambiar, hasta que se convirtió en los primeros hombres y mujeres del mundo, dulces, sumisos y tranquilos.

»El nuevo mundo de Isten era precioso, y solo un idiota no habría querido vivir en él. No había palabra para *verano*, porque cada día era tan cálido y luminoso como el anterior. No había palabra para *saciado* porque ni un solo estómago había dolido nunca de hambre. No había palabra para *alegre* porque nadie se había sentido nunca de otro modo.

»Entonces, un día, una mujer fue a lavar la ropa al río. Se arrodilló en la orilla y hundió su vestido en el agua. Al hacerlo, su mano rozó una roca, afilada y resbaladiza. El agua que la rodeaba se tiñó de rojo y, cuando levantó la mano a la luz, vio que estaba sangrando, aunque no tenía una palabra para la sangre. No pudo explicarse a sí misma, ni al resto de los aldeanos, qué había pasado, pero Isten lo vio todo. Y pensó: *Yo no hice las rocas lo bastante afiladas para cortar. Yo no hice la carne humana lo bastante tierna para sangrar.*

»Pronto, la verdura que los aldeanos arrancaban de la tierra ennegreció y se pudrió. La escarcha endureció y blanqueó el suelo bajo sus pies. Y, cuando un aldeano miró su reflejo en el lago, vio que su rostro estaba cubierto de profundas arrugas. Los aldeanos tuvieron que crear una palabra para lo que veían, así que lo llamaron *desesperación*.

»Suplicaron a Isten una respuesta a sus problemas, e Isten la buscó. Bajó a la Tierra y caminó sobre ella como un hombre. Caminó hasta que oyó un retumbo bajo sus pies, y el estruendo era una voz.

»—Hola, Padre —dijo la voz—. Creo que estás buscándome.

»Isten miró a su alrededor, pero no vio nada.

»—¿Quién eres?

»—Mira abajo —dijo la voz.

»Isten lo hizo. Apartó las capas del mundo que había creado y descubrió que había otro debajo que olía a humedad y a putrefacción. Las moscas rodeaban su cabeza, y gusanos se retorcían bajo sus pies. Estaba demasiado oscuro para ver algo, pero la extraña voz seguía resonando a su alrededor, como si la oscuridad tuviera sonido.

»—Eres tú —dijo Isten—. Eres tú quien deteriora las plantas y las flores. Tú has dejado que la escarcha cubriera la tierra. Tú haces que el cabello de mi gente se vuelva blanco, y que su piel se llene de arrugas. Tú los haces sangrar, y permites que sientan desesperación.

»—Sí —dijo Ördög—. Todas esas cosas son ciertas, y yo soy todas esas cosas.

»—¿Cómo lo hiciste? —le preguntó Isten—. Yo no creé el mundo para que se pudriera o sangrara.

»—Pero me creaste a mí —dijo Ördög—. Cuando cortaste un trozo de tu carne para crear el mundo, yo nací con él. La creación solo puede existir junto a la destrucción, la paz junto al dolor. Donde haya vida, yo también estaré.

»Isten pensó: *Me ha llamado Padre.*

»Isten dejó el reino de Ördög y regresó a la Tierra, solo que ahora la llamó Mundo del Medio, porque había otro debajo. De este modo, se convirtió en el mundo que conocemos: un mundo donde el verdor podía pudrirse, donde la paz podía convertirse en dolor. Un mundo que tenía una palabra para *alegría* porque tenía una palabra para *desesperación*. Aquel ya no era el mundo de Isten.

Cuando termino la historia, estoy sin aliento. Gáspár observa con determinación el espacio vacío entre las orejas de su caballo, pero me mira de soslayo y puedo ver un destello de reacio interés.

—¿Es lo que piensas de la muerte? —me pregunta al final—. No me extraña que estés tan ansiosa por lanzarte a los brazos de mi padre.

Lo miro, parpadeando, insegura por su reacción.

—¿Qué quieres decir?

—Ese dios tuyo, Ördög. —Dice la palabra con la nariz arrugada, como si formarlo con los labios lo repugnara—. No somete a los habitantes de su Inframundo al fuego del infierno y al tormento, y todas las almas humanas encuentran su camino hasta él cuando mueren, sin importar cuán buenas o malas hayan sido en la Tierra… en el Mundo del Medio. ¿Qué evita que los humanos hagan daño, si no temen el destino de su alma después de la muerte?

En la parte de atrás de mis muslos, mis viejas cicatrices refulgen.

—Creo que los humanos son muy capaces de castigarse los unos a los otros. Qué pregunta tan absurda, cuando estás sentado ahí, con un ojo menos. Tú deberías saber mejor que nadie que la gente puede ser más cruel que cualquier dios.

—No es crueldad. —Gáspár se ha girado por fin para mirarme—. Es poder. Sin poder, lo único que tienes es furia y rencor. La crueldad llega cuando tienes la capacidad de volver tu ira contra otra persona.

Por un momento, vuelve a sonar como un príncipe de voz suave, blindado por su elocuencia, obstinadamente seguro. Había echado de menos esta arrogancia suya, pero nunca lo admitiré.

—Sí, eso lo sé bien —le digo—. La gente volvía su ira contra mí cada día en Keszi.

Gáspár se queda en silencio de nuevo, girando la cara para no mirarme. Después de un instante, dice:

—¿Por eso tienes la cicatriz de la ceja?

No creía que me hubiera mirado tan atentamente como para darse cuenta. Subo la mano para tocar la hendidura rosada de tejido cicatrizado que parte mi ceja izquierda en dos.

Casi deseo preguntarle cuándo se dio cuenta, pero temo que eso lo haga ponerse su coraza de nuevo. En lugar de eso, digo:

—Una chica de la aldea me sopló fuego a la cara. Katalin.

Apenas siento vergüenza por la confesión. Gáspár no hace una mueca, no me compadece, y pienso en cuando me contó que se había interpuesto entre su madre y su padre, de niño, repitiendo las crueldades de él y soportando los golpes dirigidos a ella. Relaja la mandíbula, ligeramente.

—¿Por qué hizo eso?

—Porque tomé uno de los rollos de col de su plato. Creo. No lo recuerdo bien.

Gáspár deja de respirar.

—¿Y te amenazaban con fuego a menudo?

—Ya sabes que sí —digo, sintiendo el calor que crece en mi pecho—. ¿Crees que echaron a suertes a quién iban a usar para engañar a los Leñadores? No hubo una sola pregunta. Ni una palabra de protesta. Todos *querían* que fuera yo. ¿Por qué querría reptar de vuelta a los brazos de la gente que me envió a la muerte?

Tan pronto como termino, me sonroja la desazón. Su hacha y su capa y el ojo tuerto que me aterrorizó: todo es un testamento del odio que su padre le tiene. Volver para salvar al rey debía dolerle tanto como me dolió a mí ser expulsada para salvar a Katalin. Es duro pensar que he tardado tanto en darme cuenta de que la forma de nuestras heridas es la misma.

No hay disculpa, ni réplica, pero el aire cambia entre nosotros, como la luz del sol atravesando las ramas de los árboles. Cuando pillo a Gáspár mirándome, su ojo está entornado y ansioso, como si intentara seguir algo que se aleja más y más cada vez.

No obstante, volvemos a sumirnos en el silencio; solo escuchamos los graves resuellos de nuestros caballos y el sonido del río mientras corre aguas abajo. Estoy a punto de sugerir que nos detengamos y dejemos beber a los caballos cuando un olor maravilloso y conocido llega hasta mí: el aroma embriagador de la carne estofada y el toque agrio del pimentón, como una larga exhalación seguida de una brusca inhalación.

Hemos comido bien en Szarvasvár (pájaros negros y conejos y una oveja racka de sabor fuerte), pero el olor del gulyás me recuerda a las mesas de banquete y al pan frito de Virág, un recuerdo más consolador que las cosas que me vienen a la mente cuando pienso en Keszi. Por mucho que Gáspár se burlara de mí por añorar la comida de los campesinos, él también ha detenido su caballo al olfatear el aire. A lo lejos, veo el tejado verde de una casa de hierba.

Ninguno de los dos habla, pero avanzamos hacia la aldea, excavada en el lecho del río. Es una villa de invierno, el lugar al que los granjeros y los pastores se retiran cuando hace demasiado frío para las tiendas y toda la llanura está cubierta de escarcha. Los fuegos arden en las ventanas de las casas como ojos iluminados, y el humo que escapa de ellas se curva como una mano llamándonos. No hay puertas, solo agujeros negros en el pasto que me recuerdan a bocas abiertas. Los tejados están cubiertos de hierba, y un carrillón hecho con caracolas repiquetea en el umbral de la casa más cercana. El olor a gulyás es casi lo bastante denso como para saborearlo.

—Pedir un poco de hospitalidad no debería ser un problema —digo, esperando esconder mi deseo con indiferencia.

Gáspár guarda silencio, pensando.

—Quizá puedas disfrutar de tu comida de campesina, después de todo —dice, como si hubiera oído mis pensamientos anteriores.

El viento agita las caracolas mientras bajamos de nuestros caballos. Me pregunto cómo las habrán conseguido los aldeanos. Régország está rodeado de tierra por todas partes, excepto por la pequeña franja de costa en Kaleva que se aferra al límite congelado del Mar del Medio. Tengo curiosidad, pero la llamada del olor a gulyás es más fuerte.

El interior de la casa de hierba está abarrotado pero pulcro, tan pulcro como puede estar un lugar hecho de tierra. Hay estantes de madera sujetos al muro, que contienen hilera tras hilera de tarros de cristal llenos de hierbas y especias de brillantes colores. Debajo hay una mesa y dos sillas, y en el centro de la casa hay una fogata con una enorme cazuela hirviendo y una anciana encorvada sobre ella.

—Perdón —dice Gáspár—. Somos viajeros de camino a Király Szek. ¿Podríamos pediros un poco de comida? Tan pronto como comamos, seguiremos viaje. No os pediremos más hospitalidad que esa.

Cualquiera se sentiría encantado por un ruego tan educado, y además Gáspár está vestido con la suba de los Leñadores. La mujer se gira lentamente, con una sonrisa en su rostro marchito.

—Sin duda —dice—. Mi casa siempre está abierta para los viajeros cansados, y mi gulyás casi está listo. Por favor, sentaos.

Las sillas de madera son un alivio bien recibido después de días montando a caballo y de noches durmiendo sobre la tierra dura y fría. La mujer remueve su caldero, y la cálida luz del fuego engasta su perfil en oro. Tiene la nariz pequeña y afilada y unos ojos brillantes como los de las ardillas, que casi parecen aplastados por el alud de barro de su frente. Lleva el cabello largo y suelto, los mechones grises rozando el suelo de tierra.

No se parece demasiado a Virág, excepto en que ambas son lo bastante viejas para ser la abuela de mi madre, pero el parecido es suficiente para llenarme de una tristeza grave y acechante. Si todo sale según lo planeado, jamás volveré a ver a Virág. Intento sentarme un poco más erguida, a pesar de todo, y hago lo posible por imitar el tono respetuoso de Gáspár.

—Me llamo Évike —le digo—. ¿Cuál es tu nombre?

Pero la anciana no responde, y sigue removiendo la cazuela. Sinceramente, de todas las cosas que podría haber hecho para evocar a Virág, que me ignore me provoca la mayor nostalgia. La mujer no parece ni remotamente perturbada por mi presencia, por mi capa de lobo manchada de sangre y lo demás. Quizá su visión la esté abandonando, y yo solo sea un borrón con forma de mujer.

—¿Siempre has vivido en Szarvasvár? —le dice Gáspár. Me pregunto si estará pensando en las caracolas de la puerta.

—Siempre he vivido a lo largo de este río —contesta la anciana.

De cerca, el gulyás es incluso más tentador. La vieja sirve dos cucharones en unos cuencos de latón amartillado, con trozos de zanahorias y patatas y finas tiras de carne. Las especias han teñido el caldo de rojo.

No ha pasado mucho tiempo desde que comimos (dos conejos que abatí cerca de donde encontramos el círculo de piedras), pero de repente tengo un hambre feroz.

Me llevo la cuchara a los labios.

—¿Qué carne es esta?

—Visón —dice la mujer.

Pero no hay visones en Szarvasvár. No hay visones en ningún sitio al sur de Kaleva, porque los soldados y los misioneros del sur los cazaron hasta la extinción. Virág tiene un par de mitones de suave pelo marrón de visón, y recuerdo haberlos frotado con las manos, imaginando cómo habría sido vivir en Régország antes de que el Patridogma derribara sus puertas.

Miro el estofado de nuevo y sufro una arcada.

Víboras enroscadas y lombrices se retuercen en una masa horrible. Los bordes del cuenco de hojalata están manchados de grasa y salpicados por los cadáveres de un montón de moscas de la fruta. Posado en mi cuchara, un diminuto sapo gris croa levemente.

Con la sangre helada, me giro hacia Gáspár. Se está llevando la cuchara a la boca. Me lanzo sobre la mesa y le tiro la cuchara de la mano, volcando ambos cuencos. Las víboras se deslizan, siseando, por el suelo, mientras las lombrices se retuercen a ciegas sobre la tierra. El barro mancha la falda de la mujer como si fuera agua oscura.

—¿Qué estás haciendo? —me pregunta Gáspár.

Le agarro la barbilla y le giro la cara hacia ella.

—Mira.

La mujer ya no es una mujer, o, mejor dicho, nunca lo fue. Su cabello es hierba del pantano. Sus ojos son dos pulidas piedras blancas. Bajo su vestido y su delantal, su piel tiene una película roja y una dureza que no estaba ahí antes; sus arrugas son líneas que alguien ha grabado en el barro del lecho seco del río.

—Venid a comer, niños —dice, en una voz que es como el sonido del viento a través de las espadañas—. Estáis cansados. Tenéis hambre, y aquí hay comida de sobra.

De repente, me siento muy cansada. Gáspár se desploma sobre su silla; sus párpados aletean bajo el peso de su hechizo.

Yo misma siento los párpados pesados, pero a través de las pestañas veo que la no mujer se cierne sobre mí con las manos extendidas. Tiene escamas de pescado por uñas, y parecen iridiscentes a la luz del fuego. Hay tierra sellada bajo esas uñas, desmoronada y negra.

Cierra los dedos alrededor de la garganta de Gáspár y veo, como en trance, cómo sus venas laten y se oscurecen, el veneno bajando por su cuerpo y debajo de su dolmán. Su pecho se hincha, y un pánico ciego acuchilla la bruma de mi encantamiento.

Todavía atontada, extiendo las manos hacia ella, pero tengo las extremidades rígidas y demasiado pesadas. Me caigo de la silla, desplomándome en la tierra sobre mis manos y rodillas. Gáspár se derrumba en su asiento, con el ojo cerrado. La negrura de sus venas late; huelo la verde putrefacción de la madera enferma, que me recuerda a Peti muriéndose y casi vomito. Con gran esfuerzo, intento alcanzar los tobillos de la anciana, recios como robles gemelos bajo el fleco de su vestido de muselina blanca.

Las brujas no sangran, por supuesto. No hay piel que ampollar. La magia de Ördög funciona de todos modos: un trozo de su pierna se rompe bajo mi mano, como el asa de una vasija de arcilla. La mujer que no es una mujer suelta a Gáspár y se mira la herida, entornando sus ojos vacíos de guijarro con una sorpresa imposible.

Intenta agarrarme, cojeando con el tocón torcido de su pierna, y entonces le toco la otra. Otro trozo de ella se queda en mi mano, manchando mis palmas de polvo rojo. Se derrumba y, al caer al suelo, sus dedos de barro se cierran alrededor de la capucha de mi capa de lobo. Huele a agua de alberca, estancada y llena de verdín en el calor del verano. Sus fragmentos se desmoronan a mi alrededor, una esquirla de mejilla y la punta de su pulgar. La agarro por la muñeca y no la suelto hasta que sus trozos ásperos se esparcen por la tierra.

El polvo de la arcilla tiñe mi capa de escarlata. Toso y farfullo, poniéndome en pie, todavía mareada por el reflujo del hechizo de la bruja. Gáspár está derrumbado e inmóvil; una negrura alquitranada late en sus venas. Me arrastro hacia él, pero entonces siento un tirón en la dirección contraria. Me giro. Hay una enredadera verde saliendo de la tierra, y me ha rodeado el tobillo.

El miedo se cierra alrededor de mi corazón. Por primera vez desde que maté a la bruja, miro la casa. El tejado no es de hierba, en absoluto. Es cabello. Cabello humano. Los tarros de sus estantes contienen lombrices y serpientes de vientre rojo, sapos diminutos y abatidas moscas zumbantes. En uno de ellos juro ver un trozo rosa de lengua, todavía retorciéndose.

Me obligo a avanzar arañando la tierra, a pesar del tirón de la enredadera. Sus espinas cornean la piel de mi bota. Cuando me deshago del cansancio, consigo girarme y arrancar la enredadera de raíz, y después gateo hacia Gáspár y me paso su brazo por el hombro. Parece imposiblemente pesado; lo levanto y me tambaleo hacia la puerta, sin saber si voy a derrumbarme bajo su cuerpo antes de llegar a ella.

La cuchillada de luz frente a nosotros se está estrechando. Al principio pienso que es un truco de mi mente abotargada, pero después siento que la tierra bajo mis pies se agita, se eleva. Las paredes de hierba y tierra nos rodean, tanto y tan cerca que mis pulmones se llenan del aroma del mantillo húmedo y apenas puedo respirar. No, no nos rodean.

Nos tragan.

Inmóvil sobre mi espalda, Gáspár no me sirve de ayuda. Mi vista ondea y se emborrona.

Me lanzo a través del umbral justo antes de que el tejado de hierba ceda sobre nosotros. A través del rugido de las malas hierbas y de la tierra, oigo el carrillón de viento repiqueteando nuestra salida… Solo que no son caracolas sino huesos de dedos, unidos en una telaraña de hilo negro al cráneo de un niño pequeño. Cuando la casa se derrumba, los huesos repican su propia defunción.

Todos los fuegos del resto de las casas de hierba se han extinguido. El viento se levanta, expulsando cabello amarillo de sus tejados. Me desplomo y Gáspár rueda sobre su espalda. Tiene el ojo todavía cerrado y el viento tiembla en el hueco de mi oreja; quiero gritar, como lo hice durante siete días y siete noches después de que se llevaran a mi madre.

Conteniendo las lágrimas, tiro del cuello del dolmán de Gáspár e intento descubrir hasta dónde ha llegado el veneno. Su pecho sigue moviéndose, pero más despacio ahora, con más latidos entre cada respiración. Con creciente pánico, le abro los botones dorados de la parte delantera de la chaqueta, y paso los dedos sobre el forro de pelo. Debajo lleva una camisa de piel negra, cubierta de sangre.

No puedo quitársela sin tirar de ella sobre su cabeza, así que busco mi cuchillo. Dibujo una larga línea en la parte delantera, dividiendo el cuero en dos. Se abre como pétalos negros sobre su pecho desnudo. Sus venas están tan oscuras como una cueva, y se unen en una negra hinchazón sobre su corazón. Cierro los cuatro dedos y me doy cuenta, con una oleada de angustia impotente, de que mi recién encontrada magia no le hará ningún bien: lo único que puedo hacer es dañarlo.

Me arrodillo sobre él en la tierra, con las manos temblando y un sollozo elevándose en mi garganta porque soy la misma chica que fui cuando me marché de Keszi, impotente y débil, y entonces la oscuridad empieza a retroceder. Del mismo modo que el hechizo de la bruja me abandonó lentamente, las venas de Gáspár vuelven a ser verdes. El empedrado de lodo sobre su corazón se estremece y desaparece. Y cuando sus párpados se abren de nuevo, tengo que endurecerme para no echarme a llorar, esta vez de alivio.

Ahora que el peligro ha pasado, soy consciente de repente de su piel desnuda bajo mis manos. Tiene el pecho bronceado y musculoso, con tres largas bandas de tejido cicatrizado bajando por su abdomen. La marca de las garras de la criatura, recuerdo, aunque parece haber pasado mucho tiempo desde lo ocurrido junto a la orilla del lago. Lo miro, parpadeando, y entonces me doy cuenta de que él está mirándome y aparto la mano, con las rodillas débiles por demasiadas razones.

Se apoya sobre sus codos y se abotona el dolmán sobre el pecho, aunque todavía puedo ver atisbos de piel. Un destello del hueso de su cadera. Trago saliva.

—Creí que ibas a morirte —le digo, como si tuviera que excusarme, aunque no estoy segura de por qué. Me tiembla la voz, llena de vergüenza.

—¿Qué ha pasado? —me pregunta Gáspár. Aunque su rostro sigue ceniciento, un obstinado rosado repta sobre las puntas de sus orejas. Me alegro tanto de verlo que casi me río—. Lo último que recuerdo es que la mujer... no era una mujer...

Se detiene, y su mirada se posa en el montón de cabello y tierra a mi espalda. Un hueso de dedo, blanco, sobresale de la tierra.

—Una bruja —le digo—. Era una bruja.

Gáspár se pone de rodillas para quitarse la tierra de la suba. Cuando vuelve a mirarme, tiene el ceño fruncido.

—¿Cómo la detuviste?

Levanto la mano, extendiendo mis cuatro dedos, e intento poner una sonrisa arrogante en mi rostro.

—Ördög puede hacer más cosas, además de extinguir las llamas.

Fracaso al intentar sonreír, y Gáspár frunce el ceño. He pasado tanto tiempo estudiando sus expresiones que sé cuándo se siente verdaderamente desconcertado, y cuándo frunce el ceño solo porque se supone que debe hacerlo. Cuándo me mira como si solo fuera una chica lobo, y cuándo me mira como si deseara que fuera solo una chica lobo. Esta vez veo el temblor de sus labios, como si estuviera intentando decidir entre reprenderme o darme las gracias, y qué lo condenaría más.

Para evitarnos a ambos su abatida indecisión, digo:

—No podía permitir que murieras antes de que expiaras el pecado de haberme salvado la vida.

Emite un sonido de reproche, y niega con la cabeza. Se pone en pie y, después de un instante, también lo hago yo. Puedo ver el movimiento del músculo en su pecho mientras camino, a través de uno de los huecos entre los botones de su dolmán, y aprieto los labios, agradeciendo que no pueda imaginar las indecencias que se me pasan por la mente. Deseando no pensar tales indecencias sobre un Leñador, y desde luego no después de que ambos hayamos estado a punto de morir. Lo imagino sermoneándome por mi monotemática vulgaridad. Imagino a Katalin burlándose de mi deseo, condenado y no solicitado, con sus ojos azules crueles y divertidos. Un conejo deseando a un lobo que planea comérselo.

Gáspár monta en su caballo y me mira mientras yo subo a mi yegua plateada. Su expresión es ilegible, pero sin duda ve el rubor de mis mejillas. He dejado de esperar su gratitud cuando acerca su caballo al mío, tanto que sus flancos casi se rozan, y me dice:

—Gracias, Évike.

Me sorprende tanto oír mi nombre en sus labios que no se me ocurre cómo contestar. El viento se despliega sobre nosotros, aullando en voz baja. Asiento con rigidez, elevando la barbilla, y entonces Gáspár pone a su caballo en movimiento hacia la orilla del río. Mantengo el eco de su voz en mi mente durante un instante antes de seguirlo.

CAPÍTULO DOCE

L a luz de la tarde se abre camino a través del cielo, del pálido sol coronado de nubes. El río Élet se espuma a nuestro lado, llevando sus aguas desde el Mar del Medio a través de Kaleva y más allá de nuestra frontera sur con Merzan. Hemos visto más villas de invierno a lo largo del río, sus casas de hierba como formaciones rocosas, sus pequeñas ventanas pintadas de naranja por la luz del fuego, pero hemos puesto cuidado en evitarlas, alejando nuestro camino a través de la escasa maleza. Gáspár ha vuelto a quedarse en silencio. No sé qué lo ha perturbado más: que la bruja casi lo matara o que yo lo haya salvado.

La tierra tierna y húmeda amortigua los pasos de nuestros caballos. Solo se oye el grave borboteo del río, extrañamente sociable mientras atraviesa las cimas y los valles de Szarvasvár. Después de nuestro encuentro con la bruja, un atolondrado alivio ha roto en mi interior, atenuando muchos de mis miedos anteriores. No dejo de pensar en cómo se deshizo su cuerpo bajo mi mano, en trozos de arcilla roja y polvo que todavía tiñe las arrugas de mi palma. Después de tanto tiempo asustada, sometida a la magia de las otras chicas lobo, esta repentina audacia es como una canción que suplica ser cantada, una cuyas palabras y melodía burbujean intrépidas en mi interior, a voz en grito.

Dejo que mis músculos se relajen en la grupa de mi yegua, aunque el estómago me ruge de hambre. Cuando sugiero a Gáspár que nos detengamos para que pueda cazar, me echa una mirada malhumorada.

—No puedes tener hambre después de eso —me dice.

Pienso en decirle que es tan cascarrabias como Virág, ya que la comparación siempre lo hace enfurruñarse, pero pensar en ella o en Keszi me pone un nudo en la garganta, me llena de una intensa certeza que se cuaja en mí como la leche agria.

—Si voy a morir en Király Szek, como pareces tan seguro de saber, me gustaría hacerlo con la barriga llena.

Su expresión se oscurece. Nunca ha apreciado mi humor negro, pero ahora parece agraviarlo de otro modo el hecho de que hable con una sonrisa frívola de la posibilidad de mi muerte. Ahora no lo hace enrojecer de rabia, solo apretar los labios y quedarse en silencio.

—Antes tenemos que avanzar un poco más río abajo —dice al final, con voz tensa—. Si queremos llegar a tiempo para el festival de San István.

Me muerdo la lengua en respuesta. Aunque lo he mencionado de broma, en realidad no me permito pensar en lo que me espera cuando lleguemos a la ciudad; solo me aferro con ferocidad a mi moneda y a la convicción de que seré capaz de encontrar a mi padre y, por supuesto, de protegerme con mi magia. Si dejo que mi mente vague lo suficiente como para considerar tantas horribles posibilidades, el miedo me debilitará como una flor silvestre cortada y entraré en una de esas casas de hierba y esperaré a que la tierra se cierre sobre mi cabeza.

—Deberíamos parar a beber agua, al menos —le digo—. Pareces mareado.

Frunce el ceño, pero no discute. Detenemos los caballos y desmontamos; nuestras botas no hacen ningún ruido sobre la tierra mojada. Conduzco a mi yegua plateada hacia el agua, para que beba, mientras Gáspár se arrodilla en la orilla. Es cierto que quería detenerme, pero no mentía sobre el aspecto de Gáspár: aunque han pasado horas desde que abandonamos la casa de la bruja, está especialmente pálido, y hay una arruga de preocupación entre sus cejas que hace que una inquietud reflejada me revuelva el estómago. Me parece casi imposible que en el pasado le tuviera tanto miedo, que deseara su muerte. Se quita los guantes y mete el cuenco de sus manos en el agua, encorvando los hombros. Los primeros días de nuestro viaje habría pensado en lo fácil que sería clavarle un cuchillo entre los omoplatos mientras me da la espalda. Ahora solo espero ver cómo se aferra el agua a sus labios, casi iridiscente a la luz de la última hora de la tarde, tan delicada como gotas de rocío.

Me encorvo a su lado y me llevo un poco de agua a la boca. Pienso en mis citas en una orilla diferente, la que está cerca de Keszi. La mayoría rápidas y bochornosas, de rodillas sobre la tierra para que nuestros ojos nunca se encontraran, a veces tan bruscas que ensangrentaban el interior de mis muslos. Imaginaba que, cuando esos mismos jóvenes llevaban a Katalin a la orilla, la tomaban como una ostra eliminando su perla, delicados y lentos, y cuando terminaban, la ayudaban a quitarse la tierra de la capa y le apartaban las hojas secas del cabello. Gáspár se seca la boca con el dorso de la mano y entorna los ojos contra la luz, mirándome. Es aterradoramente fácil imaginarlo con la espalda sobre la tierra: sería tan titubeante y amable como un cervatillo, pienso, y después ansioso por ocultar los moretones que hubiera dejado.

Por supuesto, es más probable que haga una mueca de disgusto y que se enfurezca por la caricia de una chica lobo. Desde que dejamos Kaleva atrás, no necesitamos anclarnos el uno al otro contra el frío, y si sintiera mis manos sobre su pecho desnudo, se alejaría de mí de un salto.

La pregunta sube por mi garganta de todos modos.

—¿Los Leñadores tienen prohibido casarse?

Gáspár se encoge de hombros, y lo oigo tomar aliento.

—Sí. Es una orden religiosa; a ninguno de sus hombres se les permite tener esposa o engendrar hijos. —Duda. Una brisa le acaricia la frente con sus rizos negros—. ¿Por qué?

—Porque sé que los patricios tenéis leyes absurdas —digo, casi arrepintiéndome al hacerlo—. Leyes que os prohíben emparejaros fuera del lecho matrimonial.

Espero que Gáspár haga un sonido de reproche, que descarte mi pregunta como un caballo librándose de una mosca. En lugar de eso se ruboriza intensamente, desde la frente a la barbilla, pero no aparta la mirada de mí.

—De todas nuestras leyes, esa es quizá la que se quebranta más frecuentemente —me cuenta—. La mayoría de los Leñadores tienen ocho o nueve años cuando hacen sus votos. No saben qué están prometiendo. Supongo que es más fácil así, sin llegar a conocer aquello a lo que debes renunciar.

Cuando termina incluso yo me sonrojo, pero no quiero dar un paso atrás y ceder el terreno que he ganado. Gáspár sigue mirándome, un hito impresionante de cultivada tolerancia. Hace quince días, se habría adentrado en el bosque o me habría amenazado con amordazarme.

—Entonces no debería compadecerte demasiado —le digo, secándome las manos húmedas en la capa—. Como no conoces las caricias de una mujer, supongo que solo sueñas con oro y gloria y con llevar algún día la corona de tu padre. ¿Qué otra cosa podría desear un hombre?

A Gáspár le tiembla el labio. Por un momento creo que va a echarme un sermón, después de todo. Pero solo dice:

—Yo me hice Leñador cuando tenía veinte años. Tuve tiempo de sobra para pensar en aquello a lo que renunciaría.

Parpadeo, incapaz de encontrar palabras. Supongo que debería haber imaginado, por la torpeza con la que blande su hacha, que carece del típico entrenamiento de los Leñadores, pero no había calculado exactamente cuánto llevaba vistiendo su capa. Solo cinco años, mucho menos que la mayor parte de sus compañeros, y apenas lo suficiente para despojarlo de las impiedades de la hombría. Saber esto, y pensar en las noches que hemos pasado juntos en el hielo, hace que mi corazón salte a mi garganta. Quizá no debería haberlo considerado tan remilgadamente desprovisto de los mismos deseos que me han acosado estas últimas semanas, que me han perseguido tanto dormida como despierta.

Me quedo en silencio tanto tiempo que al final Gáspár se levanta y echa a andar hacia su caballo. La luz ámbar del sol en declive se encharca en su barbilla y a lo largo del puente de su nariz, haciendo que parezca tallado en oro, aunque mucho más joven que el perfil de su padre en mi moneda acuñada. Mi frío roce con la muerte me proporcionó la aturullada y apenas consciente revelación de su belleza. Verlo de nuevo ahora, ante un telón de fuego en lugar de hielo, hace que la misma epifanía me agite el estómago, desafiando a mi cerebro.

Me pongo en pie despacio y lo sigo. La oscuridad está expulsando la luz del cielo con rapidez, como un lobo tras un cordero blanco. Los dientes del crepúsculo sonríen sobre las nubes y se cierran, irregulares, alrededor del sol; en los parches de sombra, el río parece algo a lo que temer, frío y somero. Miro a Gáspár. Su rostro sigue bañado por la luz del sol, como si las sombras no pudieran tocarlo.

Una lánguida noche salpicada de mosquitos cae sobre nosotros, y el río Élet comienza a hilar uno de los escasos bosques de Régország. Seguimos su laberíntico trazado, corriendo como una espada plateada entre los grupos de robles oscuros y los densos e intrincados matorrales. Animales de ojos amarillos nos miran desde sus agujeros en los árboles, y pájaros de plumas rojizas proyectan sus sombras aladas en nuestro camino.

Este bosque no se parece al Ezer Szem: solo está lleno de peligros mortales, comprensibles, como lobos al acecho y barrancos escarpados y ocultos. La ausencia de un riesgo obvio hace que mi mente divague hacia otras cosas: la silueta borrosa de la capital, todavía distante e irreal; Nándor, cuyo rostro es poco más que una mancha pálida, como una huella en un cristal; y por supuesto la moneda de mi padre, de algún modo lo bastante caliente para sentirla insuflando calor a través de mi capa.

Gáspár me mira de soslayo con frecuencia, tenso y nervioso, como si temiera que fuera a desaparecer al girar la cabeza.

—No es demasiado tarde, chica lobo —me dice. No hay malicia en el epíteto, pero no porque no lo intente: tiene la frente arrugada por el esfuerzo de hacer crueles sus palabras—. Estamos a dos días de Király Szek. Todavía puedes volver a tu aldea.

Si yo vuelvo a ser una mujer lobo, entonces él será un Leñador, aunque cuando hablo hay más tristeza que ira en mi voz.

—Ya te he dicho que no hay nada para mí allí. Puedo contar el resto de mis años en latigazos, Leñador, y en encuentros sangrientos y desprovistos de afecto junto al río. Debes odiarme de verdad, para querer condenarme a una vida tan fría.

Digo lo último con más crueldad de la que creía que podía reunir, y solo porque quiero que se sonroje. Lo hace, y después su expresión se endurece de repente.

—Eres obstinadamente estúpida —me dice—. Podrías regresar a Keszi humillada y asustada pero con el corazón todavía latiendo en tu pecho. Da igual la magia que tengas. Király Szek no es lugar para una mujer lobo que valore su vida tanto como tú afirmas. Tu madre y el resto de las mujeres a las que mi padre trajo tenían magia, y ninguna de ellas sobrevivió a la capital.

—¿Y tú? —exijo saber, con la sangre latiendo espesa en mis venas, casi asombrada por mi repentina furia—. Si Nándor tiene tanto poder como dices, no eres menos estúpido que yo por pensar que sobrevivirás a su amenaza. Deberías huir al este y encontrar a algún amable señor rodinyano con una hija guapa con la que puedas casarte, y después levantar a sus ejércitos contra Nándor. Así estarías a salvo.

Gáspár se ríe, sin humor y brevemente.

—A diferencia de ti, me preocupan otros además de mí mismo. Tu gente, tanto los paganos como los yehuli, estarían condenados. Y mi padre moriría en mi ausencia, como un cobarde.

—¡Entonces quizá deberías preocuparte más por ti mismo! Tu padre no se ha ganado tu inflexible lealtad —le digo con brusquedad—. Eres un hijo más sabio, amable y valiente de lo que se merece.

Ambos nos quedamos en silencio; el viento se escabulle a través de las ramas. Se me enciende la cara con la sensación de que he confesado algo que no debería haber sido dicho, no cuando ambos estamos vestidos con un centenar de años de odio hirviente y mirando el filo de la espada de su hermano. Gáspár toma aire y me preparo para su respuesta, pero lo deja escapar de nuevo sin decir nada.

—Yo, en tu lugar, lo dejaría morir —insisto, solo para llenar el insoportable silencio, aunque me duele el pecho al hacerlo. El rostro de Virág, el rostro de Boróka, incluso el rostro de Katalin flotan hasta mí. Si consigo encontrar a mi padre, jamás volveré a verlas.

—Lo sé —dice Gáspár en voz baja.

Y ninguno de nosotros consigue decir nada más. La luz gris del anochecer cae a través del dosel de los árboles, cubriendo el camino ante nosotros con planchas de sol y sombra. Mi visión comienza a nublarse sobre la interminable cubierta de troncos y espirales de zarzas cuando veo algo moviéndose entre los árboles. Es un destello de piel blanca entre las hojas perennes, algo pequeño y de aspecto mortal.

Miro a Gáspár; hay un destello en su ojo. En nuestro segundo compartido de muda indecisión, un grito resuena en la maleza. Es un grito humano, y eso toma la decisión por nosotros. Clavo los talones en los costados de mi yegua y esta sale al galope a través del embrollo de zarzas. El sonido de los cascos sobre el suelo me dice que Gáspár me sigue de cerca.

La persecución termina tan rápido como comenzó. La figura se ha detenido entre un grupo de sauces, cuyas ramas ligeras se agitan con la escasa brisa y sus frondas tan sutiles como el velo de luto de una viuda. Tiro de las riendas y mi caballo se detiene en seco.

No hay nada inhumano en ella, y me doy cuenta con un largo suspiro de alivio. No tiene la piel roja como la arcilla ni unos ojos blancos que no ven. De hecho, está muy claro lo humana que es, porque no lleva ninguna ropa. Una cortina de cabello oscuro cae sobre sus senos, su color en duro contraste con su piel de marfil. Tiene las plantas de los pies negras de suciedad.

Solo veo sus ojos cuando bajo de mi caballo. Son los más azules que he visto nunca, más azules que los de Katalin, que inspiraron a uno de los muchachos de la aldea a componer una entusiasta balada en su honor. De niñas, Boróka y yo llorábamos de risa hablando del vanidoso joven, aunque ambas deseábamos en silencio que cantara sobre nuestros ojos.

Estos ojos, sin embargo... No se escribirían canciones sobre su belleza, solo sobre su inquietante atracción. Están brillantes por las lágrimas, aunque sus labios son una pálida línea inconmovible. Desconcertada, trato de encajar la angustia de su mirada con el corte implacable de su boca, como las pieles cosidas de dos animales distintos. Las botas de Gáspár resuenan en la tierra a mi espalda.

—¿Qué ha pasado, señorita? —le pregunta, extendiendo una mano enguantada para abarcar el espacio entre nosotros y la chica—. ¿Por qué está sola en el bosque?

No le pregunta dónde está su ropa, pero sé por el arrebol de sus mejillas que no ha conseguido apartar su ojo del todo.

La chica levanta la cabeza, casi con timidez, posando sus brillantes ojos azules en mí. Por un momento me quedo paralizada en el camino de su mirada, como un ciervo captando el aroma portado por el viento de un cazador, aunque mi corazón resuena en mi pecho. Se gira hacia Gáspár, y su mirada también lo detiene en el sitio.

Entonces habla. No es un idioma que reconozca, ni siquiera ese régyar antiguo. No creo que sea un idioma hecho para los oídos humanos. Suena como el susurro de las hojas en el viento, o como el hielo del Lago Taivas fracturándose bajo mis pies. Las palabras escapan de su boca mientras sus centelleantes ojos azules se humedecen, y me doy cuenta de que ambos estábamos terriblemente equivocados: ella tampoco es humana.

Sus labios sin color se curvan en algo que parece una sonrisa.

Temblando, busco mi cuchillo, pero mis dedos no se mueven como quiero que lo hagan. Mi mirada está anclada a ella, y no puedo apartarla. Habla de nuevo, como el crepitar de las llamas en un hogar moribundo, y oigo que Gáspár dice algo. Suena como mi nombre, pero no estoy segura.

Ella se mueve hacia mí en un destello blanco, apartando sus labios pálidos. El interior de su boca es rojo y brillante como una baya. No veo sus dientes, hileras e hileras de dientes, finos y tan afilados como agujas, hasta que están en mi garganta.

Solo consigo emitir un gemido de dolor atenuado cuando sus dientes se deslizan a través de mi piel, justo por encima de mi clavícula. Mi visión se llena de estrellas, y después se vuelve blanca. Me suelta, con la mandíbula abierta y un jirón de mi piel colgando de su labio inferior. Como una serpiente, se lo traga entero sorbiéndolo de modo grotesco.

Hay un hilo de sangre encharcándose lentamente en el hueco de mi garganta. Todavía estoy paralizada, mi corazón enjaulado late a un ritmo asustado, y la veo acercarse de nuevo, con la boca abierta y los labios maquillados con mi sangre.

Y entonces se derrumba. Su cuerpo se agita, sus esbeltas extremidades se quedan sin fuerza. Cae al suelo con la hoja de Gáspár en la espalda, y cuando golpea la tierra su cuerpo se abre en un escupitajo de podredumbre carmín y dorada y de zumbantes moscas negras que reptan sobre el destrozo de su rostro, abierto por el centro en dos mitades casi iguales, y se comen la carne que todavía se aferra a la bóveda de sus costillas. Recupero la sensación despacio, con una inhalación vacilante y después otra, y lo único que puedo hacer es ver cómo las moscas la devoran.

Gáspár levanta su hacha, cuyo filo está resbaladizo por la sangre y la putrefacción.

—¿Estás bien?

Me toco la herida de la garganta. Noto una punzada atenuada de dolor cuando lo hago, algo vago y lejano. Asiento, todavía muy aturdida.

—¿Era…?

—Un monstruo —me dice—. Como la bruja de la casa de hierba.

Virág me contó algunas historias de criaturas con forma de mujer que se mueven sin sombra, sin dejar huellas sobre la tierra, tras la línea de los árboles. Sus presas son cazadores ingenuos y leñadores con mala suerte que vagan solos por el bosque al atardecer. Solo puedo suponer que su poder no era suficiente para paralizarnos a ambos a la vez. Casi quiero reírme, loca de alivio, y después, de repente, de desazón: no debería haber creído que la antigua magia había sido arrancada de raíz en todas partes excepto en Keszi.

—Tus bosques son tan peligrosos como los míos.

Resopla, de acuerdo.

Tomo aire de nuevo y lo dejo escapar, temblorosa. Gáspár me mira, con la frente arrugada por la preocupación y su ojo saltando de mi rostro a la pequeña herida de mi garganta. Veo algo rojo goteando desde la comisura de su boca.

—Estás sangrando —le digo.

Se lleva una mano enguantada a los labios y la retira húmeda. Frunce el ceño y me mira.

—Tú también.

—Lo sé —digo, tocándome la herida del cuello—. No es nada.

—No —replica—. Tu boca.

Me limpio los labios con el dorso de la mano, manchando mi piel. Algo se está reuniendo bajo mi lengua, y lo dejo caer por mi barbilla. Es de un rojo tan oscuro y brillante como las cerezas hervidas, y sabe dulce.

—Jugo —digo, en una voz que no se parece en nada a la mía.

Gáspár también tiene los labios y la barbilla manchados. Siento un calor retorciéndose en mi vientre, inesperado y extraño. Los límites de mi visión siguen titilando mientras doy un paso hacia él, con los dedos apretados.

Me mira con vacilación. Me gusta ver el desconcierto en su regio rostro de príncipe, su aturullada indecisión.

—Déjame ver.

Entonces se acerca a mí y me quita el cabello del cuello para encorvarse y examinar la herida. El dolor ha remitido por completo. Solo siento la suave presión de sus dedos contra mi garganta y mi clavícula.

—No es nada —digo de nuevo, y esta vez mi voz es poco más que un susurro—. Yo misma podría hacerme cosas peores.

Como para demostrarlo, levanto la mano izquierda, de aspecto extraño y torcido con solo cuatro dedos. Gáspár aparta la mano, dejando que mi cabello caiga de nuevo sobre mi cuello.

—Eres peor que cualquier monstruo, es cierto —me dice. Se ríe ligeramente, pero en su ojo hay solemnidad, seriedad.

Normalmente me habrían irritado sus palabras. Ahora solo siento un pequeño estremecimiento a través del pecho, el embriagador latido de la emoción retorcida por el miedo, como el aire que se espesa y se detiene antes de una tormenta.

—¿Y eso por qué?

—Tienes la poco común habilidad de hacerme dudar de lo que antes estaba seguro —me dice—. He pasado los últimos quince días temiendo que me destruyeras. Todavía podrías.

Yo también me río entonces, un sonido sin eco.

—Creo que te infravaloras. Eres un Leñador y un príncipe, y yo soy una insignificante chica lobo. Toda mi vida me ha aterrado despertar y verte en mi puerta.

Gáspár traga saliva. Veo el movimiento en su garganta, su piel manchada con ese jugo rojo. Suelta el hacha, que cae con un sonido suave al suelo. Entonces levanta la mano y tira del broche de su suba, dejando que se encharque a sus pies.

Lo miro, desarmado y sin capa, aunque todavía con la mandíbula obstinadamente apretada. Recuerdo haberlo mirado junto al lago, fuera del Ezer Szem, cuando ambos estábamos jadeando y cubiertos de sangre de monstruo, y que el odio quemara un agujero en mi vientre. El recuerdo se desvanece sin pretenderlo y otro florece en el espacio negro que deja: su abrazo en el hueco del árbol, su suave respiración en mi oreja. Las noches en la nieve, anclada a la calidez de su cuerpo. Cuando me vendó la herida con una ternura furiosa, como si no pudiera creer el temblor de sus propias manos.

Me acerco más a él, de puntillas ante el abismo. Podría cortarle el cuello; no hay hacha ni capa que me detenga. Tal vez harían una fiesta en mi honor, si regresara a Keszi con la cabeza de un Leñador.

Mis dedos se curvan alrededor de la empuñadura de mi cuchillo.

—¿Dejarías que te destruyera?

—Eso estaría bien —dice Gáspár, con tristeza—. Debería morir, por desearte como te deseo.

Sus palabras acarician algo en mi interior, como el pedernal rozando la yesca. Ese calor impronunciable, retorcido y extraño, se endurece en una sensación que puedo nombrar: *deseo*. Todas mis lascivas imaginaciones vuelven bramando a mí, esos momentos culpables en los que me preguntaba qué aspecto tendría atrapado entre mis muslos. Gáspár no aparta la mirada; su ojo negro arde con una perversa agonía.

Suelto el cuchillo y le rodeo el rostro con mis manos de nudillos blancos. Y entonces acerco mis labios a los suyos.

Aun así, espero que se aparte de mí. Noto el momento de asombro, el parpadeo de duda, y después responde a mi beso con tal ferocidad que soy yo la conmocionada. Pruebo el jugo en su boca, de nuevo dulce y ácido a la vez; atrapo la gota que desciende por su barbilla y sonrío cuando se estremece bajo mi lengua.

Gáspár me rodea la cintura con las manos y tira de mí contra él. Mi cuerpo recuerda la forma del suyo, después de tantas noches acurrucados en la nieve, y responde con un instinto febril, empujándolo hasta que tropieza contra el tronco del sauce más cercano.

Rompo el beso solo para recuperar el aliento, todavía agarrándole la cara. Está especialmente guapo así: recién besado, con los labios hinchados y las mejillas sonrosadas, el príncipe legítimo de Régország profanado bajo mi mano. Dejo que mis dedos se deslicen sobre su pómulo, vacilantes, hasta que mi pulgar roza el parche de cuero que le cubre el ojo faltante.

—Quiero verlo —susurro.

—No —dice, endureciendo su expresión. Pero no se aparta ni me quita la mano.

Ligera como las alas de una polilla, le levanto el parche y se lo echo hacia atrás sobre la cabeza. Una telaraña de tejido cicatrizado se extiende sobre la piel bajo la cuenca vacía de su ojo. Pero no siento horror, solo el vertiginoso momento de buscar algo y descubrir que no está ahí. No se parece a la piel destrozada de su muñeca, y no siento la repulsión y la inquietud que experimentaba cuando me preguntaba qué acecharía bajo el parche. Gáspár me suelta la cintura y levanta el brazo para cubrirse el agujero con el lateral de la mano. Es un gesto rápido, un reflejo, como si la costumbre se hubiera afianzado en él.

Le aparto el brazo. Después lo beso, justo en el sitio donde debería estar su ojo.

—Para —dice, tensándose.

—Entonces tendrás que encontrar otro modo de mantener mi boca ocupada —le digo, sonriendo tan lascivamente como puedo y aun saboreando el jugo rojo entre mis dientes. Mi visión se ha reducido solo a su cara y su cuerpo; el bosque se estremece en mi periferia.

Gáspár me desliza la mano por el cuello, bajo mi cabello, con cuidado de no rozar el mordisco. Me presiona la boca con la suya de nuevo, y nuestros dientes colisionan cuando separo los labios y su lengua se escurre entre ellos.

Le agarro la parte de atrás de la cabeza y aparta la boca un instante, para repasar mi mandíbula. Su barba me pincha la barbilla. Emito un pequeño sonido de protesta cuando sus labios recorren la cicatriz descolorida de mi cuello, con tanta suavidad que es casi una disculpa. Recuerdo brevemente cómo me quitó a Peti de encima, su voz fría y furiosa, el arco de su hacha, y después eso también desaparece. Solo siento sus labios en mi cuello, y mi protesta balbuceante se convierte en un gemido.

Su seguridad me asombra y excita, sobre todo cuando me separa los muslos con la rodilla. Paso la mano por el dobladillo de su dolmán, recorriendo con los dedos las líneas serpenteantes de la cicatriz de su abdomen. Bajo mis manos, sus músculos se flexionan, mueve las caderas y después se tensa de nuevo, como si lo avergonzara su propia ansia. Cuando me muevo, noto su urgencia contra mí, y quiero más.

No se parece en nada a mis torpes titubeos con los muchachos de la aldea, que me dejaban las rodillas peladas y los labios amoratados. Todo su deseo está entretejido de ternura, y por un momento me pregunto si consiguió tanta práctica antes de que su padre le arrancara el ojo y le pusiera la capa de Leñador en la espalda.

—¿Soy la primera mujer a la que tocas, devoto Leñador? —le pregunto, más curiosa que burlona mientras mis dedos trabajan con la cinturilla de su pantalón.

No me contesta, pero su rostro se oscurece y después me besa de nuevo; tenemos las bocas dulces por el jugo rojo. Todo este tiempo me he preguntado si su orden religiosa lo ha despojado de las tentaciones y las pasiones de la masculinidad, y ahora siento la prueba de su deseo dura entre mis muslos. Arrastro su mano sobre mis pechos y gime, tan visceral y espontáneo que hace vibrar mi propio deseo en respuesta, guiar su mano bajo mi túnica, sobre mi piel desnuda y hormigueante.

Y entonces se detiene de repente.

Apenas tengo tiempo de reaccionar antes de que me aleje de un empujón. Me tambaleo hacia atrás, su nombre pendiendo de mis estúpidos labios abiertos, mientras se lleva una mano a la boca y sus hombros se elevan y caen en el abrasador silencio.

Así, sin más, la niebla se disipa. Mi visión se amplía y puedo ver el entramado de árboles a su espalda, el velo de encaje de las ramas de sauce y sus susurros débiles. La luz de la luna se filtra a través del dosel, tiñendo el claro de una luz fría y blanca. Los límites de mi visión están despejados de nuevo, y mi sangre se hiela.

—Era una ilusión. —Gáspár se aparta la mano de la boca, revelando la mancha de jugo de su barbilla, que se ha oscurecido al secarse y es visible en la fría luz de la luna—. Algún encanto de esa criatura.

Mi mente intenta dirimir la posibilidad, pero los recuerdos ondean como el viento entre las hojas secas. Recuerdo mi miedo convirtiéndose en deseo tan rápidamente como el jugo dulce que se acumulaba en mi boca, como un veneno enfebreciendo mi sangre. Quizá *fuera* el eco del hechizo de la criatura, dilatándose tras su muerte como un aroma en el aire, antes de que la brisa se lo llevase. Mi mirada viaja hasta el sitio donde estuvo su cuerpo. No queda nada más que una mandíbula seca, porosa por el tiempo acelerado.

Pero eso solo me ha hecho soltarme, como el buen vino. Mi cerebro y mi cuerpo eran míos, como mis manos temerarias y el traidor deseo entre mis muslos. Me siento estúpida y avergonzada, pero ni siquiera ahora consigo despojarme de la marea de mi ansia. El jugo todavía me escuece en los labios.

—¿Crees que una criatura muerta tiene el poder de mover tu boca y tu lengua? —le pregunto, atragantándome con una carcajada—. Quizá su veneno haya puesto la idea en tu mente, pero no eras una marioneta flácida. De hecho, «flácida» sería la última palabra que usaría.

—Calla —gruñe, con el rostro más rojo que nunca, y el ojo entornado y negro como el carbón. Busca su parche en el suelo y vuelve a colocárselo alrededor de la cabeza—. Si le cuentas a alguien a esto, dirán que estás loca.

La gélida crueldad de sus palabras me hace contener el aliento. Lo observo mientras vuelve a ponerse la suba y recoge su hacha. Con la mandíbula apretada y el ojo apartado de mí, parece un Leñador de nuevo, la misma silueta oscura que en el pasado aparecía solo en mis sueños más terribles, y nunca en mis imaginaciones libidinosas.

—¿Cómo afecta esto a la cuenta de tus pecados? —Me tiembla la voz y todavía llevo la túnica abierta, mostrando uno de mis senos. Me la cierro de nuevo, sonrojándome, mientras el aguijón de su rechazo comienza a asentarse en mí—. Cuando te postres a los pies del Érsek, ¿le pedirás al Padre Vida que te perdone por haber besado a una mujer lobo? ¿Y por todas las noches que pasaste abrazándola para protegerte del frío? Entonces no había ninguna criatura muerta moviendo tus brazos.

Cierra los dedos alrededor del mango de su hacha. Por un momento creo que va a blandirla contra mí, a pesar de todo esto, de los kilómetros que hemos dejado atrás, de los días gélidos en Kaleva, de que haya mancillado su alma para salvarme la vida. Pero Gáspár mira el suelo y después niega con la cabeza.

—Fue un hechizo —dice de nuevo—. ¿Por qué intentas convencerme de lo contrario? Tú eres una mujer lobo; yo soy un Leñador. Antes dijiste que para ti no era más que un monstruo. Esto es una vergüenza que compartimos.

La poca razón que tienen sus palabras se pierde en la ebullición de mi rabia. Oírlo hablar de nuevo como el príncipe con piquito de oro, con su rígida elocuencia cortesana, me envía al lugar más amargo y cruel que conozco. Apenas dudo antes de reabrir mi herida más antigua, para hacerlo compartir mi dolor.

—Yo no soy una auténtica mujer lobo. Lo sabes desde la noche en el Lago Negro. Ya le he dado la espalda a mi aldea... No soy un perro tonto y maltratado que corre a reunirse de nuevo con su amo cruel, para que vuelva a azotarlo. Y tú tampoco eres un verdadero Leñador, excepto por tu vergonzante beatería y tu devoción servil hacia un padre que solo te ha mostrado la punta de su cuchillo.

Gáspár hace una mueca, pero no es suficiente para que me arrepienta de la crueldad de mis palabras. Me froto el jugo rojo de los labios e intento contener las espirales calientes de las lágrimas en mi garganta. Quizá quería besarlo para demostrar lo poco que me importa mi pueblo, lo poco que me importa la trenza de mi madre en mi bolsillo, y que algún Leñador terminara con su vida por mandato de su padre. Quizá quería olvidar que hasta que no llegue a Király Szek no seré una pagana, ni una yehuli, solo una estúpida con las manos en los bolsillos que se consuela con cosas frías y muertas. Quizá quería que sus caricias me borraran.

O quizá quería lo contrario: quizá quería que sus besos me dieran forma, ver cómo mi cuerpo se transformaba en sus manos. No sé quién habría sido sin él estas últimas semanas, satisfaciendo todos mis instintos perfectos, matando conejos gordos y adormilados y profesando abiertamente mi odio hacia mi gente. Mi yo más rencoroso, y probablemente el más sincero.

Gáspár me mira y su ojo negro se llena de luz de luna. Se pasa una mano por el cabello oscuro, la misma mano con la que agarró mi cadera como si no pudiera acercarme a él lo suficiente. Su expresión es tan dura que, por un momento, casi estoy dispuesta a creer que ha sido solo un hechizo, solo el jugo rojo en nuestras bocas. Pero, cuando habla, la angustia le debilita la voz.

—¿Qué quieres que haga? —me pregunta—. Ya me has destruido.

CAPÍTULO TRECE

Cerca de donde el río Élet serpentea por fin a través de Király Szek, la tierra se suaviza y allana, la hierba verde se vuelve rubia allí donde señaliza el límite de la Gran Llanura. La Gran Llanura se traga casi todo Akosvár, y la capital también, la extensa y fértil dehesa que los merzani intentan conquistar y quemar. Pero no hay fogatas enemigas ardiendo en el horizonte, solo la oscura hinchazón de nuestro silencio compartido, casi tangible. Ninguno de nosotros ha hablado en casi dos días.

Mi enfado se esfumó pronto y, en su ausencia, llegó un manto de desesperación, mi borrascosa certeza marchita como un tallo de trigo. El silencio ha dado a mi mente la oportunidad de recorrer un circuito de preocupaciones, devolviéndome solo un augurio desesperanzado: me he condenado por completo, al decidir caminar hacia los brazos del enemigo. Y nuestro encuentro con la criatura me ha costado incluso la exigua protección de la proximidad de Gáspár. Camina varios metros por delante de mí, mostrándome solo la espalda, sus hombros rígidos bajo su suba. Cuando lleguemos a la ciudad, sospecho que me abandonará.

Mi vientre se llena de un dolor humillado y acechante. No debería estar sufriendo la pérdida de la buena voluntad de un Leñador, ni pensando ansiosamente en sus caricias. Los paganos no tenemos un ritual de penitencia como los patricios, una confesión con la mejilla contra el suelo, pero siempre me han hecho pagar por mis errores de otros modos. Ahora casi deseo los latigazos, o que Virág me ordene hacer sus tareas más pesadas. Me pregunto si habrá un modo yehuli de matar y enterrar los remordimientos. Quizá lo descubra pronto.

O quizá muera primero. Gáspár se detiene de repente, la cola de su caballo se frena. Me acerco a él despacio, como me acercaría a un perro que suele morder. Ver su perfil, el ámbar forjado por la luz del mediodía, me cierra el estómago como un puño. Todavía tiene un moretón en el cuello con la forma de mi boca, obstinadamente violeta.

—¿Qué es eso? —consigo decir. Mi voz suena ronca, por la falta de uso.

Gáspár levanta la mirada, pero no me mira a los ojos. Recuerdo cómo le acaricié el pómulo con el pulgar, mis labios contra su párpado. Me pregunto si él también estará pensando en eso. Tiene la mandíbula apretada, y cuando habla, lo hace con el filo de acero de los Leñadores.

—Eso es tu última oportunidad —me dice—. Da la vuelta y salva la vida.

Ha hecho todo lo que puede para alejar la traicionera preocupación de su voz, y su mirada sigue siendo fría e implacable. Pero he visto suficiente de su obstinada fachada para reconocerla, la calculada falsedad de su ambivalencia. Ahora sé a qué sabe su boca. Lo he oído gemir en la cavidad de mi oreja.

—Volveré, si es lo que quieres —replico—. Volveré a Keszi y me enfrentaré a mis latigazos si tú huyes a Rodinya y buscas a algún hospitalario señor que te cobije. ¿Trato hecho?

Gáspár no responde, y no espero que lo haga; me da la espalda y espolea a su caballo para seguir la línea del río. Yo dirijo a mi yegua lentamente tras él. Me arde la cara. Es el recuerdo de su ternura lo que me duele más que el deseo. He deseado a muchos hombres que me han tenido bruscamente y después se han mostrado demasiado avergonzados para mirarme a los ojos. Pero yo nunca había querido besar sus heridas, o desnudarlos. Había creído que mi verdadero yo era el que desollaba crías de conejo y bullía con odios y crueldades, pero quizás esa ternura fuera también cierta. Me pregunto cuán dulce podría haber sido, si no hubiera vivido temiendo la advertencia del látigo de junco de Virág, siempre amenazada por la llama azul de Katalin.

Pero eso importa poco ahora. Debería despojarme de la ternura como de una piel vieja y muerta. Eso solo me hará ser débil y frágil cuando lleguemos a Király Szek. El río se agita a mi lado, las espumosas crestas de las olas iridiscentes al captar la luz del sol. Gáspár se ha alejado tanto que apenas lo veo, a menos que levante una mano para protegerme los ojos y los entorne.

Nunca he deseado menos llevar la capa de lobo sobre mis hombros, pero un recuerdo regresa a mí de todos modos, punzante y agrio, como un trago de agua salada. Si Gáspár hablara conmigo, le contaría una última historia: una vez, Vilmötten mató a un dragón; no era el mismo que amaba a una mujer humana, no lo creo. Este dragón era un hombre que también tenía siete cabezas, y que cabalgó hacia la batalla con su armadura y sobre la grupa de un caballo de ocho patas.

Vilmötten no era un guerrero. Solo era un bardo al que los dioses habían concedido sus favores. Se preguntó cómo iba a matar a una criatura así, sin nada más que un kantele de cinco cuerdas que hacía música, no guerra. Isten le dijo que debía forjar una espada.

—Pero ¿cómo? —le preguntó Vilmötten—. No tengo acero que fundir, ni habilidades de herrero. Además, ¿qué tipo de espada podría matar a un monstruo así?

—La espada que forjes con la bendición de los dioses —le respondió Isten. Y entonces se cortó una de las uñas y dejó que cayera al mundo. Era gruesa y tan pesada como el acero, y tallada con la magia del propio dios padre. Y como la uña había sido un sacrificio, la muerte también vivía en su interior.

Vilmötten tenía el poder de hacer fuego gracias a la estrella que se había tragado. Mientras trabajaba, cantó. Cantó una canción de guerra, una cuyas palabras se han olvidado, o quizá solo las había olvidado Virág. Cuando terminó la forja, la canción también concluyó.

La espada de Vilmötten no parecía nada especial. Tenía la empuñadura de bronce y la hoja de plata. Pero cuando la elevó hacia el cielo, una llama brillante atravesó su longitud, como si alguien hubiera golpeado la hoja con un trozo de pedernal. Mató al dragón con aquella espada, cortándole las siete cabezas de un solo golpe. La espada era muy codiciada en todo Régország y en las tierras más allá, pero cuando Vilmötten zarpó al reino de los dioses, se perdió.

Yo no tengo una espada resplandeciente forjada a partir de un trozo de la uña de Isten; solo tengo mi magia que no ha sido probada, y Király Szek está llena de un millar de dragones, todos ellos disfrazados de hombres. Aun así, dejo que las palabras se desenrollen en silencio en mi mente, como si pudiera construir un arma con ellas. Las historias de Virág nunca me consolaron, cuando me sentaba ante su hoguera con las rodillas contra el pecho, dolorida tras sus tareas e irritada por la mirada cruel de Katalin. Ahora, a tantos kilómetros de Keszi, las palabras que tan bien conozco se ciñen a mí como una armadura de batalla, y parece la broma cruel de un dios embaucador: que anhele su consuelo justo cuando lo he abandonado. Busco la trenza de mi madre, roja como el pelaje de un zorro y suave después de tantos años acariciándola. Me pregunto si Gáspár guardará alguna reliquia de su madre. Me pregunto si alguna vez tendré la oportunidad de preguntárselo.

Me llevo la mano a los labios, todavía hinchados por el recuerdo de los suyos, y apresuro a mi caballo tras él.

A tres kilómetros de la capital, el cielo deja de ser azul.

Estamos sobre una pequeña colina a las afueras de Királi Szek, azotados por el viento. Una masa de nubes furiosas se ha reunido sobre la ciudad, densa y baja, cargada de lluvia sin verter. Ilumina las casas con una luz semiopaca gris, como el borroso reflejo del verdadero Király Szek ondulándose en la superficie de un lago al atardecer. Casi me reconforta ese manto negro de nubes de tormenta. Quizá caiga una lluvia torrencial que se lleve de las calles a los asistentes al festival.

No sé si Gáspár se fija en las nubes acechantes, pues no dice nada. Dejo que mi mirada se deslice por el horizonte, que pasee sobre la torre del palacio y baje de nuevo a los tejados en pendiente de las casas. La ciudad es una excavación rodeada de montículos de tierra para fortificarla contra un asedio, pero incluso desde lejos puedo ver el inicio de la muralla de piedra alrededor de las viejas barricadas de madera, más alta en algunos lugares. Parece un proyecto que se ha iniciado recientemente, quizá para anticiparse al ejército merzani. El río Élet corta la ciudad en dos, una descarga azul y plata surcándola de este a oeste.

Los alrededores son un jirón de tierras de labranza, cuadrados de trigo amarillo alternados con franjas de pimientos verdes y rojos que brillan como guadañas de color rubí. Una larga carretera negra atraviesa los campos y termina ante la puerta principal de la ciudad. Y, por supuesto, como es un día de fiesta, la carretera está repleta de viajeros: hombres y mujeres devotos que hacen su peregrinación a pie o a caballo y que avanzan con esfuerzo hacia Király Szek para prestar tributo a la memoria del primer rey patricio de la nación.

Una trenza de miedo e ira se retuerce en mi pecho, ardiendo como una vieja cicatriz. Gáspár me dirige hacia la carretera, donde nos unimos a la multitud de patricios, todo un caos de protestas y oraciones murmuradas. Los ojos brillan en sus rostros sucios como puntas de cuchillos, destellantes y afilados, con la mirada puesta en la puerta y en el palacio que se alza sobre el viejo parapeto de madera. Ninguno parece notar que una mujer lobo se ha unido a su procesión.

—Sin duda has elegido el momento más peligroso para llegar a Király Szek —murmura Gáspár, y oigo la preocupación contenida en su voz—. No hay día peor para ser una mujer lobo en la capital, cuando el fervor patricio alcanza su febril culmen.

Lo miro mientras nuestros caballos se abren camino entre la multitud. La furia del interior de mi médula ha salido a la superficie, como una antigua embarcación dragada del mar.

—No hay un día en el que sea seguro ser una mujer lobo en la capital. No olvides que tu intención era traerme como prisionera. ¿Todavía hay sangre en las murallas de la ciudad donde vuestro San István expuso sus trofeos?

Gáspár me mira, parpadeando, y un rubor pálido le ensombrece la cara.

—No sabía que esa historia había encontrado su camino hasta tu aldea.

—Por supuesto que lo hizo. —Curvo los cuatro dedos sobre las riendas de mi caballo, con la fuerza suficiente para teñirme los nudillos de blanco—. ¿Crees que nos sentamos alrededor del fuego para repetir sin pensar las leyendas de nuestros grandes héroes y dioses? Todos los niños y niñas de Keszi aprenden la historia cuando son lo bastante mayores para hablar: que el rey István clavó los corazones y los hígados de los líderes paganos a las puertas de Király Szek. Que los exhibió, orgulloso, a sus visitantes del oeste, para que vieran lo beatífico que se había vuelto Régország.

Gáspár aparta la mirada, pero él también aprieta las riendas.

—No deberías haber venido aquí.

No discuto con él. Mi cabeza es un bramido de nubes de tormenta, un reflejo del cielo. Quizá sea eso lo que implica ser pagana: temer que te saquen el corazón o el hígado. En ese sentido, no soy distinta del resto de las mujeres lobo, con su cómoda magia y sus sonrisas crueles, pese a lo que digan Katalin o los dioses.

La marea de gente nos lleva a través de la puerta. Király Szek huele tan mal que me escuecen los ojos: el humo se eleva desde cada ventana y puerta abierta, de todas las casas de madera que se aplastan y topan unas con otras como árboles torpemente talados. Las calles son de tierra seca y dura y tosen polvo amarillo con cada pisada. Toda mi vida había imaginado que la ciudad sería limpia y brillante, como un bosque en la nieve, y su gente tan gorda y lustrosa como osos en sus guaridas de invierno. Pero Király Szek es descaradamente fea y también lo son sus ciudadanos. Tienen las encías abarrotadas de dientes tan podridos como campanarios desmoronados, los carrillos colgando como sus tejados maltrechos por el viento. Desde algún sitio, más allá, puedo oír el tañido de una campana, los fuelles de un herrero y un torrente de maldiciones escapando de la boca lastimera de algún comerciante. La procesión fluye a la izquierda, en dirección al palacio, pero yo detengo mi caballo, apabullada y sin aliento y con un zumbido en las orejas.

Gáspár también se detiene y eleva la voz sobre el estruendo.

—Si quieres encontrar a tu padre, tendrás que ir a la calle yehuli. Está…

Pero no oigo el resto de sus palabras. Lo único que puedo ver son dos negros borrones gemelos a lo lejos, dos figuras sobre monturas de obsidiana atravesando la multitud. Leñadores.

Gáspár se tensa a mi lado. Los Leñadores se dirigen hacia nosotros, y sus ojos me paralizan como dardos lanzados. Gáspár se acerca a mí y me ordena, en un susurro feroz:

—No digas una sola palabra.

Me trago una carcajada, loca de miedo.

—¿De verdad crees que planeo revelar lo que ha pasado entre nosotros, idiota? Por mucho que me satisfaga saber que he puesto en peligro tu pureza, estoy más preocupada por mantener las hachas de los Leñadores lejos de mi espalda.

Gáspár aprieta los labios, avergonzado.

—Además —le espeto—, si quieres convencerlos de que has mantenido tu voto de castidad, deberías pensar en cubrirte el chupetón del cuello.

Asume el color de una cereza ácida y se tira del cuello de la suba. En otros dos segundos, los Leñadores llegan hasta nosotros;

el viento áspero mueve sus capas de un lado al otro. Ambos están recién rapados, con sus rostros magros como zorros en mitad del invierno. A uno de ellos le falta la oreja izquierda.

Gáspár asiente a cada uno, por turnos, con la mano todavía en la nuca.

—Ferenc. Miklós.

Al que le falta la oreja, Ferenc, entorna los ojos.

—Bárány. Has estado lejos mucho tiempo. El rey lleva preguntando por su mujer lobo más de una quincena, y el momento de tu hermano casi ha llegado.

Me sorprende la informalidad con la que se dirigen a él, al príncipe heredero de Régország, pero intento evitar que se me note el desconcierto.

—Lo sé —dice Gáspár—. Tengo a la mujer lobo, y la llevaré al palacio tan pronto como la festividad haya acabado.

El otro Leñador, Miklós, mira a Gáspár y luego a mí. Puedo sentir la frialdad de su mirada atravesando mi capa de lobo, como un rayo de helada luz de luna.

—¿Dónde están los otros? Peti y Ferkó, Imre...

El rostro de Gáspár cambia abruptamente. Levanta los hombros hasta sus orejas, como si se hinchara de remordimiento. Durante un mudo y humillante momento, casi quiero quitarle el peso de la espalda y cargármelo yo, llevarme las culpas de sus muertes, aunque eso me condene aún más delante de estos Leñadores. Pero Gáspár habla primero.

—Muertos. —Su voz suena átona—. Nos emboscaron los monstruos mientras atravesábamos el Ezer Szem. La mujer lobo y yo casi no sobrevivimos.

De inmediato, como movidos por unos hilos invisibles, ambos Leñadores se presionan el pecho con dos dedos. Sus ojos se cierran en penitencia. Cuando los abren de nuevo, Ferenc dice:

—Tres buenos patricios muertos, ¿y por qué? Para que el rey pueda tener su...

—Cuidado —dice Gáspár con brusquedad, y Ferenc guarda silencio de inmediato—. Vuestra promesa sigue siendo hacia mi padre, mientras esté sentado en el trono.

—Sí, y preferiríamos que siguiera siendo así, a pesar de su afinidad por la magia pagana —dice Miklós, echándome otra mirada—. Nándor se ha vuelto más insufrible en tu ausencia, Bárány. Es como un niño, y esta ciudad es un juguete que no quiere compartir. No querrá verte de nuevo, pero creo que la sorpresa será suficiente para mantenerlo a raya… Por ahora. Deberías acudir al palacio lo antes posible.

Un nudo de miedo se enrosca en mi garganta, pero Gáspár ni siquiera parpadea ante sus palabras.

—Iré tan pronto como me haya ocupado de la mujer lobo. Si conseguís encontrar al conde Korhonen, quizá podáis retrasar a Nándor.

Ferenc baja la cabeza, mostrándose de acuerdo. Miklós y él hacen retroceder a sus caballos y la multitud se los lleva como madera a la deriva en un río, arrastrándolos hacia el palacio. Tan pronto como se han ido, Gáspár se gira hacia mí y vuelve a endurecer su expresión.

—Te llevaré a la calle yehuli —me dice. Parece tranquilo, excepto por el titilar de su mirada, que se agita como el pábilo de una vela atrapado en el viento—. Te dejaré allí cuando hayas encontrado a tu padre.

Asiento, sin saber si conseguiré hablar sin llorar, o sin decir algo tremendamente estúpido. La misma campana suena de nuevo, un repique que resuena a través del suelo y vibra en los dedos de mis manos y mis pies. El viento porta el aroma de la ceniza y del humo, y me rodeo la mano dos veces con las riendas antes de conducir a mi caballo contra la corriente de gente.

La calle yehuli está tan silenciosa como una mañana de invierno en el bosque, antes incluso de que los zorros despierten, con sus mantos blancos, en sus madrigueras. Calcetas de lana y vestidos de muselina cuelgan de los tendales que se extienden de ventana a ventana, agitándose vacíos, como fantasmas pinzados. Había esperado sentir algún reconocimiento, la iluminación del instinto que tanto tiempo he enterrado, mi memoria golpeada como una cerilla. Pero no siento nada. La calle yehuli se extiende ante mí, cada casa bajita y gris igual a la anterior, como pálidas huellas dactilares contra el cielo oscurecido.

—¿Dónde está todo el mundo? —susurro. El silencio parece frágil, y no quiero ser la responsable de romperlo.

Gáspár me mira con la mandíbula apretada. Lo estoy alejando de su deber, pero no consigo que me importe, no cuando se me ha secado la boca y mi corazón late con un ritmo frenético.

—Es un día sagrado para los yehuli —me dice—. Este día, su dios les prohíbe trabajar.

—Y todas estas casas... —Me detengo, mirando la calle bordeada de casuchas.

—Casas yehuli. Se les prohíbe instalarse en cualquier otro sitio de la ciudad que el rey no haya decretado.

El viento se enreda en mi cabello y aplana el pelo de mi capa de lobo. Siento un frío terrible. Uno de los cantos de Katalin se abre camino en mi mente: *Yehuli arrabalera, yehuli embustera, los yehuli se postran ante cualquiera.*

—¿Sabes dónde vive mi padre? —le preguntó en voz baja.

Veo el momento en el que la expresión de Gáspár se suaviza, en el que su mandíbula pierde su borde afilado, y después el instante en el que se endurece de nuevo, como si acabara de recordar que se supone que debe odiarme.

—No —me contesta—. Tendrás que llamar y preguntar.

Es ahora cuando debería marcharse, desaparecer por la calle yehuli y dejar que el destino decidiera qué va a ser de mí. Pero Gáspár permanece rígidamente sentado en su caballo, con la espalda tan recta como una espada. Una feroz gratitud y un doloroso afecto sube por mi pecho, pero me lo trago.

Bajo de mi caballo; la sangre brama, caliente, en mis oídos. La sobriedad de la situación me sobrecoge de nuevo, mi mente se llena de imágenes de hígados y corazones sin cuerpos, de las desesperadas advertencias de Virág. Aquí, en Király Szek, mi capa de lobo podría ser un sudario de muerte. Cada momento que estoy sin mi padre es una oportunidad para que un patricio me corte la cabeza.

Llena de un furioso pánico, me lanzo hacia la puerta más cercana y la aporreo con rudeza antes de retroceder, con el pecho agitado. Después de algunos instantes, la puerta se abre, sus antiguos gvoznes chirrían. Una mujer rechoncha me mira parpadeando desde el umbral, con un libro de cantos dorados metido bajo el brazo.

—¿Qué significa esto? —demanda. Está enfadada, y no la culpo. Debo parecer una loca con mi capa de lobo y la túnica todavía manchada de jugo rojo. Me obligo a mover mis labios entumecidos.

—Estoy buscando a Zsidó Zsigmond —le digo—. ¿Es esta su casa? ¿Sabes...?

La mujer deja escapar una alegre carcajada y me cierra la puerta en la cara.

Ocurre demasiado rápido para que sienta algo al respecto. Mi mente apenas registra su rechazo antes de que mis piernas me lleven a la siguiente casa. Oigo que Gáspár baja de su caballo; cuando la segunda puerta se abre, está justo a mi espalda.

—Estoy buscando a Zsidó Zsigmond —digo, antes de que el hombre pueda hablar—. ¿Es esta su casa? ¿Sabes dónde vive?

El hombre tiene el cabello negro, largo y rizado y salpicado de hebras grises. Cuando abre la boca, veo que tiene uno de los dientes engastado en plata. Busco la moneda en mi bolsillo, lista para mostrársela como una ofrenda muda e inútil.

—Aquí todos somos *Zsidó*, niña —resopla—. *Zsidó* es el nombre que nos dan los patricios, para no ensuciarse sus bocas hablando en nuestra lengua.

Y después cierra la puerta sin otra palabra. Con las rodillas temblando, me giro despacio hacia Gáspár. Un rubor rojo atraviesa mi rostro, y en mi garganta se tensa una espiral de vergüenza e ira.

—¿Por qué no me lo dijiste? —exijo saber—. ¿Querías que pareciera una idiota, una insípida mujer lobo a la que sacaste del bosque para civilizarla?

Por un momento, Gáspár no contesta, solo me mira con los labios apretados. Hay un destello de tristeza en su ojo que conozco bien.

—Creí que lo sabías —dice al final— No me di cuenta de lo poco que te habían contado sobre los yehuli y cómo viven aquí.

No quiero oír nada más. Giro sobre mis talones, con las mejillas todavía calientes, y me dirijo a la siguiente casa. La pintura del tejado está descascarillándose en largas lenguas rojas, y algo que parece un pergamino plateado está clavado a la puerta. Está cubierto de más letras yehuli, que hacen que mis ojos se humedezcan y que mi mente se vele, como si mirara una silueta borrosa en el horizonte.

Otra mujer abre la puerta. Tiene el cabello castaño pulcramente trenzado, como una ristra de ajos, y sus ojos ondean entre el verde y el avellana. Puedo ver toscos, vagos reflejos de mis propios rasgos en ella (el tono rojizo en el cabello, la nariz puntiaguda, la pequeña boca preocupada), y en ese instante suspendido consigo convencerme de que he encontrado la casa de mi padre y de que ella es una tía, o una prima, o incluso una hermana.

—¿Es esta la casa de Zsigmond? —pregunto, con la voz cargada de esperanza.

La mujer niega con la cabeza, triste.

—En Shabbos, no —susurra, y después cierra la puerta.

Su rechazo perfora mi anestesiada resolución. Tengo que inhalar rápidamente de nuevo para evitar sollozar, aunque sé que Gáspár ve la angustia en mi rostro. Extiende la mano hacia mí, abierta y enguantada, y la retira abruptamente. La clara retracción de su amabilidad casi hace que me venga abajo. Lo abracé tan fuerte y tan cerca y con tal desesperado fervor que no volverá a tocarme nunca, como cuando arrancas una manzana demasiado pronto y se pudre antes de que puedas comértela.

Cuando llego al siguiente umbral, ya no oigo sus pasos a mi espalda.

El hombre que me abre la puerta es lo bastante joven para ser mi hermano, pero no encuentro mis rasgos en él. Lleva un extraño sombrero blanco, casi como una capota de mujer, y se le desvía hacia un lado cuando el cordel se suelta tras una de sus orejas. Me mira con la boca abierta durante varios segundos antes de rendirse a mi voz atiplada y a mis ojos desesperados y grandes.

—Por favor —le digo—. ¿Sabes dónde puedo encontrar a Zsigmond?

El rostro del joven languidece.

—¿No te has enterado? Zsigmond va a ser juzgado a las puertas del palacio del rey. Nándor ha hecho que lo arrestasen, por trabajar en el día sagrado de los patricios.

Vuelvo a la procesión de asistentes al festival mientras las nubes de tormenta se agitan y enturbian sobre mi cabeza. Una vez allí, me arrastra la corriente de peatones, empujándome de puesto en puesto del mercado. La festividad de San István debe ser el mayor día de mercado del año. La gente se derrama a mi alrededor, con monedas apretadas en sus puños sucios y los brazos curvados sobre hogazas de pan y largas ristras de salchicha ahumada. Mi pobre y atropellada yegua golpea con las patas traseras un apestoso cubo de cabezas de trucha y lo vuelca, provocando una maldición del pescadero. Alguien está vendiendo gordos sacos de pimentón rojo y su olor atraviesa todo lo demás, tan punzante como la sal en una herida.

Gáspár se abre paso entre la multitud y consigue agarrar una esquina de mi capa de lobo para quitármela de la espalda.

—¿Te has vuelto totalmente loca? —gruñe—. Los habitantes de esta ciudad son patricios temerosos de Dios, y en este día, el más sagrado para ellos, alcanzan la cúspide de su fanatismo. Harían cola ante las puertas por una posibilidad de demostrar su fe matándote, sobre todo los hombres; para ellos, eres pagana antes que mujer.

Aun sin la capa, soy una rareza entre la multitud, entre las severas mujeres patricias con el cabello cubierto y la mirada baja. Apenas puedo oír mi voz sobre el desigual y violento latido de mi corazón.

—¿Qué otra cosa quieres que haga? —replico—. Nándor tiene a mi padre.

—Quiero que no seas tonta —dice Gáspár; con brusquedad, pero hay una expresión suplicante y desesperada en su ojo que hace que me detenga, que inhale furiosamente—. Si llegas a palacio así, nos condenarás a ambos y a tu padre.

A ambos. Teme que lo descubra, su fracaso al traer a la mujer lobo equivocada o, peor, su fracaso por haber besado a esa mujer lobo y haber descubierto su garganta para que ella le clavase los dientes. Mi miedo y mi dolor se convierten en furia, y ya no me importa mi dignidad ni la suya.

—¿De verdad no hay nada más valioso para ti que tu pureza? —escupo—. Has pasado demasiadas noches tumbado junto a una mujer lobo para sonrojarte y ponerte nervioso por ella ahora. No planeo delatarte, así que ahórrate tus lamentables murmullos. Si tienes razón, uno de tus queridos y beatos asesinos me clavará un cuchillo por la espalda y tu secreto morirá cuando yo lo haga.

Gáspár sostiene mi capa, sin fuerza; el viento agita su cabello sobre su cara. A diferencia del resto de las veces que he hablado de nuestro encuentro amoroso o de su castidad comprometida, el color no sube a sus mejillas, y entorna el ojo hasta que no es más que la hendidura de una flecha.

—¿De verdad crees que eso es lo único que me importa? —me pregunta—. Si de verdad estás tan ansiosa por condenarnos a ambos…

—No —lo interrumpo, pensando en corazones arrancados del pecho y en la trenza de mi madre en mi bolsillo—. No a ambos. Tú sigues siendo un Leñador, un príncipe. Su hijo. Lo peor que tu padre te ha quitado es un ojo.

Con dificultad, hago girar a mi caballo y lo dirijo entre el gentío. A lo lejos, el castillo se cierne sobre nosotros como un enorme pájaro oscuro, pero no proyecta sombra porque no hay sol. La piedra desmoronada de la Torre Rota es un tajo pálido contra el carbón del cielo.

La estrecha calle se abre a un patio, cerrado por una puerta de madera negra. Allí, los asistentes al festival están tan cerca, estirando las cabezas unos sobre otros, que no puedo mover más mi caballo. Bajo de su grupa y me abro camino entre la multitud, junto a las buenas mujeres patricias con sus cofias blancas y junto a los hombres patricios de rostros serios y manchados de sudor. El olor del pan frito llega hasta mí, mezclado con algo fétido y peor.

Doy un codazo a una tejedora con seis dientes, que en represalia me mira con el ceño fruncido y me agarra el brazo. Apenas siento sus uñas. Empujo y empujo hasta que llego a la primera fila, ante el patio cuadrado de sucias piedras grises. En el centro hay un corro de Leñadores y un hombre yehuli entre ellos, de pie sobre un cerdo muerto.

La visión y el olor me revuelven el estómago. Me llevo una mano a la boca; la bilis repta por mi garganta.

El hombre tiene los brazos atados a la espalda con una cuerda larga y deshilachada que se tensa cuando tira de ella. Lleva el mismo extraño sombrero blanco que el chico que vi en la calle yehuli. Desde donde estoy apenas puedo ver una fracción de su rostro, pálido como una luna menguante. Tiene la nariz larga y las cejas pobladas y grises, y la barbilla levantada desafiantemente, como si ni siquiera viera la sangre en el suelo bajo sus pies.

Hay dos hombres más en el patio. Uno está encorvado por la edad, envuelto en la apagada túnica rojiza de un patricio santo.

Tiene los ojos pequeños y brillantes, como los de un topillo marrón, y los dedos curvados alrededor del colgante de hierro que lleva en el cuello.

El otro hombre es demasiado joven para ser rey, pero no es ese el pensamiento que me domina en este momento. Lo único que puedo pensar es que es el hombre más guapo al que he visto nunca. No es tan mayor como Gáspár; tiene el rostro dulce y casi infantil, y lleva un dolmán teñido del color de una noche de terciopelo oscuro. Su cabello castaño se riza en su nuca, exuberante, como si se burlara de las cabezas rapadas de los Leñadores a su lado. Tiene la tez brillante de un ópalo recién pulido y unos ojos azules que brillan bajo sus emplumadas pestañas doradas. Cuando sonríe, aparecen hoyuelos torcidos en sus mejillas, el tipo de pequeño defecto que da al resto de su rostro un intenso alivio, cualquier otra criatura más adorable en comparación.

El hombre rodea a mi padre con la gracia elegante de un halcón justo antes de atrapar a su presa.

—¿Cómo respondes, Zsidó Zsigmond, a estos cargos? —le pregunta, sonando terriblemente agradable, como si le estuviera preguntando a un mercader el precio de una mercancía deseada—. ¿Confiesas que estabas, efectivamente, trabajando en el Día del Señor?

—Me *pagan* por trabajar en el Día del Señor —dice Zsigmond—. Fue vuestro propio padre quien me encargó…

No oigo el resto. Gáspár se ha detenido a mi lado, y su mano se cierra alrededor de mi muñeca.

—Tienes que marcharte —me dice con voz ronca—. Si solo vas a hacerme caso una vez en la vida, chica lobo, por favor, retrae tus garras ahora.

Cierro los cuatro dedos en un puño en mi costado. La magia de Ördög está ahí, retorcida como una serpiente lista para atacar, pero la andrajosa desesperación en la voz de Gáspár me detiene, solo por un momento, mientras la multitud se cierra sobre nosotros.

—Estos juicios no son inusuales —continúa con rapidez, ahora que ha conseguido que lo escuche—, pero son una burla de cualquier idea de justicia. Los hombres y las mujeres yehuli son acusados de un sinfín de cargos inventados y endebles, y después exhibidos con cadenas para que la gente les clave los dientes. Es un modo fácil de ganarse el favor de los campesinos que odian a los yehuli.

Se me hielan las venas.

—¿Y el cerdo?

Gáspár deja escapar una exhalación.

—Las escrituras yehuli les prohíben comer o tocar a los cerdos.

Y entonces creo que de verdad voy a vomitar, por el olor de la sangre y las vísceras del cerdo, intensas y densas en el aire, y el regodeo en la voz de Nándor pasando sobre mí como el agua en el lecho de un arroyo. Me agarro al brazo de Gáspár para sujetarme. Se tensa bajo mi mano, pero no se aparta.

—No puede... —consigo decir—. Por favor, tienes que decir algo. Tienes que detenerlo.

—Tu padre no está en peligro; todavía no, al menos —contesta Gáspár, pero tiene un nudo en la garganta—. Es mejor que hagamos nuestra protesta a los pies del rey, o más tarde, cuando no haya audiencia ante la que actuar. Nándor no abandonará su diversión mientras haya medio centenar de campesinos mirando, disfrutando de la humillación de un yehuli.

La imparcialidad de su voz, la racionalidad de su propuesta de mirar hacia otro lado, hace que el enfado me emborrone la visión. Nándor podría ser Virág, ante mí con su látigo de junco, o Katalin; tienen el mismo veneno satisfecho en sus ojos. Le suelto el brazo con tanta brusquedad como puedo, esperando dejarle una marca.

—¿Solo te moverás para evitar la injusticia cuando no haya nadie mirando? —le pregunto, con tanta malevolencia como consigo reunir—. No me extraña que la gente prefiera a Nándor; al menos, él no es un cobarde.

—Supongo que un cobarde es cualquiera que actúa pensando primero, que no se lanza a las fauces de la bestia solo para demostrar su heroísmo. —El ojo de Gáspár está tan negro como el carbón—. Sobrevivir en Király Szek es una prueba de astucia, no de valentía. No durarás mucho aquí a menos que lo comprendas.

Hay un trasfondo de desesperación en sus palabras, incluso de preocupación, pero estoy demasiado enfadada para sentirme conmovida por él. Ya me he cansado de arrodillarme. Con esa actitud nunca obtuve piedad. El coro de la multitud se eleva, más fuerte, como una bandada de pájaros alzando el vuelo hacia el cielo gris, y Nándor sonríe y sonríe mientras la sangre de cerdo empapa las botas de mi padre.

—¡Parad!

Se me escapa la palabra, sin pretenderlo, antes de que pueda pensar en evitarlo. Y como ya he comenzado, digo de nuevo:

—¡Parad! ¡Soltadlo!

Los espectadores se quedan en silencio. Nándor levanta los ojos y examina al gentío hasta dar conmigo; en sus ojos hay un destello divertido. Me evalúa un instante, parpadea una vez, y entonces su atención cambia y aterriza en Gáspár.

—¿Es esto una ilusión de Thanatos? —pregunta, y después se detiene, aunque no es una pregunta que alguien deba responder—. ¿O es mi hermano, que ha regresado con una mujer lobo a su lado?

Nándor deja a mi padre y camina hacia nosotros. Instintivamente, mi mano busca mi cuchillo, pero entonces recuerdo que ha desaparecido, junto a mi trenza y a mi moneda.

Abro los cuatro dedos, desplegándolos como una flor, mientras Nándor se acerca. Si intenta tocarme, yo lo agarraré primero y descubriré qué puede hacer el poder de Ördög, pero aquí, ante todos estos patricios y cuatro Leñadores, me doy cuenta con una sensación huidiza en el estómago de que no será suficiente. No podría serlo. El atractivo hombre camina hacia mí, con sus ojos abrasando mi piel, y creo que por fin comprendo las urgentes advertencias de Gáspár.

No obstante, cuando Nándor se detiene ante nosotros, apenas mira en mi dirección. En lugar de eso, rodea a Gáspár con los brazos.

—Bienvenido a casa —dice, y su voz suena amortiguada contra el pelo de la suba de Gáspár.

Gáspár no dice nada. Está rígido, en el interior del abrazo de Nándor, la boca de su hermano demasiado cerca del moretón de su cuello. Un peso se instala en mi pecho; respiro rápida y superficialmente. Gáspár se suelta tan pronto como puede.

—Esta debe ser la mujer lobo que padre quería —dice Nándor. Me pone la mano bajo la barbilla, me acaricia la mejilla con sus largos dedos—. Parece ruda, como todas las mujeres lobo, y su rostro es demasiado ordinario.

Curva el pulgar sobre mi labio. No puedo mirar hacia otra parte, atrapada por su hipnotizante mirada de víbora. Pienso en morderle el pulgar, como hice con la oreja de Peti. Me lo imagino gritando y buscando su dedo entre el rocío de sangre y el balbuceante dolor. Pero es precisamente ese estúpido y cruel instinto el que hará que me maten más rápido.

Aun así, aparto la barbilla, apretando los cuatro dedos.

—Sabes que padre quiere a sus mujeres lobo ilesas —dice Gáspár, con voz suave y principesca de nuevo, el mismo tono en sus palabras que siempre me hace enfadar y fruncir el ceño. Su ojo solo rebela un destello rápido de malestar.

—También sé que padre quiere a sus mujeres lobo mudas y sumisas —dice Nándor. Me mira, parpadeando—. Has entrado en el patio del palacio en mitad de la celebración de nuestro día de San Ist007ván, como una bárbara, más lobo que mujer. Dime, ¿por qué te importa el destino de este yehuli?

Podría matarlo. O, al menos, podría intentarlo. Los hilos de Ördög se crispan en mi muñeca. Pero, aunque tuviera éxito, aunque Nándor ardiera como un árbol golpeado por el rayo bajo mi mano, no podría escapar con vida de la ciudad. ¿Y después qué? Keszi sería castigada por mi crimen y también los yehuli, tan pronto como el rey descubriera la conexión.

En este momento no soy nada en absoluto para este flamante aspirante a príncipe, valgo menos que la porquería de sus botas... Y, aun así, lo que yo haga a continuación decidirá el destino de dos pueblos, de toda una aldea y de cada casa de esa larga calle gris.

Abro la boca, en silencio, y la cierro de nuevo. Después de todas las semanas que he pasado reprendiendo a Gáspár por su deferencia, por la facilidad con la que se doblan sus rodillas y se agacha su cabeza, me doy cuenta de que es, de hecho, más listo que yo. ¿Qué clase de pájaro idiota picotea la mano de su amo a través de los barrotes de su jaula?

Un miedo terrible me sobrecoge, tan pesado como mi desaparecida capa de lobo.

—Muy bien, entonces —dice Nándor—. Nos ocuparemos de las mujeres lobo del mismo modo del que nos ocupamos de los despreciables mercaderes yehuli.

Y entonces la multitud grita, lo vitorea con la saliva espumando sus bocas abiertas. Me recuerdan a las fauces negras de los lobos que merodean por los bosques de Keszi en los días más fríos del invierno, acechando y gruñendo y esperando a que alguien se adentre demasiado entre los árboles.

Dudo entre retroceder y saltar hacia delante, y en ese momento frenético y paralizante de indecisión, consigo ver los ojos de mi padre sobre la amplia extensión del hombro de Nándor. Están tan vacíos como dos pozas de marea a medianoche; no hay un destello de reconocimiento en ellos. Estoy mirando a un desconocido. Voy a morir por un hombre que ni siquiera me conoce.

La voz de Gáspár se alza sobre el estrépito.

—La mujer lobo es la recompensa de padre. Será él quien decida qué hacer con ella.

Pero Nándor levanta una mano. Los Leñadores descienden, todos a la vez, como una bandada de cuervos bajando sobre un cadáver. Todo lo que sucede a continuación lo veo en destellos: una suba negra hinchada, que no es la de Gáspár, y el destello metálico de un hacha. La sonrisa incandescente de Nándor. Mi yegua asustada carga contra la gente, con un resuello en los costados y relinchando a través de las fosas nasales hinchadas. La mano enguantada de un Leñador me aprieta la garganta, obligándome a descender al suelo, hasta que mi cabello acaricia los adoquines sucios.

Levanto la mirada de nuevo, con dificultad. Nándor camina hacia mi yegua, haciendo sonidos para tranquilizarla. El animal se detiene y deja que le coloque una mano sobre su hocico y la otra en su amplio cuello.

—Es una bestia preciosa —murmura—. Su manto es de un blanco puro. No hay otros caballos en nuestros establos con una capa así. Aprecio la belleza única e inmaculada.

El hacha de un Leñador se desliza entre mis omoplatos.

—¿A dónde la llevamos, señor?

Si le dicen «señor», me pregunto cómo llamarán al rey.

—Adonde llevamos a todas las mujeres lobo —dice Nándor, con la voz aguda por la impaciencia.

La multitud sigue coreando palabras atropelladas, hasta que no puedo oír más que un ruido indistinto y lejano. Miro a Nándor a través de la maraña enredada de mi cabello y veo que toma las riendas de mi caballo y lo conduce a la puerta del palacio. Las nubes de tormenta bullen sobre nuestras cabezas, mirándonos con furia como si fueran las enormes cejas negras de Isten. Un haz de luz lechosa las atraviesa y se queda atrapado en el cabello de Nándor, en la dulce curva de su mandíbula, más blanca que el pelaje de mi yegua. Recuerdo lo que dijo Szabín, que lo sacaron del hielo y que se levantó como si su pulso nunca hubiera dejado de latir.

Casi lo creo ahora. Todavía hay hielo en sus ojos, como si su muerte hubiera vivido con él todos estos años.

No puedo girar el cuello lo bastante para verle la cara a Gáspár, pero está a mi lado, inmóvil y en silencio. De cintura hacia abajo es igual que los otros Leñadores, bien vestidos con sus subas negras y sus botas de cuero bordado. Hay moscas zumbando alrededor del cerdo muerto, rodeando las cuencas ensangrentadas después de que alguien le sacara los ojos. Y entonces oigo los pasos de mi padre, alejándose, mientras alguien también se lo lleva.

El Leñador me pone una capucha sobre los ojos y me lleva en un vertiginoso viaje a través de las mazmorras. Casi me dan ganas de reírme cuando me quita lo que me ciega: son oscuras y húmedas, sus techos cubiertos de agua agria y las paredes revestidas del blanco azulado del moho, pero no son peor que eso. Había imaginado alguna tortura especial, diseñada específicamente para las mujeres lobo.

Me empuja a la celda y me encierra tras sus barrotes cubiertos de óxido. Oigo su suba atravesando los charcos fétidos mientras se va, ascendiendo un tramo de escaleras torcidas y dejándome sola bajo la mancha de grasa de la luz débil de las antorchas.

Me pongo de rodillas sobre el barro y la mugre, apoyo la mejilla en la pared moteada por el moho. A pesar de todo lo que ha pasado, me sorprende lo fácil que resulta llorar. Lloro tan fuerte que estoy segura de que alguien vendrá a cortarme la garganta para hacerme callar, y cuando termino casi rezo para que lo hagan, mientras imagino a mi madre en esta misma celda. Mi mente conjura mis vagos recuerdos de su cuerpo, retorciéndolos en una silueta parecida a la mía. Pequeña, asustada, arrodillada. Casi creo que encontraré un mechón de su suave cabello rojo enterrado entre la porquería, o el blanco hueso de una clavícula.

Me quedo dormida así, acurrucada contra el fantasma de mi madre.

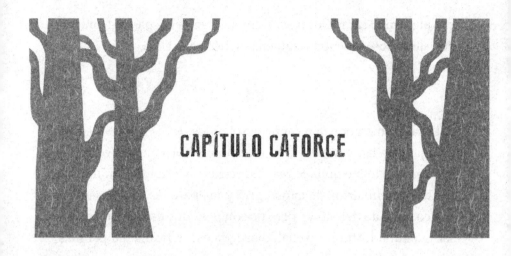

CAPÍTULO CATORCE

—Évike.

Despierto al oír mi nombre y veo a Gáspár al otro lado de la puerta de mi celda. Lleva mi capa sobre el brazo, el lobo con aspecto flácido y más muerto de lo habitual. Me limpio la suciedad de la cara y me levanto. Las rodillas tiemblan bajo mi peso.

—Te he traído esto —dice, ofreciéndome la capa a través de los barrotes.

En el aceitoso halo de la luz de su farol, su rostro parece cortado en dos: una mitad rociada de oro y la otra atrapada en la oscuridad. Su ojo bueno está empapado en sombras, así que tengo que leer su expresión en la tensión de su mandíbula, en la línea blanca de sus labios. La luz de la antorcha rebota en la hoja de su hacha con un destello húmedo.

Muy despacio, recupero mi capa. Busco en sus bolsillos, pero mi cuchillo ha desaparecido.

—Tuve que quitártelo. —Su voz es tan brusca que corta los barrotes—. No puedo dejar que vuelvas a intentar algo tan abismalmente estúpido.

—Qué noble por tu parte.

Mis palabras rebotan en él como flechas contra una coraza de acero. No se mueve. Mi trenza y mi moneda siguen en el interior de los bolsillos, pero parecen desprovistos de su calidez. Cuando paso el dedo por el borde dentado de la moneda, en lo único en lo que puedo pensar es en la mirada inexpresiva de mi padre y en la forma extraña de su nariz y de su boca. No nos habríamos reconocido en una multitud.

—¿Has terminado con tus arrebatos de ira, entonces? —me pregunta Gáspár, y no amablemente—. Te dije qué ocurriría si venías a la ciudad. Si provocabas a Nándor.

—¡Tú planeabas traerme de todos modos! —estallo—. Si tus hombres no hubieran muerto, si no hubieras descubierto que no soy vidente, me habrías dejado a los pies de tu padre para que hiciera lo que quisiera conmigo. ¿Cuándo comenzaste a tener reparos sobre secuestrar mujeres y llevárselas atadas al rey, como ovejas para el sacrificio? ¿Fue después de que descubrieras a qué sabe mi boca, o después de haber sentido la forma de mi cuerpo bajo mi capa?

Espero que esto lo enfade, y lo hace, pero solo un instante. Aprieta los dientes para alejar el rubor de sus mejillas.

—Si hubiera querido que murieras, habría dejado que Peti te matara. Habría dejado que te ahogaras bajo el hielo. No habría intentado evitar que irrumpieras en el falso juicio de Nándor —replica—. Te habría dejado con Miklós y Ferenc. Si no los obligara su promesa de servir a mi padre, ¿sabes qué habrían hecho contigo?

Corazones e hígados en las puertas de la ciudad. Pienso en la multitud cerrándose a mi alrededor, en la saliva espumando sus bocas abiertas. Curvo la mano de cinco dedos alrededor de los barrotes de hierro. No importa lo afiladas que sean mis garras; no puedo destrozar un millar de gargantas.

—No tienes ni una pizca de sentido común —continúa Gáspár, con su voz aflautada de príncipe. A pesar de todo, sé que una parte de él disfruta de la oportunidad de castigarme—. ¿No te das cuenta de lo que has hecho? Medio Király Szek te ve ahora como una agresiva mujer lobo, y el odio de Nándor parece más justificado que nunca.

Sé que hay verdad en sus palabras, pero lo único que siento es dolor y una rabia desdentada. Es como si estuviera de nuevo en la choza de Virág, con los muslos ardiendo por sus latigazos.

—Tú podrías haber hecho *algo* —le espeto. Cuando recuerdo su pétreo silencio, cómo observó a los Leñadores mientras me arrastraban sin levantar una mano para detenerlos, el dolor es más abrasador que un centenar de llamas azules—. No dijiste una palabra contra Nándor. Dices que yo te he destruido, pero está claro que sigues siendo el mismo príncipe egoísta que has sido siempre, envuelto en tus delirios de piedad. Bueno, pues lo siento, señor. Retiraría todos los besos si pudiera. Por suerte para ti, cuando esté muerta, el secreto de tu promesa rota morirá conmigo, y podrás volver a fingir que eres el Leñador más puro y honorable.

No estoy segura de cuánto de lo que he dicho es sincero y cuánto parte de mi amargo arrebato, pero espero que al menos uno de mis crueles dardos dé en la diana. Gáspár toma una breve inspiración, traga saliva y después da un paso lateral para situarse bajo la luz. Su ojo está inundado de veneno, pero es un mal disfraz para el dolor. Aunque debería sentirme satisfecha porque se ha pinchado con mis espinas, tengo la sangre tan fría como el hielo.

—Tú no lo comprendes —me dice; cada palabra es un calvario, como si de verdad pensara que soy demasiado simple para entender su significado—. Si Nándor tuviera la más mínima sospecha de que me importas, te torturaría hasta la muerte o hasta la locura, solo para sentir que me está quitando algo.

Lo miro y lo miro, tragándome la ira. Pienso en cómo me abrazó durante las largas noches en Kaleva, o en cómo se movieron sus labios, tan tiernos, contra mi cuello, pero todo eso me hace querer llorar de nuevo cuando veo cómo me mira ahora, como si estuviera condenada y desahuciada.

—Has hecho un buen trabajo fingiendo —le digo—. Hasta a mí me has convencido.

Hace una mueca de tristeza.

—Te irá mucho mejor suplicando a mi padre. Él, a diferencia de Nándor, tolera a los paganos.

La palabra *padre* me atraviesa como una espada.

—¿Dónde está Zsigmond?

Gáspár no me mira. La titilante luz de la antorcha salta de pared en pared, brincando tras las sombras. Al final, dice:

—Nándor sigue divirtiéndose con él.

Una furia ciega y rabiosa me abruma, como la fisura del pálido relámpago. Me lanzo hacia él y los barrotes traquetean en vano entre nosotros, las lágrimas perlan el rabillo de mis ojos.

—¿Por qué has vuelto, si vas a mantener la cabeza baja y a seguir las órdenes como un débil e inútil Leñador? —le espeto—. ¿Qué tipo de príncipe se postra en silencio ante la voluntad de su hermano bastardo? ¿Qué tipo de príncipe se queda de brazos cruzados, como un perro apaleado, mientras su pueblo sufre? Y sí, los yehuli *son* tu pueblo, da igual lo que creas. No eres mejor que cualquier otro soldado que separa a las madres de sus hijos.

—Basta —replica Gáspár—. Ya estarías muerta, chica lobo, si yo no...

Se detiene y cierra la boca. Mientras hablaba, he extendido la mano y le he agarrado la muñeca, el espacio donde termina su manga y su guante comienza y donde su piel desnuda tiene una cuadrícula blanca de cicatrices.

—No necesito un cuchillo para herirte —susurro.

Gáspár no se mueve. Su mirada se encuentra con la mía, negra y firme, a través de los barrotes de mi celda. Veo un atisbo del hombre al que conocí en el hielo y de nuevo en el bosque, el embridado fervor y el dolor contenido.

—Hazlo, entonces —me dice, sin rastro de miedo. Es la primera vez que soy testigo de este coraje desde que llegamos a la ciudad.

Siento el fugaz instinto de tocarle el cuello, donde el recuerdo morado de mi beso sigue latiendo, pero no estoy segura de si pretendo ahogarlo con mi ternura o con mi odio. Le suelto la muñeca, con un hormigueo en la piel.

—Mantén tu promesa. —Me tiembla tanto la voz que tengo que tragar saliva antes de continuar—. Dime qué hace tu padre con las mujeres lobo que se lleva.

Gáspár baja la mirada y la luz de la antorcha abandona su ojo. Durante un largo momento, solo se oye el agua goteando en las paredes resbaladizas y mohosas, y más lejos, las cadenas de otro prisionero. Guarnecida en el interior de mi capa de lobo, me rodeo con los brazos, como si fuera algo que necesitara sujeción para no desmoronarse o romperse.

—Lo siento —dice Gáspár al final. Y es su negativa, la menor de las traiciones, lo que me duele más que ninguna otra cosa.

No sé cuántas horas han pasado cuando otro Leñador viene a por mí, pero ya me he resignado a morir. Es el mismo Leñador del patio, con la cabeza calva como un melocotón golpeado y con la nariz mutilada a medias. A su lado está el esbozo de una chica, temblorosa y tan delgada como un témpano, laureada con su uniforme de criada. Me mira dócilmente sobre el borde de un cubo, la mitad de su cara como una blanca luna creciente.

—Eres la peor que he visto hasta ahora —me dice el Leñador.

No sé si con *peor* se refiere a la más fea, si con *peor* se refiere a la más sucia, si con *peor* se refiere a la más malvada, o quizás a las tres cosas. Apenas tengo energía para mirarlo con una mueca.

—Lajos, no la enfades —protesta la criada. Sé que no le preocupa herir mis sentimientos, que solo teme que ella pague por mi ira. Apenas puedo juzgarla por eso; mi aspecto debe ser peor que mi olor, y me siento como algo encadenado, atrapado y hambriento.

—No es posible herir a las mujeres lobo, Riika —replica el Leñador—. Son cosas sin alma, no más amables o inteligentes que los animales con los que se visten.

Pero Riika sigue mirándome con los ojos muy abiertos. Tiene nombre de norteña y la tez pálida de la gente del norte, tan blanca como una manzana pelada. Hay un largo viaje desde aquí a Kaleva y siento lástima por ella sin pretenderlo, sobre todo que le hayan encargado la desagradable tarea de lidiar conmigo.

—Lavarla es un desperdicio de agua —dice Lajos—. Pero sería un gran insulto para el rey presentarla ante él en este estado.

Pienso en herirlo, en matarlo, pero es una idea fugaz. Eso no me ayudaría a escapar, y solo demostraría a aquellos que ya me detestan lo detestable que soy. Me quedo quieta y en silencio mientras Lajos abre la puerta de mi celda y Riika se acerca a mí con la valentía de un asustadizo ratón de campo. Casi puedo verla mover los bigotes.

—Por favor —chilla—. Se pondrá furioso si no...

Deja el cubo ante mí y se escabulle tras la espalda de Lajos. Meto las manos en él, observando las motas de suciedad descamándose de mis dedos y flotando por la superficie del agua como moscas muertas. El agua está tan fría que duele, pero me froto las mejillas y la nariz e incluso la suciedad incrustada tras mis orejas. ¿Por qué no morir con el rostro sonrosado y resplandeciente?

¿Tuvo mi madre la oportunidad de lavarse la cara antes de que la mataran?

Hay un peine con dientes de hueso para mi cabello enredado y una túnica hecha de una lana rasposa que sé que me quedará demasiado pequeña y demasiado estrecha, así que niego con la cabeza. Riika se muerde el labio y parece que va a llorar, así que me la pongo de todos modos. Parpadeo, aturdida, cuando se me abre la costura del muslo.

—No pareces un monstruo —susurra, casi para sí misma.

Pienso en cuántas veces he despertado, sudando y gritando, de mis pesadillas con Leñadores de brillantes dientes afilados y garras debajo de sus guantes negros, y me pregunto si las buenas chicas patricias, como Riika, tienen sueños en los que las mujeres lobo se las comen.

—Vamos —dice Lajos con brusquedad, empujándome con el extremo romo de su hacha.

Esta vez, nadie me pone una capucha sobre los ojos y Lajos me saca descalza de la mazmorra. Gira en largos pasillos que se curvan tan maliciosamente como lenguas de víbora. Pequeñas ventanas cuadradas parpadean una luz saturada de estrellas; en el tiempo que he pasado en la mazmorra, la tarde se ha marchitado y ahora es de noche. Al final, una entrada arqueada se abre como una boca gruñendo, dando paso al gran salón.

En las mesas del banquete hay cisnes asados cuyos cuellos se curvan como manos cubiertas por guantes blancos y los picos todavía intactos; un jabalí entero con una manzana verde en la boca y el costado abierto para revelar el relleno de cerezas secas y salchichas; dos enormes tartas moldeadas para parecer coronas gemelas; cuencos de sopa de grosella roja del color de un lago al amanecer. Gáspár tenía razón: aquí no hay comida de campesino.

Los invitados patricios se levantan cuando entro, susurrando como una sibilante marea. Todas las mujeres llevan el cabello cubierto, con pañuelos o legañosos velos o absurdos sombreros cuadrados, y todos los hombres visten un dolmán de seda, ceñido en el talle con un cinturón de tela roja. Los hombres de Keszi recurren a los mismos cinturones bordados para alejar a los demonios del bosque, que confunden el rojo con la sangre y creen que sus potenciales víctimas están ya muertas, y al ver a estos beatos patricios con ellos me dan ganas de reírme, hasta que me doy cuenta de que yo soy la criatura maligna a la que ellos intentan mantener alejada.

Debe fallarme el paso, porque Lajos me da otro cruel empujón.

Hay candelabros de hierro sobre nuestras cabezas y las llamas de las velas parpadean al mirarme, como los mil ojos del Ezer Szem en la oscuridad. Mi corazón se rebela cuando concentro la mirada en el estrado que tengo delante, donde hay una mesa larga cubierta de tela blanca. Hay seis sillas rodeando la mesa, y en su centro, elevándose sobre el blanco como un árbol en la nieve, hay un trono de madera tallada.

Por ahora, el trono está vacío. Pero en el umbral tras el estrado emerge un grupo de figuras. Tres chicos al principio, el más joven no mayor de doce años, todos vestidos con un dolmán verde esmeralda. Uno tiene el cabello escarchado de los norteños, y parece tan nervioso como un cervatillo albino resbalando bajo la mirada de un cazador. Otro tiene el cabello castaño como el mío, curvado frenéticamente alrededor de sus orejas demasiado grandes. El último tiene el cabello del color de la madera de haya, salpicado de mechas de un castaño más oscuro. Son los jóvenes hijos bastardos del rey, todos nacidos de madres distintas.

Nándor entra tras ellos y todos los invitados se ponen en pie tan rápido que trastabillan y tropiezan, como una bandada de pájaros enjoyados, graznando sus bendiciones y oraciones. Lleva un dolmán marfil y oro, y me pregunto si se lo ha puesto después de haberse quitado la sangre de mi padre de las manos.

No me permito pensar en Gáspár, pero atraviesa el arco el último, con la cabeza gacha y el ojo siguiendo un sendero invisible hacia el estrado. Lleva el dolmán negro abotonado hasta la línea de su mandíbula, ocultando el moretón que le hice en el cuello. Toma siento en la última silla, la más alejada del trono, junto al joven del cabello de madera de haya, y dedica a su hermano menor una sonrisa amable que me roba el aliento de los pulmones.

Quiero que levante la mirada y me encuentre entre la multitud, con el hacha de Lajos en mi espalda. No me atrevo a emitir un sonido, pero lo miro como si pudiera conseguir que él también me mirara, que viera lo que ha hecho su cobardía.

Lajos me empuja hasta una esquina de la estancia, donde estoy casi oculta detrás de un candelabro de hierro forjado. Me pregunto de nuevo si mi madre habrá estado en este mismo punto del gran salón del rey, con las rodillas temblorosas mientras esperaba a morir. La idea atraviesa mi mente como el viento azotando la solapa de una tienda, dejándome destrozada y en jirones.

Parpadeo furiosamente, deseando llorar y ser consolada (aceptaría incluso el superficial consuelo de Virág, sus seis dedos acariciándome con brusquedad el cabello), pero no dejaré que estos patricios me vean llorar.

Nándor se pone en pie y las carcajadas de los invitados se silencian de inmediato, como una vela siendo extinguida.

—Ahora llega nuestro rey —dice—. El heredero al trono de Ave István, jefe de la Tribu del Halcón Blanco y de todas sus tierras, bendito por la mano amable del Prinkepatrios. Arrodillaos ante él y ante vuestro dios. *Király és szentség.*

—*Király és szentség* —murmuran los invitados, y después se ponen de rodillas.

He pasado toda mi vida odiando al rey con tanta ferocidad, tan a ciegas, que cuando por fin lo veo no sé qué pensar o cómo sentirme. No podría haber sido tan monstruoso como en mi imaginación, porque incluso los peores monstruos, como los dragones, tienen aspecto de hombres. El rey János no es alto ni bajo, gordo ni flaco. Tiene el aspecto de un hombre que se ha dejado larga su barba gris con el propósito concreto de esconder una mandíbula débil. Lleva un dolmán de exquisito oro, y sobre el mismo un mente de terciopelo con el cuello de pelo y unas mangas que caen hasta el suelo de piedra.

Casi no me fijo en su corona. Es curiosa, inusualmente torcida, con un color desvaído entre el amarillo y el blanco. No es la gran corona que había imaginado, terminada con piedras preciosas. Está formada por un millar de fragmentos diminutos unidos, y no sé qué son hasta que me miro la mano con la que agarro el dobladillo de mi túnica demasiado pequeña.

El rey János lleva una corona de uñas.

Bajo la gasa de la luz de las velas, miro las uñas de la corona del rey. Hay astillas diminutas de sangre entre cada una de ellas, donde el hueso se despegó de la carne. Intentó encontrar las uñas de mi madre entre ellas, pero está demasiado oscuro y ya he olvidado cómo eran sus manos, y mucho más sus uñas. ¿Eran largas y elegantes, como las de Katalin? ¿Cortas y mordidas, como las mías? ¿Esperaron a quitarles las uñas hasta después de matarlas, o se las arrancaron mientras seguían vivas, desvainándolas como si fueran caparazones de insecto, para poder oírlas llorar?

El rey János levanta la mano, sus dedos nudosos con anillos dorados. En las frías velas que bordean las mesas florece una llama, los pábilos se encogen y ennegrecen. Un murmullo se eleva entre los invitados, algo apreciativo pero contenido, como un guerrero admirando la matanza especialmente horrible de un compatriota. El rey une las manos, sus anillos repiquetean, y cuchillos y tenedores y cucharas destellan sobre las mesas ante nosotros, una cubertería de plata que brilla tanto como espadas.

Está *forjando*.

Nunca he visto hacerlo a un Leñador, y de los labios del rey no sale ni el susurro de una oración. Los ojos de los invitados refulgen, como presas en la entrada de sus madrigueras.

La estancia empieza a reducirse, la luz de las velas gira como un molinillo en mi visión oscurecida. Mi corazón late como el pulso de la sangre tras una magulladura. Intento contar cuántas mujeres lobo se ha llevado de Keszi. Una cada dos o tres años, durante todos los años que János ha sido rey. Un total de doce chicas, sin incluirme.

Doce chicas. Diez uñas cada una. ¿Son suficientes para enlosar la corona de huesos del rey János? ¿Son suficientes para arrancar la magia de la piel fría de sus víctimas y darle al rey el poder que ansía?

El rey toma asiento y tose en la lujosa manga de su mente.

—Ahora —dice con voz flemática, cuando termina—, que pasen los condes.

Me pongo de puntillas, todavía notando la presión del hacha de Lajos contra mis omoplatos, y espero ver más hombres envueltos en seda y terciopelo. Pero el primer hombre que entra está vestido con sencillez, con una túnica marrón de pagano y una capa de lana. El reconocimiento da paso a un terrible dolor, como el primer mordisco de una manzana antes de notar el cuajo de putrefacción. Lleva un gran tocado de cuernos, y a su lado dos hombres conducen a un enorme venado, con los cuernos serrados hasta ser dos tristes protuberancias. El ciervo se tensa contra sus ataduras; tiene el pelo apelmazado por la sangre, allí donde la cuerda lo ha cortado.

Se me inunda el estómago de hielo. Szarvasvár fue en el pasado la tierra de la Tribu del Ciervo, y su conde es el tataranieto del último jefe tribal. Ahora va vestido justo así, a pesar de todas las leyes que prohíben la adoración de nuestros dioses.

Llevan al ciervo ante el estrado, ante el rey. Sus ojos son dos estanques gemelos que contienen la luz de las velas, negros como una noche de luna nueva. Un Leñador al que le falta una oreja se aparta de la pared, con el hacha levantada.

La sangre traza un arco sobre el mantel blanco, fallando por poco al propio rey. Besa la manga del dolmán de Nándor, como una servilleta mojada en vino. Cuando el ciervo se desploma, los invitados cobran vida de nuevo, como una balanza desequilibrada y después ajustada con el peso de una segunda piedra idéntica. Su aprobación agita el aire.

El Leñador arrastra el ciervo lejos del estrado. Me arden los ojos, me arde la garganta, y entonces se acerca el siguiente hombre, el conde de Kaleva, vestido con una capa de oso negra y escoltado por una pobre criatura afeitada que podría ser el hermano o la hermana de Bierdna. El oso emite sus graznidos broncos, frenéticos y desesperados, y lucha hasta que el Leñador baja su hacha e incluso después, contra la sangre que lo ahoga y la convulsión de sus extremidades.

El conde de Farkasvár es el siguiente. Conozco su rostro sin haberlo visto antes, ya que está envuelto en una capa de lobo rojiza. Apenas puedo mirar al perro afeitado y gimoteante que los soldados arrastran tras él, a la criatura que ningún hombre con ojos podría llamar «lobo». Agita su cola calva, apretando los dientes contra el bozal de cuero.

He visto morir a muchos animales. Los he matado yo misma, pájaros y conejos, y los malvados y siseantes tejones con sus rostros pintados de blanco que tienen la audacia de robar la verdura de nuestras despensas de invierno. He visto morir a un hombre, he visto cómo se escurría la luz de sus ojos dementes y maníacos. No puedo mirar esto. Cierro los ojos con fuerza, pero cuando lo hago, Lajos me da un golpe seco en la espalda y me agarra la cabeza con la mano para girarme la cara hacia el estrado.

El lobo muere aullando. A estas alturas, el suelo está tan empapado de sangre que sé que alguna criada tardará un día y medio en limpiarlo, fregando de rodillas hasta que sus palmas estén también empapadas. Intento mirar a Gáspár, pero él está observando su copa, su plato vacío. Tiene una mano sobre los ojos de su hermano pequeño.

Aunque sé lo que vendrá a continuación, tengo que levantar la mano y morderme los nudillos para evitar gritar. El conde de Akosvár entra con una capa de plumas blancas en las que se refleja la luz de las velas. Él mismo lleva la jaula dorada, en cuyo interior está el halcón desplumado, tembloroso y escuálido, como si fuera la cena de alguien. Sollozo contra mi palma, probando mi piel mojada en sal.

El conde de Akosvár no es el verdadero descendiente de la Tribu del Halcón Blanco. Casi nadie recuerda que San István nació con un nombre pagano (que ahora ha sido eliminado de los libros y almanaques y que la ley régyar prohíbe pronunciar en voz alta), o que su abuelo, un pagano, era el jefe de su tribu.

El rey se aclara la garganta pero no habla, solo asiente.

Nándor observa la escena con los ojos brillantes y vidriosos. Están bordeados de un azul incluso más pálido, como la escarcha solidificándose alrededor del marco de una ventana. Toma un cuchillo de la mesa, el que el rey ha forjado hace apenas unos minutos, y baja con ligereza del estrado. El halcón agita sus alas calvas, graznando con voz ronca. Nándor mete el cuchillo a través de los barrotes de la jaula y lo retuerce en el pecho desnudo del ave.

El halcón muere despacio, formando un charco rosa en el suelo de su jaula como un pájaro recién nacido en su nido, pequeño de nuevo en la muerte. Las lágrimas bajan por mis mejillas. Nándor tira el cuchillo al suelo, donde traquetea contra la piedra resbaladiza por la sangre. Levanta su barbilla al cielo y al Supramundo.

—Que las viejas costumbres mueran —dice—, y los falsos dioses con ellas.

CAPÍTULO QUINCE

Entre los murmullos de aprobación y las oraciones lacrimosas, Nándor se gira y clava sus ojos en mí. Son aterradores, con sus dos tonos de azul, pálidos y tan brillantes como el cuarzo destellando en la entrada de una cueva, como si el hielo nunca lo hubiera abandonado. Lajos me da un violento empujón con el hacha y caigo delante del estrado, delante de Nándor, de rodillas. Las voces susurran en mi periferia, tan nasales e inadvertidas como alas de insectos. Intento extraer una palabra, una frase, algo lo bastante pequeño para morderlo. *Monstruo*, una mujer con una cofia blanca. *Pagana*, un hombre con un dolmán gris humo. Una docena más: *justicia, justicia, justicia*. El Padre Muerte me abrirá como un cuervo en la mesa de trabajo de un augur.

—Tu pueblo clama justicia —dice Nándor, mirando a su padre—. ¿Cómo responderás?

El rey lo mira un instante. Pero, en lugar de asentir, dice:

—Ven aquí, hijo mío.

Con los hombros relajados, Nándor regresa a su lugar en la mesa, pero capto un puchero en la comisura de su boca, casi una mueca. Acaricia con el dedo el borde de su plato vacío. Recuerdo que Gáspár dijo que Nándor se enfrentaría a su padre en el banquete de San Ist007án, y me descubro midiendo la distancia entre la mano del príncipe y su cuchillo. No es que eso importe mucho: estaré muerta antes de ser testigo de la caída de cualquier monarca.

—Gáspár ha traído a esta mujer lobo en un largo viaje desde Keszi —dice el rey. Se detiene, para secarse las gotas de sudor de la frente—. No es vidente, me han dicho, pero podría ser fuerte en alguna de las otras tres habilidades. Algunas de las uñas de la corona del rey se están agrietando, amarilleando. Con el tiempo, se desmoronarán, y necesitaré los cuerpos calientes de otras mujeres lobo.

—Padre... —comienza Nándor, pero el rey levanta la mano.

—Traedme un trozo de carbón y algunas ramitas —dice el rey.

El Leñador al que le falta la oreja desaparece un momento y después vuelve cargado de carbón y madera. Ahora me doy cuenta de que es el mismo Leñador de antes, el que habló con Gáspár: Ferenc. Deja la leña ante mí, frunciendo el ceño, y después me agarra la mano y me la abre para ponerme el carbón contra la palma. La aversión talla profundos surcos en sus mejillas y en su frente.

—Bien. —El rey János se levanta y me mira con un parpadeo—. Ahora muéstrame la magia que tus dioses te han concedido. Enciende un fuego con esta madera.

El rey tiene los ojos castaños, no azules, y su cara es casi tan fea y vieja como la de Virág, pero juraría que en este momento se parece a Katalin, haciendo que la muerte se cierna sobre mi cabeza mientras me pide un imposible.

Tomo uno de los trozos de madera y paso el dedo por su astillada longitud. Lo hago dos veces, tres veces, hasta que el rey emite un sonido de disgusto y niega con la cabeza.

—No es fogonera, evidentemente —dice—. Entonces toma ese carbón, mujer lobo, y conviértelo en hierro o en plata.

Todavía tengo el carbón en mi mano de cuatro dedos, ennegreciendo los riachuelos de mi palma. El rey János ha visto la magia pagana antes: ha sido testigo de la sumisión de una docena de mujeres lobo, como ganado en una subasta, retorciéndose para demostrar el valor de sus muertes. Y por eso empiezo a cantar, en voz baja, apenas lo suficientemente alto para que mis palabras lleguen hasta la larga mesa del rey.

Primero llegó el rey István, con su capa blanca como una
  calavera.
Después su hijo, Tódor, hizo que el norte resplandeciera.
Más tarde llegó Géza, con la barba larga y gris de un vejete.
Y, por último, el rey János...
Y su hijo, Fekete.

Miro a Gáspár mientras canto, sin apartar mis ojos, desafiándolo a que deje de mirarme. Tiene el brazo alrededor de los hombros de su hermano menor, el puño agarrando la tela del dolmán verde del muchacho. No hay subterfugios en su rostro, ninguna máscara de cortés indiferencia. En su ojo brilla la angustia, pero no dice nada. Cuando yo muera, me pregunto si pensará en cómo me besó el cuello, si recordará que recorrió suavemente con los labios la misma piel que ha florecido bajo la hoja de su padre.

Termino la canción y el carbón sigue tiznado y negro.

—No tiene talento para la forja —murmura el rey—. Bueno, quizá seas una sanadora. Leñador, ven aquí.

Hace un ademán a Lajos, que se ha aplastado contra la pared, como si fuera una sombra. El Leñador avanza y hace una reverencia lenta y muda ante el rey.

—Su cara —dice el rey.

Creo que voy a vomitar mientras presiono la mano manchada de negro contra la mejilla de Lajos, contra el cruento resto de su nariz, la cicatriz que parte su frente en dos. Mientras, Lajos respira como un toro furioso, tragando saliva y con las manos cerradas con fuerza, sin duda deseando poder rodearme el cuello con ellas.

Pero no se eleva ningún músculo nuevo para completar su nariz; no hay piel nueva extendiéndose sobre los riscos de su retorcida cicatriz. Lajos se aparta de mí, escupiendo y resollando, y yo caigo sobre mis talones, tambaleándome delante de todos los invitados patricios.

El rey inhala bruscamente.

—¿Cuál *es* tu magia, mujer lobo?

—¿Qué más da? —Tengo la voz ronca e inútil—. Vas a matarme de todos modos.

Un murmullo esperanzado atraviesa la multitud. Quieren verme sacrificada como un ciervo, una rapaz, un lobo. Una mujer.

—No puedo permitir que esta estafa de los paganos quede sin castigo —dice el rey János—. Keszi me prometió una vidente, y en lugar de eso me han entregado una cosa vacía. ¿Preferirías que me vengara sobre tu aldea?

Murmullos de aprobación de nuevo. Nándor se inclina hacia adelante en su asiento, y sus ojos se mueven como el agua bajo el hielo.

Casi me río. Recuerdo a Gáspár amenazándome con eso mismo, en la orilla del Lago Negro, cuando se cayeron nuestras máscaras. Si no consigo otra cosa, al menos lograré que hable antes de morir.

—¿Te lo dijo tu hijo? —le pregunto—. ¿Fue él quien te contó que no soy vidente?

—Mi hijo... —El rey dirige su mirada aletargada a Gáspár, y después me habla mientras lo mira—. Mi hijo tiene toda la sabiduría de Géza, y nada del ardor de István.

Géza fue el padre del rey, que murió joven y enfermo y es recordado por poco más que eso. A pesar de todo, las palabras del rey me hieren, un dolor fantasma y mutilado. Gáspár traga saliva, y creo que por fin abrirá la boca, pero solo mira su plato.

La traición me lancea la herida, haciéndola añicos como si fuera cristal. Nándor gira la cabeza.

—Padre, es una mujer lobo —dice, con un toque de petulancia—. Si se niega a arrepentirse ante el único Dios y a renunciar a sus falsos dioses, mátala y demuestra que el clamor de justicia del pueblo no ha pasado inadvertido. Es una gran afrenta para la memoria del rey István acoger a una pagana aquí, en el mismo palacio que él construyó, el día de su onomástico.

Su voz se alza y atipla justo al final, invocando susurros renovados entre los asistentes. *Justicia, justicia, justicia.*

El rey se mueve ligeramente, como si intentara enderezar algo en su interior que estuviera a punto de volcarse.

—¿Es cierto, mujer lobo, que no posees magia?

«Sí» y «no» me condenarán, así que no digo nada.

El rey János se gira hacia Gáspár.

—¿Alguna vez has visto a esta chica utilizando la magia? Dijiste que no podía ver el futuro, pero ¿está tan vacía como aparenta?

Gáspár aprieta la mandíbula. Conozco esa expresión suya, ese miserable esfuerzo, como un perro sin dientes dándose cuenta de la inutilidad de su mordisco. Puede que esté sentado a la mesa del rey, pero apenas tiene más poder aquí que yo. Pienso, con una oleada de traidora y condenada ternura tan repentina que me asusta, en la tranquilidad con la que está mirando al hombre que le sacó el ojo.

—Padre —dice, la palabra cargada de una súplica muda—, hay otros modos…

—Basta —lo interrumpe Nándor—. Mi bondadoso e indeciso hermano se ha acercado demasiado a los paganos en el tiempo que ha pasado fuera, y su buen juicio está por tanto comprometido. La memoria del rey István debería ser suficiente para guiar tu espada, por no mencionar la voluntad de tus súbditos, de tu pueblo. La mujer lobo debe morir.

Los invitados ronronean su aprobación, y en este momento los odio tanto que apenas puedo respirar, los odio más de lo que nunca he odiado a los monstruosos Leñadores. Pueden verme aquí, ver lo lastimeramente humana que soy, no menos humana que ellos, y aun así salivan pensando en mi muerte. Nunca había deseado tanto gritarle a Gáspár, furiosa con su estúpida nobleza, con su impotente sabiduría, con su deseo de salvar a su gente de

Nándor. Si Nándor es de verdad el rey que anhelan, sin duda es el rey que se merecen.

Puede que yo sea igual de tonta por desear salvar a Keszi. Quizá, incluso ahora, siga comiendo de las manos que me han golpeado.

El rey János tiene la mirada perdida en un punto a media distancia, los ojos vidriosos.

—Traedme mi espada —dice.

Me pongo en pie, pero Lajos y Ferenc están a mi espalda al instante, con las hachas preparadas. Es Nándor quien baja del estrado para recuperar la espada del rey, una cosa enorme y pesada con la empuñadura esmaltada. Su funda tiene grabada una elaborada tracería de hojas y viñas que al principio confundo con una espiral de cien víboras devorándose unas a otras. Espinas rodean el blasón de la casa del rey. Nándor pone la espada en las manos de su padre.

—Padre… —comienza Gáspár, levantándose de su asiento. Rápido como un látigo, Nándor también se levanta, con uno de los cuchillos forjados por el rey en la mano. Bajo la línea de la mesa, donde apenas puedo ver su brillo, presiona la hoja contra el interior de la muñeca de Gáspár.

—Ningún verdadero heredero de San István se levantaría para evitar la muerte de una pagana bajo su espada sagrada —dice Nándor en voz baja.

El corazón me late con fuerza, la bilis se eleva en mi garganta. Pienso en correr, pero mis músculos se paralizan como si me hubiera zambullido en las frígidas aguas de nuevo y el hielo se hubiera cerrado sobre mi cabeza. Pienso en gritar, pero mis labios solo consiguen separarse en silencio mientras el sudor me enfría la frente. Pienso en usar mi magia, pero apenas noto mis manos y el dolor fantasma ha desaparecido. Pienso en morir al menos como una auténtica mujer lobo, gruñendo y echando espuma por la boca, pero ya hay varias hachas amontonadas en mi espalda.

—Yo —comienza el rey, y después tiene que detenerse para exhalar temblorosamente—, el rey János, de la casa Bárány, jefe de la tribu de Akosvár, heredero al trono de San István y regente de Régország, te condeno a muerte.

No estaba ni la mitad de aterrada cuando los Leñadores me apresaron, cuando Peti se lanzó sobre mí o cuando vi la capa de mi madre desapareciendo en la boca del bosque. Y entonces otra cosa acuchilla el miedo, brillante como un rayo de sol. No es más que el instinto animal, el deseo de vivir más feroz y crudo. La espada del rey se precipita sobre mí y levanto mi mano de cuatro dedos, con los hilos negros haciendo un nudo corredizo alrededor de mi muñeca.

La hoja se detiene contra la punta de mi dedo, tallando el corte más nimio en el que florece una única gota de sangre, roja como una nariz sonrosada por el verano. Mientras la hoja está ahí, en ese momento suspendido, comienza a oxidarse: el acero pierde su lustro y adquiere el tono mate y granulado del ámbar antes de descascarillarse y desaparecer.

La empuñadura roma de la espada del rey repiquetea contra el suelo.

—Tú, mujer lobo —susurra—. ¿Qué eres?

—Tú lo has dicho. Una mujer lobo.

Avanzo, demasiado rápido para que los aturdidos Leñadores me sigan, y antes de que ninguno de ellos piense en matarme, cierro la mano alrededor de la muñeca del rey. Su carne está seca y apergaminada, sin cicatrices. Dejo que mi magia escape de debajo de mi piel para arañar la suya: solo una pequeña herida, pero suficiente para hacerlo gritar.

—No lo hagas —resuella el rey—. Mis soldados te matarán, aunque yo muera.

—Moriré de todos modos —contesto—, pero lo haré persiguiéndote fuera de este mundo, porque te mataré primero.

El rey János traga saliva. Se parece al perfil de mi moneda, si esta fuera lanzada a la forja de nuevo; los planos de su rostro se ondulan y su mandíbula pierde fuerza bajo el fundente calor, su frente se arruga como una fruta podrida. Imagino qué sentiría si dejara que mi magia trepara hasta su garganta, ampollando toda la piel de su cuerpo, si lo viera caer al suelo como los animales a los que ha ordenado matar.

El rey sabe que podría matarlo. Sé que moriré, si lo hago. Una balanza sopesa estas ideas, inclinándose entre dos deseos iguales: ambos queremos vivir.

—Quizá —dice el rey, en voz baja, levantando la mano para detener a los Leñadores que se amontonan sobre mí— ninguno de nosotros tenga que morir hoy.

Nándor emite un sonido estrangulado, como si no pudiera pronunciar una sola palabra.

No aflojo la mano.

—¿Qué me ofrecerás a cambio de tu vida?

—La seguridad de tu aldea —me dice el rey—. Ningún solda-do mío marchará contra Keszi.

—No es suficiente. —Tengo el estómago agitado, revuelto con este recién encontrado y no comprobado poder. Ahora yo soy la guardiana del destino de Keszi—. Quiero que liberes a Zsigmond, ileso.

—¿A quién?

—Zsidó Zsigmond —repito—. Un hombre yehuli al que Nán-dor sometió a juicio y encarceló injustamente. Debes liberarlo y prometer que nadie intentará dañar a los yehuli de tu ciudad.

—Ya he emitido edictos prohibiendo la violencia contra los yehuli en Király Szek.

—Es evidente que no son suficientes —le espeto, enrojeciendo de furia—. No con tu propio hijo socavándolos.

El rey cierra los ojos un instante. Sus párpados son tan finos como la piel de cebolla; puedo ver sus pupilas girando debajo. Después los abre de nuevo.

—Liberaré a ese yehuli y haré lo que esté en mi mano para proteger a los yehuli de esta ciudad. Pero ahora tú debes ofrecer-me algo. Supongo que no puedo convencerte para que me entre-gues tus uñas.

—No —le digo. La repulsa hace que me duela el estómago. Pienso en Nándor, en sus dedos cada vez más cerca del cuchillo. Pienso en lo que Gáspár me dijo, aquella primera noche junto al Lago Negro. *Ansía el poder más que la pureza, y quiere encontrar un modo de ganar la guerra.* Pienso en mi padre, empapado hasta las rodillas en sangre de cerdo. Pienso, durante el más breve instante, en Katalin, en su rostro teñido de azul por la luz de su llama. *Esto demostrará que tenía razón*—. Pero puedo entregarte mi poder. Mi magia.

La confusión se agrupa como nubes oscuras en la frente del rey, y después la comprensión amanece en él tan brillante como el día.

—Jurarás lealtad a la Corona.

—Sí. —El bramido de la sangre en mis oídos es tan fuerte que apenas me oigo pronunciar la palabra—. Mi poder será tuyo, siempre que mantengas tu parte del trato.

—Juro por el Prinkepatrios, el único y todopoderoso Dios, que mientras estés a mi servicio, ni Keszi ni el hombre yehuli, Zsigmond, recibirán daño alguno—. El brazo del rey János tiembla bajo mi mano—. ¿Cuál es tu nombre, mujer lobo?

Recuerdo que Gáspár me preguntó lo mismo, mientras el agua del lago nos lamía las botas. Diciéndoselo al rey me siento como si le estuviera entregando algo frágil y valioso, como mi propia lengua cortada.

—Évike —le digo—. Me llamo Évike.

El rey baja la cabeza, tragándose mi nombre de un bocado.

—Évike de Keszi, ¿juras proteger la Corona de Régország? ¿Ser mi espada cuando no tenga ninguna, y hablar con mi voz cuando yo no pueda hacerlo?

—Sí. —Me sorprende la facilidad con la que la promesa abandona mis labios, como un ascua escapando de una chimenea—. Lo juro.

—Para que sea una auténtica promesa patricia, debes arrodillarte.

Echo una mirada a Lajos, cuyos ojos están quemándome la espalda.

—Aleja a tus perros primero.

—Retiraos —ordena el rey a los Leñadores.

Muy despacio, Lajos baja su hoja. A su lado, Ferenc hace lo mismo, pero puedo oírlo murmurando algo que suena como una maldición, algo cercano a la traición.

Relajo mi mano en la muñeca del rey y los hilos de Ördög se aflojan. Tiene la piel resbaladiza y roja allí donde yo lo había agarrado, con cuatro quemaduras con la longitud y la amplitud de mis dedos. Manteniendo un ojo en el rey y el otro en los Leñadores a mi espalda, me arrodillo.

—Padre, esto es una locura —oigo decir a Nándor, palabras deslizadas a través de sus blancos dientes apretados. Hay murmullos de acuerdo entre los invitados, demasiado boquiabiertos para hablar.

El rey se encorva para recoger la empuñadura esmaltada de su espada y sus largas mangas se encharcan sobre el suelo de piedra. Cierra los ojos y otra hoja cobra vida con un destello, saliendo disparada de la empuñadura como un árbol elevándose hacia el sol. Me pregunto qué pensaría Virág si viera al despreciable rey lleno de magia pagana. Me pregunto qué pensaría si me viera a mí, con los hombros encorvados bajo su espada. No debería sorprenderla. Si algo me ha enseñado, es a arrodillarme.

El rey János posa su espada en cada uno de mis hombros, uno tras otro. Apenas siento su presión. Lo único que siento es la estabilización de mis latidos, como una rueda cayendo en su surco. Me enviaron con los Leñadores, pero he sobrevivido. He llegado a la capital, pero no me he enfrentado al destino de mi madre. Estoy viva a pesar de todos los que me deseaban muerta, paganos y patricios por igual. Me siento como si hubiera salido reptando de algún abismo negro, con los ojos brillantes y salvajes cuando la luz los llena por primera vez. El peso de su odio me abandona como una capa suelta. Aquí, en la capital, sus palabras y sus latigazos no pueden alcanzarme, y soy yo la que mantiene a los lobos alejados de la puerta de Keszi. A pesar de la promesa que me ata al rey, mi vida me parece más mía que nunca. Mía para usarla como considere adecuado, y mía para perderla absurdamente, si es lo que deseo.

Gáspár me mira con el rostro pálido y afligido, pero ya debería importarle lo que haga. Nándor se levanta de su asiento y camina por el salón, con paso rápido sobre la fría piedra. Cuando me levanto de nuevo, apenas puedo oír los lamentos de los patricios.

Lajos me lleva de nuevo al calabozo, donde tienen a mi padre.

Recupero mi capa de lobo de mi antigua celda, pero no me la pongo; está mojada y sucia, los dientes de lobo ennegrecidos como si se hubieran manchado de hollín. No me parece adecuado ponérmela después de lo que he hecho, como si fuera un vestido o una túnica que me hubiera quedado pequeña. Me la echo sobre el brazo; la cabeza de lobo cuelga, flácida, y sus ojos están especialmente vidriosos. Nadie me detiene mientras entro y salgo de las celdas. Lajos no levanta una mano. Mi promesa al rey me protege, pero algo es aún mejor que eso: la demostración de mi magia lo ha asustado. Podría convertir su hacha en nada solo con tocarla. Me observa como si fuera una carpa al final del sedal de un pescador, boquiabierto, y se sobresalta siempre que hago un movimiento abrupto. Tiene el aspecto que siempre he querido que tuvieran los Leñadores: asustado. Lajos parece casi suficientemente mayor para haberse llevado a mi madre.

Mi padre está en la última celda, a una gran distancia de la mía. Quizás estuvo ahí toda la noche, igual que yo, los dos acurrucados como moluscos contra el suelo húmedo y sucio, simetrías ajenas la una de la otra. La idea me hiela y me calienta la sangre en igual medida. Un mal recuerdo compartido entre dos personas contiene solo la mitad del dolor. Ahora, mi padre está sentado en el fondo de su celda, a la izquierda, con las piernas cruzadas por los tobillos y el rostro levantado hacia el techo húmedo. Cuando Lajos abre la puerta, no se apresura a ponerse en pie. Solo me mira, con extrañeza, y parpadea.

Al observarlo ahora, a pesar de la tenue luz de la antorcha, veo sus rasgos mejor que en el patio. Sus ojos son de un castaño cálido, perspicaces y brillantes; captan la poca luz que hay aquí y la mantienen. Su nariz es orgullosa y casi regia y pienso que sería un buen perfil en una moneda, entre eso y el obstinado triángulo de su barbilla. Tiene los labios finos y tersos. Su cabello está muy encanecido, lo que me decepciona, pues esperaba descubrir si tenía el mismo tono castaño que el mío. Mi mirada inquisitiva parece enervarlo, y eleva los hombros hasta sus orejas.

—¿Quién eres? —me pregunta.

De repente, se me queda la boca tan seca como el algodón. No se me ocurre qué responderle, así que busco mi moneda en el bolsillo de mi capa de lobo y se la enseño con los dedos temblorosos.

Zsigmond se pone en pie, tambaleándose. Cuando llega hasta mí, toma la moneda con tal delicadeza que ni siquiera se rozan las almohadillas de nuestros pulgares. Intento no sentirme decepcionada por su obstinada desconfianza. Me mira con un ojo, y con el otro examina la moneda a la escasa luz de la antorcha.

—¿Dónde has conseguido esto? —me pregunta al final.

—Tú me la diste. —Mi voz no tiene ni la mitad de la seguridad que quiero que tenga. Me pregunto si me creerá—. Bueno, tú se la diste a mi madre, y después ella me la dio a mí.

—¿Eres hija de Rákhel?

Un nombre que no reconozco, una mujer a la que no conozco. Se me vacía el estómago.

—No. Soy tu hija.

Zsigmond me mira, larga y duramente. No es mucho más alto que yo y puedo ver una vena azul latiendo en su sien mientras me contempla, lo que me recuerda, con amarga sorpresa, a Virág. Alejo la idea de mi mente. Él une sus cejas pobladas.

—No es posible —me dice—. Tuve una hija, es cierto, pero...

—No murió —susurro—. Los Leñadores vinieron a por Magda y se la llevaron, pero Virág... Ella me salvó.

—¿Virág?

Parpadeo, desconcertada porque se haya quedado con su nombre, porque *esa* sea la parte de mi historia con la que se ha quedado.

—Sí, la vidente. Tenía el cabello blanco y doce dedos.

Cuando tenía doce o trece años, decidí odiarlo, al padre sin rostro que me había maldecido con su linaje forastero, y me inventé una historia en mi cabeza de que no había intentado detener a los Leñadores, porque era un esclavo yehuli del rey y todo eso. Si Virág hubiera conseguido inculcarme sus supersticiones, habría creído que un dios embaucador había decidido castigarme por mis perversos pensamientos, y que ahora Zsigmond solo me verá como una chica sin rostro, nunca como su hija. Aquella justicia burlona está hilvanada en todas las historias de Virág. Aun así, me siento miserable y culpable, sobre todo cuando el rostro de Zsigmond se arruga como el pañuelo usado de alguien.

—Évike —dice—. Ahora lo recuerdo. Te llamamos Évike.

Quiero que diga algo como *le dije a tu madre que me encantaba ese nombre y sus tres sílabas fuertes*, pero no lo hace. Frunce el ceño, y le tiembla la barbilla.

Debería preguntarle por mi madre. Quiero saber si nuestros recuerdos encajan, como la luna y su reflejo en la oscura superficie de un lago, pero no lo hago. Una pregunta egoísta se eleva hasta mis labios.

—¿Por qué no volviste?

Zsigmond me mira, pero sus dedos se tensan alrededor de la moneda.

—Creí que estabas muerta. Que te habían apresado junto con Magda o...

Ni siquiera puede decirlo. ¿No ha pensado las palabras lo bastante para saber cómo pronunciarlas en voz baja, no ha reproducido la

escena de mi supuesta muerte en el interior de sus párpados durante años y años, siempre que se tumbaba para dormir? Me arde
la garganta.

—No. Estoy aquí. —Miro su puño cerrado—. Mi madre siempre me dijo que tú mismo acuñaste esa moneda. ¿Lo hiciste?

—Sí —me contesta Zsigmond. Algo parecido al alivio atraviesa su rostro—. Mi padre era orfebre y me enseñó el arte. Trabajé
para la tesorería del rey, creando un nuevo diseño para las monedas con su imagen. Esta moneda fue uno de los primeros modelos,
pero nunca circuló. No les gustaba que tuviera un texto en yehuli,
por supuesto, aunque trabajé en el torno durante horas. Esta debe
ser la única que existe ya. El resto se fundió y se usó en el molde de
la moneda arany definitiva del rey.

El hilo de amargura en su voz me tranquiliza más que ninguna otra cosa. Estoy casi dispuesta a olvidar nuestros rasgos distintos, que no haya reaccionado abrazándome. Habla con la
misma indignación con la que lo haría yo, con la misma acritud,
y sin deferencia sumisa. Creo que Katalin se equivocaba sobre
los yehuli.

Mientras habla, veo que se frota el hombro izquierdo y hace
una mueca. Un moretón asoma bajo el cuello de su camisa, y se me
forma un nudo en el estómago.

—¿Qué te hizo Nándor?

—Nada peor de lo que ha hecho a otros —me responde, con
rapidez y los ojos entornados—. Le gusta hacer su trabajo en
Shabbos, o en el resto de nuestros días sagrados.

Casi me me río cuando llama a eso el *trabajo* de Nándor; es
muy amargo y humilde, en nada parecido al portento dramático
de Virág, a sus augurios sombríos. Quiero imaginar que solo ne-
garía con la cabeza y pondría los ojos en blanco ante el dramatismo de la anciana, como lo hacía yo siempre.

—Espero que no hayas tenido que hacer nada demasiado terrible para conseguir mi libertad —continúa Zsigmond, mirándome
a los ojos.

—Solo jurar lealtad al rey —respondo, ofreciéndole una sonrisa débil. Katalin sonreiría para siempre si me oyera decirlo, sabiendo que he demostrado que tenía razón; Virág enfurecería y levantaría su látigo, consternada porque he demostrado que se equivocaba. Zsigmond asiente con vigor, ni decepcionado ni sorprendido, y después me pone una mano vacilante en el brazo.

Su roce se come algunos de mis miedos más antiguos, estrechando la distancia entre sus rasgos y los míos. Durante mucho tiempo he creído que nuestro parecido imaginario es la razón por la que tengo el aspecto que tengo: baja y recia, con un pelo que se enmarañaba alrededor de los dientes del peine de hueso de Virág, con unos ojos pequeños y entornados que se humedecían en cualquier clima, y una nariz que siempre pica. Me avergonzaba la caída de mis senos, la amplitud de mis hombros. Quería lanzar a mi padre contra sus palabras horribles, su existencia y nuestra sangre compartida como justificación, como escudo. Ahora nada de eso importa de todos modos. Estoy a kilómetros de Keszi, y la mano de mi padre me rodea el codo.

El silencio empieza a deslizarse entre nosotros. Zsigmond me suelta el brazo. Desesperada por llenar el mutismo, por mantenerlo aquí, le pregunto:

—¿Qué dice la moneda?

Zsigmond arruga la frente.

—¿No sabes leer nuestro idioma?

Lo dice como si nada, con curiosidad, y sé que no pretendía hacerme daño pero lo hace de todos modos, porque es la prueba de que no me conoce lo suficiente para saber qué sé y qué no. Qué me dolerá y qué no lo hará. Trago saliva e intento no revelar que me ha dolido.

—No —le digo, negando con la cabeza—. En Keszi nadie sabe leer.

—¿Ni siquiera régyar, o régyar antiguo?

Niego con la cabeza una vez más.

—Bueno —dice después de un momento—. Király Szek no será un lugar fácil para ti.

No me he permitido pensar a tan largo plazo. He estado tan preocupada por mi repentina libertad que todavía no he imaginado sus consecuencias. De repente, veo mi vida extendiéndose ante mí como un camino en la oscuridad, bordeado de miles de árboles negros y, entre ellos, muchos febriles ojos amarillos. Király Szek también está lleno de monstruos, y todos parecen hombres. No podré reconocerlos hasta que sus manos estén en mi garganta.

—Los símbolos yehuli... —comienzo.

—Sí, es nuestro alfabeto —dice, rescatándome de mi incoherencia. Su mirada es amable, su voz baja, y me permito creer que con *nuestro* se refería solo a nosotros dos, aquí en el calabozo, juntos. Gira la moneda de nuevo hasta donde están las letras yehuli, cuatro de ellas—. Esta palabra significa «verdad», *emet*. Describe las cosas que son, la existencia. Y esto —presiona la moneda en mi palma y después pone el pulgar sobre una de las letras, ocultándola— es *met*. «Muerto».

Las letras desaparecen, como si las hubiera borrado con el dedo, y después la moneda también lo hace... Tiñéndose de una plata desvaída y después oxidándose hasta desaparecer, igual que la hoja de la espada del rey, que se convirtió en polvo en mi mano. Lo miro, con la palma ahora vacía, boquiabierta.

—¿Cómo has hecho eso?

—Cuando algo deja de ser verdad, ya no es real —me explica Zsigmond—. Cuando escribimos algo con nuestras letras, lo hacemos cierto, y por tanto real. Si las borramos... Bueno, tú has visto qué ha pasado. Si hubieras aprendido nuestras letras, tú también podrías hacerlo.

Creo que Virág lo llamaría «magia». Gáspár y los patricios lo llaman «poder». Cierro los dedos sobre mi palma vacía; ya no siento la ausencia de la moneda. Solo tengo la sensación fantasma de la mano de Zsigmond en mi brazo, de su tranquilizante presión. El recuerdo de su moneda y de la espada del rey, ambas astillándose... Nuestras habilidades son iguales, aunque nuestros rostros no lo sean. Me lleno de esperanza, como una luz brillante resplandeciendo al final de una carretera oscura, alejando todas las sombras.

—Si hubiera llamado a tu puerta —respondo con lentitud—, ¿me habrías abierto?

Zsigmond me mira a los ojos. La magulladura morada late en su hombro y mi capa de lobo de repente parece pesada sobre mi brazo, pero en este momento lo único que veo es a mi padre, que asiente y me dice:

—Sí.

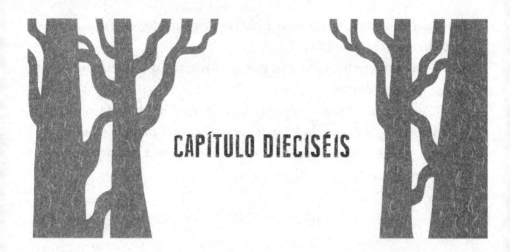

CAPÍTULO DIECISÉIS

Después de que Lajos escolta a mi padre fuera del castillo, me lleva a una de las pequeñas habitaciones en el interior de la Torre Rota, esa larga y blanca cicatriz que se eleva hacia el cielo carbón. La Torre Rota es la zona más antigua del castillo, y sus piedras están blanqueadas por cien años o más de clima severo. En el pasado fue la fortaleza del abuelo de San István, el jefe de Akosvár. La sangre antigua se ha secado en el suelo; puedo oler el recuerdo del ganado sacrificado y de los hígados cuajándose sobre los altares. Los patricios ya no realizan esos rituales, por supuesto, y por eso dejan que la Torre Rota se desmorone bajo el peso de este vergonzoso y mudo archivo. Las piedras de los muros están sueltas tras el cabecero de la cama; empujo una y cae al suelo. Hay una chimenea apagada en una esquina, y una única ventana, cuyo cristal está veteado por el agua de lluvia.

—¿Soy prisionera aquí? —pregunto con una carcajada hueca—. ¿Se me permite salir?

—Por supuesto —dice Lajos con brusquedad, sin responder a mi pregunta, y después deja que la puerta se cierre a mi espalda.

¿Cuál sería el sentido de encerrarme, de todos modos? El rey quiere que lo sirva. Tiene suficientes mujeres lobo mudas y sin dientes, engrilletadas por sus muertes, observándolo con los ojos entornados desde el Inframundo.

Duermo solo en episodios breves. La noche está hilvanada de sueños, de miasmas moradas y verdes, del ruido del humo y del repicar de los carrillones de huesos. Sueño con el turul en una jaula dorada, con las plumas arrancadas y mi flecha alojada en su pecho desnudo. Sueño con pinos en la nieve. Con el rostro de Gáspár, con sus pestañas apuñaladas por la escarcha, con su pecho desnudo bajo mis manos. Me despierta el retumbar de mi propio corazón, y un panal de luz en mi mejilla. El cristal de la ventana está amarillo e iluminado.

Hay un zumbido en mis oídos, como si alguien golpeara un yunque en el interior de mi cráneo. Niego con la cabeza para alejar los sueños, pero el rostro de Gáspár permanece conmigo un momento más, conjurando una punzada de anhelo entre mis piernas. Alimento la chimenea, con los puños apretados, y cuando consigo encender una chispa me echo hacia atrás en mis talones y dejo escapar un suspiro.

He sobrevivido a las peores cosas que creía posibles: que me apresaran los Leñadores, postrarme ante el rey. Ahora debo dar forma al inimaginable después, medir mi nueva vida con sus márgenes y límites. Tomo la capa de lobo de Katalin, con la trenza de mi madre todavía guardada en el bolsillo, y la meto en el baúl que hay a los pies de mi cama. Las reprimendas de Gáspár han dejado su marca en mí: no invitaré al peligro llevando la capa en Király Szek.

En algún momento durante la noche, una criada debe haber venido para dejarme ropa nueva: un vestido sencillo de seda ciruela, agobiantemente estrecho en los brazos y el busto, con unas mangas que se abren como dos bocas lamentándose. Hago mis propios ajustes, arrancando el exceso de tela con los dientes y rasgando una costura en el interior del cuerpo para respirar con mayor facilidad. Mientras me visto, imagino la delicada mueca de Katalin, el brillo burlón de sus centelleantes ojos azules. Ella todavía no es una táltos, pero su profecía se ha cumplido igualmente: parezco una patricia, una servil criada del rey, no más fiera que Riika. Busco la moneda de mi padre, para darme fuerza, pero entonces recuerdo que ya no existe, que la magia yehuli de mi padre la convirtió en polvo. Pensar en Zsigmond me tranquiliza en cierta medida, de todos modos.

Antes de que mi desazón se asiente, la puerta de mi dormitorio se abre. Me siento atrapada entre el regocijo y el miedo, esperando que sea Gáspár y después reprendiéndome por un deseo tan tonto, cuando seguramente sea un asesino o un letal Leñador, listo para sublevarse tras el trato con el rey. Resulta que es peor que ambas cosas. Nándor está en el umbral, con un dolmán azul celeste y una sonrisa demasiado amable.

—Chica lobo —dice—, ¿vienes conmigo?

Su tono es frío y educado; su expresión, tranquila; sus ojos, vidriosos y brillantes. Por un instante, imagino que podría ser cualquier hombre, sin hielo en el corazón ni la sangre de mi padre en sus manos. Es tan adorable que casi puedo creerlo. Pero Katalin también es preciosa, y el lago helado antes de romperse bajo tu peso.

—¿No llamas? —le pregunto, curvando mis cuatro dedos contra mi palma.

—¿Llama un granjero a la puerta de su granero? —Nándor ladea la cabeza. Su voz es tan ligera que apenas noto el insulto, y cuando lo hago, mi rostro se calienta—. Por supuesto que no. Ahora ven conmigo.

—¿Por qué debería? —replico—. ¿Para que puedas torturarme como hiciste con Zsigmond?

—Yo no he torturado a nadie. El yehuli era culpable, y por lo tanto, lo castigué.

—No era culpable según las leyes del rey.

—Era culpable según la ley de Dios —dice Nándor—. Sin el Prinkepatrios, no tendríamos reino, ni tierra sobre la que caminar. Lo menos que podemos hacer es someternos a sus proscripciones.

Me había sido fácil reírme de las divagaciones beatas de Gáspár cuando solo estábamos los dos en el bosque, e incluso más fácil cuando descubrí la sensación de su cuerpo contra el mío, el dulce sabor de su boca. Ahora, en el corazón de la capital, rodeada de todos estos patricios, las palabras de Nándor me cubren de hielo.

—No puedes hacerme daño —le recuerdo—. Estoy bajo la protección de tu padre.

—No voy a hacerte daño —me asegura. Sonríe, tallando su hoyuelo torcido—. Ahora pareces tan dulce y bonita como cualquier chica patricia. Solo deseaba mostrarte mi vista favorita de nuestra gloriosa capital.

Intento imaginar cuál podría ser la vista favorita de Nándor: ¿quizás el lugar donde San István clavaba sus corazones e hígados, en la puerta? ¿El lugar donde sacrificaron al cerdo ante mi padre? Pienso en las botas de Zsigmond pisando la carne apestosa, enredándose en las entrañas, e inhalo con brusquedad.

—No tengo interés en nada que te interese a ti —le digo.

—Pero te interesa proteger al rey —insiste Nándor, con astucia—. Lo prometiste, cuando hiciste tu juramento. Nunca tendrás éxito en tu objetivo si no comprendes la vida en la capital.

Está casi con toda seguridad intentando engañarme, pero también tiene razón. Me siento como si su mirada me hubiera atravesado, rápida y limpia como una hoz. No posee nada de la rígida retórica cortesana de Gáspár, de su lenta oratoria de príncipe. Suena más parecido a Katalin, siempre ideando nuevos modos de embellecer su crueldad, de codificarla solo para mis oídos, insultándome bajo la nariz de Virág. Y, como Katalin, no muestra rastro de ablandarse.

—De acuerdo —digo—. No sé qué cosa horrible quieres que vea, pero no puede ser peor de lo que ya le has hecho a Zsigmond.

Nándor sonríe. Un nudo de miedo y repulsión me hace curvar el labio mientras lo sigo a través de los serpenteantes pasillos del castillo, estrechos y viperinos, hacia el patio. Todos los rastros de su demostración del día anterior se han borrado, enterrados bajo una capa de nieve limpia. No hay sangre empapando los adoquines, ni el vapor de la putrefacción cerniéndose en el aire. En lo único en lo que puedo pensar es en el lago congelado, cerrándose sobre mi cabeza. Nándor me adentra en el patio, con el cuello tan ligero y pálido como el de un cisne bajo la pluma de su cabello castaño.

Al final se detiene. Siguiendo la línea del castillo hay una hilera de estatuas de mármol que examinan el patio como fríos centinelas. Si las hubiera visto por el rabillo del ojo, habría creído que eran soldados humanos. Están talladas con gran detalle, como extraídas de la tierra por el propio Isten.

—Este es San István —dice Nándor, señalando la más grande—. El primer rey verdadero de Régország. Él unió las tres tribus y desterró el paganismo a los confines del país.

La estatua de San István está tallada en el alabastro más puro. Su larga capa cae al suelo a su espalda; los pliegues se arrugan como el agua, congelados en un momento de fría e inmaculada suspensión. La espada que tiene en la mano es real: sencilla, con la empuñada de bronce y la hoja de plata salpicada de óxido. Debe ser su verdadera espada; de lo contrario la habrían reemplazado por algo más brillante y nuevo.

El antiguo rey sostiene otra cosa en su mano izquierda, una forma distorsionada y abultada entre sus dedos cerrados. Tardo un momento en darme cuenta de que es un corazón humano.

—El corazón del jefe de la Tribu del Lobo —dice Nándor—. Hizo que lo desmembraran y que clavaran las distintas partes de su cuerpo en las puertas de la fortaleza de su ciudad recién unificada.

Casi me río, ante un intento tan tosco de asustarme.

—Conozco la historia. Todos los niños y las niñas de Keszi la oyen desde el pecho de sus madres. No pretenderás asustarme con historias de las atrocidades que ocurrieron hace un siglo. Una nodriza podría contarme cosas peores.

Nándor no responde a mi desafío, pero entorna los ojos de un modo casi imperceptible, como la noche bordeando el horizonte.

La siguiente estatua está tallada en un mármol más oscuro, pero capta y sostiene la luz del sol de la mañana, haciendo que los pómulos del rey brillen como cuchillos gemelos. Este hombre no lleva espada, pero en su mano extendida tiene un colgante de hierro, idéntico al que lleva Gáspár, con el escudo de los Leñadores.

—Bárány Tódor —dice Nándor—. Conquistador de Kaleva y fundador de la Sagrada Orden de Leñadores. Pero ya estás bastante familiarizada con los Leñadores, ¿verdad?

Siento una burla oculta en su voz, algo con lo que pretende causar una herida más profunda. Se me revuelve el estómago con un temor incierto. Nándor tuvo el rostro muy cerca del moretón en el cuello de Gáspár. Posó la mano en mis labios. Me pregunto si consiguió trazar una línea entre las dos cosas, y qué hará con ese conocimiento, si lo tiene. Nándor me observa, expectante, como si pudiera verme rumiando la idea en mi mente.

Decido que no voy a darle la satisfacción de una respuesta. En lugar de eso, miro la escultura de Tódor, estudiando cómo sostienen el colgante sus dedos de marfil, como la garra de un halcón alrededor de su desafortunada presa. La silueta tallada del turul es apenas visible, oculta por el pulgar de mármol de Tódor.

—A él también lo nombraron santo —continúa Nándor, con los ojos todavía entornados—. En todos los sentidos, era igual que su padre.

Esta vez no puedo resistirme a provocarlo.

—¿Era un hijo legítimo?

El adorable color rosado abandona el rostro de Nándor, y es su turno de guardar silencio. Por un momento, me preocupa haberme condenado, pero no creo que haya mucho que pueda hacer para que Nándor me odie más. Me quería muerta cuando estaba muda, postrada bajo la espada de su padre, y todavía me quiere muerta ahora, cuando estoy mostrándole todos mis dientes y respondiendo con dentelladas.

Me mira sin expresión un instante, y después continúa sin una palabra.

La siguiente estatua es la del hijo mayor de Tódor, Géza el Gris. La escultura de Géza lo representa como un hombre anciano, pequeño y encorvado, apoyado en un bastón y casi tragado por sus ropas oscuras. Pero todo está mal en ella. Géza no llegó a viejo, solo vivió hasta la mediana edad antes de sucumbir a la misma fiebre que más tarde mató a la esposa merzani de su hijo, la madre de Gáspár. Virág era muy reacia a contarnos las historias de los reyes de Régország, y cada palabra era una amarga advertencia.

—Géza era un rey débil —me dice Nándor en voz baja—. Olvidó la misión divina de su padre y de su abuelo. Dejó que el país hiciera las paces con sus enemigos paganos, e incluso dispuso el matrimonio de su hijo con una apóstata merzani. Fue una bendición que muriera antes de hacer más daño del que hizo.

La estatua de Géza es de un gris sucio, exactamente del mismo color que las nubes cuando se agrupan y reúnen antes de una tormenta. La ausencia de santidad parece obvia, de alguna manera, como el paño mortuorio de un día sin sol.

—Si Géza fue un gobernante tan horrible, ¿por qué habéis colocado aquí su estatua, junto a vuestros queridos héroes?

—Porque sirve de recordatorio —dice Nándor— de lo que no debemos dejar que llegue a ser nuestra nación. Tú estabas allí en el festival de San István, chica lobo. Seguramente eres consciente de que la gente de Király Szek quiere vivir en un reino patricio, como nuestros vecinos al este y al oeste.

—Si todo el reino estuviera formado por tus admiradores —replico.

La sonrisa de Nándor regresa, con un borde más afilado esta vez.

—El reino de Régország no existía antes del Patridogma, chica lobo. Comprendes eso, ¿verdad? Solo era un puñado disperso de tribus matándose unas a otras en la Pequeña Llanura, apenas capaces de entender el acento de sus enemigos. Si tú y tus hermanas y hermanos paganos os atrevéis a consideraros régyar, deberás estar de acuerdo conmigo en este punto, o de lo contrario renuncia a nuestro idioma y vuelve a balbucear las antiguas lenguas de vuestros jefes tribales.

Su argumento está entrelazado de conceptos que apenas comprendo, palabras que casi me hacen sentir de verdad ajena a este idioma. Me recuerda que él ha pasado años en las rodillas de los tutores reales, y que yo soy solo una mujer lobo de una aldea insignificante que apenas es capaz de pronunciar su propio nombre. Una serpentina de vergüenza se eleva por mi garganta. La combato con la única arma que tengo.

—Tu madre es norteña —le digo, recordando la historia de Szabín—. Las palabras régyar deben cuajarse en su acento kalevano. Si yo soy extranjera en esta tierra, entonces tú también eres medio extranjero.

Espero que replique, que me eche otra mirada siniestra, pero Nándor apenas parpadea. Su sonrisa se hace más amplia. Es la sonrisa de una victoria segura.

—¿Crees que este es un problema de sangre, chica lobo? —Levanta una ceja—. San István nació pagano, como bien sabes. Algunos de mis compatriotas desean olvidar ese hecho, pero yo no veo razón para evitar la verdad. Al final, lo único que importa es que tomó la *decisión* de renunciar a los falsos dioses. Y a vosotros, los paganos, los juvvi, los yehuli... se os han dado muchas oportunidades de hacer lo mismo.

Me muerdo el labio para contener una carcajada de desprecio.

—Vi lo que le hiciste a Zsigmond. Tú no recibirías a un yehuli con los brazos abiertos ni aunque jurara devoción eterna al Prinkepatrios.

Es la misma lógica que me han obligado a tragar toda mi vida, la misma con la que Boróka intentaba convencerme para que mantuviera la cabeza baja y los ojos fijos en el suelo, para que evadiera la mirada de Katalin y murmurara mi deferencia dócil. Pero probé a ser amable. Probé a enfundar mis garras. Y eso solo les facilitó la tarea de golpearme de nuevo.

—Sin duda lo haría —afirma Nándor—, si su alma estuviera realmente arrepentida. Incluso te recibiría con los brazos abiertos, chica lobo; ya casi pareces una patricia de verdad. Si te quedas en esta ciudad el tiempo suficiente, quizá consiga ponerte de rodillas.

Su afirmación despreocupada me desconcierta un instante, como un truco de la luz. Nándor es tan guapo que creo que incluso Katalin se quedaría sin palabras ante esta propuesta velada. Yo también me habría sentido tentada por su ruego si no lo hubiera visto empapando a mi padre en sangre de cerdo, si todas las palabras que conforman su astuta sugerencia no fueran tan feas. Me pregunto cuántas chicas de Király Szek han caído de rodillas ante él, balbuceando respeto, satisfaciéndolo con sus promesas. No me permitiré pensar más en ello, y expulsaré todas las fantasías tórridas de mi mente. La sonrisa de Nándor es demasiado inocente, y ambos somos muy conscientes del rubor que pinta mis mejillas.

Desesperada por cambiar de tema, me giro hacia la última estatua. Está toscamente tallada con la forma de un hombre, pero su rostro no tiene rasgos y en su túnica apenas se han definido unas líneas vagas.

—¿Se supone que este es el rey János?

—Sí —dice Nándor, extremadamente satisfecho consigo mismo y sin duda notando el temblor de mi voz—. Su legado aún no ha sido escrito. La escultura solo se terminará después de su muerte, cuando podremos juzgar adecuadamente qué tipo de reino ha dejado atrás. Seguramente sabes que la gente de Régország quiere un rey que acerque al país al ideal patricio, en lugar de mezclarse con paganos y yehuli y empaparse de magia pagana.

Sus palabras están cerca de la traición. Intento recordarlas con precisión, y su cadencia exacta, para poder contárselo a János cuando lo vea, pero el plan muere antes de que haya siquiera terminado de trazarlo. Pienso en los ojos legañosos del rey, vagamente enfocados en un punto a media distancia. No verá la sedición de su hijo hasta que el cuchillo de Nándor esté contra su garganta.

Por ahora, la amenaza es solo para mis oídos. Abro y cierro los dedos, considerando las mismas funestas posibilidades. Podría agarrarlo por la muñeca y ver qué puede hacerle mi magia, pero Gáspár tiene razón: nunca saldría de Király Szek con vida y los seguidores de Nándor encontrarían un modo de vengarlo, seguramente concentrando sus miradas en la calle yehuli. El viento se levanta, erizándome la piel de los antebrazos desnudos. Totalmente inmóvil, bajo la fría luz del sol, Nándor parece casi una estatua él mismo, tallada por la mano de alguna mujer solitaria y procaz, una proyección en mármol de sus fantasías más tórridas. Parpadeo y por un momento puedo verlo como Vilmötten, después de todo, con el cabello dorado y los ojos zafiro y unos largos dedos hechos para rasguear las cuerdas del laúd. Lo imagino cantando para salir del Inframundo.

Parpadeo de nuevo y la ilusión se fractura como el cristal. Nándor no es mi héroe, como tampoco lo es San István.

Como si pudiera oír mis pensamientos, Nándor regresa por el patio, hacia la estatua de su tatarabuelo, y deja que las puntas de sus dedos se deslicen por el pómulo sagrado del rey muerto.

—No son solo esculturas —dice, girándose hacia mí—. Una parte de la piedra ha sido vaciada y los restos de nuestros reyes se encuentran en su interior. Tenemos los huesos del dedo del rey Géza y un mechón del cabello de Tódor. Incluso tenemos el ojo derecho del rey István. La bendición del Prinkepatrios evita que se pudran, y nuestras oraciones se canalizan a través de estas vasijas, multiplicando su poder por mil.

No sé cómo puede creer algo así: que hay poder en el cabello y en los huesos de unos santos que llevan mucho tiempo muertos. Pero el rey János ha demostrado que la magia late en las venas de todas las mujeres lobo, dispersa incluso en sus uñas. Quizá sus santos no sean distintos, aunque Nándor es el primero en llamarlo *poder*.

—Deberíais formar una corona con las uñas de vuestros antiguos reyes —sugiero—, ya que los patricios sois tan aficionados a adorar cosas muertas.

Nándor emite una ligera carcajada que hace que se me revuelva el estómago.

—Tú también deberías acostumbrarte a adorarlas, ahora que te has arrodillado ante mi padre.

—Preferiría comerme el nudillo de tu santo muerto —le digo, riéndome, pero en realidad estoy pensando en Peti. Estoy pensando en *király és szentség*, las palabras bordándose en el tejido de mi mente. El recuerdo de la magia de Zsigmond surge en respuesta, como si lo hubiera invocado apresuradamente. ¿Qué ocurriría si aprendiera a escribir esas palabras sobre el pergamino y después las bloqueara con mi pulgar? ¿Eso también borraría su verdad?

—Qué feroz —dice Nándor, altanero. Sus ojos, en este momento, son un reflejo perfecto de los de Katalin: brillantes, presuntuosos—. Es posible que te ate una promesa a mi padre, pero yo te aconsejaría que no olvidaras lo que eres. Una pagana, muy lejos de casa, sola en una ciudad de campesinos y soldados patricios, con Leñadores a la vuelta de cada esquina y al final de cada largo pasillo por la noche. El Patridogma ha vivido aquí mucho antes de que tú llegaras, y vivirá aquí mucho después de que te marches. No eres nada, chica lobo. Apenas merece la pena matarte.

Quiere asustarme, pero no sabe que me he pasado toda la vida bajo la amenaza del frío fuego azul.

—No te creo —le digo, mirándolo a los ojos—. Dices que no soy nada, pero te has tomado la molestia de amedrentarme para que tema por mi vida. ¿Ha puesto el Érsek esas palabras en tu boca, o las has pensado tú solito? En cualquier caso, podrías haberme dejado morir sin más, luchar y fracasar, pero en lugar de eso has decidido intentar asustarme, torturarme como torturaste a mi padre...

Me detengo abruptamente, con el pecho constreñido. He cometido un error terrible. La confusión nubla el rostro de Nándor, y después se aclara con una triunfal revelación.

—Tu padre —repite, chasqueando la lengua—. Me preguntaba por qué te preocupaba tanto destino de ese yehuli.

Nunca he estado tan cerca de matarlo: la posibilidad está muy clara y brillante en mi mente, como mirar con los ojos muy abiertos un sol sin nubes. Sé que así solo condenaré a los yehuli, y a Zsigmond, pero apenas puedo creer lo estúpida y bocazas que soy. Le he entregado a Nándor una hoja pulida y afilada. Los hilos de Ördög se tensan, mis dedos ansían rodear su delicada muñeca. Sé que puede ver la expresión azorada en mi rostro, que me he quedado paralizada, como una presa.

Antes de que pueda contestar, el sonido de la madera contra el metal reverbera a través del patio. Me apresuro hacia el lugar de donde provino el ruido, con Nándor en mis talones, y giramos junto a la barbacana hacia otro patio más pequeño, limitado en tres de sus lados por los muros del castillo. Las dianas de arquería están tan cubiertas de flechas que parecen mártires heridos. Gáspár está en el centro de la plaza, agarrando una espada de madera. Su hermanastro pequeño, el del cabello de haya, sostiene su propia espada de entrenamiento.

—Usa la mano derecha, Matyi —le dice Gáspár—. Y carga con el pie derecho.

El chico se cambia la espada de mano, con el ceño fruncido.

—No quiero hacerte daño.

—Creo que pasará mucho tiempo antes de que seas capaz de hacerlo —dice Gáspár. Una sonrisa despreocupada cruza su rostro, creando un pequeño hoyuelo en su mejilla. Su ternura me clava al suelo, encerrándome el corazón en un puño. Yo encontré el rastro de esa ternura en la nieve de Kaleva y en el bosque de Szarvasvár, rodeada por un grupo de sauces. Mi pulso enfurece al recordarlo: Gáspár estaba dispuesto a verme morir.

Pero he sobrevivido, y ahora, cuando Gáspár me ve, su sonrisa se desvanece como arrastrada por el viento. Me mira de arriba abajo, fijándose en mi vestido de mangas rasgadas y torso demasiado estrecho. Me pregunto si reaccionará de algún modo a su visceral desubicación, como yo me estremecería al verlo con una capa de lobo, pero solo se ruboriza y aparta la cara, e intento convencerme de que estoy mejor sin él y sin su aturullado y beato rubor. Si todavía tiene mi chupetón en la garganta, no puedo verlo; se ha abotonado el dolmán hasta la barbilla.

Matyi me mira con descaro y la boca ligeramente abierta. Cuando se da cuenta de que lo miro, se acerca un poco a Gáspár y susurra:

—La chica lobo me está mirando.

—Lo sé —le dice Gáspár, y después añade con rapidez—: Se llama Évike. No es peligrosa para ti.

Me trago las ganas de mostrarle los dientes y gruñir, solo para demostrar que se equivoca. Estoy muy cansada de las exiguas bondades patricias, con sus horribles trasfondos, como un puñado brillante de bayas de acebo: parecen dulces, pero te matarán si te las tragas. Si no soy un peligro para Matyi es porque soy una buena mujer lobo, a diferencia del resto, o porque no soy una mujer lobo y, por tanto, no soy nada: solo el fantasma de una mujer con un vestido de seda demasiado pequeño.

Nándor camina hacia ellos con una sonrisa exuberante en el rostro.

—¿Estás enseñando a Matyi el arte de la espada? En Király Szek seguramente hay tutores mejores.

Gáspár tensa la mano alrededor de su espada, arrugando la piel negra de sus guantes.

—Puedo enseñar a un niño sin entrenamiento previo.

—¿De verdad crees que eres mejor con un ojo que la mayoría de los hombres con dos?

Aunque no he perdonado a Gáspár, me arde la garganta por él.

—No lo sé —dice Gáspár. Me sorprende la ligereza de su voz, el movimiento casi juguetón de sus cejas—. ¿Por qué no lo descubrimos?

Y entonces lanza su espada a Nándor, que la atrapa con una mano, alzando el brazo sobre su cabeza. Mira a Matyi, expectante, y el muchacho le pasa su espada por encima, con una preocupación desconcertada y cansada en el rostro que parece más adecuada para alguien con el triple de su edad. Apenas me sorprende que el favorito de Gáspár sea el hermano que tiene el mismo carácter serio y amargo que él.

—Bueno, hermano —dice Nándor, parpadeando con entusiasmo—. Yo no soy un hombre cualquiera.

Sus hojas se encuentran con un sonido que me recuerda al hielo rompiéndose bajo mis pies. Nándor se lanza hacia delante, moviendo la espada en un círculo salvaje, como si esperara acertar un golpe solo gracias al azar. Gáspár retrocede, bloqueando cada lance con firmeza. Su torpeza con el hacha parece brumosa y distante, y se me acalora el rostro pensando en cómo me burlé de él por ello. Ahora lucha como un auténtico soldado, con huesos de acero y sangre de hierro, aunque escorado hacia la derecha, girando la cabeza de un lado a otro para compensar su ceguera.

Nándor retrocede, girando la espada junto a su cadera. Carga con el pie derecho y salta de nuevo, apuntando a la izquierda de Gáspár, donde apenas puede ver. Gáspár diría que es un truco sucio, la táctica despreciable de un hombre sin honor, pero sospecho que Nándor no cree que su honor esté en peligro por algo tan trivial como una práctica con una espada roma de entrenamiento.

Sobre todo si gana. Matyi se ha detenido a mi lado, a una distancia segura del arco de las espadas de sus hermanos. Su mirada viaja ansiosamente entre la pelea y yo, como si intentara dirimir cuál es el mayor peligro.

—Deberías creer a tu hermano —le digo, intentando suavizar los bordes ásperos de mi voz, intentando extraer alguna bondad de mí, un instinto maternal profundamente enterrado. Pero cuando miro a Matyi, no veo más que a un niño que crecerá para convertirse en hombre, o, peor, en Leñador—. Es tu padre el que hace daño a las mujeres lobo, no al revés.

—Gáspár dice que tú lo habrías matado. —Matyi me mira con seriedad.

Me parece desagradable y tonto discutir con un niño, pero la ira me ennegrece de todos modos.

—Tu padre me habría matado a mí. Y después Nándor habría tomado su corona y...

—No —me interrumpe Matyi, con una rígida certeza que lo hace sonar muy parecido a Gáspár—. Así es como lo hacen los paganos, dejan que el rey elija a su sucesor, como los jefes tribales eligen qué hijo quieren que gobierne cuando mueran. Tengo un tutor del Volkstadt que me lo contó. En los demás reinos patricios, es el hijo mayor, el hijo legítimo, el que debe gobernar por la ley de Dios.

Vuelvo a mirar a Nándor y a Gáspár, que cortan el aire con sus espadas. Ahora comprendo por qué Nándor retrocedió de inmediato cuando vio que Gáspár estaba entre la multitud, por qué su sola presencia hizo que dudara de continuar con su plan.

—Entonces es un hipócrita —digo, satisfecha con mi propia conclusión—. Si quiere reclamar el trono, tendrá que reconocer que hay algo justo en nuestros modos paganos, e injusto en sus costumbres patricias.

Matyi levanta un hombro, dando un ligero paso a la izquierda. Quizá mi entusiasmo me haga más aterradora, con mi sonrisa mostrando las puntas de mis dientes.

—Algunos dicen que el matrimonio de mi padre no fue legítimo —murmura Matyi, acobardado por mi sonrisa—. Porque Elif Hatun nunca se convirtió de verdad.

—¿La madre de Gáspár?

Asiente.

Pienso en lo que Gáspár me contó acerca de su madre, una columna desmoronada en sus aposentos del palacio, erosionada día tras día por la marea de un millar de lenguas extranjeras. ¿Habrá conservado su fe en obcecado silencio? ¿O las palabras en régyar habrán caído de su boca cuando intentó hacer su promesa, como dientes podridos? Me pregunto si fue eso, más que nada, lo que maldijo a Gáspár: el legado de la muda rebelión de su madre.

El rechinar de la madera se detiene un instante y miro de nuevo la contienda. Sus espadas han colisionado, y tienen los rostros cerca mientras empujan y empujan para tratar de que el otro se desmorone. Es Gáspár, al final, quien flaquea. Deja que la espada de Nándor se deslice sobre la suya y, aunque da un paso atrás, sin duda derrotado, su hermano no duda: asesta un golpe al lado izquierdo y ciego de Gáspár que lo hace retroceder, tambaleándose, por el patio. La espada de Nándor tiembla como un estandarte de guerra.

—Una buena pugna —dice Nándor, dejando que su espada traquetee contra el suelo. Su cabello castaño está exquisitamente revuelto, como si el viento lo hubiera tomado con sus dedos suaves—. Pero no puedo fingir sorpresa por el resultado. Los monstruos son una cosa, Gáspár, pero los hombres son un desafío mucho mayor. Necesitarás ambos ojos para luchar contra tus enemigos *mortales* y ganar.

—Ya has dejado clara tu opinión —dice Gáspár con tosquedad. Bajo su dolmán negro, su respiración es trabajosa, y siento una traidora punzada de afecto—. Al menos Matyi ha visto una demostración del adecuado manejo de la espada.

Al oír su nombre, Matyi corre hacia su hermano, echándome una última mirada de profunda desconfianza. Los observo a los tres en tenso silencio; el viento porta el olor de la ceniza desde la chimenea de alguien y del pimentón picante del mercado. Me pregunto si es posible que nadie más haya visto lo que yo: que Gáspár ha dejado ganar a su hermano.

Cuando por fin regreso a mi dormitorio es tarde, y el cielo es tan brillante como la seda negra. He soportado una cena con el rey, un pequeño banquete en el que ha agasajado a dos emisarios del Volkstadt, ambos envueltos en raso de colores brillantes con volantes en el cuello que parecían el plumaje de unos pájaros exóticos. El rey intentó desesperadamente inflarlos de vino, comida y halagos, aunque ellos parecieron aburridos durante la mayor parte del banquete y hablaban groseramente unos con otros en su propio idioma. La lengua volken suena lírica por turnos, como si estuvieran recitando acertijos y rimas, y después se vuelve abruptamente brusca, demasiado rara y gutural para imitarla. Pero, al final, ofrecieron al rey un millar de hombres cada uno para ayudarlo a luchar contra los invasores merzani, y el rey sonrió y sonrió aunque tenía una semilla de grosella entre los dientes. Nándor parecía decepcionado por el resultado, y yo no entendí por qué. Tal vez había esperado más hombres, o un trato mejor que no nos hiciera perder oro y plata, porque el rey había aceptado cederles algunas de las minas de Szarvasvár, que está en la frontera con el Volkstadt.

Mi mente vagó y eché demasiadas miradas a Gáspár, procurando atraer su mirada hacia mí, en vano. Las semanas que pasamos juntos me enseñaron a leer sus expresiones, a diferenciar un enfado real de la sonrojada simulación, a extraerle amabilidad como con una aguja, sus sonrisas tan inusuales y valiosas como gotas de sangre. Ahora, sus expresiones son más indescifrables para mí que las palabras de los volken que se esponjan junto a mi codo. Pero Gáspár apenas levanta la mirada de su plato, con los labios amoratados por la mancha del vino.

Cuando los volken consiguieron que el rey firmara el tratado, lo miré, pero solo era tinta salpicando una página. El rey podría haber firmado la esclavitud de todo el país o haberme vendido a los emisarios volken, y yo no lo habría sabido hasta que me pusieran las cadenas.

Y ahora, después de todo eso, encuentro una nota debajo de mi puerta.

Es un mensaje breve y la tinta está húmeda, reciente. Me mancha de negro el pulgar cuando lo despliego. Ni siquiera sé leer quién lo firma, si es que lo firma alguien. Mi mente intenta desesperadamente unir las curvas y las líneas, pero mirarlo me hace desear llorar como una niña.

Debe ser de Nándor, decido. Su advertencia en el patio no fue suficiente y quiere intimidarme más, o quizá solo castigarme por haberme atrevido a plantarme contra él, por haber sonreído alegremente ante sus palabras crueles. Las lágrimas acuden al rabillo de mis ojos y después caen sobre la página con salpicaduras calientes, licuando la tinta negra hasta un gris lloroso.

Moriré aquí, pienso, como Elif Hatun, sorda a las amenazas que susurraban a su oído. Algo en mí se endurece ante la idea, mi miedo y mi humillación se coagulan en un tempestuoso valor. Arrugo la nota en mi puño y corro por los pasillos, a través de la barbacana, hacia la calle yehuli.

CAPÍTULO DIECISIETE

La casa de Zsigmond no se parece en nada a lo que esperaba. De hecho, una parte de mí seguía pensando que era un yehuli y se preguntaba cómo serían las casas de los yehuli, mientras otra parte lo consideraba mi padre y pintaba en mi mente imágenes brumosas del tipo de casa en la que viviría mi padre. No sé si alguna vez pensaré en él como en mi padre, un hombre yehuli. Un hombre yehuli que es mi padre.

Solo hay una habitación, con una cama, una chimenea y una mesa con sillas. No es muy distinta de la choza de Virág, pero las cosas de Zsigmond son más delicadas, artesanales en lugar de caseras: candelabros de hierro forjado con hiedras trepando por su longitud, un mantel bordado con flores y hojas que no tiene los bordes carcomidos por las polillas. La familiaridad de todo ello me provoca un escalofrío, en lugar de relajarme. Me doy cuenta por primera vez de que quiero que Zsigmond sea distinto a todo lo que he conocido. Un nuevo padre para mi nueva vida.

—Gracias —tartamudeo, abriendo y cerrando los dedos mientras él alimenta el fuego—. Siento que sea tan tarde. Espero no haberte despertado.

El fuego crepita agradablemente, las lenguas de las llamas lamen la piedra ennegrecida. Zsigmond se levanta, se quita la ceniza de las rodillas y dice:

—Lo has hecho. Pero yo te pedí que vinieras, y no te dije cuándo, así que debería haberte esperado a cualquier hora del día.

Lo miro, parpadeando, con los hombros todavía encogidos. Solo ahora me doy cuenta de lo acostumbrada que estoy a las reprimendas y los azotes, cuando me encorvo ante el menor cambio en el tono de voz o al ver la repentina tensión de un puño. Pero Zsigmond me mira con firmeza, con las cejas gruesas unidas por la preocupación en lugar de por la consternación.

—Necesito tu ayuda —le digo, animada por su expresión amable—. Alguien me dejó una nota en el palacio. No sé leerla.

Zsigmond exhala. Creo oír alivio en su suspiro. Me doy cuenta de que él también se había preparado para algo peor.

—Déjame ver —me pide. Y después, casi como si lo pensara a continuación—: Évike.

Oírlo decir mi nombre derrite parte del hielo de mi vientre. Busco en los pliegues de mi falda y saco el trozo de pergamino, ahora en una pequeña y tensa bola, no mayor que una bellota. Intento alisarlo de nuevo antes de entregárselo, pero hasta yo me doy cuenta de que la tinta se ha corrido hasta convertirse en una extraña caligrafía, un patrón que no es ningún patrón en absoluto. Zsigmond lo mira desde todos los ángulos, sosteniendo la nota a la luz de la vela. La tinta oscurece las almohadillas de sus pulgares.

—Lo siento —me dice después de un momento—. Distingo un par de letras, pero el resto está demasiado emborronado.

Asiento. Un ardor sube por mi garganta.

—Gracias por intentarlo.

Zsigmond asiente de nuevo. Deja el pergamino sobre la mesa y casi me río como una lunática por lo absurdo de la situación: *mi* nota sobre *su* mesa. Yo, en la casa de mi padre, desprovista de mi capa de lobo, mirándolo a los ojos. De niña, me había parecido un sueño más imposible que ver a mi madre de nuevo, o que observar a Katalin mientras un millar de cuervos la picotea hasta la muerte. Atesoraba estos enrevesados sueños como lo hacía con mi trenza y mi moneda, puliéndolos en mi mente como un espejo, furiosa y esperanzada.

—¿La recuerdas? —Las palabras escapan de mi boca sin pretenderlo—. A mi madre.

Zsigmond hace una mueca. Las comisuras de su boca se curvan hacia abajo, y lo oigo tragar saliva. Por un momento pienso, alarmada, que va a ponerse a llorar.

—Por supuesto que sí —me dice—. Debes pensar que soy un monstruo, o al menos un hombre especialmente frío y despiadado. Debes haberte preguntado por qué nunca regresé a por ti, o por qué nunca intenté evitar que se llevaran a Magda.

Oírlo hablar conjura un antiguo dolor, el dolor más antiguo que conozco, y me vuelve tan mezquina como un perro cojo.

—Sí —replico, con mi voz entrelazada de veneno—. Me preguntaba por qué mi propio padre parecía no preocuparse por mí.

Zsigmond se queda en silencio, con la mirada baja. Me alegro, solo un momento, de haberlo hecho sentir mal. He pasado muchos años persuadiéndome de que no me dolía, convenciéndome de que no tenía derecho a sentirme así. Temiendo que me quitaran incluso eso, y los recuerdos que lo acompañaban.

—Yo te puse tu nombre, ¿sabes? —me dice Zsigmond al final. Tiene la voz tensa, débil, como si alguien le hubiera rodeado la garganta con una mano tierna—. Évike. Significa «vida» en la lengua yehuli. Fui a Keszi todos los años durante seis años seguidos, y cada vez pasaba siete días con Magda. No era demasiado, y ninguno de mis familiares o amigos de aquí, de Király Szek, comprendían por qué estaba tan prendado de una mujer a la que apenas conocía y cuya vida era tan distinta de la mía. Pero la verdad es que solo necesité un día para saber que la quería. Y la *quería*.

—Entonces, ¿por qué la dejaste? —Hay un dolor sordo en mi pecho, como el latido tras un moretón.

—No quiso venir conmigo. ¿Qué tipo de vida hay en Király Szek para una mujer pagana? —Entorno los ojos al oírlo, y la desazón lo hace palidecer—. Dejando a un lado a los patricios, no está bien visto que un hombre yehuli se case con una mujer ajena a la comunidad. Y después el rey me relevó de mi puesto y no pude regresar a Keszi solo. Era demasiado peligroso atravesar el bosque sin la escolta de los Leñadores. Esa mujer, Virág, me advirtió que la hija de Magda, nuestra hija, también sería una marginada en Keszi. Pero Magda quería tenerte. No hubo nada que yo pudiera hacer.

Su voz se aflauta al final, bordeada de desesperación. Tiene los ojos brillantes y húmedos, empañados por el reflejo de la luz de las velas. Intento memorizar el lienzo de su rostro, cada arruga de su frente, la particular tensión de su mandíbula, para llevármelos conmigo y no olvidar esto: durante mucho tiempo pensé que solo yo cargaba con el peso de la muerte de mi madre, pero en el momento en el que el rey bajó su hacha, dividió ese dolor en dos. Mi padre ha llevado su parte todos estos años, como una piedra cortada por el centro, y los bordes irregulares de su mitad encajan perfectamente con los míos.

—Cuéntame algo sobre ella —le pido, mordiéndome el labio—. Algo que no sepa.

—Quería aprender a leer —responde Zsigmond. Parpadea varias veces, despacio, secándose los ojos—. Siempre llevaba un libro conmigo cuando viajaba, así que pude enseñarle las letras. Cuando murió, ya le había enseñado el alfabeto. Sabía escribir su nombre.

Soportar ese dolor yo sola habría sido demasiado. Pero Zsigmond sigue observándome, con la mirada despejada y sin estrellas, y la chimenea inunda la habitación con una calidez ahumada tan maravillosa que no quiero marcharme nunca. Mis palabras se elevan.

—¿Me enseñarás a mí también?

No aprendo rápido. La noche se despliega sobre nosotros como los interminables rollos de pergamino de Zsigmond. En mi mano, la pluma es muy incómoda, demasiado pequeña y fina. No tiene sentido que dos líneas que se encuentran en un punto descendente sean el sonido *uve*, que, según Zsigmond, es la segunda letra de mi nombre, aunque él dice que eso no importa. Hace mucho tiempo, alguien se sentó y decidió que esas líneas rectas significaban algo, y después todos estuvieron de acuerdo y lo volvieron una verdad. Mi pluma se mueve concienzudamente sobre el pergamino, trazando letra tras letra, hasta que las reconozco todas incluso boca abajo.

Tardo horas, pero cuando las he memorizado, me parece tan sencillo que me hace hervir la sangre. Como con mi magia, tengo la sensación de que acabo de descubrir un secreto que el mundo ha conspirado cruelmente para ocultarme. Escribo mi nombre una y otra vez, cinco letras y tres sílabas que me sostienen como el cuenco de una mano. É-V-I-K-E.

Zsigmond no es un tutor especialmente paciente. Después de haber agotado tres horas de su tiempo, vuelve a sus libros con un suspiro. Me gusta este rasgo de malhumor en él, y que confíe en mí lo bastante para mostrarlo. Los libros que está estudiando son textos sagrados yehuli, y pasa tantas horas enfrascado en ellos como yo aprendiendo las letras régyar.

Me parece extraño que haya que estudiar para venerar adecuadamente al dios yehuli. En Keszi nadie sabe leer, y los patricios hacen que parezca que su dios es algo que debes *conocer*, y sin hacer demasiadas preguntas. Zsigmond garabatea interrogantes en los márgenes de sus pergaminos, subraya párrafos con los que está de acuerdo y señala otros con los que no concuerda. Todo esto me desanima. ¿Puedes creer en algo mientras pasas la mano sobre su contorno, buscando golpes y magulladuras, como un granjero intentando elegir el mejor y más redondo melocotón?

—Es el único modo de creer de verdad en algo —me asegura Zsigmond—. Cuando lo sopesas y lo mides tú mismo.

Me pregunto (estúpidamente, y me avergüenzo de ello) qué diría Gáspár sobre eso. Creo que diría que Dios es demasiado grande para que un mortal pueda sostenerlo. Necesitarías mil pares de brazos para portarlo, y un millar de ojos para verlo. O algo así, con su pomposa voz de príncipe.

Una fina franja de luz naranja picotea el horizonte y las palabras atenuadas se filtran a través de la ventana de Zsigmond, como una planta estirando sus largas viñas verdes. Al final, llaman a la puerta. Observo desde detrás de la mesa mientras se abre y aparece la misma mujer recia que me reprendió desde su umbral hace solo dos días. Se detiene al verme, con la boca tan grande y abierta como una trampilla.

—Zsigmond, ¿quién...? —comienza.

—Es mi hija —dice Zsigmond como si nada, como si fueran palabras que lleva practicando toda su vida. Una cálida satisfacción me inunda al oírlas—. Évike.

La mujer se frota los ojos; por cómo me mira, podría ser una mancha en un cristal, algo a través de lo que quiere ver. Recuerdo lo que me dijo Zsigmond: que no estaba bien visto que un yehuli tuviera hijos con alguien de otra sangre.

—¿Y no has pensado en...? Oh, no importa. —La mujer pasa junto a Zsigmond y deja algo sobre la mesa. Es una trenza de pan, con el brillante tono dorado de la miel. Me ofrece la mano, todavía sin mirarme a los ojos—. Soy Batya. Llevo veinte años alimentando a tu padre.

Zsigmond abre la boca, como si fuera a protestar, pero una mirada de halcón de Batya lo silencia. Le tomo la mano y me la estrecha con fuerza, tres veces, como si intentara juzgar su peso. Ya me recuerda a Virág. Su mirada se posa en el pergamino que tengo delante, cubierto una y otra vez con las cinco letras de mi nombre.

—Évike —digo. Cuando me suelta, tengo los dedos casi entumecidos.

—¿Y nos acompañarás en la celebración de la semana que viene? —me pregunta Batya, con una mano en la cadera. Como la miro sin expresión, se dirige a Zsigmond—. Bueno, podrías invitarla. Ya le estás enseñando a leer, según veo. Podría oír algunas de nuestras historias y probar un poco de nuestra comida. —Me mira de arriba abajo de nuevo, y después le dice algo a Zsigmond en la lengua yehuli, algo que no comprendo y de lo que solo capto la palabra *zaftig*.

Sea lo que fuere, hace que Zsigmond frunza el ceño. Cuando Batya se marcha, mi padre se sienta ante mí y me ofrece el pan, tan bruscamente que casi parece que espera que lo rechace. Tomo un pedazo y lo pruebo. Cada bocado se disuelve con dulzura sobre mi lengua. Zsigmond parece aliviado.

—¿Qué te ha dicho sobre mí? —le pregunto—. Batya.

—La lengua yehuli es como un largo pasillo con puertas cerradas a ambos lados —me dice.

Es la primera vez que se muestra tan evasivo, y eso me mortifica. No tomo otro bocado del pan, y sujeto mi pluma de nuevo. Mientras el amanecer trepa sobre Király Szek, me doy cuenta de que no he dormido, y un repentino cansancio me nubla la mente.

—Entonces enséñame a abrirlas —le digo al final, más como un arrogante desafío que como una petición genuina. Si el yehuli es un roble interponiendo sus ramas entre nosotros, solo quiero subirme a él o talarlo hasta destruirlo. Me pregunto si le preocupa lo que pensarán Batya y los demás cuando vean a su hija mestiza hablando su lengua y escribiendo sus palabras.

—Quizá —responde. Lo miro sin pestañear, y al final accede aunque solo a algunas palabras que me hacen sentirme terriblemente impaciente. No sé qué es peor: hablar o escribir. El sonido me hace daño en la garganta y a las palabras les faltan la mitad de las letras que he aprendido en régyar. La palabra *ohr* me hace sentir que me estoy ahogando con comida, pero cuando mi padre traza sus letras en la base de su candelabro, la mecha se enciende con una luz perfecta.

Concentro los ojos en la llama con forma de lágrima.

—¿También puedes apagarla?

—Sin duda —dice Zsigmond—. Creación y destrucción son dos caras de una misma moneda.

Como Isten en el Supramundo y Ördög abajo.

—¿Todos los yehuli pueden hacer magia?

—Todos los que tienen la paciencia para aprenderla. Nuestros niños aprenden a leer y a escribir yehuli al mismo tiempo que aprenden régyar, para que puedan estudiar el libro sagrado.

Parece menos engorroso que cortarse un meñique o escuchar las historias interminables de Virág, esforzándose por memorizar cada detalle de las hazañas de Vilmötten. Mi corazón corretea como un animal en la maleza. Temo que, si incordio a Zsigmond demasiado, se alejará de mí o comenzará a pensar que tener una hija es más una carga que una bendición. Pero le hago una pregunta más.

—Y la celebración, la que Batya ha mencionado...

Zsigmond asiente con lentitud.

—Es una fiesta. No muy impresionante, pero iremos al templo y escucharemos al rabino mientras relata la historia. Si quieres venir, tendré que pedirle a Batya que nos preste un vestido de una de sus hijas.

Su aquiescencia me sorprende y emociona, pero siento una corriente de incertidumbre bajo la superficie. Quizá mi presencia ponga en peligro su posición entre los yehuli: esa fue la razón por la que mi madre nunca me llevó a Király Szek, para empezar. Ir al templo con mi padre será una maniobra tan delicada como asistir a un banquete con el rey. Todavía no soy una de ellos, y no sé si alguna vez lo seré. Me blindo contra estas preocupaciones, curvando los dedos manchados de tinta contra mi palma, y me recuerdo por qué vine a ver a Zsigmond anoche. Si no tengo cuidado, terminaré con un cuchillo en la espalda antes de que pueda decidir si soy yehuli o no.

Aun así, no quiero marcharme de la calle yehuli. Cuando Zsigmond me abre la puerta, extiendo la mano y tomo la suya impetuosamente, tragando saliva mientras espero a ver si me la aprieta. Su pulgar roza el espacio donde estuvo mi meñique y después cierra la otra mano sobre nuestros dedos entrelazados, con la fuerza perfecta.

El rey ha reunido a todos sus condes para el consejo, y por supuesto estoy obligada a estar en la sala a su lado. Nos sentamos alrededor de una mesa de roble, el rey en la cabecera, con su corona de uñas y rollos de pergamino desplegados ante él como mudas de serpiente. Ahora puedo reconocer sus letras, pero se me emborrona la visión cuando intento unirlas en palabras. Temo cuánto tiempo pasará antes de que sea capaz de leer régyar, de descifrar las amenazas mudas que se enroscan en la mesa ante mí.

Aunque los vi en el banquete del rey, los condes apenas son reconocibles. Ahora llevan sus dolmanes de seda, todos tan pulcros y resplandecientes como lagartos asoleándose sobre una roca. Solo los distingo por los pequeños adornos que llevan en el pecho, los símbolos de su región: un fragmento de asta para el conde de Szarvasvár, una pluma blanca para el conde de Akósvar, un mechón de pelo de lobo para el conde de Farkasvár, y una larga garra de oso sujeta al pecho del conde kalevano. El conde Furedi, que administra Farkasvár desde una enorme fortaleza amurallada al oeste del Ezer Szem, me echa la más fría de las miradas. Las mujeres lobo son la mayor vergüenza de su región.

Le devuelvo la mirada, entornando los ojos. Me pregunto si fue él quien dejó la nota en mi puerta, pero su rostro no traiciona nada. Si hay alguien en esta ciudad, además de Nándor, que me querría muerta, es el conde Furedi. Nándor y Gáspár tienen vetada la entrada a las reuniones del consejo del rey, pero sus nombres aparecen en cada conversación, como el restallido de un trueno a lo lejos. Rápidamente queda claro de qué lado está cada conde.

—Interceptamos una misiva del bey merzani a sus soldados —dice el conde Furedi, apartando su mirada de la mía—. Cuando consigan cruzar la frontera de Akosvár, tienen instrucciones de quemar las cosechas, para conseguir que el hambre nos someta. Saben muy bien que se acerca el invierno.

—Por supuesto. —El conde Reményi, que administra Akósvar, cierra sus grandes dedos en un puño aún más grande—. Perdonadme, mi señor, pero os he advertido precisamente de esto. Los habitantes de Akósvar ya han comenzado a abandonar sus aldeas para huir al norte, buscando refugio tras las murallas de mi castillo. No podemos acoger a más de estos refugiados, y sin duda no podremos alimentarlos cuando el invierno caiga sobre nosotros.

Recuerdo las palabras de Gáspár: que, con cada soldado régyar muerto a manos del ejército merzani, crece el atractivo de Nándor. Pienso en los campesinos que vi en el festival, en sus manos sucias y sus bocas desdentadas. No parecían menos desesperados que los miembros de la aldea de Kajetán, y son una presa fácil para un hombre atractivo que hace promesas vacías.

—Esperamos un invierno duro en Kaleva —dice el conde Korhonen, con su melodioso acento norteño—, pero confiamos en que la guía y la buena voluntad del Padre Vida nos ayude en estos meses difíciles.

—Así es —añade el conde Németh de Szarvasvár, que está ocupado acariciando su ornamento de cuerno—. Debemos dar las gracias al Padre Vida por sus bendiciones, y quizás apaciguar al Padre Muerte con un sacrificio mayor. ¿Qué decís vos, mi señor?

Aunque esta es su reunión y yo soy su guardia personal, me es fácil olvidar que el rey está sentado a mi lado. Parpadea, perplejo, como si acabaran de despertarlo de una siesta.

—Bueno, debemos luchar, por supuesto —dice—. Vamos a recibir refuerzos del Volkstadt para acrecentar nuestros ejércitos, y...

—Perdonadme, mi señor, pero ningún soldado nos ayudará si Dios no está de nuestro lado —lo interrumpe el conde Reményi—. El Prinkepatrios dejará nuestro país en manos de Thanatos y de los merzani si seguimos acogiendo paganos... En nuestro propio palacio, ni más ni menos. Y no puedo fingir que no he visto esto.

Lanza un rollo de pergamino sobre la mesa. El conde Furedi lo atrapa rápidamente, demasiado rápido para que yo pueda descifrar algunas de sus letras, y mucho menos tejerlas en palabras.

—Está colocado en casi todos los puestos del mercado —dice el conde Reményi—. Es un mensaje de los Hijos e Hijas del Patridogma de la capital, y muchos campesinos y mercaderes también lo han firmado. No les gusta que permitáis que los paganos prosperen en Keszi, y que incluso hayáis invitado a una a sentarse en nuestra mesa del consejo.

Oírlo hablar así mientras lleva la pluma de la Tribu del Halcón Blanco en su pecho, mientras hace valer sus derechos sobre el castillo y sus tierras por pertenecer a la estirpe de un jefe tribal, hace que la sangre se caliente en mis venas.

—Difícilmente podríamos prosperar —le espeto—. Soportamos los mismos inviernos que vosotros, aunque peores, porque el bosque es demasiado denso y está demasiado cerca para que podamos plantar suficientes cosechas, por no mencionar que tenemos que preocuparnos por los monstruos y por los Leñadores. Y, si crees que el resto de tu nación es pura, te diré que la vieja magia sigue viva en todos los bosques de Farkasvár, en cada colina y valle de Szarvasvár, y también en cada campo de Akosvár. Nos topamos con espectros sin nombre y brujas en nuestro camino hasta aquí, y vuestros Leñadores fueron devorados por los monstruos apenas dos pasos después de adentrarse en la Pequeña Llanura.

—¿Y por qué deberíamos creer una palabra de tus cuentos de hadas paganos? —me desafía el conde Reményi.

Para mi sorpresa, el conde Németh alza su tibia voz desde el otro extremo de la mesa.

—La mujer lobo no se equivoca, Reményi. En Szarvasvár, tengo a campesinos que han escapado de sus aldeas de invierno perseguidos por mujeres hechas de piedra y de hierba del pantano, y a cazadores y leñadores que han sido encontrados con los corazones fuera del pecho. ¿Cuál podría ser la causa, si no monstruos y magia antigua?

—Si acaso, es solo una prueba más de que Dios está castigando Régország por seguir amparando a los paganos.

—Los monstruos también nos matan a nosotros —señalo con voz trémula, apenas capaz de no gritar—. Y quizá, si los Leñadores hicieran un buen trabajo cazándolos en lugar de merodear por la ciudad lamiendo las botas de vuestro príncipe bastardo, habría menos cazadores sin corazón.

El conde Reményi se sujeta al borde de la mesa. Oigo el sonido de su silla arañando el suelo de piedra, como si estuviera preparándose para levantarse.

—Es una ofensa a Dios que se te permita vivir en esta ciudad, y mucho más asistir a nuestra cámara del consejo. Los paganos impenitentes como tú ocasionarán la caída de Régország.

Veo que se levanta de su asiento, pero antes de que llegue muy lejos, una banda de metal se extiende sobre sus muñecas, sujetándolo a la mesa. El rey se ha levantado, con una mano en su corona de uñas. El color ha desaparecido de sus mejillas, e incluso su bigote parece mustio.

—Siéntate —ordena con voz ronca, y el conde Reményi lo hace.

A pesar de su morbosa corona, la forja ha tenido un precio. Un instante después, el metal se descascarilla y se oxida, marchitándose hasta desaparecer. Tenso los músculos, lista para saltar entre el rey y el conde Reményi, con los cuatro dedos cerrados en un puño. Incluso ese instinto animal me avergüenza. ¿Me he convertido en poco más que en un perro con una correa?

—He tomado una decisión sobre los paganos y la mujer lobo —dice el rey, regresando a su asiento—. Está dócilmente sentada a mi lado, vestida con un adecuado atuendo patricio; nadie diría que es una mujer lobo. Y has visto qué poder tiene... Qué poder me otorga esta corona. El Érsek castigará a los Hijos e Hijas que firmen este mensaje de desafío a su rey.

El conde Reményi clava su mirada en mí mientras levanta una mano para frotarse la muñeca. Aunque es un hombre grande, tiene unos ojos pequeños y brillantes que me recuerdan a las comadrejas que cazaba por diversión, pues no tienen suficiente carne en los huesos que justifique el trabajo de desollarlas y comérmelas.

—Todavía está el asunto de los yehuli —dice el escarmentado conde—. Invaden esta ciudad como alimañas. Son también una afrenta para el Prinkepatrios, con sus rituales oscuros y su falso dios.

Sé de inmediato que estas no son sus palabras: son las palabras que Nándor ha puesto en su boca, solo para sulfurarme. Me mantengo inmóvil, con el estómago revuelto, intentando no delatarme. La verdad de mi sangre solo sería otro golpe contra mí que condenaría aún más a Zsigmond y a los yehuli.

—Los yehuli proporcionan servicios importantes, ¿no? —El conde Korhonen ladea la cabeza—. Se ocupan de la moneda, para que no tengamos que mancharnos las manos con ella, y trabajan el Día del Señor, evitando que los patricios incumplan su promesa.

—Es posible que el dios de los yehuli sea falso, pero al menos adoran solo a uno —dice el conde Németh, a regañadientes.

Tomo aire e intento mantener la voz tranquila.

—Los paganos y los yehuli viven en paz. No son una amenaza para vosotros.

El conde Reményi ladra una carcajada.

—Supongo que no sabes demasiado sobre los volken, chica lobo, pero los invitados a nuestro banquete fueron bastante claros en sus demandas. Régország es un escudo entre ellos y los merzani. Si nos conquistan, no pasará mucho tiempo antes de que todo el continente esté gobernado por Merzan, y el Patridogma quedará aplastado bajo los pies de sus soldados. No somos tan buen escudo si ni siquiera conseguimos mantener a nuestro país unido y puro; *esa* es la amenaza de los yehuli. ¿Y qué es lo que mantiene a los yehuli aquí? Solo su deseo de utilizar nuestra propia desgracia contra nosotros, ya que el negocio de la usura es el más rentable en las épocas de mayor desesperación. Rodinya ha apartado una amplia extensión de su territorio donde los yehuli pueden vivir en paz, lejos de los patricios. Tienen sus propias aldeas y pueblos. El Volkstadt y el resto de los países del oeste han empezado a enviar a sus yehuli a esa región. ¿Por qué no deberíamos hacer lo mismo con los nuestros?

Los otros condes se quedan en silencio, asintiendo con la cabeza y parpadeando su consideración. Como animado por su silencio, el conde Reményi continúa:

—Régország ha de ser un país para los régyar —dice—. Para los patricios. Si queremos resistir ante los merzani, no podemos arriesgarnos a dividir la nación. Nuestros vecinos ya piensan mal de Régország, y están ansiosos por descartarnos como a bárbaros del este. Si seguimos su ejemplo y expulsamos a nuestros yehuli, eso mejorará la posición de nuestro país ante sus ojos.

Sé que estas son también las palabras de Nándor. Hay una elegancia en su argumento que resuena en mi interior, que hace que mi mente farfulle ante la posibilidad. ¿Sería Zsigmond feliz viviendo en otra parte, en una ciudad o en un pueblo solo para los yehuli? ¿Abandonaría su casa, su calle, incluso su nombre régyar? La idea se asienta en el fondo de mi estómago como una piedra. Si de verdad fuera yehuli, ya sabría la respuesta.

—Pensaré en ello —dice el rey. Tiene los ojos encapotados—. Hasta entonces, necesito que todos enviéis más soldados a la frontera.

Un murmullo compartido pasa entre los condes, como el viento susurrando a través de los juncos. El conde Reményi toma aire.

—Os preocupa mucho la amenaza más allá de nuestras fronteras, pero hay otras iguales en el interior —dice con voz firme, a pesar de las arrugas de su ceño—. La continuada existencia de los yehuli y de los paganos amenaza con sumir todo Régország en una oscuridad herética. ¿Y aun así nos pides, a tus leales consejeros, que nos crucemos de brazos? Los yehuli tienen una celebración la semana que viene, y llenarán las calles con su adoración impía. ¿Qué pensarán nuestros invitados volken cuando los vean?

El miedo me apresa, frío y tenso. Las palabras del conde Reményi son casi sediciosas, pero el rey apenas se sienta un poco más erguido, equilibrando la corona de uñas sobre su cabeza. Cuando habla, no hay demasiado fuego en su voz.

—Fue San István quien te dio tu bastión y las verdes tierras que lo rodean, y ahora estás hablando con su heredero. Me entregarás a los hombres que necesito.

Reményi guarda silencio por fin, agarrado al borde de la mesa. La pluma blanca de su pecho parece erizarse, aunque el aire de la habitación está inmóvil, cargado. Sé que está pensando en otro de los herederos de San István, en uno al que le gustaría ver con la corona.

—Ven conmigo —me pide el rey con brusquedad—. Debo consultar al Prinkepatrios.

Después de pasar la noche en vela con Zsigmond, la reunión del consejo me ha dejado especialmente cansada y no tengo fuerzas para negarme, aunque me lo permitiera mi promesa. La cabeza me da vueltas, con todo lo que he descubierto y todo lo que todavía no sé. Es como los espacios blancos donde deberían estar las vocales yehuli, algo que debe enseñarte alguien más anciano y sabio, si quieres llegar a entender cómo llenar las ausencias.

La capilla me sorprende, tallada justo en el acantilado. Su puerta de roble está calzada entre dos nudillos de roca, apenas lo bastante ancha para que el rey y yo la atravesemos a la vez. Hay antorchas en los muros ennegrecidos y velas en los muchos y pequeños orificios de la cueva, proyectando burbujas de luz lechosa. El techo está cubierto de musgo verde, una topografía húmeda y viva. Los Hijos e Hijas del Patridogma se escabullen entre los bancos como pequeños ratones. Bajo la tenue luz de las velas, sus cabezas rapadas son tan brillantes como perlas. Me pregunto cuáles de ellos habrán redactado la misiva pidiendo mi muerte.

Gáspár y Nándor se reúnen con nosotros aquí, con aspecto adecuadamente arrepentido. Después de oír las divagaciones del conde Reményi, me siento aún más reacia a mirar a Nándor, aunque él me observa con dureza, la luz de sus ojos cargada del tenue resplandor de las velas. Gáspár también me evita, pero veo que me mira de soslayo una vez, tan fugazmente que podría habérmelo imaginado.

—Algunos dicen que la lanza de tres puntas es en realidad un tridente. —La voz de Gáspár, así susurrada, resuena en la iglesia casi vacía. Sus sílabas arañan el abrupto techo—. Dicen que el Patridogma comenzó siendo el culto de un dios marino en Ionika, pero se metamorfoseó y cambió al moverse hacia el norte.

—Eso lo dicen los detractores e infieles —replica Nándor sin emoción—. Y los príncipes que pasan demasiado tiempo leyendo las locuras de los herejes en los archivos del palacio.

—No debería hablarse de esas cosas en un lugar sagrado —dice el rey, casi indispuesto.

Un estrecho pasillo atraviesa la bancada, trepando sobre la roca y el enorme altar de piedra. Las velas fundidas se amontonan sobre él como nieve sucia. Se han enfriado y endurecido en un único montón, con agujas de cera osificada goteando por el borde del estrado. Sobre el altar se encuentra la lanza de tres puntas, o el tridente, bañada en oro del Prinkepatrios, y debajo hay una estatua de mármol, teñida de verde tras un centenar de años de aire húmedo. Es un hombre totalmente desnudo, con sus brazos musculosos alrededor del cuello de un enorme toro. El musgo crece sobre sus pies descalzos. La hiedra corona los largos cuernos del toro.

La escultura es tan curiosa que no puedo evitar que la pregunta escape de mis labios.

—¿Qué es eso?

—Mithros —me responde Gáspár—. Fue un mortal que obtuvo el favor del Prinkepatrios. Demostró que era un gran héroe, así que el Prinkepatrios lo hizo inmortal. Se adentró en el mar y desapareció, para unirse a Dios en el cielo.

No me gusta cuánto se parece Mithros a Vilmötten. Cuando nos acercamos al altar, veo los abultados tendones de los muslos desnudos de la escultura y el apéndice que cuelga entre ellos. Hace que me pregunte por qué Gáspár es tan ansiosamente mojigato, después de haberse pasado la vida rezando a los pies de la estatua de un lujurioso hombre desnudo.

El rey y sus hijos se arrodillan ante el altar con las manos unidas. Desde atrás, solo puedo ver sus espaldas dobladas y sus hombros encorvados, su cabello. El del rey, encanecido por la edad; el de Gáspár, sus rizos oscuros bajando por su cuello; el de Nándor, como espirales de oro líquido. Se quedan inmóviles y en silencio durante varios minutos, hasta que el Érsek aparece detrás del altar envuelto en un capullo de muselina marrón. Se tambalea, inseguro, al subir al estrado y parpadea con sus ojos húmedos y pequeños. Ahora lo recuerdo: es el hombre que estaba junto a Nándor en el patio, el que observaba con seriedad mientras mi padre pisaba la sangre del cerdo.

—Mis señores, ¿por qué estáis hoy aquí? —les pregunta el Érsek. Tiene una voz grave y nasal que me recuerda al malvado ministro de la historia de Zsigmond, el que ordenó la muerte de todos los yehuli. A decir verdad, me cuesta imaginar al Érsek haciendo algo así, aunque solo sea porque creo que Nándor se presentaría voluntario primero.

—Hoy, rezo pidiendo sabiduría —contesta el rey—. Para descubrir cómo enderezar los errores del pasado.

—Entonces, sabiduría recibirás —dice el Érsek, y roza la frente del rey con su pulgar. Se dirige a Nándor—. ¿Por qué rezas hoy, hijo mío?

—Hoy, rezo pidiendo fuerza —contesta Nándor—. Para hacer lo que otros hombres más débiles no pueden hacer.

—Entonces, fuerza recibirás —dice el Érsek, rozando con el pulgar la frente de Nándor. Se detiene un instante más de lo que debería y Nándor cierra los ojos y deja escapar una exhalación trémula. Recuerdo la historia de Szabín, que Nándor ha vivido siempre con el sacerdote susurrándole al oído, y algo atraviesa mi desprecio, una inesperada y dura compasión. ¿Cómo culpar a un perro de caza por morder, si solo lo han entrenado para que usara los dientes?

Mi lástima se marchita cuando el Érsek se gira hacia Gáspár.

—¿Por qué rezas hoy, hijo mío?

—Me gustaría confesar un pecado —dice.

El aire de la cueva parece espesarse, y tenso los músculos. El Érsek asiente, y dice:

—Habla, hijo mío.

—Le quité la vida a un hombre. A dos hombres. Ambos eran culpables de crímenes terribles, pero eran buenos patricios, piadosos y devotos. Me gustaría limpiar este pecado de mi alma.

No ha confesado que me besó, que me tocó el pecho o que me acarició entre los muslos. No puedo verle la cara, solo el movimiento de sus hombros cuando inhala con dificultad. El Érsek pasa el pulgar con rapidez por la frente de Gáspár, apenas rozando su piel de bronce.

—El Padre Vida te concede su piedad —le dice—. Has confesado y has sido absuelto de tu pecado.

Mientras el rey y sus hijos se levantan, en perfecta sincronía, yo miro al Érsek con la boca abierta. ¿A qué venía todo el parloteo de Gáspár sobre las almas y la justicia, si solo se necesita el roce del dedo de un sacerdote para absolverlo? Me pregunto qué pensarían de ello los hombres a los que mató. Antes de que pueda dar voz a mi desconcierto, cada uno saca una pequeña bolsa de cuero, cerrada con un cordón. De las bolsas, extraen un pequeño montón de monedas de oro, con el perfil tallado de San Istvn destellando en cada una de ellas. Sostienen las monedas en los cuencos de sus manos y el Érsek las toma y las pone en su propia bolsa. Tira del cordón para cerrarla y las monedas repiquetean cuando la guarda en su túnica. La bolsa es un bulto en su costado, bajo la muselina marrón, una respuesta a la pregunta que no he hecho.

—El Prinkepatrios acepta vuestras ofrendas —termina el Érsek, bajando la cabeza—. Donde hay sacrificio, grandes cosas han de llegar sin duda.

El Érsek camina hacia una entrada sombría, con el paso torcido por el peso de las monedas, y Nándor sube al estrado para seguirlo. Sus rostros están muy cerca, mientras hablan en susurros. Quizá fue el Érsek quien dejó la nota en mi puerta, otro de los sumisos seguidores de Nándor. El rey se aleja sin rumbo entre los bancos, murmurando para sí mismo. Y entonces me quedo a solas con Gáspár.

Es la primera vez que tengo la oportunidad de hablar con él desde que vino a verme a mi celda, y el recuerdo me duele. A pesar de todo, me gustaría contarle todo lo que ha pasado: lo de la reunión del consejo, lo de Zsigmond. Como si pudiera ayudarme a llenar algunos de los espacios vacíos. Pero cuando abre la boca, ya he aplastado ese instinto.

—Has sobrevivido —dice en voz baja.

—No gracias a ti —le espeto. Pienso en cómo se quedó sentado en silencio en la mesa del banquete mientras el rey sostenía su espada sobre mi cabeza y me siento más miserable que nunca.

Gáspár me sostiene la mirada, tragando saliva.

—Lo intenté.

—Si te refieres a tus lamentables protestas en el banquete…

—No —dice, con un tono de testaruda arrogancia que descubro que he echado de menos—. Antes del banquete. Le supliqué a mi padre que te perdonara la vida, aunque podría haber muerto por ello.

Recuerdo la facilidad con la que Nándor me tocó, poniéndome un dedo sobre los labios como si no temiera que yo fuera una amenaza para su santidad. Me pregunto qué haría Gáspár si no tuviera miedo. Pero no ha confesado nuestro pecado. No ha intentado que lo absolvieran de lo que hizo, de lo que hicimos juntos.

—¿Te arrodillaste ante él? —le pregunto con perversidad.

No es una pregunta que quiera que me responda, y casi espero que Gáspár frunza el ceño y me dé la espalda. Durante un instante detenido en el tiempo no hay ningún sonido en la iglesia más que la armonía de nuestras respiraciones; incluso el goteo del agua y los pasos del rey se han aquietado. Gáspár me mira sin parpadear durante tanto tiempo que, cuando termina, cuando por fin habla, tengo los ojos cansados y húmedos.

—Sí —me dice.

CAPÍTULO DIECIOCHO

Después de la primera vez, pasé cinco noches seguidas en la casa de Zsigmond, trazando letras. No creo que sea correcto llamar «escribir» a lo que estoy haciendo, todavía no. Solo puedo copiar lo que veo en los pergaminos de Zsigmond; no puedo conjurar mis propias palabras. Mi padre me observa por encima de su libro, hasta que bostezo con cada exhalación y tengo los ojos demasiado vidriosos para seguir leyendo, y entonces me deja dormir en su cama, cubriéndome con una colcha que huele a cera y a tinta y a papel viejo, que huele a él. Cuando la luz rosada del alba se filtra a través de la ventana y cae, como una rejilla, sobre mi rostro cansado, sé que es la hora de regresar al castillo, de sentarme con la mirada perdida junto al rey, como un perro guardián especialmente fiel. Las reuniones del consejo, los banquetes y las visitas a la iglesia se suceden ante mí como una letanía inconsciente. Durante el día, no puedo pensar en nada más que en regresar a la casa de Zsigmond por la noche.

Me cuenta historias de mi madre, solo las buenas, de cuando tenía las mejillas sonrosadas y estaba viva, de cuando yo no era más que un sueño distante. Yo le hablo de Virág y de sus predicciones dramáticas y siniestras, con cuidado de no mencionar los latigazos e intentando extraer pequeños fragmentos de humor de una vida en su mayor parte desprovista de él. A Zsigmond, esto se le da especialmente bien; no posee nada de la tristeza autocompasiva de Virág. Incluso cuando habla del maltrato a manos de Nándor, me hace reír con su descripción de los Leñadores, como ovejas recién esquiladas, avergonzadas de su reciente desnudez y balando tras su guapo y lanudo señor. Solo entonces me siento lo bastante valiente para recordar las palabras del conde Reményi.

—Durante la reunión del consejo —comienzo, en voz baja e insegura—, había un conde, el conde de Akosvár, que dijo que había un lugar para los yehuli donde podrían tener sus propios pueblos y aldeas. Una franja de tierra en Rodinya que ha sido apartada para ellos. Dijo que el resto de los países del oeste está ya enviando allí a sus yehuli.

Los ojos de Zsigmond pierden su destello de humor.

—Lo llaman el Terruño. Se encuentra en la peor zona del imperio rodinyano, estéril y fría, donde no puede crecer casi nada. Los yehuli viven allí en sus propios pueblos y aldeas, es cierto, pero hay leyes que les prohíben poseer la tierra y vender mercancías, trabajar en ciertos días, enviar a sus hijos al colegio. Y los patricios acuden de las ciudades cercanas para quemar sus casas y matarlos. No respetan a las mujeres ni a los niños.

Un nudo sube, caliente y duro, por mi garganta.

—Pero ¿no es eso lo que ocurre aquí? Nándor hizo que te arrestaran y torturaran por haber trabajado en un día sagrado para los patricios, y ahora amenaza con desatar la violencia sobre los yehuli…

—Mi familia —comienza Zsigmond, y después se aclara la garganta, corrigiéndose—. *Nuestra* familia ha vivido en Király Szek por seis generaciones. Hemos servido a reyes y condes. Hemos realizado todos los oficios, hemos sido orfebres y barrenderos. Vimos cómo caían las puertas de la ciudad ante los enemigos de San Istrán y después las reconstruimos; vimos su coronación y murmuramos sobre ella en antiguo régyar, como el resto del mundo. Este es nuestro hogar, igual que Keszi es el tuyo.

—Keszi no es mi hogar —digo, sintiendo que se me revuelve el estómago—. Ya no. Me enviaron a la muerte.

Zsigmond inhala. Sé que se arrepiente de sus palabras, pero no tiene tiempo para disculparse de ellas antes de que llamen a la puerta. Es Batya, cargada con dos enormes cestas de mimbre y un bulto de pálida seda bajo el brazo.

Frunzo los labios cuando la veo, como si hubiera mordido una fruta ácida. He aprendido lo bastante de la lengua yehuli para saber que la primera vez que nos conocimos me llamo «rechoncha».

—Bueno, te dije que la invitaras, ¿no? —Batya me entrega la seda; cuando la despliego sobre la mesa, veo que es un vestido—. Y aquí está tu comida. Como si no cocinara suficiente para ti el resto de los días del año.

Toco la manga del vestido, parpadeando y sin saber qué decir. Zsigmond toma las cestas, que están llenas de hogazas de pan dulce y de paquetitos de galletas duras espolvoreadas de semillas de amapola.

—Gracias —dice, dándole un beso en la mejilla mientras se ruboriza ligeramente—. ¿Se han ido ya al templo tus hijas y sus maridos?

—Sí —le responde—. Les dije que me aseguraría de que te levantaras y te vistieras, y que me pediste que le trajera a tu hija algo que ponerse.

—¿Para qué son los regalos? —pregunto.

Zsigmond abre la boca, pero Batya habla primero.

—En esta fiesta entregamos comida a nuestros amigos, y al menos dos platos a alguien que necesite llenarse la barriga. Solíamos ir a las calles más pobres de Király Szek para repartir pan, pero no les gustaba recibir limosna de los yehuli y después el rey lo prohibió. Zsigmond, ¿no le has contado nada a tu hija? Ya que estás enseñándole, ¿por qué no le enseñas a leer el libro sagrado? Parece tan desconcertada como un cervatillo recién nacido.

Es una comparación más amable de lo que esperaba y, a pesar de su malhumor, Batya no parece reacia a invitarme al templo. Siento una punzada de culpa por haberla comparado con Virág.

—¿No tenéis miedo? —La pregunta se me escapa, casi sin darme cuenta—. Nándor quiere que os vayáis, el conde quiere que os vayáis... ¿No os parece peligroso celebrar algo?

Me pregunto si a Batya le parecerán groseras mis palabras; si se pareciera a Virág, me golpearía o sermonearía. Pero Batya solo se ríe.

—Si solo celebráramos los días en los que no hay peligro, nunca tendríamos ocasión de celebrar nada —me dice—. Vamos, Zsigmond, y trae a tu hija. Creo que le gustará oír esta historia.

El templo tampoco se parece en nada a lo que esperaba. En la lengua yehuli, Zsigmond me cuenta que se llama shul. Después de ver las casas grises de la calle yehuli, esperaba un edificio pequeño, hecho de madera o de piedra desmoronada, apenas lo bastante amplio para acoger a un puñado de asistentes. Pero el templo es incluso más grande que la capilla del rey, con sus rocas y su musgo y el sonido del agua, y quizás incluso más majestuoso. El techo abovedado está pintado de un azul celeste, como la amplia mejilla del cielo, estrellada de pecas. Hay hileras e hileras de bancos de madera pulida que conducen a un altar de mármol tallado, pero en él no hay ninguna estatua desnuda, solo un atril con un libro abierto. Lo ilumina la velada luz de una docena de arañas de forja. Volutas de oro trepan por las altas columnas de color marfil, alzándose hacia el cielo como robustos y viejos robles. Aun abarrotado de gente, el templo parece tan grande que sé que mi voz resonaría hasta el atril, si fuera lo bastante valiente como para hablar.

El vestido que Batya me ha prestado me queda sorprendentemente bien, con espacio suficiente en el corpiño. Está abotonado hasta el cuello, seguramente lo más recatado que me he puesto nunca. La mayoría de las mujeres de mi edad se ha cubierto el cabello con pañoletas, lo que me confunde hasta que las veo sentarse junto a sus severos maridos, con los niños inquietos sobre sus regazos. Me atraviesa una punzada de terrible soledad, y me pregunto si Zsigmond también la sentirá o si se habrá habituado a ello después de tantos años, acostumbrado a sentarse solo en un mar de familias. Me conduce al banco donde está Batya, con sus tres hijas de cabello negro a su lado, como cuervos en una rama.

La más joven me mira con dureza.

—Mamá, ese vestido es mío.

—Basta, Jozefa —le espeta Batya—. Considéralo tu acto de caridad.

Jozefa mira a su madre con el ceño fruncido, pero cuando se gira para mirarme de nuevo, solo hay curiosidad en su rostro y una sonrisa en sus labios rosados.

—¿Eres la hija de Zsigmond?

Asiento en silencio.

—Entonces debes haberte convertido, ¿verdad? No estás casada. —Me mira de arriba abajo, como un mercader examinando un jarrón de porcelana en busca de grietas—. Pareces mayor que yo. Si quieres casarte...

—Jozefa. —La voz de Batya se interpone entre nosotras—. El rabino va a comenzar.

Jozefa aprieta los labios y vuelve a mirar el atril. Tengo las mejillas calientes, pero es un pequeño sonrojo. No me siento avergonzada. Aprendí hace mucho a distinguir qué preguntas son groseras solo por curiosidad y cuáles son groseras para herir. Las de Jozefa son romas, sin dientes; Katalin habría resoplado ante una insolencia tan mundana. Supongo que le habría hecho aquella pregunta a cualquier yehuli que no se hubiera casado a los veinticinco, y la idea me llena de una floreciente esperanza, algo parecido a una moneda en el interior de un puño cerrado.

Espero que el rabino sea parecido al Érsek, pero es más joven, con una barba espesa y muy rizada, negra como la zarzamora. Hay dos velas en el atril, y cuando traza algo en sus bases, ambas mechas se prenden. Hace que contenga el aliento, igual que cuando Zsigmond lo hizo.

Empieza a hablar y me siento profundamente aliviada al oír régyar y no yehuli. Se me eriza la piel con el recuerdo de las palabras del conde Reményi, la facilidad con la que creía que los yehuli abandonarían sus hogares y sus pasados en Régország, una fantasía que yo misma albergué por un instante. Ahora me parece imposible imaginarlo: las palabras régyar escapan de la boca del rabino con tanta facilidad como el agua de un manantial de montaña. La historia que cuenta me resulta familiar, sus nombres y lugares se iluminan en mi mente como señales de fuego. Se trata de una huérfana yehuli, Ester, que se casó con un rey. El rey no sabía que su nueva esposa era yehuli, y tampoco su malvado ministro, que conjuraba para matar a todos los yehuli del reino. Cuando Zsigmond me contó la historia, hace décadas, lo hacía utilizando una voz aguda para el ministro que me hacía reír sin parar. Ahora, cada vez que el rabino pronuncia el nombre del ministro, el templo se llena de gritos y cacareos, sonidos que borran al ministro de la historia como un pulgar emborronando la tinta. Pienso en Zsigmond, cuando ocultó la primera letra de *emet*, convirtiendo *verdad* en *muerte*.

—Ester sabía que la habían convertido en reina para que pudiera ayudar a su pueblo, pero presentar al rey estas cuestiones iba contra la ley, y la condenaría a muerte —dijo el rabino—. Así que, durante tres días, Ester rezó y ayunó y afiló su mente, y después se presentó ante el rey.

Ya sé que la historia termina con el triunfo de Ester, con la salvación de los yehuli y la muerte del malvado ministro. También sé que hay una lección en ello, como en todos los sombríos cuentos de Virág, pero no sé cuál es. ¿Ester fue valiente, o fue astuta? ¿El rey era cruel, o solo estúpido? Creo que Virág diría que Ester fue una cobarde por haberse casado con el rey, o por no haberle cortado el pescuezo mientras estaba profundamente dormido en su cama de matrimonio.

Una pequeña tristeza se filtra en mi interior, como el agua de la lluvia a través de las raíces. A mi alrededor, los yehuli se sientan con sus familias, rozándose los hombros y con las manos entrelazadas, y después estamos Zsigmond y yo, intentando no tocarnos los muslos. Las palabras yehuli flotan a través del aire en susurros, tan ligeras y pálidas como motas de polvo, todavía desconocidas para mí en su mayoría. Puedo sentarme en su templo y vestir su ropa e incluso balbucear su lengua, pero todavía no soy una de ellos.

Y entonces, sorprendentemente, Zsigmond me cubre la mano con la suya. Siento el estremecimiento de la duda atravesando su palma y después entrelaza sus dedos con los míos. Me siento envuelta en calidez. Josefa alarga la mano sobre el regazo de su madre para alisar uno de los pliegues de mi vestido, de su vestido, casi sin pensar, como si hubiera notado un mechón suelto en su propio peinado. Zsigmond sigue mirando hacia delante, observando al rabino, pero cuando me mira de soslayo, fugazmente, veo en sus ojos una paz exquisita.

Después de la lectura, la gente sale del templo. En la calle han instalado mesas con enormes bandejas de empanadillas de forma triangular, tortitas finas enrolladas y untadas de queso dulce y las últimas moras del verano, jarras de vino y las mismas galletas duras que Batya le llevó a mi padre en su cesta de regalo, con huellas de mermelada de cereza en el centro. Zsigmond me cuenta que esta es una festividad menor, pero parece tan importante como cualquier celebración que hayamos tenido nunca en Keszi. En la carretera, hay un hombre representando una obscena obra de teatro de sombras, contando la historia de Ester con algunas añadiduras no aptas para los oídos de los niños. Los niños no están escuchando, de todos modos: corren a través de las faldas de sus madres, con las bocas manchadas del púrpura del zumo de bayas.

Las niñas llevan coronas de papel y juegan a ser la reina Ester. El oscuro cielo de la tarde está rayado de naranja y oro.

Me detengo junto a la mesa del banquete, obligándome a no quedarme junto a Zsigmond como si yo también fuera una niña. Él habla sobre todo con Batya, en susurros, con un vaso de vino en la mano. Veo que cada familia yehuli es como una constelación, y Zsigmond es su propia estrella solitaria, haciendo titilar su luz singular. Como yo en Keszi, una hija sin su madre, sin nada que me diera forma excepto su trenza en un bolsillo y mi moneda en el otro. Me sirvo un vaso de vino y me lo bebo de un trago.

—Mi madre se ofenderá si no pruebas sus empanadillas —dice Jozefa.

Dejo mi vaso.

—Tu madre dice que estoy rechoncha.

Jozefa me mira con el ceño fruncido, como si intentara juzgar la veracidad de la afirmación.

—Se ofenderá de todos modos. Y si tú estás rechoncha, yo también lo estoy. Cabemos en el mismo vestido.

Toma una galleta y se la come en dos bocados, sonriendo con malicia. La observo, incómoda. Las otras hijas de Batya son mayores, casadas, y el agotamiento de tres niños se refleja en sus miradas. Jozefa tiene los ojos claros y brillantes de su madre y un rostro lleno de pecas que parecen esparcidas por una mano perezosa. Es guapa, de un modo que parece afilado por una navaja; después de tantos años siendo atormentada por Katalin y las demás chicas de Keszi, me es difícil mirar a una muchacha guapa y no pensar en la cuchilla tras su sonrisa. Si estuviéramos en Keszi, Jozefa me tiraría del cabello y se burlaría de mí. Pero ahora solo me llena el vaso de vino antes de servirse el suyo.

—Gracias —le digo.

Mi voz está cargada de recelo, y ella lo sabe. Hace un mohín.

—Mi madre dice que vienes de las aldeas paganas de Farkasvár, y que tu madre era pagana. ¿Qué haces en Király Szek?

Me bebo el vino.

—Es una larga historia.

—A los yehuli nos gustan las historias, por si no te has dado cuenta. —Tiene los ojos brillantes y animados—. Deberías acostumbrarte a contarlas, si quieres ser una de nosotros.

Casi le digo que tengo mucha práctica escuchando, pero no tanto relatando.

—Pero no podría ser una de vosotros, ¿verdad? Apenas conozco vuestro idioma o vuestras oraciones o...

—Puedes aprender —dice Jozefa, encogiéndose de hombros—. No eres tonta, ¿verdad? Incluso mi primo pequeño puede leer el libro sagrado, y todavía cree que las gallinas negras ponen huevos negros. Y aunque tu madre no fuera yehuli, puedes convertirte.

—¿Ocurre a menudo? —le pregunto con entusiasmo—. Que alguien se convierta.

—Ya no. Pero, hace mucho tiempo, antes de que el Patridogma llegara a Régország, muchos hombres y mujeres yehuli se casaban con extranjeros. Entonces se convertían y criaban a sus hijos aquí, y nadie los consideraba diferentes. Por supuesto, en aquel entonces nos permitían vivir como queríamos, y no había una calle yehuli.

—¿Antes del Patridogma?

Aunque Virág afirma recordar una época en la que no había lanzas de tres puntas ni hachas de Leñadores, me es imposible imaginarlo.

—Por supuesto —dice Jozefa—. Los yehuli vivían en esta ciudad cuando el rey István no era ni siquiera un sueño en la mente de su madre. ¿Por qué crees que nuestro templo es tan espléndido, cuando solo podemos trabajar en los días y en los trabajos que nos permiten los patricios? Nuestro templo estuvo aquí antes que la Torre Rota, y mucho antes de que el rey tallara su capilla en la colina.

La revelación me desconcierta. Todo lo que sé de la historia régyar es lo que he aprendido a los pies de Virág, y por supuesto nunca se mencionaba a los yehuli. Jozefa me mira mientras me

LA LOBA Y EL LEÑADOR 305

sonrojo, primero por la consternación y después por el enfado, pensando en el Patridogma como una ola devorando una piedra descolorida y antigua.

—¿Por qué habéis sido tan amables conmigo? —No es la pregunta que pretendía hacer, pero sube por mi garganta sin que me dé cuenta.

—¿Por qué no deberíamos? —replica Jozefa, bajando las cejas—. Zsigmond lleva solo casi toda su vida; era triste verlo así. Ahora ha descubierto que la hija que creía muerta está viva. ¿Por qué debería parecernos mal que tu madre fuera una mujer pagana?

—Porque solo soy la mitad... —comienzo, pero me detengo en seco porque Jozefa me está mirando como si fuera realmente tonta.

—Puede que a algunos no les guste —dice—. Pero yo creo que son los patricios quienes se preocupan por medir la sangre.

No solo los patricios. Pienso en Katalin, en su rostro teñido de azul por la luz de su llama. Con su seguridad elocuente, Jozefa parece tan protegida como un cachorro de zorro en su madriguera. La sangre tiene poder. Yo la he visto cubriendo la muñeca de Gáspár, la he sentido secándose en la parte de atrás de mis muslos. Me he comido esa verdad toda mi vida, incluso antes de saber que puedes cortarte el brazo para encender un fuego, o arrancarte el meñique para atraer la magia de Ördög.

A varios metros de distancia, Batya echa la cabeza hacia atrás y se ríe de algo que mi padre ha dicho. Le brillan los ojos. Recuerdo que estaba sentada con sus hijas en el templo, y solo ahora me doy cuenta de la ausencia de su marido.

—¿Y *tu* padre? —le pregunto, animada, sin intentar ser prudente—. ¿Dónde está?

—Murió cuando yo era pequeña. —Jozefa parpadea, tranquila—. No lo recuerdo. Pero sé lo que es vivir sin un padre.

La sinceridad de su respuesta casi me hace sentirme avergonzada por preguntar, y doblemente avergonzada por pensar que era tan blanda como un gatito, ajena a cualquier sufrimiento. Ahora veo un sentimiento distinto en la sonrisa de Batya, y le otorgo un nuevo significado al modo en el que Zsigmond le ha puesto la mano en el brazo.

Abro la boca para contestar, pero el viento se levanta, transportando el sonido de las voces por la calle yehuli. La luz del fuego danza sobre las fachadas de las casas y las sombras en movimiento caen sobre los adoquines. Se me hiela la sangre.

Mi mente conjura imágenes de estacas y antorchas, de cadáveres en las calles. Pero no veo destellos de espadas, solo una multitud reuniéndose al final de la calle, sobre todo campesinos, con sus ropas hechas a mano. Murmuran, asintiendo con la cabeza como ratones de campo, pero hay una voz, armoniosa y familiar, que se eleva sobre el resto.

—Mirad cómo disfrutan mientras nuestros soldados son abatidos por el acero merzani —dice Nándor—. Mirad con cuántas ganas comen, mientras el ejército del bey quema nuestras cosechas en Akosvár. Si creéis, como yo, que el Prinkepatrios recompensa la devoción y castiga la apostasía, entonces ¿cómo podéis creer que no seremos castigados por albergar paganos en nuestra ciudad?

Un coro de aprobación se eleva de la multitud. Jozefa se ha quedado rígida a mi lado, agarrando con una mano el borde de la mesa. Tiene los nudillos blancos. A mi espalda, Zsigmond mira a Nándor y luego me mira; el rubor del vino desaparece de sus mejillas.

—Todo este tiempo, el rey ha buscado el poder para derrotar a los merzani y poner fin a la guerra —continúa Nándor. Camina hasta el frente del gentío con paso ligero—. Ha robado la magia de las uñas de las paganas, como un impío profanador de tumbas. Quizá la solución ha estado ante nosotros todo este tiempo: expulsar a los yehuli de esta ciudad y limpiar esta tierra de paganos.

Sus palabras alientan al motín. Examino a la multitud, buscando a Gáspár, a cualquiera que sea testigo de la traición de Nándor. Me da un brinco el corazón cuando veo una suba negra, pero no es Gáspár: solo es un Leñador sin nombre cuyo rostro me es familiar.

Mi mirada se posa en otro Leñador, y después en otro, con las hachas en las caderas y los ojos siguiendo a Nándor con reverencia. Se me emborrona la visión y me siento tan mareada que creo que voy a vomitar.

La multitud rodea a Nándor y todos avanzan un poco más por la carretera. Los sonidos de nuestro banquete se han silenciado. Los niños se aferran a las piernas de sus padres, con las plumas de sus máscaras atrapadas por el viento. El rabino tiene un vaso de vino en una mano y una galleta a medio comer en la otra. Todos somos, en este momento, parte de una misma constelación: docenas de estrellas unidas por el mismo terror.

Nándor se aparta de la gente. Bajo la luz del crepúsculo, su rostro es incandescente y la luz de la antorcha parpadea sobre los brillantes planos de sus mejillas. Se acerca a mí; Jozefa emite un pequeño gemido asustado y retrocede. Yo me quedo inmóvil. Mi corazón es un rugiente clamor. Cuando Nándor se detiene, nuestras narices están a un pelo de distancia. Veo una pequeña e imperfecta marca de nacimiento bajo su ceja izquierda.

—Évike —dice—. Qué terrible decepción. Apenas queda ningún rastro de pagana en ti. Lo siento por mi padre: quería una violenta mujer lobo y ha conseguido una sumisa perra yehuli.

Quiere que sus palabras tallen barrancos profundos en mi interior, lo bastante profundos para acobardarme o para que me revuelva tan agresiva como una loba con una flecha en la corva. El dolor vuelve crueles a los animales, pero yo ya no soy un animal. La multitud murmura su furia contenida a su espalda, con los rostros desvaídos por el odio. Son campesinos de semblantes cenicientos en su mayoría, junto a un puñado de Leñadores e incluso algunos nobles, con sus dolmanes de suntuosos colores. Una cara conocida destaca entre la masa: la del conde Reményi, con sus ojos de comadreja entornados hasta ser solo puntas de cuchillo.

—Mujer lobo o yehuli, sé qué hacer con los bastardos que cometen traición —digo, aunque mi voz suena más incierta de lo que me gustaría—. Y sé lo que te detiene, Nándor. Quieres ser un rey patricio de un país patricio, pero la ley patricia dice que la corona es para el primogénito. Para el hijo legítimo.

Espero una mueca de Nándor, aunque sea fugaz, pero apenas parpadea. Su mirada vaga sobre mi hombro y se detiene en Zsigmond. Mi corazón balbucea.

—Así es —replica Nándor, mirándome de nuevo—. Mientras el primogénito viva. Y es posible que tú y los tuyos estéis bajo la protección de mi padre, por ahora, pero la palabra de un hombre, aunque sea la palabra de un rey, no puede hacer nada contra la marea de toda una ciudad.

Pasa otro instante antes de que consiga desmarañar la trenza de su amenaza, y el miedo me revuelve el estómago. ¿Es la vida de Gáspár, y no la de su padre, la que pretende arrebatar? ¿Planea expulsar a los yehuli con su facción de Leñadores desleales? ¿Y después los hará marchar también hacia Keszi?

Cierro los cuatro dedos en un puño. Me habían hablado del poder de Nándor, pero nunca lo había visto. Lo he oído hipnotizar a una multitud con su voz, pero las voces pueden ser silenciadas. Un instinto lleno de odio se entrelaza en mi interior, y estoy a punto de rodearle el cuello con la mano.

Me detengo antes de levantar el brazo. Eso solo hará que la violencia caiga sobre Zsigmond, sobre Jozefa y Batya y los yehuli a mi espalda. A pesar de cuánto me he burlado de Gáspár por su servil silencio, a pesar de todo lo que he luchado contra la crueldad de Katalin, no me alzo contra Nándor. Dejo que sus palabras caigan sobre mis hombros como frágiles hojas de invierno. Me quita el vaso de la mano y se lo bebe, dejando una mancha escarlata en las comisuras de sus labios. Después rompe el vaso sobre los adoquines, se gira y se lleva a su turba con él.

CAPÍTULO DIECINUEVE

La calle se vacía segundos después de la marcha de Nándor. Retiran la comida de las mesas. Los niños se resguardan en sus casas, acallados por los besos de sus madres. Lo único que queda es la mancha roja del vino sobre los adoquines y los fragmentos de porcelana de mi vaso. El crepúsculo se ha afilado y ya es de noche, y el aire frío me aguijonea las mejillas y la nariz mientras ayudo a Batya y a Jozefa a llevar las bandejas a su casa, con Zsigmond siguiéndonos de cerca.

Cuando se cierra la puerta, Batya se derrumba en una silla. Jozefa se seca el sudor de la frente, sin decir nada. Y Zsigmond se sienta ante la mesa, formando con las manos un triángulo ante él, con la mirada fija en un punto a media distancia. La ausencia de sonido es más ruidosa que las campanas de la iglesia de Király Szek.

—¿Qué vais a hacer? —les pregunto al final, cuando ya no puedo seguir soportando el silencio. Mi voz suena tan aguda como la de un ratón de campo.

—Lo que siempre hemos hecho. —Batya se frota la barbilla con una mano—. No podemos hacer otra cosa. Hemos soportado amenazas peores antes. Estos últimos años han sido especialmente malos, con la guerra, pero cuando echen a los merzani de la frontera, Nándor se moderará de nuevo.

—No es solo Nándor —dice Zsigmond en voz baja—. Había casi un centenar de campesinos con él, y también Leñadores y nobles. ¿Está la boca de Nándor detrás de sus oraciones, o es la respuesta a ellas?

No sé qué contestar. Si el fuego te quema la choza, ¿culpas al hombre que encendió tu chimenea, o al dios que hizo frío el invierno?

—Sí, y aun así hemos soportado cosas peores —vuelve a decir Batya, pero veo que sus ojos se mueven entre mi padre y la puerta—. Intentaremos pasar inadvertidos hasta que termine, como siempre hacemos.

Como hace el rey János, pienso, que solo ha tratado de tapar los agujeros de un barco endeble. Ese es el problema de los patricios: se preocupan por su legado más que por sus vidas. El rey dejaría que Keszi ardiera, dejaría que mi padre se desangrara, incluso se dejaría morir él mismo si eso no impidiera que tuviera su estatua esculpida en oro. Si pudiera quedarse en ese patio, como un fino hueso de dedo, un mechón de cabello o un ojo blanqueado.

Zsigmond asiente y no dice nada más. Jozefa aparta un mechón suelto del rostro de su madre. Y entonces siento que comienzo a respirar con dificultad, que las lágrimas asoman, calientes, en el rabillo de mis ojos. Batya toma aire con brusquedad y me sonroja la vergüenza por mi debilidad, la facilidad con la que Nándor me ha hecho llorar, hasta que Zsigmond se levanta de su silla y me rodea con los brazos, metiendo mi cabeza bajo su barbilla.

Casi me río entonces, por la incredulidad y la desesperación. Durante toda mi vida, lo único que he querido es que mi padre me abrazara, pero ahora, cuando por fin lo hace, me siento como si me estuviera sosteniendo ante los lobos de su puerta. Me seco las lágrimas contra el cuello de su camisa y le digo:

—Virág te diría que te he traído mala suerte.

Zsigmond se ríe; siento su risa resonando en mi mejilla.

—Dios me ha devuelto a mi hija, y todo lo que haya venido con ella no es más que polvo en el viento. ¿Te he contado la fábula del rabino y el gólem?

Jozefa gruñe desde el otro lado de la estancia.

—Por favor, mi madre me la ha contado un millar de veces. No soportaría oírla una vez más.

Batya la silencia con una mirada, mientras pienso que yo misma me he sentido así muchas veces. He descubierto que los yehuli tienen tantas historias como Virág. Hay fábulas de ceniza para los funerales, fábulas de vino para las bodas, fábulas de luna para intentar que los niños se vayan a la cama por la noche. Las fábulas de hilo son historias que las madres cuentan a sus hijas cuando les enseñan a coser, pero yo no tengo madre, así que nunca he oído ninguna.

—Es una fábula de sal —dice Zsigmond, soltándome—. Es lo que contamos en Shabbos cuando salamos el pan. Esta historia es sobre un rabino que vivía en una ciudad muy parecida a Király Szek, pero donde los yehuli no eran tratados tan bien. Cerraban sus ventanas y bloqueaban sus puertas, pero los patricios acudían por las noches para quemar sus casas y saquearlas. El rabino perdió a su esposa así, y se llevaron a su hija para criarla como patricia en la casa de un noble sin hijos. El rabino vio su cabeza oscura entre una multitud de patricios con el cabello rubio, la vio hacerse más alta y perder sus dientes de leche, sin que ella supiera nunca que su verdadera familia vivía tras las puertas del barrio yehuli de la ciudad.

»El rabino rezó a Dios, buscando una respuesta, y como era un hombre bueno y leal que amaba a su pueblo, Dios le respondió. Le dijo al rabino su verdadero nombre. El rabino escribió el verdadero nombre de Dios en un trozo de pergamino y se lo guardó en la manga, para no olvidarlo. Y entonces se marchó de la ciudad y se dirigió a la ribera del río, donde comenzó a escarbar en el barro. Con las manos, dio forma a un hombre de arcilla: solo la tosca silueta de un hombre, con dos agujeros por ojos y otro agujero por boca. En el interior de la boca, el rabino introdujo el pergamino con el nombre de Dios. Y entonces el hombre de barro se incorporó.

»El hombre de barro siguió al rabino hasta la ciudad. Su tamaño era el doble que el de un hombre normal y su fuerza cuatro veces mayor, y al estar hecho de barro, no podía ser herido. Cuando los patricios acudieron aquella noche, con sus horquetas y sus antorchas, el hombre de barro estaba esperándolos. Dobló y rompió sus horquetas contra su cuerpo de arcilla, y extinguió todas las antorchas con sus dedos enormes y duros.

»Los yehuli le estaban muy agradecidos al hombre de barro, y también al rabino por haberlo creado. Y se dice que, cuando el rabino quiso que el hombre de barro fuera barro de nuevo, metió la mano en la boca de la criatura y extrajo el nombre de Dios.

Es como la historia de Ester: sé que hay una lección en ella, pero no la comprendo. En lo único que puedo pensar es en Nándor saliendo del hielo como una pálida alucinación, y en todos los patricios cayendo de rodillas ante él. Creo que es tanto la boca tras sus oraciones como la respuesta a ellas.

—Pero ahora no hay ningún hombre de barro —le digo—. No hay nadie que os proteja de Nándor y los demás.

—Un protector no siempre tiene forma de hombre de barro —dice Zsigmond. Sus ojos oscuros reflejan la luz de las velas como un estanque negro refleja una luna alta—. Tú podrías ser una de nosotros, si quisieras.

Jozefa asiente, contrita.

—¿No te lo he dicho?

Pienso en escribir mi nombre, en practicar cada letra hasta que los movimientos sean para mí tan naturales como respirar. Las cuatro líneas rectas de la *É*, la *V* como una pequeña y afilada daga, después una línea brusca para la *I*, y más trazos duros y rápidos para la *K* y la *E*. Sostuve ese trozo de pergamino con mi nombre escrito tan fuerte en mi palma que la tinta se deshizo en mi mano, pero por fin era algo que me pertenecía, a mí y solo a mí.

Nándor me lo quitaría, y después me arrancaría la cabeza del cuerpo. Ni siquiera conservaría mis uñas y el poco poder que pudiera haber en ellas: mataría cualquier recuerdo mío y enviaría a todos los yehuli al frío exterior.

—Creo que sí —digo, aunque suenan como las últimas palabras que voy a decir en este mundo.

Zsigmond sonríe con tanta firmeza que es como si sostuviera una espada. Y después se encorva y me susurra el nombre de Dios al oído.

Cuando me marcho de la calle yehuli, las campanas repican en el patio del castillo. Mi corazón dobla con ellas, resonando en mi caja torácica y por mi columna. No he dejado solo al rey demasiado tiempo, pero de todos modos me pregunto si Nándor ha aprovechado mi ausencia. ¿Y si las campanas están tocando a muerto? ¿Y si le ha quitado la vida a su legítimo hermano? Las palabras de su amenaza siguen entrelazadas en mi mente.

Pero la multitud reunida en el patio no parece de luto. Muchos son los mismos campesinos que siguieron a Nándor hasta la calle yehuli, y me pregunto si me reconocerán, con mi vestido de seda verde claro y mi rostro sonrosado por el recuerdo del llanto. Ninguno parece fijarse en mí: se empujan y se ponen de puntillas, estirando los cuellos para ver lo que ocurre en el centro del gentío. El cielo gris parece igualmente inquieto, las nubes se mueven de un lado a otro como un prisionero caminando por su celda. Paso junto a un comerciante con un dolmán rojo y junto a un pedigüeño con una moneda de plata en la boca, y llego hasta la primera fila.

Se me emborrona la visión, vidriosa con el humo que se eleva del mercado y el olor acre de las especias en el aire. Veo la silueta oscura de la suba de un Leñador, que trota hacia la barbacana sobre su caballo negro. Y después, a su lado, algo imposible: el borrón blanco de una capa de lobo y una chica con el cabello del color de la nieve.

Parpadeo una vez, esperando despertar de una pesadilla.

Parpadeo de nuevo, rezando por que sea un espejismo, un truco de la insípida luz del sol de Király Szek.

Parpadeo una tercera vez, y sé con una nauseabunda oleada de temor que es real.

La carreta de alguien se vuelca y las coles ruedan sobre los sucios adoquines. En la refriega que provoca, me apresuro por el patio hacia el Leñador. Me detengo entre la barbacana y él.

Es el Leñador de la horrible nariz mutilada, Lajos. Me mira desde su media nariz y hace una mueca.

—Apártate de mi camino, mujer lobo —me dice—. Nada de lo que puedas hacer o decir salvará a tu hermana.

—Ella *no* es mi hermana —replica Katalin.

En ese momento, no sé a quién preferiría matar: a ella o a Lajos. Desde su yegua plateada, los ojos azules de Katalin brillan con un testarudo reproche, pero veo que tiene las manos atadas y el fantasma de un moretón mancha de púrpura su mejilla. No es suficiente para que me compadezca de ella, pero un rugido de furia se retuerce en mi vientre.

—El rey juró… —digo, a pesar del temblor de mi voz—. ¡El rey juró que no dañaría a Keszi de ningún modo!

—*Yo* no hago tratos con mujeres lobo —dice Lajos. Espolea su caballo para dejarme atrás—. Solo sigo las órdenes del rey.

Miro a Katalin y apenas parece real. He estado tan preocupada por la traición de Nándor que he olvidado que el rey sigue siendo un tirano. Después de tantas noches sin dormir, por el miedo que se agita en mi vientre por lo que ocurrirá con los yehuli, casi he olvidado a Keszi. La culpa y el horror se entrelazan en mi interior en una feroz ristra de dolor.

Me giro hacia Katalin.

—Baja del caballo.

Katalin mira a Lajos y luego a mí, insegura. No le preocupa provocar a Lajos; por supuesto, está más preocupada por desairarme y asegurarme de que lo sé. Pero pasa una pierna sobre la silla de su caballo y baja. Sus botas golpean el suelo con un sonido atenuado.

—Tú no eres quién para dar órdenes, mujer lobo —me espeta Lajos, saltando de su caballo con un feroz movimiento y la mano en el hacha—. No me importa qué tipo de trato hayas hecho con el rey: lo servirás igual cuando te haya cortado tu lengua de demonio.

Pero el trato ya se ha roto y el viento sopla frío y crudo. Me despojo de mis miedos, y solo queda ira en su lugar.

—Te animo a intentarlo.

Y entonces Lajos ataca. Es un golpe de advertencia, sin demasiada fuerza, pero extiendo la mano derecha hacia la hoja tan pronto como su movimiento se ralentiza lo bastante como para no perder el resto de los dedos al hacerlo. En mi mano, el metal se oxida y descascarilla en largas tiras que son como lenguas de hierro, hasta que toda la hoja abandona su brillante empuñadura. Lajos retrocede un paso, con los ojos muy abiertos.

—¿Cómo has hecho eso? —me pregunta Katalin.

—¡El rey te castigará! —grita Lajos mientras la multitud se dispersa como pollos asustados—. ¡Has atacado a uno de sus leales Leñadores!

—*Tú* me has atacado *a mí* —le recuerdo, acalorada. Puede que haya perdido todo mi sentido común, que haya roto la promesa que me hice de mantenerme callada y sumisa, pero el rey ha sido el primero en no respetar su parte del trato.

Me sobresalto cuando la barbacana se abre con un chirrido, esperando que sea Nándor o algo peor. Pero es Gáspár. Odio cuánto me alivia verlo, como la calidez de un fuego que te hace sentir saciado y somnoliento al introducirse en tus huesos. Hay dos Leñadores con él, Miklós y Ferenc, pero mi mirada se detiene en él y solo en él, recordando su aspecto bajo la luz de las velas de la capilla. Recordando que me dijo que se había arrodillado ante su padre.

Gáspár observa la escena y mis manos temblorosas, y toma aire.

—¿Qué haces?

—¿Qué hago *yo*? —Lo miro, y después a Lajos, boquiabierta—. Tu padre ha roto su promesa. Me juró que, si lo servía, Keszi no sufriría ningún daño, pero ha traído a otra chica lobo.

Veo que una sombra cruza su rostro, pero no sé qué significa. Gáspár se dirige a Lajos.

—¿Cuándo te ordenó el rey que fueras a Keszi?

—Justo después del día de San István —murmura—. Después de que la mujer lobo...

No oigo el resto. La sangre late en mis oídos, tan fuerte como un trueno cercano. El rey ni siquiera pestañeó antes de traicionarme. Sabía que sus promesas eran mentiras incluso mientras las decía, y yo soy la idiota ingenua que se las creyó. Me sentía borracha de poder, después de haber negociado para salvar mi vida, y no me di cuenta de que, mientras presumía y me vanagloriaba, el rey estaba encadenándome.

Mientras sigo sorprendida por mi propia y miserable estupidez, Lajos agarra a Katalin por el brazo. En mis fantasías más secretas y crueles, a veces soñaba que los Leñadores se la llevaban y que se la comían los monstruos al atravesar el Ezer Szem, o mejor aún, que el rey la abatía con su espada. Ahora la cabeza me da vueltas, mientras veo cómo se la lleva Lajos, enferma de horror. Me imagino al rey arrancándole las uñas, una a una, como si arrancara las plumas blancas de un cisne.

—Évike. —La voz de Gáspár acuchilla la bruma—. No hagas ninguna estupidez.

Lo miro al ojo, con las manos temblorosas.

—Quiero hablar con el rey.

No tengo ningún plan mientras camino hacia los aposentos del rey; solo la ira tira de mí. Gáspár va un paso por detrás, y sus palabras me persiguen como flechas.

—Piensa en lo que quieres conseguir antes de entrar en la habitación —me dice, con una pizca de súplica en la voz—. No tiene sentido que te enfrentes a él con veneno y furia... Solo conseguirás terminar de nuevo en los calabozos.

Me giro para mirarlo.

—Y en lugar de eso, ¿debería ser como tú? ¿Debería tragarme las palabras crueles y postrarme ante el hombre que me arrancó el ojo? ¿Debería dejar que mi hermano bastardo se llevase por delante lo que me pertenece por derecho?

Estoy tan furiosa que no me importa hacerle daño, pero Gáspár me mira con firmeza, con su ojo negro implacable.

—Tú también le hiciste un juramento a mi padre —me dice.

—Sí, y es mi mayor vergüenza —replico, enrojecida.

—¿Y no crees que para mí también lo es? —Su pecho se hincha; por un momento, creo que va a acortar el espacio entre nosotros—. Pero tienes que entender, como hago yo, que la supervivencia no es una batalla que se gane solo una vez. Debes lucharla cada día y aceptar las pequeñas derrotas, para seguir viviendo y luchando mañana. Sabes que mi padre es un veneno más lento y dulce.

Sus palabras me muerden como una astilla bajo la uña. Aminoro el paso. La furia se reduce, y la desesperación se eleva en su lugar.

—Pero entonces, ¿qué debería hacer? ¿Debo dejar que tu padre se me escape entre los dedos una y otra vez, convenciéndome de que al menos es mejor que su bastardo, hasta que un día, sin que yo lo sepa, todas las mujeres de Keszi estén muertas?

Gáspár inhala.

—¿No sobreviviría Keszi a la pérdida de una sola chica cada pocos años, como ha hecho durante todo el reinado de mi padre?

Pienso en ello, aunque tengo el estómago revuelto. Virág vivirá al menos otra década: es tan robusta como un árbol viejo que se hace más fuerte con los años. Seguramente nacerá otra vidente mientras, con el augurio alegre de su cabello blanco. Y hasta que fuera lo bastante mayor para recibir su magia, Keszi podría aprender a vivir sin ella, aunque eso significase no saber cuándo llegará la escarcha para matar nuestras cosechas o cuándo aparecerán los Leñadores en nuestra puerta.

Como por instinto, busco la trenza de mi madre en mi bolsillo, pero recuerdo que llevo puesto el vestido de Jozefa y no mi capa de lobo.

—Yo era solo una chica —susurro—. Y también lo fue mi madre.

Gáspár abre la boca para contestar, y después la cierra de nuevo. La culpa atraviesa su rostro, aunque en realidad no pretendía hacerle daño con mis palabras. Sé que está recordando la primera vez que me vio en el claro, como un sacrificio atado y tembloroso. Antes de que el recuerdo me haga flaquear, giro sobre mis talones y entro en los aposentos del rey.

El rey János está arrodillado ante su cama, con las manos unidas. Cuando me ve, se pone en pie de un salto y levanta una mano para enderezarse la corona de uñas. Me mira, parpadeando y sin decir nada; hay algo reseco en las comisuras de sus labios.

—No he venido a matarte —le digo—, aunque lo justo sería que lo hiciera, porque has roto nuestro trato.

El rey levanta la barbilla, indignado.

—No he roto nada. Tu aldea no ha recibido daño alguno, solo la pérdida de una sola mujer.

—¡Eso es nuestra aldea! —estallo—. Niñas y mujeres, niños y hombres. Gente. ¿Dirías que no te he hecho daño si te cortara el brazo o la pierna?

El rey János se aleja un paso de mí, con una mano todavía en la corona.

—No te atrevas, mujer lobo. Mi sangre se derramaría bajo la puerta y te delataría. No saldrías del palacio viva.

Pero eso siempre ha sido verdad. En cuanto entré en Király Szek con una capa de lobo en la espalda, supe que morir era más probable que cruzar de nuevo sus puertas. Pienso en cómo le habló Ester al rey, con tanta astucia; pienso en la cautela con la que lo manejó, igual que si te comieras una manzana evitando un punto negro. Solo puedo intentar hacer lo mismo ahora.

—La matarás, entonces. —Mi tono es suave, cauto. Gáspár me felicitaría, por estar hablando con tan poco veneno—. Igual que hiciste con todas las demás. Añadirás sus uñas a tu corona.

—Ella no es como las demás —dice el rey—. Es una vidente.

—¿Y qué tipo de poder crees que te proporcionará su muerte? —Mi mente conjura imágenes de Virág, retorciéndose sobre la tierra—. La magia de una vidente no es lo que tú crees. Sus visiones son aleatorias, y lo que ve nunca es lo que realmente quiere ver. Crees que su poder te pondrá en el interior de la mente del bey, que podrás anticipar sus movimientos antes de que los haga, pero no será así. No sería como si...

Casi menciono al turul. Cierro la mandíbula con fuerza.

Los ojos del rey János se nublan. Se acerca a la larga ventana y su rostro se tiñe de gris ante la cuadrícula de luz débil. No puedo evitar pensar en la estatua de su padre en el patio, encorvada bajo el legado de sus fracasos.

—Si consigo poner fin a la guerra —me dice—, pondré fin también a lo que nos aqueja aquí. Cuando la comida es escasa y los hijos mueren, la gente siempre busca a alguien a quien culpar. Nándor ha señalado a los yehuli, a los paganos. Ahora me culpan a mí por protegerlos. —Me mira con una expresión turbia, como el agua de un estanque alborotada por el movimiento de algún pez—. Sinceramente, mujer lobo, ¿qué harías tú? Dime... Tu consejo no puede ser menos útil que el de mis insípidos asesores, que solo tienen su propio beneficio en mente.

Sus palabras me aturden, por no mencionar el tono implorante de su voz. No es tan tonto como había pensado, no se limita a beber vino, ajeno a los cuchillos que le lanzan a la espalda. Recuerdo el rostro del conde Reményi entre la multitud y todos esos Leñadores, negros como sombras. Puede que el rey esté tan encadenado como yo, tan encadenado como Gáspár, sobreviviendo a pesar de la vergüenza. La verdad de lo que el rey es no me consuela. Casi desearía seguir imaginándolo como un monstruo, como una bestia de siete cabezas agitando sus lenguas, tragando mujeres lobo para cenar. Ahora veo que no es más que un perro flaco mordisqueando un hueso viejo, ya desprovisto de los trozos más jugosos.

—¿Por qué los proteges, entonces? —le pregunto, cuando consigo hablar de nuevo—. ¿Por qué no terminas lo que comenzó San István?

—Ya lo sabes —me contesta el rey.

Y me sorprende que sea cierto. Lo he sabido desde que vi por primera vez su morbosa corona, desde que vi a los condes con sus atuendos paganos, engalanados con plumas y envueltos en capas de lobo. No pueden extirpar las viejas costumbres por completo, o perderán su poder. Solo pueden arrebatarnos las partes que les gustan, las uñas y los títulos que su sangre pagana les concede, una chica cada pocos años, no toda la aldea. Nándor me dijo que el Patridogma había creado Régország, pero eso no es cierto. Está compuesto por un millar de hilos distintos que se entrelazan como las raíces de un árbol que crece alto y grueso, anhelando una reunificación imposible. Mithros y Vilmötten son como una escultura con dos cabezas, o una moneda con un rostro distinto en cada lado.

Me corté un dedo solo para sobrevivir. Gáspár dejó que su padre le sacara el ojo para que no le rebanara el cuello. Y ahora Katalin debe morir, para que el resto de Keszi pueda vivir.

—Entonces es eso —le digo, con la voz llena de dolor—. Otra mujer muerta para mantener a los lobos al otro lado de la puerta.

El rey se encoge de hombros, con la mirada firme. Por un instante veo un fragmento de Gáspár en él, como un truco de la luz.

—Sé que debes odiarme, mujer lobo —replica—. Pero estoy seguro de que odias más a mi hijo.

No tengo ningún otro sitio al que ir, así que regreso a mi dormitorio. Siento la mente y el cuerpo pesados, cargados por un millar de decisiones no tomadas. El cielo ya es negro, insondable y sin estrellas. Apenas han pasado unas horas desde que mi padre me abrazó en casa de Batya, pero el recuerdo parece irremediablemente lejano, y aunque intento invocarlo, no consigo recuperar nada de su calidez. Lo único que puedo ver es a Katalin desapareciendo por el pasillo, como una piedra blanca lanzada a un pozo. Lo único que puedo ver es el rostro de Nándor, dorado a la luz de las antorchas.

El cuello del vestido de Jozefa me parece agobiante ahora, y la lana almidonada me ha dejado un sarpullido rojo. Como movida por una mano invisible, me acerco al baúl a los pies de mi cama y saco mi capa de lobo. La capa de lobo de Katalin. Los dientes de lobo están más amarillos de lo que recordaba. Cuando toco uno, un pequeño fragmento de hueso se me queda entre los dedos. Busco en los bolsillos y encuentro la trenza de mi madre, enroscada sobre sí misma como una serpiente fría. La aprieto con fuerza en mi puño.

Recuerdo cuánto me enfureció la decisión de Virág de enviarme con los Leñadores, cuánto me atormentó su traición. Cada día me parecía una herida distinta, pues mi mente estaba siempre conjurando un nuevo modo de sufrirla. Al ver a Virág pintándome el cabello de gris en su choza, Katalin se calló por fin. Incluso ella estaba acobardada por la inimaginable frialdad de Virág, un dolor peor que ninguno que ella pudiera haberme causado.

Si dejo que Katalin muera, tendré que admitir que Virág tenía razón al expulsarme. Que la vida de una mujer lobo no es más que un escudo frágil ante la más ligera amenaza o provocación. Que nos han criado solo para las hachas de los Leñadores.

Llaman a la puerta suavemente y me sobresalto. Pero es solo la temblorosa criada, Riika, con un bulto de seda de un profundo tono ciruela. Cuando lo desenrolla, veo que es un vestido, con las mangas largas y bordados dorados en el corpiño.

—El rey hizo que cosieran esto para ti —me dice—. Para que puedas asistir a los banquetes sin atraer tanta atención como una…

Las palabras *mujer lobo* mueren en su garganta. Enfurezco y le arrebato el vestido. Lo lanzo en la dirección de la chimenea, aunque no está encendida. En lugar de caer en ella, cae al suelo, tan incorpóreo como un fantasma.

—Dile que no pienso usar sus vestidos —le espeto—. Si cree que mantendré mi parte de nuestro trato mientras él no...

Un repentino y tenso cordón de dolor se extiende por mi brazo, cortando la ternilla de mi hombro. Me giro lentamente; la habitación se ladea sobre un eje desigual. Riika deja que una pequeña daga caiga de su mano, con la hoja llena de mi sangre.

—Lo siento —susurra—. Él me pidió que lo hiciera.

Me tambaleo. El suelo se abalanza sobre mí, y después se aleja de nuevo. No tengo que preguntarle para saber que no se refiere al rey.

—¿Qué te ofreció? —le pregunto mientras mi visión comienza a ondearse y a deshilacharse.

Los ojos de Riika se humedecen. Le tiembla el labio inferior, sobresaliendo bajo los carámbanos de sus dientes.

—Nada —contesta en voz baja, entonando de modo que la palabra es casi una pregunta—. Solo me dijo que eso lo haría muy feliz, que lo ayudara, y que el Padre Vida también me recompensaría.

Oigo la dulce melodía de su voz, casi cantando las palabras; veo el rubor en sus mejillas y sé que está enamorada de él. Quiero gritarle y zarandearla y decirle lo idiota que es, esta lastimosa chica del norte, por pensar que Nándor la corresponderá. Pero estoy demasiado mareada para hablar.

Paso junto a ella, presionándome la herida con la mano derecha. La presión de mis dedos solo lo empeora, así que rasgo una tira de tela del vestido de Jozefa y me la ato sobre la herida, con los dedos resbaladizos y temblorosos. Debería matarla, pienso, pero no me decido a hacerlo. Soy tan estúpida como ella, por haber venido a la capital, por haber creído que soy lo bastante fuerte o lista como para sobrevivir aquí.

Un millón de ideas atraviesan mi mente, cada una más terrible que la anterior. Caigo de rodillas y busco la daga antes de que Riika pueda tomarla de nuevo. Curvo mis dedos ensangrentados alrededor de su empuñadura mientras la puerta se abre, y las botas de Nándor resuenan, tranquilas y ligeras, sobre el suelo.

CAPÍTULO VEINTE

Intento ponerme en pie, tambaleándome, pero Nándor me posa una mano amable en el hombro, apretando la herida apenas con la fuerza suficiente para hacerme gemir. El dolor cubre mi visión de blanco.

—No te levantes —me dice Nándor—. Me gusta verte arrodillada.

Sus uñas parecen tan afiladas como cuchillos. Tomo aire y extiendo la mano hacia él, pero antes de que pueda rodearle la muñeca con los dedos, da un paso atrás. La inercia me hace caer hacia delante y apoyarme en mis manos. El suelo está resbaladizo por mi sangre.

—Qué heroico —le espeto—, enviar a una criada para que haga el trabajo desagradable por ti.

Nándor se levanta y camina hasta la pared, donde está Riika, temblando. Le pasa un dedo manchado de rojo por la mejilla y el rostro de la muchacha se ablanda como el pan jalá recién sacado del horno.

—Tengo amigos en todas partes, mujer lobo —dice, mirándome mientras le agarra la barbilla a Riika—. Ya deberías saberlo.

Amigos en los barracones de los Leñadores y en el consejo del rey. Recuerdo la mirada afilada del conde Reményi, agudizándose al encontrarme en la oscuridad. Recuerdo a Zsigmond, temblando bajo el escrutinio de Nándor, y al rabino paralizado como un ciervo asustado, y a todos los niños yehuli llorando. Mi furia se abre paso a través del dolor.

—Entonces, ¿por qué has tardado tanto en matarme? —consigo preguntarle.

—Habrías muerto el día que llegaste a la ciudad, si hubieras sido capaz de leer mi nota —me dice—. La dejé en tu puerta, pero olvidé que las chicas lobo sois tan tontas como peces muertos, y que ni siquiera sabéis leer vuestro propio nombre.

Emito un sonido que es casi una carcajada: fue mi propio analfabetismo el que me salvó, o al menos el que prolongó mi vida. Debió invitarme a alguna parte, quizá fingiendo ser el rey, y me esperó en la oscuridad con un cuchillo con el que cortarme el cuello. Y si vino a mi habitación cualquier otra noche, mientras dormía, también la habría encontrado vacía, ya que he pasado las últimas cinco noches en la casa de Zsigmond.

—No te servirá de nada —le digo. La habitación, su rostro, todo titila como pálidas estrellas—. Aunque muera, el rey nunca te nombrará su sucesor. No cuando todavía hay un hijo legítimo…

Me detengo, tartamudeando agónicamente. Nándor se aparta de la pared y se agacha ante mí. Sus ojos azules son tan claros y fríos que casi puedo ver el hielo en ellos.

—Quizá —dice—. Quizá no. Como sea, tú no vivirás para verlo. Ni vivirás para ver la calle yehuli saqueada y vaciada, o tu aldea convertida en cenizas.

No tengo duda de que lo dice en serio, de que volverá su fuego frío contra la calle yehuli y contra Keszi en el momento en el que tenga la oportunidad. Intento recordar cuántos Leñadores vi entre la multitud y calcular el número que el rey sigue teniendo de su lado, pero mi mente parece una cuerda deshilachada, apenas a unas hebras de romperse.

—El heredero del rey todavía vive —repito, aunque la lengua me sabe a cobre y mis ojos empiezan a emborronarse—. Y, mientras sea así, no tienes ninguna posibilidad de sentarte en el trono, a menos que pretendas reinar según la ley *pagana*.

Espero ver un rastro de desconcierto en su rostro, pero él solo sonríe, una sonrisa tan bonita, tan pura y tan blanca, que por un momento le creo a Szabín: una gallina le haría ojitos mientras la está descuartizando.

—Sé que mantienes un ojo sobre mi hermano, como él lo tiene sobre ti —dice Nándor—. No he tenido que preguntarme por qué, ya que regresó a Király Szek con un moretón en la garganta con la forma de tu boca.

Lo sabe. Claro que lo sabe. El miedo sube sin esperanza por mi columna.

—¿Qué crees que hará mi hermano cuando vea tu cuerpo? —Con tranquilidad, Nándor comienza a desatar el vendaje improvisado de mi hombro—. ¿Qué concesiones crees que me hará?

—Puede que te dé las gracias. —Tengo la voz ronca, casi inaudible—. Entonces no tendría que confesar su pecado. Le habrías quitado de encima un bochornoso problema.

—No lo creo, chica lobo —dice Nándor—. Creo que mi hermano llorará.

Y entonces me clava los dedos en la herida, presionando a través de la carne y del tendón, casi hasta el hueso. Un dolor caliente y asombroso estalla en mis ojos, cegándome. Grito, pero el sonido queda amortiguado por la sangre de mi boca.

Gáspár tenía razón. Nándor me torturará hasta la muerte o la locura, lo que llegue antes, solo para debilitarlo. Aun después de muerta, condenaré a Gáspár. Quizá sea mi cadáver lo que consiga que lo maten.

Nándor aparta los dedos. Tiene un guante escarlata en la mano, hasta la muñeca, pero más allá su piel es blanca e inmaculada, tan pura como la primera nieve del año. Me pasa la mano por el hombro, por mi clavícula, y la cierra sobre mi pecho izquierdo.

—Has fallado —dice, y al principio no me doy cuenta de que está hablando con Riika—. Te dije que apuntaras a su corazón. Pero creo que morirá de todos modos; sin duda hay bastante sangre en mi camisa.

La parte delantera de su dolmán está salpicada de rojo. Contra la pared, Riika ha comenzado a sollozar, con los ojos cerrados con fuerza.

—Lo siento —susurra. No sé si habla con Nándor.

Los cuatro dedos de mi mano derecha se curvan sobre el suelo de piedra. Los músculos tensos de la pálida columna de la garganta de Nándor, sobre el cuello de su dolmán, están a centímetros de mi rostro.

—O quizá mueras tú primero —digo, retrayendo los labios para mostrar mis dientes.

Levanto la mano y le abro el dolmán, rasgando la seda como si tuviera garras. Expongo su pecho, tan pálido y brillante como el resto de su ser, las venas azules tan tensas bajo su piel como el agua bajo el hielo. Los hilos de Ördög me ciñen la muñeca. Unas marcas negras recorren su piel, con la forma de mis dedos; mi mano está quemándolo justo hasta el hueso. Es una herida lo bastante profunda para matarlo.

Riika grita. Nándor se derrumba y un suave gemido escapa de sus labios. La sangre lava su dolmán destrozado, vertiéndose en el suelo como pétalos de flores, del color exacto del vino derramado. La luz empieza a escapar de sus ojos, una luna blanca disipándose, y eleva las manos. Creo que va a suplicarme piedad y sonrío ante la perspectiva, a pesar de mi propio y vertiginoso dolor.

En lugar de eso, une las manos y pronuncia una oración en silencio.

La herida de su pecho se cose de nuevo, una aguja invisible hilvanada con un hilo invisible. Su rostro, grisáceo por la pérdida de sangre, vuelve a colorearse de rosa, con la vibrante palidez de un hombre vivo. Su piel está tan inmaculada como un lago helado en la mañana más fría del invierno. Despacio, Nándor se pone en pie.

—¿No te dije que era santo? —me pregunta con voz ronca, como si la muerte todavía no hubiera abandonado su garganta—. ¿Quieres intentar matarme de nuevo?

Examino su cuerpo, lo que puedo ver de él, buscando una evidencia de su sacrificio, alguna pequeña ruina que me ayude a encontrar sentido a lo que he visto. Pero no encuentro nada. No le falta un ojo, como a su hermano; no tiene cicatrices, como Szabín. No se ha cortado un dedo, como yo. Está indemne, libre del precio que normalmente se cobra el poder.

Eso es más aterrador que un millar de cicatrices.

Me derrumbo sobre mis manos y rodillas, chafada por el miedo y el dolor, mientras Nándor se acerca a mí. Me agarra por el cuello del vestido y me lanza sobre mi espalda, aplastando mi herida contra el suelo de piedra. El corazón me late con tanta fuerza en los oídos que ni siquiera oigo mi propio grito.

—Volveré cuando estés fría, chica lobo. —La voz de Nándor se eleva sobre mí. Su rostro se emborrona y duplica tras el velo que ha caído sobre mis ojos—. Y después traeré a mi hermano para que llore sobre tu cadáver. O quizá lo mate primero… Si el Padre Muerte me lo permite.

Intento emitir un sonido, cualquier sonido de protesta, pero mis pulmones son como violetas marchitas. Oigo las botas de Nándor camino de la puerta y después otros pasos más suaves, los de Riika escabulléndose tras él. Mi visión se ondula y se funde en negro. Después se oye el pestillo.

No sé cuánto tiempo ha pasado, mientras la vida me abandona. Noto con cada inhalación el sabor metálico de mi propia sangre, infusionando el aire como una bruma roja. A través de la celosía de mis pestañas húmedas puedo ver la chimenea, el suelo de piedra, mi capa de lobo abandonada y el vestido ciruela. Mi brazo, extendido y sin fuerza como una rama caída, todavía envuelto en seda verde.

Desde el momento en el que Virág tuvo su visión, supe que moriría en Király Szek, fría y sola. Pero ¿cómo podría haber sabido qué ocurriría entre medias? El camino nevado de Keszi a la capital, salpicado de momentos brillantes, como fuegos en la oscuridad. Gáspár abrazándome en la cuna de raíces de árbol, su aliento húmedo y caliente contra mi oreja. Todas las noches que pasamos en el hielo, y su brazo alrededor de mi cintura cuando me sacó del agua congelada. Su boca sobre la mía, el jugo rojo manchando nuestras lenguas. Cómo me besó el cuello, con tanta ternura que parecía que estaba disculpándose por cualquier dolor que hubiera sentido nunca, fuera su culpa o no. El abrazo de Zsigmond, Jozefa suavizándome el regazo de la falda, Batya preparándome jalá. Mi nombre escrito en papel por primera vez.

Intento retener cada uno de esos momentos en mi mente, como una mariposa en ámbar, encapsulándolos en una suspensión eterna. Pero cuando muera, morirán conmigo. Y me parece terriblemente injusto dejar a Zsigmond y a Gáspár, dejar a Batya y a Jozefa, solos con sus amargos recuerdos, portando un dolor que estaba pensado para que fuera compartido entre dos.

Y más allá, debajo de todas estas contemplaciones humanas, está el inadulterado instinto animal: no quiero morirme. Ahora no, todavía no, no a los veinticinco.

Es esta fuerza amarga y testaruda la que me obliga a incorporarme, a ponerme de rodillas y después en pie. Me tambaleo hacia la puerta. El dolor me arrastra como un vestido mojado. La puerta se cierra desde fuera, para mantenerme encerrada como a una vaca en su establo, después de todo. Tanteo la manija de hierro, reuniendo toda mi voluntad como ramitas secas, y después le prendo fuego. La manija se desmorona y, con ella, la cerradura al otro lado. La puerta se abre con un gemido.

El alivio de esta pequeña victoria amenaza con hacerme flaquear. Me derrumbo contra la pared, conteniendo el aliento e intentando afianzar mi visión. El pasillo ante mí se está desvaneciendo entre volutas negras.

Mi plan se forma en mi cuerpo antes de tomar forma en mi mente. Me tambaleo por el pasillo, con una mano contra la pared, pintando un rastro de sangre a mi espalda. Recuerdo el camino hacia la habitación de Gáspár borrosamente, como si lo hubiera descubierto en un sueño. Cuando llego a su puerta, casi me derrumbo contra ella. Mis rodillas ceden bajo mi peso.

Por un momento, no oigo nada al otro lado. Puede que no esté aquí. Quizá Nándor ha venido ya a por él. Todas las terribles posibilidades atraviesan mi cerebro, y mi visión se reduce a casi nada cuando la puerta se abre y Gáspár aparece, boquiabierto, en el umbral.

—Évike —dice, sosteniéndome antes de que me caiga.

Me conduce al interior y me derrumbo sobre su cama. Si no estuviera tan alterada por el dolor, si mis pulmones no estuvieran trabajando al máximo solo para seguir respirando, bromearía sobre que alguien fuera a encontrar al príncipe heredero con una mujer lobo en su cama. El chiste no es tan ingenioso como me gustaría, ni siquiera en mi cabeza.

Mi sangre mancha sus sábanas. Gáspár me sostiene el brazo en su regazo y pasa sus guantes sobre mi herida.

—Dime qué hago —me pide, y la indefensión de su voz casi me destroza—. Dime cómo…

—Quítate los guantes —consigo decir, parpadeando.

Lo observo mientras lo hace, mientras se los quita y luego los deja caer al suelo, flácidos como plumas negras de una muda antigua.

—¿Por qué? —me pregunta—. ¿Ahora qué?

—Por ninguna razón —murmuro—. Porque estoy harta de verte con ellos.

Deja escapar una exhalación que contiene una parte de molestia y una parte de exasperada diversión. Cuando sus dedos desnudos tocan mi piel a través del vestido, noto cómo tiemblan.

—Tengo que detener la hemorragia —me dice. Me presiona la herida con fuerza y dejo escapar un gemido de dolor—. Lo siento. Esto te va a doler. Intenta aguantar.

La tela de mi vestido está tan empapada en sangre que puedo ver la silueta de mi herida debajo, extensa e hinchada. Gáspár tira de la seda, pero la costura aguanta. Oigo pánico en cómo se entrecorta su respiración, y después se encorva sobre mí, con la boca tan cerca de mi garganta que creo, durante un sorprendido momento, que va a pasar sus labios de nuevo sobre mi vieja cicatriz. En lugar de eso, toma la tela entre sus dientes, rozándome el hombro con el incisivo, y tira hasta que la manga de mi vestido se abre como una flor.

Recuerdo que Imre metió la empuñadura de su cuchillo en la boca de Peti y le dijo que la mordiera mientras Gáspár le cortaba el brazo. Incluso entonces, incluso cuando solo era un Leñador para mí, hubo horror y pesar en su ojo. Ahora Gáspár trabaja con una negra determinación, entornando el ojo para no ver más que sus manos y mi brazo desnudo y sanguinolento ante él. Rasga tiras de tela de su ropa de cama y me envuelve el hombro con fuerza. El dolor amaina, aunque solo ligeramente.

—No lo sé —dice, con voz tensa—. Ya has perdido mucha sangre...

—Es el brazo con el que cazo —digo en voz baja. Aunque sobreviva, no volveré a levantar un arco.

Gáspár hace una mueca. En este momento parece tan abatido que quiero disculparme por todos los pequeños cortes que le he hecho, por cada gota de sangre que han extraído mis palabras.

—¿Qué ha pasado? —susurra.

Y se lo cuento todo: lo de la fiesta yehuli y la turba de Nándor, lo de Riika y la daga, cada una de las amenazas de su hermano y, lo peor de todo, su aterrador poder. Gáspár frunce el ceño mientras hablo, apretando los labios hasta que son casi blancos.

Mientras el dolor se desvanece un poco más, como la marea retirándose de la orilla, vuelvo a ser consciente de su mano sobre mi brazo, de sus nudillos desnudos rozando mi piel.

—Quiere matarte —le digo al final, ronca por el cansancio—. Y después expulsará a todos los yehuli y destruirá Keszi.

Gáspár aprieta la mandíbula.

—No le será tan fácil como cree.

—¿Qué quieres decir?

—No soy tan tonto como piensas, Évike —me dice, pero su tono es amable—. Miklós y Ferenc protegen mi puerta mientras duermo. No como nada a menos que lo haya obtenido yo. Cuando debo asistir a los banquetes, dejo que el vino roce mis labios pero nunca lo trago. Sé que soy lo que se interpone entre Nándor y la corona, y que hará cualquier cosa por ponerme las manos en el cuello.

Se me queda la boca seca.

—Pensó que matándome te haría bajar la guardia —murmuro. Gáspár asiente, solo una vez, sin mirarme a los ojos—. Nada de eso importa ya. —Me atraviesa una oleada de dolor y me estremezco—. Es demasiado poderoso. No hay modo de detenerlo. Ni siquiera mi magia puede dañarlo.

—Entonces debes dejar que el rey la use —dice Gáspár—. A tu adivina. No es el poder del turul, pero será suficiente para que mi padre conserve su corona.

—Katalin —le digo, bajando la voz como una piedra lanzada desde un acantilado—. Se llama Katalin.

Veo que la expresión de Gáspár cambia de la consternación a la comprensión, y después se endurece de repente.

—La chica que te atormentó. La que te hizo esa cicatriz.

Me roza la ceja izquierda con el pulgar, dividida por el blanco tejido cicatrizado. Recuerdos de una llama azul suben a la superficie, pero no me hieren como en el pasado, ahora que sé que Katalin está sentada en el calabozo del rey, quizás incluso engrilletada a la misma celda que yo.

—Si la dejo morir, tendré que admitir que Virág tenía razón —le digo. La confesión es humillante, venenosa, pero la expresión de Gáspár no cambia—. Que tenía razón cuando me expulsó y que todas nosotras, las mujeres lobo, no somos más que cuerpos calientes. Además, es lo mismo que le dije a tu padre: la magia de una vidente no es lo que crees. Apenas le dará al rey una fracción del poder del turul.

—Évike, piensa en lo que estás diciendo.

—Lo hago —le espeto, con la furia y la desesperación dejando atrás el dolor—. ¿No comprendes cuánto he pensado en ello? Si salvo a Katalin, perderé el poder que tengo en esta ciudad, mi influencia sobre la mente del rey y mi capacidad para proteger a los yehuli. Para proteger a mi padre, para... —No me decido a admitir lo que estoy pensando: que, cuando Zsigmond me contó la historia del hombre de barro, me estaba suplicando que fuera *yo* quien los salvara esta vez—. No te imaginas cuánto he considerado el peso de mis palabras.

Gáspár se aleja de mí, levantando la barbilla. Por un momento, su ojo es tan duro como la obsidiana.

—¿Crees que no lo comprendo? Fuiste tú quien me dijo, hace mucho tiempo, que éramos iguales. Usaste esa revelación como un arma contra mí. En todo lo que hago, debo elegir entre honrar a mi madre y servir a mi padre. Te costaría encontrar a alguien que conociera mejor esta disyuntiva.

Mortificada, aprieto los labios. No había esperado que recordara tan bien mis palabras, las que le lancé cuando estaba enfadada, sin saber cuánto le dolerían.

—Lo siento —le digo, mirando el suelo—. Por eso, y por un millar de otras mezquinas crueldades.

Gáspár no contesta, pero oigo el cambio en su respiración. Me siento como un herrero, con todo lo que sé expuesto en fragmentos dispersos ante mí con los que, de algún modo, debo forjar un arma. Pero cualquier espada que forje tendrá un doble filo. No puedo ayudar a Katalin sin dañar a mi padre. No puedo salvar a los paganos sin condenar a los yehuli. Y lo único que sé que podría ser lo bastante fuerte para detener a Nándor está a un centenar de kilómetros de distancia, en Kaleva, solo una mota naranja sobre-volando el horizonte gris.

No sé cuándo he aceptado la carga de las esperanzas, de las lealtades y las vidas de tantas otras personas. Casi me dan ganas de llorar cuando lo pienso, toda la gente que morirá o que será expulsada si elijo mal. Apoyo la cabeza sobre mis rodillas, mien-tras el dolor sigue reptando por mi brazo como un grupo de mos-cas negras.

—Lo peor que Nándor hará a los yehuli es expulsarlos. —Mis palabras me saben tan amargas que creo que voy a morir antes de terminar de pronunciarlas—. Pero quiere quemar Keszi hasta los cimientos.

Gáspár asiente, despacio. Acerca su mano a la mía, pero solo roza la ausencia de mi meñique. El espacio entre nosotros parece más pequeño que nunca. Si él se arrodilló ante su padre para su-plicar por mi vida, me parece justo que yo me humille ante él ahora.

—Por favor —le pido. Pero cuando levanto la cabeza, veo en la expresión de su cara que ya ha accedido.

Las largas sombras nos persiguen por el pasillo, sus dedos espec-trales tiran de mi capa de lobo. No sé si Nándor se habrá dado cuenta ya de que me he ido, pero no puedo perder el tiempo des-viándome para comprobarlo. No me detengo hasta que hemos llegado a la parte superior de las escaleras que bajan al calabozo, e incluso entonces, es solo un instante, para contener el aliento. La herida del hombro me arde como una marca de hierro. Camino, me tambaleo escaleras abajo, buscando a Gáspár para mantener el equilibrio. Mis ojos siguen sin enfocar los pinchazos de luz de las antorchas de la pared.

Katalin está en la misma celda que estuve yo, acurrucada contra la pared mohosa. Su cabello claro está húmedo y enredado, y hay otra magulladura vibrando sobre su pómulo perfecto. Cuando me ve, se levanta; sus ojos color zafiro lucen brillantes y llenos de un desprecio profundo.

—¿Qué haces aquí? —me pregunta, en voz baja—. ¿Has venido para entregarme al rey? ¿Cuánto tiempo estuviste en la capital antes de decidir arrodillarte ante él?

Su crueldad hace que me arrepienta de mi decisión, pero solo durante un parpadeo. No puedo ver morir a otra mujer lobo, ni siquiera a Katalin. Doy un paso adelante y rodeo con la mano el barrote de hierro de su celda, con los hilos de Ördög tensándose alrededor de mi muñeca. Cierro los ojos y, cuando los abro de nuevo, el barrote ha desaparecido. Estoy sosteniendo la nada, pero tengo la palma naranja por el óxido.

—¿Cómo? —balbucea Katalin—. ¿Siempre has podido...?

—¿Crees que habría soportado la mitad de tu maldad si hubiera podido? —la interrumpo, apretando los dientes cuando me atraviesa otra oleada de dolor—. Sígueme.

—¿Que te siga a dónde? —Su mirada viaja entre Gáspár y yo—. No voy a ir a ninguna parte contigo, o con un Leñador.

La ira se cuaja en mi vientre. A pesar de mi aturdimiento, meto la mano entre los barrotes y la agarro con el brazo bueno. Tiro de ella fuera de la celda.

—Te estoy salvando la vida —le espeto—. Una palabra más y cambiaré de idea.

Katalin clava en mí su fría mirada. Se zafa con lentitud y se limpia su capa de lobo prestada.

—Tienes la mano manchada de sangre —me dice.

Esta vez, apenas me aguanto las ganas de estrangularla y ahorrarle al rey János la molestia. Miro a Gáspár, para intentar tranquilizarme, y la resolución de su rostro me da fuerza. Cuando nos giramos para subir los peldaños del calabozo, oigo los pasos suaves de Katalin a nuestra espalda. No dice nada hasta que llegamos arriba.

—*Estás* sangrando —dice, con los ojos muy abiertos.

Solo asiento, no especialmente dispuesta a explicarle que he perdido una batalla de dagas contra una sirvienta diminuta.

—Para —me pide. Me aparta mi capa de lobo (*su* capa de lobo), y desata el vendaje improvisado de Gáspár. Tomo aliento profundamente antes de mirar la herida, un tajo tan feo como la boca negra de una vieja. Pero Katalin pasa una mano sobre este y el corte se cose hasta cerrarse.

No sé si darle las gracias, pero Gáspár tira de mí hacia el umbral. La sombra de un Leñador atraviesa la pared iluminada por la antorcha.

—¿Cómo piensas sacarnos de aquí? —le pregunta Katalin cuando la sombra desaparece.

—Hay otro modo de salir de la ciudad —responde Gáspár—. A través de los barracones de los Leñadores.

Me río a carcajadas.

—Debes estar bromeando.

—¿Él está bromeando? —réplica Katalin con sorna—. ¿Cuál era tu plan?

Todavía me queda suficiente sangre en el cuerpo para sonrojarme.

—Todos se han marchado —dice Gáspár, antes de que Katalin pueda seguir ridiculizándome—. Solo están los Leñadores del séquito de mi padre, que durante la noche hacen guardia en el palacio, y los que son leales a Nándor, que siguen a su lado. Los barracones están vacíos.

Katalin emite un sonido de desdén, pero no discute. Y entonces Gáspár nos conduce a través de los pasillos del palacio y por otro sótano, amueblado con madera y abarrotado de catres. Veladas burbujas de la luz amarilla de las antorchas iluminan las paredes y los estantes de las armas. Las hojas de las hachas destellan como medialunas ciegas. Todas las sombras parecen Leñadores con sus subas negras, pero no se oyen más pasos que los nuestros. Oigo el borboteo del agua a la distancia y mientras avanzamos veo que el suelo de madera da paso a la resbaladiza piedra gris. Como la iglesia, los barracones han sido excavados en el acantilado.

Reunimos lo que podemos: un arco y un carcaj para mí, una espada para Gáspár. Katalin cierra la boca en un mohín mientras observa; sé que le repugna la idea de blandir el arma de un Leñador. Por suerte, no ha mencionado que la capa de lobo sobre mi espalda era suya. Estaba segura de que intentaría recuperarla antes de que bajáramos al calabozo, a pesar de su pelaje blanco apelmazado con mi sangre. Puede que Katalin me crea más merecedora de ella ahora.

Mi respiración forma nubes blancas cuando nos detenemos en la entrada de un túnel. Ahora que el dolor ha remitido y mi mente se ha despejado, hay espacio para todos mis temores, para mi desconcierto y mi desesperación. Pienso en la calle yehuli y en el sabor del pan jalá. Pienso en el techo del templo, cuajado de estrellas, y en cómo me sostuvo mi padre contra su pecho. Podría estar condenándolos a todos.

—Évike. —La voz de Gáspár es severa, pero no está desprovista de amabilidad—. Tienes que venir ya. Has tomado una decisión.

Tiene razón, aunque la idea hace que quiera llorar. Lo sigo a través del túnel y hasta el otro lado, donde salimos a la fría aguada de la luz de la luna. El cabello y la capa de Katalin son tan claros como una perla húmeda.

Aturdidos, vamos a los establos y ensillamos tres corceles negros de los Leñadores. Los animales aplastan la tierra con un sonido como el del trueno lejano. Cuando montamos, miro y miro la extensión de tierra ante nosotros, las planas praderas de Akosvár y la escarpada geografía de Szarvasvár. Más allá, en el límite de mi visión, el invierno sostiene Kaleva en su mandíbula de dientes blancos.

Sobre nosotros, las campanas de la ciudad comienzan a repicar. Sin duda están extendiendo la noticia de nuestra huida, de la desaparecida vidente, de la astuta mujer lobo, del príncipe traidor. Algo duro y caliente se eleva en mi garganta.

La frente de Gáspár está tan cargada como una nube de tormenta, pero tiene la mandíbula apretada con fuerza. Espolea a su caballo y Katalin y yo lo seguimos, dejando Király Szek atrás.

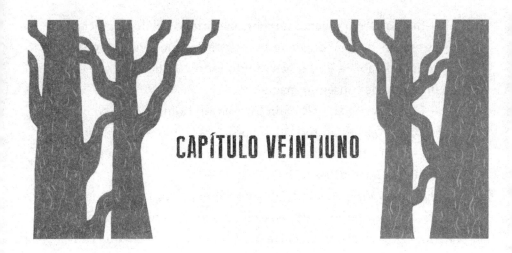

CAPÍTULO VEINTIUNO

C abalgamos rápido hasta el amanecer, cuando la luz de la mañana se desliza sobre las colinas amarillas de Szarvasvár y nosotros y nuestros caballos estamos demasiado agotados para dar un paso más. Bajo con torpeza de mi montura y me arrodillo sobre la hierba suave y fría. Un riachuelo de aguas de un azul plateado baja la ladera, y cuando consigo reunir la fuerza necesaria, me acerco a él y tomo un trago largo. El viento me golpea la cara con ferocidad, aguijoneándome la piel enternecida por las lágrimas.

Katalin me sorprende sin decir nada. No ha dicho una sola palabra desde que nos marchamos de Király Szek, aunque su desazón crece con cada segundo, y sus ojos entornados son tan finos como cortes de cuchillo. Se une a mí junto al agua, para beber y lavarse las manos, que tiene enrojecidas y con las marcas de las ásperas riendas que ha sujetado con tanta fuerza. Su mirada se posa en mi meñique desaparecido.

—Así que eso fue lo que hiciste —me dice—. Te mutilaste como un Leñador.

Cierro el puño, enrojeciendo.

—¿Qué te hace pensar que lo hice yo?

—Me parece algo que podrías hacer.

—Bueno, tengo práctica de sobra soportando el dolor gracias a ti —le espeto, pero no puedo imbuir tanto veneno como me gustaría en mis palabras—. ¿Lo has sabido todo este tiempo, que este era un modo de conseguir magia?

—Lo sospechaba. —Katalin levanta un hombro bajo su capa de lobo; sus ojos están rodeados por los moretones de la falta de sueño—. Nuestra magia siempre nos quita algo, pero veo que Ördög es un poco más extremo.

Pienso en Virág, convulsionando sobre mi regazo; en Boróka, cayendo en sus largos e impenetrables sueños. Por supuesto, Virág nunca destacaba el precio de nuestra magia, solo lo que ganábamos, cómo nos protegía. Evadía la verdad, ocultándola con historias de Vilmötten y de sus grandes hazañas. Pero pensar en Vilmötten me hace pensar en Nándor, y el estómago se me revuelve, se me atenaza el pecho.

Gáspár se encorva junto a nosotras y llena uno de los odres de piel colgados de la silla del caballo. Katalin se levanta, secándose la boca, y le echa una mirada maligna.

—Bueno, Leñador —dice—. ¿Qué te han ofrecido a cambio de ayudar a una mujer lobo? No creo que Évike tenga demasiado con qué negociar, excepto su cuerpo.

No estoy segura de si está hablando de mi meñique o de algo más, pero Gáspár enrojece desde la frente a la barbilla. Como sea, sus palabras crueles me hacen desear, por un fugaz momento, haberla dejado morir en Király Szek.

—No es un Leñador —le espeto—. Es el príncipe. Bárány Gáspár. ¿Y sabes qué te habría hecho su padre, si él no me hubiera ayudado a salvarte la vida? Te habría arrancado las uñas para adornar su corona, y después te habría abierto la garganta en su salón de banquetes.

Katalin inhala con brusquedad. No parece demasiado mortificada, pero es mejor que nada.

—Aun así, ¿qué gana el príncipe salvando a una mujer lobo?

Con el estómago revuelto, se lo cuento todo: lo de mi promesa al rey, lo de los condes y los Leñadores, lo de Nándor. Me dejo las partes sobre los yehuli y mi padre; me resulta demasiado doloroso hablar de ello, y me sentiría una traidora si lo hiciera. Esos momentos son solo para mí, tan valiosos como la última ascua en un lecho de ceniza. Y no puedo tragarme la vergüenza de dejarlos atrás. Cuando hablo de Nándor, Katalin aprieta los labios.

—Intenté matarlo —le digo, levantando mi mano de cuatro dedos. Me tiembla la voz—. Su piel se quemó, hasta el hueso. Su sangre se derramó en el suelo. Pero solo tuvo que rezar para estar intacto de nuevo.

Y no tenía cicatrices, ninguna prueba del sacrificio que lo había imbuido de poder. En lo único que puedo pensar es en sus ojos, en sus bordes todavía helados y blancos, brillantes con el recuerdo de su muerte. Quizás el momento negro y mudo en el que su corazón dejó de latir, antes de que el Érsek lo sacara del agua, le haya proporcionado una bendición mayor que la sangre derramada. Quizá lo que cree sobre sí mismo sea cierto. Cuando Vilmötten engañó a la muerte, eso también lo hizo inmortal a él, algo parecido a un dios.

—Si es tan poderoso, me parece una mala decisión dejar al rey sin protección en vuestra ausencia —dice Katalin—. ¿Qué evita que tome el trono ahora?

—Yo —replica Gáspár—. Si toma el trono mientras sigo respirando, pondrá en riesgo todo lo que representa. La ley patricia decreta que debe ser el hijo mayor, el hijo legítimo, quien herede la corona. Pero, aunque me mate, su reino estará plagado de duda e incertidumbre. Lo que realmente quiere es que me aparte voluntariamente, que viva el resto de mi vida en el exilio o en la oscuridad, hasta que pueda matarme más tarde, cuando todos hayan dejado de prestar atención.

Me siento como si me hubiera desprovisto de toda la furia y el odio, limpia de todo excepto del agotamiento. Del miedo.

—Y entonces masacrará a los paganos.

Gáspár asiente. El silencio cae sobre nosotros, el viento eriza la hierba marchita. Al final, Katalin dice:

—Habría sido mucho más sencillo si me hubierais dejado morir.
Me atraganto con una carcajada.

—¿De verdad estás diciendo que preferirías que hubiera dejado que el rey te cortara el cuello?

—No —contesta Katalin. El moretón de su mejilla se está volviendo violeta—. Solo digo que habría sido más fácil. Es lo que
Virág habría hecho.

Abro la boca y la cierro de nuevo, sin decir nada. Katalin me ha
dado la espalda y está mirando a la distancia, las nubes que se reúnen como pájaros blancos y gordos en el horizonte. Creo que es
lo más cercano que estará nunca de darme las gracias.

—De todos modos, el rey no habría podido poner fin a la guerra con tu magia —le digo—. No comprende que una vidente no
elige sus visiones.

A Katalin le tiemblan los labios.

—Eso no es del todo cierto.

—¿Qué quieres decir?

—Bueno, a veces las visiones vienen cuando menos las esperamos —dice con lentitud—. Pero hay modos de provocarlas. Como
cortarte el meñique... Seguramente recuerdas que Virág bajaba al río.

La miro con el ceño fruncido, intentando conjurar el recuerdo.
Vuelve a mí en fragmentos abruptos, solo una imagen de los seis
dedos de Virág, de sus rodillas ennegrecidas por el lodo del río. Su
cabello blanco formando una telaraña a través del agua. La mano
de alguien en su nuca.

—Sí —digo, notando que mi estómago se llena de una escurri-
diza náusea.

—No es un método perfecto, pero ¿qué es perfecto, en la magia de los dioses? —Katalin se pasa una mano por el cabello—.
Puedes hacer una pregunta y, si ofreces lo suficiente de ti misma,
los dioses te brindarán algún tipo de respuesta borrosa.

—Pero no es la omnisciencia que mi padre imagina —apunta
Gáspár. Su ojo se mueve, incómodo, entre Katalin y yo—. Y tampoco es suficiente para detener a Nándor.

—No —responde Katalin. Hace un mohín, sin duda disgustada por estar de acuerdo con un Leñador.

Miro el agua, el cielo gris reflejado en su superficie limosa. Las nubes se alejan río abajo. En voz baja, digo:

—Pero el turul lo es.

Espero que Katalin frunza el ceño, que maldiga. Que se ría, burlándose de mi sugerencia. Pero me mira levantando una ceja, pasmada.

—Creí que odiabas las historias de Virág con todos los huesos de tu cuerpo.

—Yo no odiaba sus historias, solo que me obligara a oírlas tantas veces. Y que salieran de la malvada boca de Virág. —Pero no sé si lo digo en serio o no. Odiaba las historias de Virág porque nunca sentí que me pertenecieran—. De todos modos, eso no importa. El turul nos dará poder suficiente para detener a Nándor, si conseguimos encontrarlo y matarlo.

La respiración de Gáspár se acelera. Sé que quiere discutir conmigo, decirme que los Leñadores llevan años buscándolo y que nunca han hallado ningún rastro, recordarme que ya hemos intentado encontrarlo y hemos fracasado. Pero se queda en silencio. Katalin parpadea, incrédula.

—Aunque eso fuera cierto, ¿qué te hace pensar que podrías encontrarlo? —Hincha las fosas nasales y, por un momento, es como antes: ella pavoneándose, yo frunciendo el ceño, nuestra historia compartida contaminada por discordias y chispas de llama azul.

—Yo no puedo hacerlo —le digo, tomando aire—. Pero tú, sí.

La confusión arruga el rostro perfecto de Katalin. Tarda un momento; me mira, mira el agua, y después de nuevo a mí. Entonces se yergue, con los ojos como esquirlas de hielo.

—No dejes que me ahogue —me advierte.

Me siento tan aliviada que casi me río.

—¿Y si este ha sido siempre mi gran plan, salvarte de las manos del rey para poder matarte yo misma? Puede que tenga maldad suficiente para hacer algo así, pero no para planificarlo.

Katalin resopla.

—No podría culparte, si te vengaras.

Y esto, sospecho, es lo más cerca que estará nunca de una disculpa. Gáspár observa, imperturbable, mientras Katalin se quita su capa de lobo y deja que caiga al suelo. Se recoge el cabello sobre la cabeza, desnudando la pálida columna de su cuello.

—¿Qué pretendes hacer? —me pregunta Gáspár.

—Hay un modo de provocar una visión —le digo. Me tiemblan las manos, mientras se mueven hacia el cuello de Katalin—. No me había dado cuenta, pero sé cómo se hace. Ella tendrá que mantener la pregunta en su mente.

Katalin asiente. Ha clavado los dedos en el lecho del río.

—Estoy lista.

Asiento, preparándome. Algo pasa entre nosotras, entrelazando su pecho con el mío, un hilo de endeble confianza.

Y después cierro la mano alrededor de su cuello y la obligo a meter la cabeza bajo el agua.

Katalin se sumerge sin ofrecer oposición y su cabello se derrama en pálidos riachuelos. Aparecen burbujas a su alrededor. La sostengo allí durante tanto tiempo que incluso empieza a dolerme el brazo, y noto la tensión de su garganta bajo mi mano. Después, al final, al final, le saco la cabeza del agua.

Resuella y farfulla, tosiendo agua del río. Tiene los ojos nublados, todavía casi blancos, y su cuerpo se estremece violentamente con los resquicios de su visión. Hay un junco pegado a su mejilla y siento la necesidad de quitárselo, pero aplasto todos los instintos amables que se elevan en mí sin pretenderlo.

Katalin gime, con el rostro mojado. Gáspár nos mira con pánico contenido y los ojos demasiado brillantes. Después de un par de instantes, Katalin deja de temblar.

—Lo he visto —jadea—. Al turul. Volando entre los pinos negros, contra un cielo de un blanco puro.

Se me acelera el corazón.

—¿Estás segura? ¿Sabes a dónde ir?

—Claro que estoy segura —me espeta Katalin—. Tú no eres vidente, así que no lo comprenderías, pero una visión no es algo que se pueda olvidar. Todas las visiones que he tenido se reproducen en el interior de mis párpados cuando intento quedarme dormida por la noche.

A pesar de la brusquedad de su voz, por una vez la compadezco de verdad. Katalin se escurre el agua del cabello, con los dedos todavía temblando entre los mechones blancos. Gáspár se pone en pie, con el odre en la mano.

—Tú guías el camino, entonces —le dice—. Pero tenemos que darnos prisa. Los hombres de Nándor no estarán muy lejos.

Katalin se levanta con lentitud. Yo tardo un instante más antes de seguirlos, mirando el cielo. El ojo rojo del sol es como una gota de sangre en el río; las nubes se deslizan, con un enfermizo rosa, a su alrededor. Mi mente regresa a la casa de Zsigmond e imagino que estoy sentada allí con él, practicando mis letras, en régyar y en yehuli. Dejo que la imagen me llene y después me despojo de ella, esparciéndola como pétalos de flores en el viento.

Más tarde ese día, la nieve comienza a caer y el cielo se vuelve brillante y gris. El terreno se cubre de una escarcha nueva que cruje bajo los cascos de nuestros caballos. Las colinas han comenzado a allanarse, corriendo hacia el distante horizonte blanco. En algún lugar, más al norte, los kalevanos están a resguardo del verdadero invierno, Tuula y Szabín entre ellos. Imagino que Bierdna corre frente a nosotros, lanzando copos de nieve de sus orejas. Sigo su oscura silueta, invisible para todos excepto para mí, con una feroz e implacable determinación.

Me preocupa la perspectiva de una tormenta, pero la nevada amaina y después se aleja temblando. Las veladas cintas de las nubes rodean el sol, y la luz las atraviesa como la leche a través de una estopilla. Katalin detiene su caballo a mi lado y me da un codazo, señalando sobre su hombro sin decir nada. Nuestras huellas se han congelado sobre la nieve, dejando un rastro de kilómetros a nuestra espalda. Me sobrecoge una oleada de desesperación.

Gáspár debe verla escrita en mi cara, porque dice:

—Detengámonos un momento.

No hay modo de borrar el rastro que hemos dejado, y no nieva lo suficiente para cubrir nuestras huellas a tiempo, lo que significa que los hombres de Nándor tendrán un camino que los guíe directamente hasta nosotros. Siento una angustia impotente desenroscándose en mi interior. Bajo de mi caballo y lo ato a un árbol cercano con los dedos entumecidos.

Creo que llorar sería un alivio, pero he gastado todas mis lágrimas en silencio durante el trayecto, con la capucha sobre la cara para que ni Gáspár ni Katalin las vieran. En lugar de eso, tomo el arco sujeto a la grupa de mi yegua. La tensión de mis músculos y el sonido de la cuerda serán un consuelo mayor que ninguna otra cosa ahora.

—Cazaré.

Gáspár y Katalin asienten, ambos enrojecidos y serios. Me muevo a través de los árboles desnudos y cubiertos de escarcha, buscando sonidos en la nieve, ojos brillantes y parpadeantes. Atrapo dos conejos, cuyo pelaje se desprende en mis manos. Cuando regreso, el sol es una banda dorada en el horizonte y Katalin ha encendido una fogata. Gáspár le está susurrando algo, con la boca cerca de su oreja. Ella tiene una mirada dura en la cara, una diminuta arruga entre las cejas.

Suelto los conejos muertos junto al fuego y me caliento las manos. Katalin se acerca a mí; su capa prestada levanta pequeños remolinos de nieve nueva.

—¿Qué te ha dicho? —le pregunto.

—Que lo siente —me contesta.

—¿Qué?

—Habernos aterrorizado toda nuestra vida. Supongo que debía disculparse, ya que es el príncipe, pero yo lo habría hecho sin los ojos de cordero. Bueno, el ojo.

Algo parecido a una carcajada se enrosca en mi vientre, pero estoy demasiado cansada para permitir que atraviese mis labios. Además, no quiero que Katalin crea que voy a perdonarla tan fácilmente, o que salvarle la vida significa que tengo algún interés en ser su amiga.

Miro a Gáspár, todavía junto a los caballos. No estamos muy lejos del bosque donde nos topamos con la preciosa chica que era un monstruo. Me pregunto si estará pensando también en eso. En mi brazo todavía late un dolor irregular, fantasma, atenuado por el recuerdo de sus manos presionándome con cuidado la herida.

Katalin y yo desollamos y destripamos a los conejos en silencio, y Gáspár se mantiene a distancia. Quizá se arrepienta de haber accedido a esto; quizá dude de la visión de Katalin. No puedo permitirme pensar en qué pasará si fracasamos, pero tengo el estómago tan revuelto como el agua blanca y apenas consigo tragar un par de bocados de conejo. El rostro de Zsigmond no deja de volver a mi mente.

La noche cubre nuestro trozo de maleza y bosque con venganza, envolviéndonos en una veloz y total oscuridad. Cuando el sol se pone, nos calentamos unos minutos más antes de extinguir el fuego. Los hombres de Nándor verían su luz desde kilómetros de distancia. Katalin se ofrece a hacer la primera guardia, así que me acerco a un árbol mutilado por el invierno y apoyo la espalda contra la corteza helada. El sueño parece ineludiblemente tentador y totalmente imposible.

No sé cuánto tiempo pasa antes de que Gáspár se una a mí. Sus botas atraviesan la escarcha. Solo contamos con la dispersa luz de las estrellas y el pálido cuerno de la luna. Su rostro atrapa toda la luz que puede, tiñendo de plata sus mejillas y la curva de su nariz, la línea rígida de su mandíbula. Se detiene ante mí sin decir nada, así que me pongo en pie y me quito la nieve de la falda.

Tengo mucho que decirle, y a la vez nada. El frío nubla nuestros alientos. Las palabras forman una constelación en mi mente, sibilante y brillante.

—¿Te gustaría oír una historia?

Las historias siempre comienzan en la oscuridad. Las manos de seis dedos de Virág podían hacer sombras chinas que el resto no: halcones turul, ovejas racka, venados con sus enormes coronas de hueso. Observábamos sus siluetas danzando en el techo de junco de su choza, mientras el fuego calentaba nuestras mejillas, despeinadas y asombradas, con las narices goteantes por el frío. El recuerdo me detiene un momento, creando un nudo de dolor en mi vientre.

Gáspár parpadea despacio.

—De acuerdo.

—Te hablaré de Vilmötten y su espada de fuego. —Incluso el nombre de *Vilmötten* me sabe amargo en la lengua cuando pienso en el cuerpo de Nándor emergiendo del hielo, como el bardo reptando del Inframundo.

—Creo que ya la conozco. Mi nodriza sabía muchas historias, y esa era una de sus favoritas.

—¿Tenías una nodriza pagana?

—Por supuesto que no —me dice—. Según lo contaba ella, Vilmötten rezó al Prinkepatrios pidiéndole un arma con la que derrotar a los enemigos paganos de Régország, y al resto de los infieles del mundo, y el Padre Vida le concedió una espada irrompible que prendía en llamas cuando la sostenía contra la luz del sol.

Por un instante pienso en decirle que no es así, que Vilmötten era *nuestro* héroe, no el de ellos. Pero pienso en los condes, con sus capas de oso y sus mantos con plumas, y en la corona de uñas del rey. No puedes atesorar las historias como atesoras el oro, a pesar de lo que Virág dice. Nada puede evitar que alguien se lleve los fragmentos que le gustan y los cambie, o que borre el resto, como un dedo emborronando la tinta. Como gritos ahogando el nombre de un ministro cruel.

Debería preguntarle si cree que conseguiremos encontrar al turul, si tendremos éxito ahora cuando antes fracasamos. Pero hay otra pregunta que me quema la garganta, como el aliento contenido.

—¿Recuerdas las noches en la nieve? —le pregunto—. Cuando casi nos morimos congelados bajo un cielo tan negro como este. ¿Entonces me querías, o me odiabas?

Gáspár traga saliva en la oscuridad.

—Entonces te odiaba —me contesta—. Por ser lo único cálido y luminoso en kilómetros.

—¿Y en la Pequeña Llanura? Cuando mataste a Kajetán para salvarme.

—Debía odiarte también —me dice—. Por haberme obligado a intercambiar mi alma por tu vida.

Asiento, pero un ardor crece en mi pecho. No estoy segura de cuánto más puedo jugar a esto, aunque no hay nada que desee más que la verdad. En las historias, siempre hay tres tareas, tres preguntas, tres oportunidades para condenarte o engañar a la muerte, o para conseguir cerrar un trato con un dios embaucador.

—¿Y cuando me sacaste del agua? —le pregunto—. Después de que me caí al lago helado.

Gáspár se agarra la muñeca, cubriendo con la palma la pálida tracería de sus cicatrices. El silencio cae sobre nosotros. Por un momento, me pregunto si va a responderme.

—Creo que entonces te quería —me responde—. Y me odiaba por ello.

Su voz titila como una llama atrapada por el viento, destellando y después aplanándose. Recuerdo el instante en el que descubrí lo guapo que era, mientras ambos temblábamos, mojados y empapados por una fría luz blanca. Ahora siento la oscuridad curvándose y desplegándose sobre nosotros, tan negra como la suba de un Leñador.

—Pero me has seguido hasta aquí. —Mi voz es un susurro—. Una estupidez para un príncipe beato.

Exhala.

—Me has convertido en un estúpido muchas veces.

Mi instinto es reírme; su necedad está formulada con lealtad y humildad, sus obstinadas virtudes y sus inalterables y nobles promesas. Desearía poder decir lo mismo de mí. Doy un paso hacia él, y me detengo con mi nariz al nivel de su barbilla. Como ya nos hemos besado, sé exactamente cuánto debo acercarme para encontrarme con su boca, y cómo se separarán sus labios si lo hago, y el sonido grave que podría arrancarle mientras me rodea la cintura con los brazos.

En lugar de eso, hablo.

—¿Me quieres ahora?

—Sí —dice. Hay algo de su arrogancia principesca en la palabra, como si tuviera que contenerse para no mirarme con el ceño fruncido mientras la pronuncia. Y debajo, hay ternura, como la de su boca al recorrer la cicatriz de mi cuello.

—¿Me deseas?

Antes de bajar a los calabozos, regresé a mi dormitorio para recuperar mi capa de lobo, para quitarme el vestido destrozado de Jozefa y ponerme el que el rey había pedido para mí. Gáspár se dio la vuelta mientras me despojaba de la pálida seda, desnudando mi piel y mi pecho ante el muro de piedra, pero cuando se giró vi que se había sonrojado hasta la punta de sus orejas, que tenía el labio inferior mordido y ensangrentado.

—Sí —dice.

Trago saliva.

—¿Y me seguirás si me adentro en el frío?

Gáspár levanta la barbilla, mira el cielo estrellado y después de nuevo a mí. Traga saliva; la piel broncínea de su garganta tiembla bajo la luz escarchada.

—Sí —dice al final.

Algo cálido se extiende por mi cuerpo, hasta mi tuétano y mi sangre. No es tan rápido ni tan brillante como la dicha, como el repentino estallido del pedernal al tocar la yesca; es más parecido a un viejo árbol ardiendo en verano, al fuego reptando por los nudos y espirales de toda esa madera negra. Una pizca de arrogancia florece en mí.

—No te creeré a menos que te arrodilles.

Muy despacio, Gáspár baja hasta el suelo. Sus botas dejan largos rastros sobre la nieve. Me mira, elevando y bajando los hombros, esperando.

Doy otro paso hacia él, tan cerca que la seda de mi vestido le acaricia la mejilla. Le rodeo la cara con las manos, acariciando con el pulgar el borde de su parche. Gáspár se estremece, casi imperceptiblemente, pero no se aparta.

Sus manos también deambulan. Se adentran bajo mi falda, suben por la parte de atrás de mis muslos, trazando con los dedos sus cicatrices. Me tenso, y él lo nota. Se detiene contra mi piel.

—¿Dónde te hiciste esto? —me pregunta en voz baja.

—Me castigaban a menudo —le respondo—. Por replicar, por marcharme. Yo era terrible y maleducada. Seguramente habrías pensado que la mayoría me las merecía.

Se ríe, y su risa es como el humo pálido en el aire congelado.

—Parece el tipo de castigo con el que soñaría un patricio.

Cierro los ojos. Gáspár me levanta el vestido sobre las caderas y contengo un gemido cuando su boca roza el interior de mi muslo. Me atraviesa una oleada de placer cuando su boca sube, cuando encuentra su lugar entre mis piernas. Dejo escapar un gemido suave, un quejido. Su lengua se arrastra sobre mí, caliente. Y entonces caigo de rodillas a su lado, agarrándole la cara con las manos, y le beso los labios con ferocidad.

Sin romper el beso, lo tumbo sobre la nieve. Su capa se abre como un abanico sobre la tierra gélida. Solo puedo pensar en cuánto deseo estar más cerca de él, que me abrace para alejar el frío como hizo tantas noches en Kaleva. Me besa la mandíbula y la garganta. Me pregunto si pensará en sus votos de Leñador cuando me siento a horcajadas sobre él, mientras sus manos se mueven bajo mi vestido y sobre mis senos. Su pulgar me acaricia el pezón y emito un sonido balbuceante contra su boca, ansioso y jadeante.

—¿Me rechazarás esta vez? —le pregunto, y mi cabello se extiende sobre nosotros como las suaves ramas de un sauce—. ¿Me apartarás de ti y me dirás que no vuelva a hablar de ello, e insistirás una y mil veces sobre cómo tocarme ha mancillado tu alma?

No esperaba que ese viejo dolor reviviera en mí, ni cómo me tiembla la voz con cada palabra. Gáspár hace una mueca.

—Has matado al Leñador devoto y leal que había en mí. —Hay un dolor hilvanado en su voz; imagino al Prinkepatrios desvaneciéndose de su mente, como una luna desprendiéndose del cielo negro. Levanta la mano que tiene en mi pecho y la cierra en un puño sobre mi corazón—. Esto es lo único que me queda ahora.

Desde que perdí a mi madre, nadie me había hablado con tanta dulzura, ni siquiera Virág en sus mejores días, y sin duda ninguno de los hombres con los que yací junto al río, que solo me susurraban sus repetitivos halagos en la oscuridad. No sé por qué, pero hace que me den ganas de llorar. Le rozo la frente con la mía, mientras deslizo los dedos bajo la cinturilla de sus pantalones.

—¿Todavía rezas?

Se estremece cuando lo apreso; su mirada destella.

—A veces.

—Reza por mí, entonces —le pido, con el pecho constreñido—, y por mi padre y por todos los de la calle yehuli, y también por Keszi.

Es una traición pedírselo, sugerir que su dios es tan real como el mío, pero desde que me marché de Keszi he visto una magia y un poder con el que jamás habría soñado. Incluso he aprendido a dar forma a las letras de mi nombre. Además, la peor traición es besar a un Leñador, y ya he hecho eso y mucho más.

—Lo haré —dice. Me roza la sien con los labios y oigo su suspiro cuando me hundo sobre él. Entrelaza los dedos en mi cabello—. Lo haré.

Cuando llega la mañana, mis pestañas húmedas están cubiertas de escarcha y Gáspár no está. Me siento con un sobresalto terrible y el miedo me inunda el vientre hasta que lo veo encorvado sobre el fuego, a varios metros de distancia. Una fina capa de nieve se ha reunido sobre la hierba corta, que brilla como el velo enjoyado de una mujer patricia. Espero que la segunda nevada sea suficiente para cubrir nuestro rastro.

Katalin está sentada sobre una dura roca gris, cubierta de nieve como un pálido liquen. En una mano sostiene una espada blanca y brillante, cuya hoja plateada es un espejo cegador para toda esta nieve. Debió forjarla anoche, envolviéndola en el ritmo constante de su canción.

—¿Qué? —me pregunta, cuando me ve mirándola—. No voy a dejar que tú mates al turul.

Pongo los ojos en blanco y le doy la espalda.

—Porque los dioses sin duda se pondrán furiosos con quien lo haga —continúa Katalin—. Yo podría soportar la ira de Isten, pero tú ya estás medio maldita y no quiero que cargues con más.

Me tenso, pero no replico ni la fulmino con la mirada. Por lo que sé, esta podría ser la versión de Katalin de la amabilidad.

Mientras Gáspár da agua a los caballos y los ensilla, arrastro un palo grande desde el árbol retorcido y afilo uno de sus extremos. Después busco una zona despejada de nieve y comienzo a dibujar mis letras. Empiezo por mi nombre, y su familiaridad se asienta en mis huesos como el buen vino. Después intento algo de régyar. No he visto la mayoría de las palabras, pero puedo relacionar los sonidos con las letras. Katalin me observa con un frío y cauto interés, pero Gáspár se acerca y mira las palabras sobre mi hombro.

—¿Te ha enseñado tu padre? —me pregunta.

Asiento. Me concentro y grabo su nombre en la nieve. *G-Á-S-P-Á-R.* Creo que lo he escrito bien.

Gáspár sonríe cuando lo ve, mordiéndose el interior de la boca.

—Escribes casi tan bien como mi hermano pequeño.

Le doy un codazo feroz en el costado.

—Si me enseñas a escribir, yo te enseñaré a disparar una flecha tan bien como cualquier niño torpe y manco de Király Szek, que seguramente es lo máximo a lo que puedes aspirar.

Gáspár se ríe y Katalin también, como un vanidoso pájaro blanco en su percha.

Recogemos nuestro campamento, enterramos las cenizas de nuestra fogata y amontonamos nieve sobre los parches oscuros que han dejado nuestros cuerpos al dormir. Pero dudo antes de borrar las palabras que he grabado en la nieve. Me detengo allí un frío momento, mientras el viento arrastra el hielo y el acre olor a pino del norte, mirando nuestros nombres, escritos uno junto al otro, más claros y luminosos que ninguna otra cosa.

CAPÍTULO VEINTIDÓS

La tundra se extiende ante nosotros como una amplia extensión de cielo plateado, sus nubosos montes de nieve apilados sobre su superficie. He contado seis días desde que nos marchamos de Király Szek, y sobre nuestras cabezas, el cielo real es del color del agua que se ha escurrido de la colada sucia de alguien, tan mate como un espejo que no tiene el lustre de un espejo. Pequeños mechones de frágil hierba asoman a través de la escarcha, pero nuestros caballos los aplastan al pasar o se los comen hasta la raíz. Los caballos tienen más hambre que nosotros. Puedo encontrar las madrigueras de los conejos gordos del invierno y de las ardillas dormidas, pero aquí no habrá nada verde hasta que llegue la primavera.

Intento localizar los lugares por los que hemos pasado. Recuerdo un saliente rocoso donde Gáspár y yo nos cobijamos una noche, acurrucándonos juntos para estar calientes, y un pequeño barranco que en el pasado fue un río y cuyas antiguas aguas grabaron un surco permanente en la tierra. Si miro el horizonte, puedo ver la silueta oscura del bosque de pinos, sus árboles erizados contra el viento cruel. Gáspár mantiene un paso constante a mi lado y mis ojos se posan en los suyos con un instinto animal e inconsciente, solo para asegurarme de que sigue ahí. Prefiero mirarlo a pensar en lo que hemos dejado atrás, en Király Szek, o en los hombres de Nándor atravesando la nieve tras nosotros, o en los peligros que nos esperan en el bosque. Su presencia me tranquiliza, aunque solo sea un poco.

Katalin se está tomando su papel de guía con la determinación de acero de una verdadera táltos. Su caballo camina a varios metros de nosotros y ella tiene el rostro siempre hacia delante, como una flecha apuntando a su objetivo. Cuando la escasa luz del día aminora, el cielo se oscurece y la nieve comienza a caer con tal ferocidad que parece que el propio Isten está lanzándonos puñados. Al menos, esto cubre nuestras huellas. Cabalgamos con terquedad a través de la nevisca, pero comienzo a pensar que este *es* algún tipo de castigo divino. Si Isten conoce nuestra intención, debe estar intentando detenernos. Katalin no hace demasiado por disipar esta idea.

—Habrá alguna represalia por matarlo —me asegura, mientras nos tumbamos para robar algunas valiosas horas de sueño antes de seguir cabalgando—. Debe haberla. Los dioses no dejan que te quedes nada gratis.

—¿Viste eso en tu visión? —le pregunto, esperanzada y desesperada.

—No —me contesta—. Solo el camino al bosque de pinos donde los árboles crecen tan anchos como chozas, y tan altos que rozan las nubes más alejadas en el cielo.

—¿Por qué poder merece la pena arriesgarse a recibir la ira de los dioses? —Gáspár habla con tranquilidad, pero veo el destello de su ojo.

—Por el poder de ver —dice Katalin—. De verlo todo. Lo que ocurrió antes y lo que está ocurriendo ahora en los lugares más lejanos que puedas imaginar, y lo que ocurrirá un día o un año o incluso un instante después. Podrías incluso leer los pensamientos de la mente de los hombres. Ese es el poder por el que tu padre iba a matarme, aunque yo no lo poseo. Ninguna vidente lo tiene. Solo el turul.

Gáspár se apoya contra la roca bajo la que nos hemos protegido. Siento la necesidad de enterrarme en su pecho, pero temo revelar mi afecto delante de Katalin. Aunque no ganaría nada dañándome ahora, sé por el filo de su mirada que me considera una traidora, una esclava de los Leñadores y de la Corona. Trago saliva con dificultad.

—Será como quemar tu capilla hasta los cimientos —le explico—. O como saquear el cadáver de San Istvan. Matar al turul es profanar algo sagrado, algo hacia lo que todos giramos, como un punto en una brújula.

Katalin emite un sonido de desdén con la garganta; sé que la ofende que compare al turul con los símbolos sagrados del Patridogma.

Sobre nuestras cabezas, el cielo se está convirtiendo en una revuelta de color, cruzado por parpadeantes cordones de luz verde y púrpura. Los juvvi creen que, cuando las ballenas del Mar del Medio rompen la superficie de las oscuras aguas, están tan eufóricas al ver las estrellas que dejan escapar haces de luz arcoíris a través de sus espiráculos, enviando su titilante resplandor a la noche. Los juvvi creen que este es un buen augurio, el presagio de una abundante temporada de pesca, de un exceso de peces plateados retorciéndose en sus redes trenzadas. No sé qué tipo de futuro me augura esto.

—No podemos descansar demasiado —dice Gáspár—. Los hombres de Nándor estarán cerca.

Asiento, con los ojos humedecidos por el aguijón del viento. Estoy a punto de tumbarme y apoyar la cabeza sobre mis brazos cuando oigo el suave gemido de Katalin. Se inclina hacia atrás en la nieve, poco más que un montón de pelo de lobo y de extremidades en movimiento. Sus pupilas están vacías y blancas.

Me mueve el instinto, grabado en mí tras tantos años viendo a Virág sucumbiendo a sus visiones. Me arrodillo junto a Katalin y le pongo la cabeza sobre mi rezago, mientras se sacude, abriendo y cerrando la boca en silencio, como si buscara aire.

Gáspár inhala una inspiración breve y abrupta.

—¿Es así siempre?

—Sí —le digo, mientras la mano fantasma de Katalin me araña un trozo de carne de la mejilla y mi piel ensangrentada se queda bajo su uña. Pienso en las veces que sostuve a Virág así y en cómo me guardé el secreto de su convulsionante debilidad, para que nadie más supiera la verdad de lo que ocurría tras las paredes de su choza, en la oscuridad. Cierro los dedos alrededor de las muñecas de Katalin, inmovilizándole los brazos contra el suelo. Gáspár le agarra los tobillos hasta que deja de sacudirse y abre los ojos.

En ese instante, sus ojos son azules, pero más grandes y fríos que antes, como si el aire gélido la llenara al vaciarse de la visión.

—Katalin, ¿qué has visto? —le pregunto.

Se incorpora y se gira hacia mí, jadeando.

—Un árbol, con el tronco empapado en sangre. Y tú... Évike, tú fuiste quien lo mató. Al turul.

La comprensión es como una oleada de agua helada del lago. Quiero luchar contra ella, armarme contra su verdad, pero las visiones de una vidente nunca antes se han equivocado. Gáspár me pone una mano en la espalda.

—Lo siento —digo.

Katalin entorna los ojos. Tiene el cabello blanco pegado a la frente por el sudor frío.

—¿Por qué te disculpas?

—Bueno... —comienzo, pero me detengo, porque no estoy totalmente segura.

—Yo nunca te he pedido disculpas —me dice.

—Supongo que tampoco vas a hacerlo ahora —replico, tensa.

—No —contesta. Se sienta con las rodillas contra el pecho, todavía consiguiendo, de algún modo, mirarme sobre la nariz—. Pero no me burlaré de ti por estar colada por un Leñador, e incluso por haberte acostado con él, si mis sospechas son ciertas. *Como es en el Supramundo, será en el Inframundo.*

Gáspár frunce el ceño.

—¿Qué?

—Es solo un dicho —le explico, cansada—. Uno de los proverbios de Virág. Significa que hay un equilibrio entre dos cosas, una
especie de acuerdo.

El nombre de Virág me quema un agujero en la lengua. En sus
mejores días, me sostenía en su regazo y me susurraba sus historias al oído, y no las odiaba tanto cuando eran solo para mí, solo
para nosotras dos, en lugar de ser una hoja afilada que Katalin y
las demás podían usar para herirme. Aunque todavía hay algunos
lazos que me atan a ella y a Keszi, los siento desgastándose con
cada momento, con cada paso con el que me acerco al bosque de
pinos y al turul. La visión de Katalin me parece el giro de una espada.

Gáspár debe notar mi angustia, porque dice:

—Duerme. Yo haré el primer turno.

Asiento, aturdida. Me tumbo, apoyando la cabeza en su regazo y dejando que mis ojos se cierren. Los sueños se liberan en mi
mente: perros de presa con mandíbulas mordientes, el turul en
una jaula dorada. El pecho de Nándor cosiéndose de nuevo, su
herida desapareciendo sin sangre. El hielo endureciéndose alrededor de mis pupilas. Mi padre abrazándome y susurrándome al
oído el verdadero nombre de Dios. El nombre era su modo de pedirme que los salvara, que fuera tan astuta como la reina Ester o
tan fuerte como el hombre de barro, pero no soy nada de eso. Solo
una mujer tiritando en la oscuridad.

Cuando despierto, el cielo sigue nublado y negro y la mano de
Gáspár está en mi mejilla. Me levanto rápidamente, despojándome
del sueño. Katalin ya ha despertado y conduce a su caballo hacia
un pequeño parche de hierba áspera a la que le quita la escarcha
con la punta de la bota. Gáspár se levanta y ensilla su caballo, con

el agotamiento grabado en un círculo violeta debajo de su ojo. Se me hace un nudo en la garganta.

—Siento que hayas tenido que mantenerte despierto tanto tiempo por mi culpa —le digo, con sinceridad—. Espero que hayas disfrutado al menos una de tus noches sin dormir.

Solo quiero que se ruborice y lo hace: sus mejillas y las puntas de sus orejas se tiñen de un rosa tenue.

—No es solo por ti —contesta—. Nándor me quiere muerto, o al menos encerrado. Es difícil dormir sabiendo que podría despertar con un cuchillo en la garganta.

Me alegro de oírlo decir que es su miedo a Nándor lo que evita que duerma, y no el arrepentimiento por lo que hemos hecho. Aun desprovisto de su hacha y de su suba de Leñador, hay un siglo de cruentos odios extendiéndose entre nosotros, y demasiados dioses oscureciendo el cielo con su desagrado por nuestra unión.

—¿Alguna vez te has planteado permitírselo? —le pregunto—. Dejar que se quede con este feo y sangriento país. A veces creo que Nándor es lo que se merece.

Gáspár aprieta los labios, pensándolo.

—¿Crees que debería dejarle el trono e irme a pastorear renos al otro extremo del mundo?

—No tendrías que pastorear renos. —Intento imaginar qué tipo de pasatiempo lo mantendría ocupado, con su lengua ingeniosa y su mente astuta, con sus principios cuidadosamente considerados—. Podrías escribir tratados o probar con la poesía, desde la seguridad de tu retiro volken.

La diversión le arruga el ojo.

—¿Y qué harías tú?

En el pasado habría estado ansiosa por abandonar Régország, si hubiera tenido la oportunidad y la voluntad para hacerlo. Pero esas amargas perversidades parecen haber quedado atrás. He sentido los brazos de mi padre rodeándome y he oído el templo lleno de oraciones yehuli; un hombre me ha abrazado para protegerme del frío y me ha prometido seguirme allá adonde vaya. Tengo este peso sobre mí, este amor que me amarra a este terrible destino. La profecía de Katalin flota en mi mente.

—No lo sé —le contesto—. Quizá podría ser tu cocinera, después de todo.

Gáspár resopla, pero hay una risa debajo.

—Preferiría que fueras mi esposa.

Dejamos que se cierna sobre nosotros en el frío, en el silencio, este sueño hermoso e imposible. Siempre estaremos frustrados por la historia, esposados por la sangre. Sé lo mal que salió que su padre se casara con una infiel, y aunque ahora pienso que me conozco muy poco, no creo que pudiera disfrutar pasando los días encerrada tras los muros del castillo. Pero Gáspár no es un hombre frívolo. Este momento es una capitulación, tanto como cuando se arrodilló. Quiero besarlo de nuevo; siento las rodillas debilitadas por otra adorable rendición.

La voz de Katalin atraviesa el aire.

—Tenemos que continuar. Estamos muy cerca, pero también lo están los hombres de Nándor.

Una parte de mí se pregunta por qué no nos han alcanzado ya. Quizá los hayan detenido la nieve y el frío, o algún otro desastre imprevisible, pero me parece demasiado optimista. Monto y nos ponemos en marcha, levantando una estela blanca.

El bosque está en silencio. No hay animales escabulléndose en la maleza o en las ramas sobre nuestras cabezas. Solo está el viento que hace que los árboles crujan y giman como el tejado de madera podrida de una casa vieja, y la nieve que cae suavemente a través de los espacios vacíos entre las copas de los árboles, grietas en el cristal que exponen destellos grises y blancos. Se me eriza el cabello de la nuca, y mi yegua tiene las orejas aplastadas contra su cráneo.

—Despacio —dice Katalin, y pongo mi caballo al trote—. Estamos muy cerca. Buscad un tronco empapado en sangre.

Gáspár mira a derecha e izquierda, y después vuelve a levantar el ojo, hacia el cielo. Sé por la cincha de los árboles y el imposible silencio en el aire que estamos cerca del mismo bosque al que nos condujo nuestra anterior búsqueda del turul, donde los árboles levantaron sus raíces y nos persiguieron hasta el lago.

Clavo la mirada en algo brillante a lo lejos. El lago resplandece más allá del enrejado de pinos, cubierto de hielo, como un enorme ojo sin pupila.

Me giro hacia Katalin, con el corazón en la garganta.

—¿Es este el camino?

—Sí —contesta. Tiene los nudillos blancos sobre las riendas—. En la dirección del agua.

Dirigimos los caballos con habilidad a través del laberinto de árboles y solo nos detenemos cuando llegamos a la orilla helada. El lago está perfectamente pulido: es un auténtico espejo, en cuya superficie se reúnen las nubes falsas como puños blancos.

Gáspár acerca su caballo al mío. Veo la tensión de sus hombros al recordar el hielo y el agua fría bullendo debajo. Y entonces recuerdo, también, que Tuula nos dijo el nombre del lago.

—¿Qué significa Taivas en la lengua del norte? —le pregunto.

—«Cielo» —contesta—. ¿Qué importa eso?

—Es aquí —dice Katalin—. Debe serlo, pero…

Bajo de mi caballo, con el corazón en un puño. Pienso en cuando Isten encontró a Ördög en el Inframundo. Pienso en el rabino excavando en la tierra y en el lodo de la ribera para crear vida.

—¡Alto!

La palabra resuena, arqueándose sobre el lago, pero no es la voz de Gáspár. Me giro, resbalando peligrosamente sobre la orilla, para ver a Tuula y a Szabín corriendo a través del bosque hacia nosotros. Bierdna va tras ellas, con la enorme lengua colgando mientras corre. Levantan un rocío de hielo al pasar.

—Tuula —dice Gáspár, cuando se detienen ante él—. ¿Qué haces aquí?

—¿Yo? —Su voz está cargada de veneno—. Este es *mi hogar*. Sé por qué estás aquí, como todos los Leñadores antes que tú, y no puedo permitirlo.

—Tú no lo comprendes —le digo—. Los poderes del turul... Son el único modo de detener a Nándor. Y si no detenemos a Nándor, irá a por los paganos; incluidos los juvvi, al final. ¿Qué otra opción tenemos?

Mis palabras son flechas sin punta; rebotan en ella y caen sobre la nieve. Tuula entorna sus ojos oscuros, y estos destellan.

—Encontrad otro modo —replica—. El turul nos pertenece a todos. No podéis quedároslo.

—Esto es por *todos* nosotros. Quizá sean los dioses quienes nos quieran aquí. —Digo las palabras sin creérmelas de verdad, imaginando un largo hilo rojo que va desde aquí hasta Keszi, fino y a punto de romperse.

—Y quizá los dioses me quieran a mí aquí para detener tu mano.

Me pregunto si la madre de Tuula le contó también las historias de Vilmötten, trenzándolas en su larga trenza oscura. Si cuando los patricios le arrancaron la mano de su madre, mantuvo la historia del turul agarrada contra su pecho, tan brillante y caliente como una pequeña llama. La idea casi hace que me derrumbe. Quiero decirle que, si hubiera algún otro modo, lo haría; pero la visión de Katalin no puede cambiarse y la calle yehuli podría haber sido ya saqueada y vaciada.

Katalin baja de su caballo, con los dedos alrededor de la empuñadura de su espada.

—No creo que puedas detenernos.

—Tú no sabes nada, chica lobo —dice Tuula, con el viento enredado en sus palabras—. Eres como cualquier otro sureño hambriento: crees que puedes descuartizar el norte y comerte sus partes más tiernas. Pero no puedes comerte algo que sigue vivo.

La osa gruñe. Penachos de pálido aire se elevan de sus fosas nasales.

—¿Y tú? —pregunta Gáspár, girándose para mirar a Szabín. Se está mirando las botas cubiertas de hielo, con la capucha sobre la cara—. ¿Ya no soy tu príncipe? ¿Traicionarás a la Corona?

—Ya estoy condenada. —Szabín se baja la capucha—. Ningún juicio ni razón podrían salvarme, así que seguiré a mi corazón.

Bierdna se alza sobre sus patas traseras y emite un rugido que ondula en el viento. Resuena en el vacío un millar de veces, como un jirón de seda doblado sobre sí mismo hasta el infinito. Gáspár desenvaina su espada.

La osa lo golpea con su enorme pata y lo envía rodando sobre la nieve. Gáspár se levanta, con escarcha pegada a la negra lana de su capa, pero la hoja de Katalin es más rápida y atraviesa el hombro de Bierdna. La osa apenas reacciona. Hay un brillo astuto en sus ojos acuosos que de algún modo parece humano y familiar. Es la ira de Tuula la que veo en su mirada, feroz pero calculada.

Busco mi arco de caza, aunque sé que no servirá de mucho tan cerca. Katalin se mueve hacia Bierdna de nuevo, pero las garras de la osa son más rápidas. Corta tres líneas rojas en el lado izquierdo de la cara de Katalin, que casi llegan a su ojo. La chica se traga un grito, devorado por el viento. Gáspár asesta un golpe húmedo y nauseabundo en el costado de la osa, y Tuula también grita.

Apenas soy consciente de que Szabín, que se ha mantenido al margen de la refriega, ha sacado un cuchillo de su capa.

—No —jadeo, pero ella no me oye. Szabín se sube la manga y se corta la blanca maraña de cicatrices; un manantial de sangre se desborda sobre los contornos irregulares de la herida. Después, extiende la sangre sobre la mejilla de Tuula.

La otra chica no reacciona. Tiene la frente perlada de gotas de sudor, los ojos tan duros como el pedernal. La herida de Bierdna comienza a cerrarse, despacio, la sangre se evapora en el aire. Apenas puedo creer lo que estoy viendo, poder patricio y magia juvvi funcionando a la vez. El asombro hace que Gáspár retroceda un paso; una flor roja atraviesa la tela destrozada de su dolmán.

Bierdna emite un rugido gutural. La sangre burbujea en los fosos negros de su hocico. Su olor ha espesado y calentado el aire frío, y me giro un instante hacia el bosque para ver sangre, de Gáspár esta vez, salpicando el tronco del árbol más cercano. La madera se empapa, la inhala, se baña en sangre hasta sus raíces retorcidas.

El miedo abre un abismo en mi interior. Gáspár escupe sangre. Y entonces, como el impacto de una flecha, algo encaja a la perfección en mi mente.

No me giro de nuevo hasta que he dado dos zancadas hacia el agua helada. Apenas puedo soportar mirar a Gáspár, su dolmán destrozado, su pecho llorando lágrimas rojas. Forcejea bajo la pesada pata de la osa, buscándome. Su ojo se llena de sorpresa cuando ve que me estoy moviendo, con lenta y deliberada certeza, hacia el centro del lago.

—¡Évike, para! —grita. El sonido me rompe como un cristal, pero no puedo volverme ahora. Sigo avanzando hasta que noto que el hielo se hace más fino. Hasta que veo su sólida opalescencia transformándose en acuosa transparencia.

Doy otro paso.

El hielo se mueve, provoca una sacudida sísmica bajo mis pies, y mientras me sumerjo de nuevo en las aguas oscuras, lo único en lo que puedo pensar es: *Como es en el Supramundo, será en el Inframundo.*

Esta vez, entierro mi desesperado y agitado instinto y relajo las extremidades. El frío apuñala cada centímetro de mi cuerpo, como un millar de dientes diminutos y afilados mordisqueándome la piel. Por un instante, me quedo totalmente inmóvil, suspendida en el hielo; hasta el sonido del agua ha desaparecido. Me pregunto si fue así como se sintió Nándor cuando las aguas negras se lo tragaron. Si fue así como se sintió Katalin cuando le sostuve la cabeza bajo el río. Me pregunto si yo podré hacer lo mismo, si sobreviviré a esto.

Habrá alguna represalia por matarlo, dijo Katalin. *Debe haberla. Los dioses no dejan que te quedes con nada gratis.*

Puede que me equivoque; puede que haya malinterpretado las palabras de Tuula, o que no haya entendido el significado de las historias de Virág. Quizá, cuando el aliento abandone mi garganta y el frío crezca sobre mis piernas como el musgo blanco, me muera sin más. ¿Y entonces a dónde iré? Ördög me entregó su magia, pero ¿me recibirá en su reino? ¿O lo he traicionado ya con mis sediciosos anhelos, con mi amor por un Leñador, con mi conocimiento de las oraciones yehuli?

Hay una presión en mi pecho, como si algo intentara abrirse camino a través de mí, y casi dejo que el instinto me domine, ese rugiente deseo animal de sobrevivir. Mis piernas se mueven ligeramente, encadenadas por el frío. Y entonces, con una oleada de calidez, pienso en Gáspár. Si voy a salvarlo, a él y a todos los demás, este es el único modo.

Algo tira de mí desde abajo, apenas un ligero tirón, como un hilo rodeando mi tobillo. La fría suspensión del agua ha desaparecido. Por un momento, el alivio es tan embriagador como el vino... Y después caigo en picado, como un cuchillo lanzado, todavía envuelta en las vetas de aterciopelada oscuridad.

La luz regresa a mí de golpe. Su fuerza me abre los párpados y solo veo el borrón del cielo nocturno, cubierto de nubes de tormenta. Una espiral de frondas de pinos destella en mi visión y aterrizo con un golpe agonizante contra algo bastante sólido. Mis brazos y mis piernas se enredan en las agujas y las ramas de un árbol muy, muy alto.

No tengo tiempo de sentirme aliviada. Me balanceo precariamente con cada aullido del viento, demandando que extienda las piernas y trepe para ponerme a salvo, o de lo contrario me caeré y no seré más que un montón retorcido en el suelo. Sigo empapada: el agua fría se ha cristalizado en mi cabello y en mi capa. Al quitarme las agujas de pino de la cara, veo que tengo las puntas de los dedos hinchadas y azules. Mi corazón balbucea, saltándose un latido.

Muévete, me digo, obligándome a flexionar los dedos entumecidos. *Muévete o morirás.*

Con gran cuidado, me arrastro para salir de la telaraña de ramas que me acuna hasta el grueso bastión del tronco. Cuando llego, lo rodeo con los brazos y me aferro a él con ferocidad. El viento me aguijonea los ojos.

Mientras me agarro al tronco, mientras el viento me golpea desde todos los lados y el agua fría se endurece sobre mi piel, pienso que he cometido un error terrible. Yo no podré encontrar al turul, con mi sangre mestiza, con mi desprecio hacia mi propio pueblo. ¿Cuántas veces me quejé de las historias de Virág, solo para pedir que ahora me salven? Me siento tan vacía como un animal destripado, sin nada en mi interior más que miedo y pesar por mi propia y temeraria arrogancia.

Pero la visión de Katalin no puede equivocarse. Me hago a la idea, me la trago como un sorbo de vino que quiero volver a beber una y otra vez. El enfurecido viento me pasa los dedos por el cabello casi congelado.

Hundo los dedos en la madera, buscando agarre. Y entonces la veo: una cola de plumas ambarinas, la abrupta medialuna de un pico que reluce como el oro fundido.

Me quedo sin respiración y solo es la adrenalina la que mueve mis extremidades. Jadeo y me esfuerzo y avanzo por el tronco; mi visión se aleja y después regresa a mí, hinchada y vertiginosa. No sé a qué altura estoy, solo que las nubes blancas son tan densas que podría creer que es la tierra cubierta de nieve, y que el árbol la atraviesa como la hoja en espiral de una daga.

A cada movimiento, me recuerdo qué perderé si fracaso. Imagino la calle yehuli salpicada de pequeños incendios, las puertas abiertas para revelar las casas oscuras y vacías. Una caravana de yehuli dirigiéndose al Terruño. La capa de lobo de Boróka apelmazada por la sangre. Virág enroscada como una caracola, lastimera y diminuta en la muerte. Incluso Katalin es un cadáver azulado en cuyos dedos desnudos se está secando la sangre, diez manchas perfectas.

Y lo peor de todo, Gáspár: su garganta abierta por el cuchillo de Nándor; su ojo como un tintero vacío, hueco y negro. El pensamiento me enloquece de dolor y me lanzo a la siguiente rama, ignorando la corteza de sangre sobre mis labios y el vibrante dolor de mis músculos.

Cuando lo hago, me encuentro cara a cara con el turul.

Casi espero que alce el vuelo o que grazne en protesta por mi intrusión. Me siento estúpida y torpemente humana, una intrusa en este mundo celestial. Pero, en lugar de eso, se posa en una fina rama, ladeando la cabeza para mirarme. Su ojo es negro y tan brillante que puedo verme en él, deformada y pequeña, como algo atrapado en el fondo de un pozo. Me pregunto si habrá mirado a Vilmötten del mismo modo.

Nada ha sobrevivido a mi viaje, ni el arco de caza ni mi daga. Esta es la broma más cruel de Isten, sin duda: que tenga que usar mi magia para matar al turul. Elevo la mano y siento que los hilos de Ördög se resisten. Mi determinación me abandona. No puedo hacerlo.

Se supone que las historias viven más que las personas, y el turul es la historia más antigua de todas. Las lágrimas bajan calientes por mi rostro. Puede que matarlo salve a esta generación de paganos, pero ¿y la siguiente? Cuando el tejido de nuestras historias se debilite y desgaste, la gente seguirá viva, pero ya no habrá paganos. Y esto, ahora lo sé, es lo que Virág siempre ha temido. No nuestras muertes, ni siquiera la suya. Temía que nuestras vidas fueran nuestras. Temía que nuestros hilos se rompieran, que fuéramos solo mujeres, y no mujeres lobo.

Pero yo nunca he sido una de ellas, no del todo. Es esta idea la que guía mi mano hasta el pecho del turul. Se agita un instante, emite un peculiar y leve sonido, y cuando hincha el pecho, sus plumas cambian como un estremecimiento de llamas danzantes.

Si alguien tiene que matar al turul, quizá deba ser yo, por mi sangre mancillada y mis traiciones, y no a pesar de ellas.

La sangre baja por mis dedos, tan repentina como la primavera. El turul se marchita en mis brazos extendidos. Abajo, muy lejos, alguien grita.

Quiero aferrarme al árbol hasta que mi cuerpo se congele aquí, como un horrible y letal liquen. Algo en mí se ha roto; puedo sentirlo. En mi mente puedo ver la choza de Virág, donde oí por primera vez la historia del turul, aunque solo su silueta borrosa. Y entonces la imagen se coagula y ennegrece, como si alguien hubiera acercado una cerilla al pergamino.

Pero mi viaje no ha terminado. Con manos temblorosas, extraigo un hilo de mi vestido y lo uso para rodear las garras del turul (para enrollarlas con fuerza, rígidas tras la muerte) y después me lo ato alrededor del cuello. Cuelga de mi pecho como un sangriento talismán.

Desde aquí no puedo ver el suelo, sino solo el calado de las ramas, las agujas erizándose con el viento. Las lágrimas se acumulan en mis pestañas, emborronando mi visión. Agua salada corre por mis mejillas. Lo único que puedo hacer es dar un tembloroso paso tras otro, apuntalando la bota contra las ramas cubiertas de escarcha. Otra ráfaga de viento aúlla junto a mí, casi arrebatándome al turul para llevárselo al cielo. Lo agarro contra mi pecho. Un sollozo se enrosca en mi garganta.

Bajo, bajo, bajo. Los minutos pasan sobre mí como el agua. Ni siquiera mi viaje a través del Ezer Szem me pareció tan largo. El conocimiento de mi destino me tensa los hombros, la idea de que cada paso me acerca más a la muerte. Mi futuro se extiende ante mí como una carretera en la oscuridad, sin charcos de luz de antorcha ni señales de fuego. No sé qué me espera al final de este descenso, si lo que he hecho será suficiente.

Las agujas de pino se pegan a la sangre de mi cara. La tierra y el cielo son del mismo color, de un blanco puro, y no sé si me estoy acercando. Noto que el tronco ha empezado a engrosarse, sus nudos a cubrirse de musgo. Mis pies aterrizan sobre una rama fina y curvada y esta se parte, lanzándome a través de las frondas de pino, cubriendo mi visión de marrón y verde y blanco hasta que consigo agarrarme de nuevo. Mi corazón late como una melodía desordenada.

Y entonces, por fin, veo siluetas negras a lo lejos. El velo plateado del cabello de Katalin, la capucha marrón de la capa de Szabín. La falda de Tuula, encharcándose a su alrededor, un punto de color sobre la nieve. La osa. Apenas puedo ver a Gáspár, de pie, moviéndose, y el alivio me afloja el cuerpo. Verlo hace que me concentre, afila mi intención. Me agarro con fuerza al tronco y bajo a la siguiente rama. La nieve cae bajo mis pies.

Distingo algo más: borrones negros deslizándose sobre el lago. Oigo el galopar de sus caballos, el traqueteo de las cadenas, y mis botas resbalan sobre la rama. Las agujas de pino intentan sujetarme mientras caigo, me arañan la mejilla, se quedan atrapadas en el pelo de lobo de mi capa. Apenas tengo tiempo de asustarme antes de que el suelo se abalance sobre mí.

Cuando aterrizo y el dolor reverbera en mis codos y rodillas, estoy mirando la suba negra de un Leñador.

Hay doce hombres y doce caballos, y cuerdas y cadenas y un equipo de bueyes arrastrando una carreta de madera con una jaula. El Leñador que tengo delante se encorva, y reconozco el desastre de su nariz. Lajos. Toma el turul, casi aplastado bajo mi pecho, rompiendo el hilo que lo une a mí. Emito un sonido grave de protesta, pero las palabras se quedan atrapadas en mi garganta, la sangre se encharca bajo mi lengua.

Bierdna brama lastimeramente mientras los Leñadores rodean sus enormes hombros con cadenas. Dos de ellos se acercan a Katalin, blandiendo sus hachas. Busco a Gáspár, con el estómago revuelto por el horror, y descubro que lo están empujando hacia la carreta, con las muñecas atadas a la espalda.

Así, sin más, nuestros días de búsqueda, las noches que hemos pasado en la nieve, Zsigmond y la calle yehuli desaparecen a mi espalda: todo se convierte en ceniza en mi boca. Lajos quita la nieve de las plumas rojas del turul, lo envuelve en arpillera y lo guarda.

La sangre gotea sobre mis ojos. Alguna rama debió golpearme la frente al caer. Otro Leñador me levanta del suelo y me rodea las muñecas con una cuerda. Me duele todo el cuerpo tras la bajada y la caída.

—¿Para qué quiere Nándor el turul? —intento preguntar, pues la sangre me obliga a arrastrar las palabras.

—¿Nándor? —Lajos niega con la cabeza, brusco—. Estamos aquí por orden del rey, mujer lobo.

No sé si reírme o llorar. A través de los barrotes de la jaula, veo que Gáspár se pone en pie, intentando llegar hasta mí. Y después los límites de mi visión se oscurecen y, en un instante, no veo nada más.

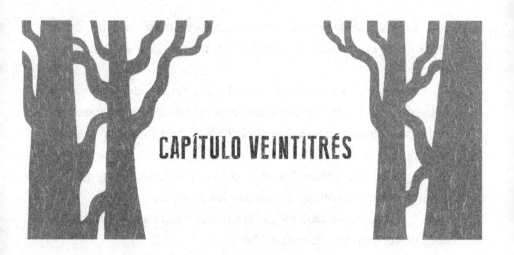

CAPÍTULO VEINTITRÉS

Cuando llegamos a Király Szek, seis largos días y noches después, acompañados por el traqueteo de las ruedas de la carreta y el tronar de una decena de caballos apresurados y fustigados por sus jinetes Leñadores con tanta brutalidad que sus ancas están heridas y tajeadas, estoy casi muerta. Todos los sonidos se elevan a mi alrededor como un centenar de personas empujando en medio de una multitud. Me pego tanto como puedo a la esquina de la jaula, evitando la mirada de todos excepto la de Gáspár, que cabalga junto a la carreta con expresión taciturna, después de haberse negado en un principio a aceptar la dignidad de una montura. Cuando desperté, hice todo lo posible por convencer a los Leñadores de que obligué a Gáspár a venir conmigo amenazándolo con una espada, de que es inocente de cualquier crimen contra el rey. La mentira no me supo a nada, tan fluida como un trago de agua.

—No debiste decir eso —me espetó Gáspár, furioso. No estaba enfadado conmigo porque hubiera mentido, solo porque en cierto sentido le he arrebatado la posibilidad de expiar su culpa. Aun despojado de su suba de Leñador, sigue aferrándose a su moral patricia, aunque ahora soy yo el objeto de su desatinada nobleza—. Yo no debería caminar en libertad mientras tú estás en una jaula.

—Eres un príncipe —le dije con debilidad—. No deberías estar encadenado junto a dos mujeres lobo, una juvvi y una Hija desertora. —Desde su lado de la jaula, Tuula me miró con el ceño fruncido.

—¿Qué parte de ser un príncipe implica que deba intentar eludir las consecuencias de mis errores? —me preguntó.

—Pregúntaselo a tu padre —le contesté—. Él lo hace continuamente, y es el *rey*.

Gáspár se quedó en silencio tras eso.

Ahora creo comprender la verdadera y devastadora culpabilidad patricia. Para mí no es tanto un peso como una ausencia. Como a los Leñadores, sin sus ojos y sin sus orejas y sin sus narices, me han arrebatado algo vital.

También está el hecho de que mi magia ha desaparecido.

Por supuesto, traté de matar a Lajos cuando se acercó de mala gana a la carreta para alimentarme. Pero solo conseguí rodear su muñeca con mis dedos doloridos y sostenerla sin fuerza, como una niña molestando a su madre. No había hilos invisibles rodeando mi piel, el poder del Inframundo no me atravesó. Lajos se zafó de mí y me apartó, y yo miré mis lastimeras manos con una incredulidad confusa. Katalin nos observó con una mueca en sus labios temblorosos, aunque su ojo parecía atrapado tras los tres tajos que la atraviesan de la frente a la mandíbula.

—¿Has perdido tu magia? —me preguntó con brusquedad, sonando tan impaciente como Virág cuando acudía a ella quejándome de alguna pequeña injusticia—. Te dije que los dioses encontrarían un modo de castigarte.

—¿Y tú? —le espeté—. Ni siquiera has intentado sanarte.

—Y no voy a hacerlo, pero no porque *no pueda* —me contestó Katalin—. Quiero que se sienta culpable cada vez que me mire.

Asintió a Tuula, que emitió un sonido gutural.

—¿Qué interés podría tener en mirarte? —murmuró Tuula.

En la carreta nadie ha hablado desde entonces, aunque una tormenta ha pasado durante ese tiempo, dejándonos empapadas y tiritando y mirando el suelo obstinadamente, negándonos incluso a acurrucarnos juntas en un furioso silencio. Gáspár me pasó una piel a través de los barrotes de la jaula y Katalin creó un fuego diminuto en su palma, pero me siento casi aliviada cuando llegamos a las puertas de Király Szek, aunque solo sea porque las nubes se disipan y aquietan sobre nuestras cabezas.

Mientras atravesamos las puertas de la ciudad y nos adentramos en el mercado, Gáspár acerca su caballo a mi lado de la jaula.

—No dejaré que mi padre te haga daño —me asegura—. Otra vez no, Évike. Te lo juro.

—No creo que puedas hacer esa promesa —le contesto, y casi me consume ver cómo se abate su rostro.

Una parte de mí piensa en el destino con desconcierto, pues el rey puede decidir castigarme por haberle robado a su vidente y haber querido quedarme con la magia del turul. Mi vida parece poca cosa, comparada con los cientos que me rodean; soy una pequeña estrella en una constelación enorme y brillante. Lo único que puedo esperar es que el turul le proporcione poder suficiente para enfrentarse a Nándor, para mantener a salvo a los yehuli y a los paganos. Que nuestro sacrificio haya sido suficiente.

La gente pasa junto a nosotros, deteniéndose para mirar con asombro. Los campesinos de Király Szek no parecen más ricos ni más limpios tras la muerte del turul, a pesar de todas sus diatribas contra la ponzoñosa influencia de nuestra magia pagana. Dos Leñadores tienen que desmontar para atar a Bierdna con más cuerdas, anticipando el pánico de la osa, pero ella avanza con lentitud; sus ojos negros carecen del fuego de Tuula, llenos de una opacidad animal. Tuula está encorvada en la carreta, evitando las miradas de los patricios, y Szabín le pone una mano en el hombro.

Mientras atravesamos el mercado, con el aire cargado por el olor a pimentón y a humo, me pongo de rodillas y miro a través de los barrotes esperando captar un atisbo de la calle yehuli. De la casa de Zsigmond. No huelo a sangre de cerdo, y la luz amarillea las ventanas. El alivio que me atraviesa es suficiente para humedecerme los ojos. Traqueteamos hasta el patio, a la derecha de la entrada de la barbacana, donde la carreta se detiene de repente.

Una a una, los Leñadores nos sacan de la jaula y se aseguran de que nuestras ataduras sigan tensas. Quiero decirles que no necesitan atarme las manos, porque no podría forjar un arma ni convertir sus hachas en polvo aunque creyera que eso me ayudaría, o si me sintiera temeraria o vengativa, pero no consigo encontrar mi voz.

—Tenemos que llevar a las mujeres lobo ante el rey —le dice Lajos a Gáspár—. Las otras irán a los calabozos.

—¿Para que nos pudramos allí hasta que un tribunal lleno de patricios nos considere culpables y el rey nos corte las cabezas? —pregunta Tuula. Se yergue y Bierdna emite un gruñido grave y contenido—. ¿Esa es la justicia de vuestro dios?

—Mantén la boca cerrada, escoria juvvi —brama Lajos, empujándola con el extremo romo de su hacha.

—Mi padre podría creer en vuestra inocencia —dice Gáspár con tranquilidad, aunque hay una arruga entre sus cejas—. Cuando tenga el turul, él...

Tuula lo interrumpe con una carcajada.

—¿Y tú, el falso príncipe, Fekete, crees que puedes consolarme? Dejaste que te quitaran tu poder, que te pusieran la suba de un Leñador y te enviaran al bosque sombrío mientras el rey se sienta en su castillo cuidando de sus bastardos como si fueran ovejitas. Yo prefiero morir con un cuchillo en la mano, o al menos con fuego en el corazón, antes que vivir como la sombra de una sombra.

Gáspár no responde. Le tiembla la boca. Pero las palabras de Tuula despiertan una hirviente furia en mi vientre.

—Déjalo en paz —le espeto—. Gruñendo como un animal, solo conseguirás que tu vida en Király Szek sea más corta.

El pelo del lomo de Bierdna se eriza. Tuula curva los labios en una sonrisa.

—Nunca esperé verte desdentada, chica lobo —me dice—. Yacer con un Leñador ha apagado tu llama.

Antes de que pueda contestar, Lajos gira la cabeza con brusquedad. El resto de su séquito rodea a Tuula y a Szabín como pájaros negros, para empujarlas hacia la barbacana. Son necesarios cuatro Leñadores para someter a la osa y arrastrarla hasta el palacio. Sus garras dejan largos surcos sobre el suelo de piedra.

No hemos avanzado demasiado por el pasillo antes de que una figura atraviese la arcada. El cuello del dolmán azul se separa como dos tulipanes sobre la pálida columna de su cuello. Nándor.

Verlo me detiene el corazón. Avanza hacia nosotros, ligero como un puma, abriéndose paso entre los Leñadores reunidos. Durante un único y aterrado suspiro, creo que va a acercarse a mí, pero se detiene ante Szabín y se cruza de brazos.

—Ha pasado mucho tiempo, hermana —le dice—. Pareces menos virtuosa que cuando te dejé.

A Szabín le tiemblan los labios, pero no contesta; solo levanta la barbilla para mirarlo a los ojos.

—Retozando con los juvvi, según veo. —Su mirada se posa en la osa, lastimosamente embozada—. Esperaba algo mejor de ti… Tu devoción siempre me pareció mayor que la de los demás.

Le quita la capucha y le pasa los nudillos con suavidad por la mejilla, un gesto a medio camino entre el desprecio y la ternura. Szabín se estremece y veo que el pecho de Tuula se hincha como si quisiera hablar, pero todavía hay un hacha de Leñador a su espalda. El alivio se encharca en mi interior al ver su sumisión. Aunque nos tenemos poco cariño, no quiero verla morir. Bierdna gruñe, deslizando sobre el labio un diente amarillo.

—Y tú. —Nándor se gira hacia mí—. No sé cómo conseguiste sobrevivir, pero sospecho que contaste con la ayuda de mi traidor hermano. Como sea, ahora que tu acuerdo está roto, sospecho que no durarás mucho en el palacio, ni en este mundo mortal.

He temido a Nándor durante mucho tiempo, pero solo de un modo brumoso y poco definido, como temía a los Leñadores antes de conocer el destino de las mujeres lobo a las que se llevaban. Ahora no puedo mirarlo sin imaginar la herida de su pecho cosiéndose de nuevo, las solapas de su piel uniéndose sobre el horrible tajo que le hice, la herida que debería haber terminado con su vida. Me siento como si me hubiera zambullido de nuevo en el Lago Taivas, esta vez para quedarme rígida en sus aguas negras.

Gáspár se mueve a mi lado, pero antes de que alguno de nosotros pueda contestar, Nándor se marcha de nuevo, sus pasos se desvanecen por el pasillo. Exhalo temblorosamente. Antes, cuando tenía mi magia, podría haber intentado oponerme a él. Ahora no puedo hacer nada, mientras el hielo se cierra sobre mi cabeza.

Los Leñadores conducen a Tuula, a Szabín y a la osa a las mazmorras, y Lajos nos empuja a Gáspár, a Katalin y a mí hacia el gran salón. Apenas siento el suelo bajo mis botas. Si Nándor tiene razón, puede que no salga viva de esa estancia, aun con Gáspár de mi lado. ¿Qué podría hacer él para detener el arco de la espada de su padre?

El rey János está sentado en el estrado, con la corona de uñas descansando sobre su cabeza como las avejentadas astas de un ciervo. Mis ojos se posan de inmediato en las manchas de sangre seca de sus crestas y huecos, pequeños detalles que he llegado a reconocer, aunque ya no me pregunto por ellos. Las uñas de mi madre están allí, pero ella ya no está, igual que mi magia.

El rey se ha trenzado la barba de un modo casi adorable, y no imagino quién habrá hecho algo así. Sin duda no ha sido Nándor, que habló con tanto descaro de su intento de matarme delante de Lajos y del resto de los Leñadores. Me asusta pensar que lo único que se interpone entre Nándor y el trono son la débil barbilla y la mirada perdida del rey János.

Oigo un resuello húmedo en una esquina de la habitación y giro la cabeza para ver al Érsek, envuelto en las sombras a la izquierda del estrado, casi invisible hasta que avanza hacia la luz. En el montículo de sus ropajes marrones, parece un animal adormilado asomado a su madriguera, moviendo la cabeza sobre su frágil cuello. Mira al rey, parpadeando, después a Gáspár y por último a mí.

—He visto a un oso en el patio, mi señor —dice.

—¿Un oso? —repite el rey.

—No os preocupéis por el oso —dice Lajos—. Mi señor, lo hemos encontrado. Tenemos el turul.

Busca en la bolsa de tela que se ha colgado sobre los hombros y extrae el turul. Sus plumas ambarinas están apelmazadas tras el largo viaje, desprovistas de todo su lustre anterior, rígidas y frías después de seis largos días muerto. Lajos se postra y deja el turul a los pies del rey.

El rey János tiene la expresión de un hombre casi muerto de hambre ante la mesa de un banquete, los ojos de un hombre enamorado ante la cama de su amante. Con mucho cuidado, extiende la mano y levanta al turul para sostenerlo a la escasa luz de las velas.

—Por fin —susurra, y después, en voz aún más baja, como si no quisiera que nadie lo oyera—: Hasta el *Kuhale*, ida y vuelta.

Usa la palabra en régyar antiguo para el Inframundo. El régyar antiguo es la lengua que en el pasado compartimos sureños y norteños, antes de que la lengua del sur se escindiera, como una rama caída de un poderoso roble. Todavía conocemos todos ese idioma, o al menos algunos dichos y rimas, pero el régyar antiguo va camino de la extinción: cuando Virág muera, ya se habrá olvidado. El rey no es tan viejo como Virág, pero me pregunto si su nodriza le cantaría en régyar antiguo. Es lo bastante mayor para eso.

—¿Celebraréis un banquete esta noche, mi señor? —le pregunta el Érsek—. Para conmemorar esta bendición.

—Sí —exhala el rey—. Sí, casi he obtenido un gran poder.

Entrega el turul a una criada, que se escabulle rápidamente del salón. El velo parece abandonar los ojos del rey. Cuando se dirige a mí, su mirada está más despejada y aguda que nunca.

—Mujer lobo —me dice—. Mis Leñadores me informaron que fuiste tú quien encontró al turul.

Me detengo en Lajos, que me fulmina con la mirada. No tiene sentido mentir.

—Sí.

—Y para hacerlo me robaste a mi vidente y a mi hijo.

Gáspár abre la boca para discutir, pero yo hablo primero.

—Sí.

El rey inhala. Se pone en pie, baja del estrado y se detiene ante mí. Observo sus manos, esperando que forje una espada y me la ponga en el cuello. Esperando que use su magia robada para matarme.

—Padre, por favor... —comienza Gáspár.

—Calla —le ordena el rey—. No tienes que suplicar por las vidas de las chicas lobo; no pretendo ponerles fin.

Debería sentirme aliviada, pero solo consigo emitir una carcajada, breve y amarga, recordando el momento en el que estuve en este mismo salón, con la espada del rey sobre mi cabeza. Recordando que se convirtió en nada en mi mano. Entonces me sentía imbuida de poder, maníaca, más libre de lo que nunca me había imaginado. La chica de mi recuerdo es una idiota miserable por no haber visto todas las dagas envainadas, por no haber sabido cómo esquivar las trampas del suelo.

Al menos, me marcharé de esta habitación con vida. Eso era lo único que quería cuando los Leñadores me apresaron, sobrevivir, pero en algún momento desde que me marché de Keszi, he empezado a desear más. El abrazo amable de mi padre, una pluma y tinta para escribir mi nombre, historias que no me hagan sonrojar con una disculpa por atreverme a contarlas. Un hombre que se arrodille con mi nombre en los labios. Creo que sellé el destino del turul en el momento en el que empecé a desear todo esto. Habría hecho lo que fuera necesario para evitar que todo cayera de mis manos, como hojas.

—Quizá no haya sido tu intención. —La voz del rey me trae de vuelta a la estancia en penumbras—. Pero has ayudado a que consiguiera el mayor tesoro. Y por tu ayuda, hijo mío, te recompensaré:

tendrás un lugar permanente en mi salón, y ninguna otra misión con los Leñadores.

Gáspár traga saliva. El rey János me deja y pone ambas manos alrededor del rostro de su hijo, tomando sus mejillas. Gáspár se aparta, casi imperceptiblemente. Me pregunto si estará recordando la daga caliente de su padre cayendo sobre él. Me pregunto si es posible ser consolado por la misma mano que te ha golpeado. Sin duda, yo ansiaba el cariño de Virág tanto como odiaba su crueldad. Cara a cara, Gáspár es más alto que el rey, y no veo ningún parecido entre ellos. Gáspár debe haber salido a su madre.

Pasa otro momento antes de que Gáspár hable.

—Gracias, padre.

Sus palabras, graves y deferentes, son más de lo que el rey János merece. Una antigua y amarga parte de mí quiere lanzar al rey al suelo y ver qué aspecto tiene cuando es él quien se arrodilla, a la merced de su maltratado hijo y de dos mujeres lobo. Pero Gáspár no tiene sed de venganza, nada de mi perverso rencor. Se mantiene inmóvil y en silencio hasta que su padre le aparta las manos de la cara.

—¿Ya está, entonces? —le pregunto—. Ahora que tienes el turul, ¿permitirás que se vaya la vidente y dejarás de reclamar mujeres lobo?

La mirada del rey se desliza sobre Katalin y se posa en mí. Algo se aviva en sus ojos, como una cerilla al encenderse.

—Dejadnos —ordena—. Hablaré con Évike a solas.

—Mi señor —protesta el Érsek, pero el rey lo silencia con una mirada. Lajos saca a Katalin de la habitación y Gáspár lo sigue, con la frente arrugada por la preocupación. Sospecho que esperará nerviosamente al otro lado de la puerta. El rey János solo habla cuando la cámara se vacía.

—No pretendo ser un rey cruel —comienza.

Esto casi me pone histérica.

—¿No? ¿Cuál era tu intención cuando le arrancaste el ojo a tu hijo? ¿Cuando asesinaste a doce mujeres lobo para robarles su magia?

—Cuidado, chica lobo. Todavía puedo quedarme también con tu cabeza.

—De no haber sido por mí, jamás habrías conseguido el turul —replico. ¿Qué sentido tiene ser dócil ahora? Sonreír sumisamente y servirlo no evitó que me traicionara. Ningún trato entre un halcón y un ratón puede durar—. Ahora que tienes el poder que deseabas tan desesperadamente, ¿dejarás libre a Keszi por fin?

—No hay nada más que tu aldea pueda ofrecerme —dice.

—Excepto la legitimidad que te otorgan nuestros mitos y costumbres paganas. —Mi voz es agria, como si hubiera probado un melocotón picado—. Y, por supuesto, nuestra magia. Cuando pongas fin a la guerra con Merzan, ¿crees que los campesinos y los condes se pondrán de tu lado?

—Lo harán —contesta—. Estoy seguro de ello. Y sé que también te preocupa el destino de los yehuli, pero yo no deseo expulsarlos. Proporcionan servicios importantes a la ciudad, y han vivido en Király Szek durante mucho tiempo.

Justo lo que dijo Jozefa. Pienso en el techo tachonado de estrellas del templo, en sus columnas envueltas en oro. Pienso en Zsigmond. Si mantener al rey en el trono garantizará su seguridad, y la seguridad de todos los de la calle yehuli, entonces mi magia es un pequeño sacrificio. Si haber matado al turul es lo que mantendrá Keszi a salvo, ¿cómo pueden los dioses castigarme por ello? Mejor el rey János que Nándor. Mejor arrodillarse que morir.

Mientras lo pienso, sé que esta es una idea yehuli. Una que Virág intentaría borrarme, como haría con una mancha en su falda.

No hablo. No hay nada más que decir. Al final, el rey János vuelve a subir el estrado y regresa a su asiento.

—Me gustaría mucho que asistieras a mi banquete esta noche, mujer lobo —me dice—. Después de eso, ya no necesitaré tus servicios. Serás libre para marcharte.

No me trago la risa; el rey puede castigarme por ella, si lo desea. Llevo el tiempo suficiente en Király Szek para saber cuándo me han preparado una trampa.

En el tenue pasillo que conduce al gran salón del rey, Katalin se yergue como un pájaro de invierno en su rama. La inundación de la luz de las velas hace que las heridas de su rostro parezcan húmedas y abundantes, pero se ha trenzado el cabello hacia atrás, de modo que ni un mechón las oculta. Levanta su barbilla delicada, altiva. Su seguridad debería ser un consuelo para mí, pero hace muy poco que he empezado a pensar en ella como en una aliada, no como una enemiga, y en comparación me siento tan gimoteante y débil como un perro apalizado. Si ella puede presentarse en el banquete del rey con cicatrices en su rostro y aun así conseguir mirar a todos los demás sobre su nariz, yo soy una cobarde por querer esconderme en mi capa de lobo. Cuando Katalin me ve levantándome la capucha, se acerca a mí y me pone la mano en la cintura.

—Para —me espeta—. Estás actuando como una niña.

—¿De qué otro modo podría actuar, ahora que mi magia ha desaparecido?

No tengo palabras para explicar el vacío que siento, ahora que los hilos de Ördög se han marchitado como flores en la escarcha, dejándome abandonada. Soy tan débil como el día en que me marché de Keszi.

Katalin me clava una mirada glacial. Uno de los cortes atraviesa el extremo de su ojo izquierdo y tiñe el blanco con el pinchazo de una aguja de sangre.

—Así que no tienes tu magia —dice—. En Keszi, eso nunca evitó que fueras perversa y malévola.

Me froto la cicatriz de mi ceja.

—*Tú* me hiciste así, atormentándome siempre que podías.

—Vale. ¿Me estás pidiendo que te atormente de nuevo?

—No.

—Bueno, entonces deja de comportarte como si Virág acabara de darte un azote —me pide—. No hay razón para que te sientas culpable por lo que has hecho. Yo habría hecho lo mismo.

—¿Y si Isten te hubiera castigado por ello?

Resopla.

—Empiezas a sonar como una patricia.

Me sonrojo y comienzo a formular una respuesta, pero Katalin empuja las puertas del gran salón antes de que pueda decir otra palabra. Muda y acobardada, la sigo.

El banquete no es como esperaba. No hay cerdo cebado, no hay cisnes desplumados, no hay sopa de grosellas rojas con nubes de crema dulce. No hay jarras de preciado vino de Ionika. Hay un único plato de plata y un único cáliz, y ambos están dispuestos ante el rey. Sus invitados se esparcen como valiosas joyas alrededor de las mesas vacías, envueltos en sedas resplandecientes. Sus ojos saltan del estrado a sus vecinos, afilados y brillantes como puntas de espada. Capto susurros de sus conversaciones al pasar.

— … no lo apruebo, en absoluto…

— … retozando con *paganas*, por todos los santos…

— … preferiría al Érsek, si acaso…

Una punzada de preocupación hace que me falle el paso, pero solo un instante. El rey János estaba seguro de que podría silenciar a sus detractores cuando obtuviera el poder del turul. Pero hasta que haga una demostración de su magia, sus susurros seguirán.

En el estrado del rey se ha dispuesto una larga mesa, y Nándor está sentado a su lado. Gáspár se sienta a la izquierda de su padre, y cuando me ve empieza a levantarse, pero niego rápidamente con la cabeza y se sienta de nuevo. No quiero más miradas en mi dirección. Los hijos más pequeños del rey, Matyi entre ellos, bordean la mesa en sus extremos. Un grupo de Leñadores está apostado a lo largo del muro opuesto, y junto a ellos, el Érsek, con su mirada entornada y tan inexpresiva como siempre. Siento una oleada de desprecio, algo viejo y superficial, apenas menos rutinario que el instinto de respirar. Nada evitará que estos patricios se ericen al verme, que tensen sus cintos rojos para alejarme.

Las puertas de madera se abren. Una doncella pequeña y rubia porta una bandeja de plata, con los brazos temblando bajo su peso. La coloca ante el rey y levanta la tapa. En el interior, acompañado de espigas de flores de sauco y de carnosos granos de granada, está el turul.

Lo han perfumado con hierbas para enmascarar el tenue olor a podrido, y sus plumas parecen tener un brillo renovado aunque artificial. Han pegado una fina capa de pan de oro a sus alas y su pecho, aunque no del tono correcto para su plumaje de tono ámbar. Yace sobre su espalda, con las alas extendidas, como si acabaran de abatirlo del cielo.

Ver al turul así hace que el estómago se me vuelva tan duro y tenso como una piedra. Virág lloraría, creo. Se lanzaría ante el rey y le suplicaría que se la comiera a ella en su lugar. A pesar de lo que la he criticado, nos quería más a todos de lo que nos quería de uno en uno, y mucho más de lo que se quería a sí misma.

Yo no hago nada de eso, pero me acerco a Katalin hasta que el pelo de nuestras capas de lobo se roza.

El rey levanta su cuchillo y su tenedor. Veo el brillo de la vajilla, el brillo de su mirada hambrienta, y me doy cuenta de lo que pretende hacer. Me llevo una mano a la boca y me encorvo, entre arcadas.

—Calla —susurra Katalin, pero de un modo que es más consolador que represivo, algo que nunca habría esperado de ella. Me enderezo de nuevo, con la mirada borrosa.

El rey János no corta el ave como una pieza de cerdo asado. En lugar de eso, usa las delicadas púas de su tenedor para extraer los ojos del turul, uno a uno, y ponerlos en su plato. Los ojos son iridiscentes, a la luz de las velas, como dos insectos con caparazón. Pincha uno y lo levanta. Su nuez se mueve bajo su barba gris.

Y, de algún modo, esto es peor que ver al lobo rapado aullando hasta morir, peor que ver al ciervo desfalleciendo bajo el cuchillo de un Leñador. Yo he entregado al rey este festín. Me siento como si le hubiera ofrecido mi propio brazo y le hubiera dicho que empezara a cortar por donde quisiera.

La sala está en silencio, como un aliento contenido durante mucho tiempo. De repente, Katalin me agarra la mano, clavando pequeñas hoces en mi piel con las uñas. Me trago mi sorpresa. Nos sostenemos la una en la otra mientras el rey se mete uno de los ojos del turul en la boca, se ahoga, y después traga. No veo si mastica.

—¿Estáis bien, mi señor? —le pregunta el Érsek con su voz aflautada mientras el rostro del rey se vuelve violeta.

—Lo noto —resuella—. Su poder, atravesándome.

Lancea el segundo ojo con su tenedor y se lo mete en la boca. Esta vez, se lo traga entero.

El rey tiene los ojos tan grandes como la luna, e igual de brillantes. Se levanta de la mesa con tal fuerza que la vuelca; la bandeja repiquetea estrado abajo, y el turul con ella. Los invitados se agitan y sobresaltan. El rey János da un paso adelante, tambaleándose, girando la cabeza como un loco, siguiendo con la mirada el camino de un fantasma que nadie más puede ver.

Me tiemblan las piernas con tal ferocidad que creo que van a desplomarse bajo mi peso. Katalin inhala con brusquedad y me aprieta la mano. El rey deambula por el gran salón, con espuma en los labios.

—Puedo verlo —susurra, con un destello en los ojos—. Puedo verlo todo. Lo que será. Lo que podría haber sido…

Se detiene, tosiendo, y un arroyo de sangre rosada baja por su barbilla.

—Padre —dice Nándor. Él también se ha puesto en pie, detrás del caos que el rey János ha creado en la mesa—. ¿Qué ves?

—Demasiado —contesta el rey. Y después grita tan alto, de un modo tan terrible, que su voz atraviesa el aire como un cuchillo cortando la seda y lo único que puedo hacer es no presionarme las orejas con las manos para atenuar el sonido, porque lo menos que puedo ofrecerle al turul muerto es oírlo. El rey cae al suelo de rodillas y sus gritos se convierten en un lloriqueo.

¿Cuánto tiempo he querido ver al rey János arrodillado? Ahora me parece la broma perversa de un dios embaucador, que no pueda verlo sin desear vomitar. Gáspár se acerca a su padre, pero ni siquiera él puede disfrazar la expresión de repulsa de su rostro. Las lágrimas se han secado creando arroyos salinos en la cara del rey, y hay restos de saliva en su barba. Aúlla y llora, y solo puedo preguntarme si esto también le pasó a Vilmötten cuando el turul le concedió el don de la visión. Este dato no está mencionado en ninguna de las historias de Virág.

De repente, una carcajada acuchilla el clamor de los sollozos del rey. Una risotada aguda, estridente, que reconocería en cualquier parte, porque sonó a menudo en mis oídos mientras yo gruñía y me defendía. La risa hace temblar a Katalin, que tiene la boca tan abierta que muestra las perlas de su dentadura perfecta.

—¿Cómo te atreves…? —comienza uno de los Leñadores, pero Katalin no le presta atención. Me suelta la mano y atraviesa el salón, un rayo de blanco puro entre la madera, la seda y la piedra. Hay una sonrisa acariciando su rostro marcado y adorable. Cuando llega hasta el rey, se agacha junto a su cuerpo desplomado.

—Eres débil —le dice. Hay un destello cruel y satisfecho en sus ojos que yo creía que estaba reservado solo para mí—. No te mereces este poder, porque eres demasiado débil para sobrevivir a él. ¿Podrías soportarlo, una nueva visión cada noche? ¿No saber nunca qué tipo de horror te traerá? —Se ríe de nuevo, tan resonante y clara como una campana—. Eres más débil que todas las mujeres lobo que trajiste a Király Szek, y eres mucho, mucho más débil que yo.

—Por favor —berrea el rey—. Por favor… Solo quiero que termine.

A pesar de toda la sangre pagana que ha derramado, a pesar incluso de las uñas de mi madre en su corona, siento una punzada de pena. El rey János es un hombre, después de todo, ingenuamente mortal, y al final menos tirano que tonto. Eleva sus débiles manos crispadas y comienza a arañarse los ojos, metiéndose los dedos en las cuencas y tirando de ellas. Alguien entre la multitud chilla como un gavilán. Busco a Gáspár y veo el horror destellando en el único ojo que le queda, casi como si él también estuviera teniendo una visión.

Y entonces el rey se derrumba hacia adelante, con el cuchillo de Nándor clavado en su espalda.

CAPÍTULO VEINTICUATRO

Al principio no hay ningún sonido, y después solo se oye el siseo de las armas. Los Leñadores apostados en la pared se adelantan, blandiendo sus armas, y descienden sobre el estrado como cuervos sobre la carroña. Amenazan las gargantas de los príncipes, incluido Gáspár, antes de que los invitados puedan siquiera empezar a correr hacia la puerta. Una sombra negra inunda el umbral: más Leñadores, acompañados por el destello de sus hojas, bloqueando todas las salidas.

Nándor extrae el cuchillo de la espalda de su padre con un giro suave.

—Mis queridos amigos —dice, alzando la voz sobre el sonido de los gritos y los destellos de las joyas en los dedos y en los cuellos mientras los invitados se agrupan en el terriblemente caluroso salón—, no debéis tener miedo.

—¡Lo has matado! —grita alguien—. ¡El rey ha muerto!

—Sí —dice Nándor. La sangre ha comenzado a filtrarse en el suelo de piedra, como afluentes señalizados con tinta roja en un mapa—. Y ahora se inicia un nuevo reinado.

—Pero las leyes de sucesión… —sondea otro invitado.

Antes de que pueda terminar, el Érsek cojea hacia el estrado arrastrando la túnica sobre la sangre del rey. Verlo rodear el cuerpo del rey János como lo haría con un charco de fango en la calle es lo que por fin me saca de mi estupor. Emito un tartamudeo de protesta, inaudible sobre el vocerío de los invitados. Los Leñadores han apresado a Katalin, y tiran de sus brazos tras su espalda.

—Las leyes patricias de la sucesión están sujetas a la interpretación de las autoridades de la iglesia —dice el Érsek, tosiendo—. El Prinkepatrios me ha elegido para que interpretara sus leyes, y yo he elegido a un nuevo rey para que saque a nuestra nación de la oscuridad.

—Qué conveniente —dice Gáspár, tensándose contra el cuchillo que amenaza su garganta— que el Padre Vida haya cambiado su opinión sobre las leyes de sucesión para entregarte el poder.

Se dirige a Nándor, y su voz atraviesa el inseguro nerviosismo de la multitud. Una palabra se eleva sobre ellos, sus tres sílabas tan duras como piedras lanzadas.

—*Fekete.*

Nándor está tan pálido como la estatua de mármol de San Istwork, suave e inalterado por el tiempo.

—¿Conveniente? No. El Prinkepatrios ha colocado esta carga sobre mis hombros, hermano. Yo no me atrevo a poner en duda su voluntad. ¿Tú, sí? ¿Tú, sí? —insiste, girándose hacia los hombres y mujeres reunidos en el salón—. Los que me habéis sido leales recibiréis muchas bendiciones, y una gran recompensa en el cielo. Y los que me desafiáis… Bueno, desafiáis la voluntad de Dios.

La daga de su mirada corta a Gáspár al decirlo. La gente murmura de nuevo, y alguien ahoga un sollozo. Hay algo negro e innombrable encharcándose en mi vientre, una horrible y empalagosa mezcla de miedo y temor, y una completa y total desesperación. El turul está en el charco de sangre del rey János, sin ojos.

Hay un murmullo tras la hilera de soldados que protegen el umbral, y la línea se rompe para dejar pasar a otro Leñador. Tiene la parte delantera de su dolmán acuchillada, el rostro salpicado de

sangre. Arrastra algo a su espalda, un desastre de carne destrozada y seda rasgada, de tendones extendidos como cables rosados
sobre un pecho destripado. Hasta que no veo la curva amarilla de
la garra de un oso no lo reconozco como el conde Korhonen.

—Disculpad, mi señor —jadea el Leñador—. Furedi y Németh
consiguieron escapar y han huido a sus fortalezas.

La mirada de Nándor se posa un instante en el cuerpo del conde Korhonen, en el arco de su colapsada caja torácica. Tiene los
ojos vidriosos, escurridizos, como piedras en el lecho del río.

—No importa —dice—. Enviaré a los Leñadores para que los saquen de allí y los traigan. Entonces se arrodillarán ante mí o morirán.

—Tendremos que encadenar a los demás Leñadores —continúa el Leñador, jadeando—. Después de una semana en el calabozo sin comida ni agua, sospecho que estarán deseosos de postrarse
ante su nuevo rey.

Los soldados, los soldados, ¿dónde están los soldados? Me lo pregunto desesperadamente. Los Leñadores se han criado bajo la asfixiante mano del Patridogma, pero los soldados del ejército del
rey son hombres normales, con mujeres e hijos, y es menos probable que quieran morir por los elevados ideales de los príncipes y
reyes. Pero entonces recuerdo que todas las legiones que el rey János ha conseguido reunir están en Akosvár, como un rompeolas
contra la marea del ejército merzani.

—Bien —dice Nándor—. Si no lo hacen, pueden unirse al demonio Thanatos.

Al oír su nombre, un escalofrío recorre a la multitud. Los hombres y las mujeres tiemblan con todo el cuerpo, como si la propia
palabra fuera un fantasma a exorcizar. Cierro los ojos con fuerza,
deseando que me trague la negrura salpicada de estrellas. Cuando
los abro de nuevo, Nándor ha regresado al estrado y desliza la
mano por el borde del trono de su padre con la expresión hambrienta de un perro acalorado.

—Ah, mi señor —dice el Érsek—. ¿Qué es un rey sin una corona?

Nándor parpadea, y despúes mira al sacerdote. Sus ojos se detienen en el Érsek durante un largo momento.

—Por supuesto.

A continuación, baja del estrado y agarra la corona de uñas del rey. Mi corazón se agita como las ramas de un sauce en el viento; me arden la garganta y el estómago. Nándor señala al Leñador más cercano, el que ha traído el cadáver del conde Korhonen.

—Si eres tan amable.

El Érsek resuella una protesta (despúes de todo, es *su* deber coronar al rey), pero el Leñador se acerca y une las manos.

—*Megvilágit* —susurra. Un puño de fuego se cierra alrededor del cuerpo del rey, sus dedos naranjas se quedan atrapados en su dolmán destrozado, en su mente cubierto de sangre. Se extiende de un modo nauseabundo, como si lanzara pétalos brillantes, destellando en rojo y dorado. El olor del cabello quemado me llena la nariz, junto con la horrible carbonización del hueso. Casi vomito.

Nándor lanza la corona al fuego. Se asfixia y chisporrotea, y por un momento arde con un azul brillante y nítido que se alza casi hasta el techo, donde las lámparas de araña gruñen y oscilan. Cuando se calma y se encoge, naranja de nuevo, la corona no es nada más que ceniza. Unas ascuas tristes reptan sobre el suelo de piedra como luciérnagas intermitentes.

Las uñas de mi madre, las uñas de las otras once mujeres lobo... Han desaparecido, y toda su magia con ellas. Mi trato con el rey y sus promesas de mantener a los yehuli y a Keszi a salvo son humo en el aire.

—La corona de un verdadero rey no es una cosa horrible inundada de magia pagana —proclama el Érsek, con tanta solemnidad como puede con su voz aguda—. La corona de un verdadero rey es algo hermoso, y está forjada en oro puro.

En la estancia, todas las manos agarran sus colgantes de hierro. Las voces se mezclan y enredan como un millar de hilos oscuros. Se entrelazan alrededor de sus tobillos y se elevan, se elevan, suben por sus brazos y se enroscan en sus bocas, hasta que las palabras que abandonan sus labios separados tienen su eco en un centenar más.

—Traedlo —dice Nándor. La sonrisa de su rostro es dichosa y horrible.

Señala a los Leñadores que protegen la puerta y estos se apartan de nuevo, esta vez para que entre otro hombre, trastabillando. Es de constitución ligera y va vestido con ropas sencillas de mercader; tiene los rizos grises y una boca obstinada a la que le va mejor una mueca que una sonrisa. Zsigmond.

Hasta ahora mi pánico había sido una criatura enjaulada, esposada por el conocimiento de que estoy rodeada de Leñadores y de que mi magia se ha ido. Algo se libera en mí y grito; todo este terror aturdido estalla como una sangría y me lanzo a través de la multitud hacia el estrado. Los Leñadores caen sobre mí antes de que consiga llegar hasta Nándor. La hoja de un hacha me presiona el espacio entre los omoplatos, y alguien me tira de los brazos a la espalda.

Gáspár se arroja hacia adelante y el cuchillo del Leñador dibuja una línea de sangre en su garganta.

—No la toquéis…

—Callad a la mujer lobo —ordena el Érsek.

Lajos da un paso adelante y me pone una pesada mano enguantada sobre la boca. Sigo gritando, de todos modos, hasta que me tapa la nariz y me siento mareada y atontada. Las lágrimas me nublan la visión. Lo único que puedo ver es la funesta marcha de Zsigmond hacia el estrado, sus rodillas temblorosas. Cuando llega, inclina la cabeza y se arrodilla.

Nándor le devuelve una sonrisa débil antes de dirigirse de nuevo a la multitud.

—Los yehuli son una plaga en nuestra ciudad, amigos —dice. Yo me ahogo, contra la caliente presión de la mano de Lajos—. Pero me han dicho que no hay otro orfebre mejor en todo Király Szek.

Puede que haya una semilla de verdad en ello, pero lo cierto es que Nándor quiere herirme de todos los modos posibles. Intento mirar a Zsigmond a los ojos y, cuando lo hago, veo que él también está llorando. Sus lágrimas son mudas, dignas, muy diferentes de las mías.

—Una corona —dice a Nándor, con la voz grave y áspera— para nuestro nuevo rey.

Le traen un banco de trabajo sobre el que hay un brillante lingote de oro. No hay herramientas, ni siquiera un caldero caliente con una llama siseando debajo, pero Zsigmond no pide nada. Se acerca y pone sus manos desnudas sobre el oro, aplana las palmas sobre él, notando su forma y su peso. Después, sin una palabra, levanta un dedo y traza algo en su superficie, una y otra vez. Lo hace tres veces antes de que yo reconozca lo que dice: *emet*. «Verdad».

Lo traza y lo traza hasta que el oro se convierte en algo parecido a la arcilla en sus manos. Lo sostiene de un modo que me recuerda a Virág amasando. El sudor se reúne en la línea de su cabello, humedeciendo sus rizos. Y después, en el suave oro, traza algo más, letras que al principio no reconozco pero que delinea tantas veces que al final consigo distinguir la forma de la kaf y de la tav y de la resh, y los pequeños puntos y rayas que conforman el resto de los sonidos. Está dibujando la palabra yehuli para «corona».

Casi parece tomar forma sola, como si Zsigmond hubiera imbuido el oro con su propia conciencia, con una torpe inteligencia, como hizo el rabino con el hombre de barro al que formó en la orilla del río. La corona es una gruesa diadema con la parte superior abovedada, bordeada de placas con filigranas y de ristras de perlas doradas, y, por último, en su cumbre, el símbolo con tres puntas del Prinkepatrios. Mi padre traza más palabras, palabras que no conozco, y estas graban delicados diseños en el oro, las cabezas y los hombros de los santos y las ligeras siluetas del fuego sagrado. Cuando termina, Zsigmond está jadeando.

Nándor se acerca a la mesa de trabajo y las velas proyectan la luz dorada de la corona en las curvas de su rostro. Desliza la yema de su pulgar por el borde, trazando las siluetas de los santos, cada llama afiligranada. Sonríe de nuevo, pero no se la pone.

—Las historias sobre la artesanía yehuli no eran exageradas —murmura—. Y tú, Zsidó Zsigmond, eres el más diestro de los tuyos.

—Sí —dice Zsigmond con serenidad, colocando una mano temblorosa sobre la mesa—. He mantenido mi promesa y creado tu corona. Ahora tú debes mantener la tuya: deja a los yehuli en paz.

La palabra *promesa* golpea mi corazón como una flecha. Forcejeo con Lajos, pero es inútil, y de todos modos llego demasiado tarde. Demasiado tarde para decirle a Zsigmond lo que necesitaba saber: que nunca debe hacer tratos con un Bárány.

La mirada de Nándor se posa perezosamente en los Leñadores junto al estrado.

—Soldados —dice, arrastrando la palabra—. Apresadlo.

Ponen los brazos de Zsigmond a su espalda antes de que yo pueda gritar de nuevo. Cuando se lo llevan, Lajos ha vuelto a taparme la nariz con los dedos, dejándome sin aire, con dolor de cabeza y la mirada borrosa mientras las lágrimas graban surcos salados en mis mejillas. Poner mi fe en el rey János fue como subirme a un barco con podredumbre verde en el casco y esperar que no se hundiera. Pero que Zsigmond haya hecho un trato con Nándor es como pedirle piedad al río mientras sus aguas negras te llenan los pulmones.

El Érsek deambula hacia el estrado.

—¿No me dejarás coronarte hoy, mi señor, a la vista de tus honorables invitados?

—No —contesta Nándor, y el Érsek se estremece ligeramente, como desestabilizado por su desafío—. No, mi coronación tendrá lugar mañana, y será mi querido hermano quien me coloque la corona en la cabeza.

Tiene a sus cuatro hermanos a punta de espada, pero sé que se refiere a Gáspár, es a Gáspár a quien se acerca en el estrado. Se inclina sobre él y sus narices casi se tocan. Desde donde estoy, parecen una imagen distorsionada en el espejo. El rostro de Nándor está desvaído y pálido, poco más que una forma difusa e irregular bajo el hielo.

—Jamás —dice Gáspár, tragando saliva bajo el cuchillo del Leñador.

—Sospechaba que te negarías —replica Nándor—. Podrías ofrecer tu vida a cambio, ser el gallardo Leñador que eres, pero ¿y las vidas de tus hermanos?

Se mueve hacia Matyi, que tiembla en su dolmán verde y tiene los ojos cerrados con fuerza. Gáspár se estremece, pero no reacciona a la amenaza de Nándor. La sangre de su herida anterior brilla como un rubí en el hueco de sus clavículas.

—Si haces lo que digo y me pones la corona, te quitaré el otro ojo y te dejaré seguir con vida, siempre que no regreses a Régország jamás. Puede que los merzani reciban con los brazos abiertos a su hijo mestizo y ciego.

Gáspár traga saliva.

—Y la mujer lobo. Évike. No le pondrás una mano encima.

Nándor gira la cabeza hacia mí, como todas las miradas del salón. Una sonrisa se curva en su rostro, fina y tan roja como una herida de cuchillo.

—Eso no te lo prometeré, hermano —le dice—. Mañana, en mi coronación, la mujer lobo morirá bajo mi mano, y un centenar de muertes seguirán su estela, porque mi primer acto como rey será destruir las aldeas paganas del Ezer Szem.

No me queda fuerza para gritar, pero un sollozo me rasga la garganta. Mi aliento caliente se queda atrapado en el cuenco de la mano de Lajos.

—Ahora —dice Nándor, irguiéndose—, queda el asunto de nuestro querido Érsek.

El Érsek mira a Nándor, pestañeando, totalmente sedado.

—¿Sí, mi señor?

—¿Qué voy a hacer contigo? —Nándor ladea la cabeza—. ¿Qué debería hacer, cuando sea rey de Régország, con un arzobispo que ha ayudado a asesinar a los dos últimos reyes?

Esta vez no parpadea, somnoliento, no se mueve lentamente. El Érsek se queda totalmente quieto y tenso, con los ojos brillantes.

—Sí, mi señor —dice, sin toser ni resollar ni una vez—. Esperaba a un *verdadero* rey, uno que se ganara mi lealtad y la bendición del Prinkepatrios, uno al que nunca pensaría en traicionar.

—Y estoy seguro de que le hiciste esa misma promesa a mi padre, después de haberlo ayudado a asesinar a Géza —replica Nándor con frialdad.

El silencio cubre el gran salón como la nieve recién caída. Pienso en las esculturas del patio, en Géza, con su barba tan larga como el musgo colgante, y recuerdo que lo llamaban Szürke Géza, o Géza el Gris, aunque no había superado la mediana edad.

—Nunca, mi señor. —La voz del Érsek suena aterciopelada—. Te seré leal, ahora y siempre. Solo ayudé a tu padre a asesinar a Géza porque sentía su debilidad, y ayudé a asesinar a Elif Hatun porque el rey János me lo *pidió*.

—¿Elif? —Gáspár se pone en pie a pesar de que el cuchillo del Leñador dibuja un enjoyado collar de sangre alrededor de su cuello—. ¿Elif Hatun? ¿La reina?

El Érsek baja la cabeza.

—Fue un veneno rápido, preparado por un boticario rodinyano, que imitaba los síntomas de una fiebre. El rey János me pidió que lo usara con su padre, y después de nuevo con su esposa.

—Basta —ordena Nándor. Un rubor rosado ha cubierto su rostro del color del alba en su hora más temprana—. ¿Crees que me importa la vida de mi irresoluto abuelo o de esa perra merzani?

Por un momento, creo que Gáspár va a abalanzarse sobre él y el miedo se enrosca con fuerza en mi garganta. *Por favor*, quiero decir, aunque la mano de Lajos me sigue presionando la nariz y la boca. *Por favor, no mueras como un mártir.* Los ojos de Nándor son tan claros y duros como trozos de hielo, y toda la sala se agita con su devoción.

—Nándor —grazna el Érsek. Es un sonido terrible, como el rebuzno de una mula—. Hijo mío, recuerda lo que hemos hecho juntos. Recuerda quién te infundió el poder del Prinkepatrios, cuando el frío detuvo el latido de tu corazón...

—Tú no hiciste nada —replica Nándor—. *Yo* fui bendecido, y tú solo me trajiste a esta ciudad para que pudiera hacerla santa.

—No, Nándor —dice el Érsek—. Traje a un campesino asustado, con la piel todavía azulada por el frío, y lo convertí en el héroe del pueblo. No deberías estar vivo, pero el Padre Vida se apiadó de ti y yo tomé su misericordia y le di forma. ¿Puede un santo ser más sagrado que aquel que lo consagró?

La audacia del Érsek es casi admirable. Como si estuviera de acuerdo conmigo, Nándor no se mueve, en realidad no, pero un temblor lo atraviesa, como un rayo fisurando un cielo inmóvil y negro. El salón está saturado de silencio, como una nube a punto de descargar lluvia. Al final, Nándor levanta la cabeza.

—Me temo que tu tiempo como arzobispo ha llegado a su fin.

Reconozco la mirada en sus ojos, a pesar de su dureza congelada. Es la mirada de un niño que ha crecido y es demasiado alto y fuerte para que el látigo de su padre lo amedrente, la mirada de un perro que ha sido golpeado demasiadas veces.

Durante un momento suspendido en el tiempo, de verdad creo que dejará vivir al Érsek. Puede que lo despoje de su título y de su túnica marrón y que lo destierre, como planea hacer con Gáspár. En este fugaz segundo de tiempo congelado, estoy convencida de que Nándor se decantará por la piedad.

Entonces el susurro de una oración abandona sus labios.

Se oye un sonido que es como el hielo al romperse y la agitación del agua liberada. El cuello del Érsek se dobla hacia atrás en un ángulo espantoso, pero sigue vivo; hay un neblinoso brillo de terror en sus ojos cuando se eleva del suelo. Una mano invisible lo arrastra hacia adelante antes de soltarlo en el trono vacío, tan laxo como si no tuviera huesos. Nándor reza de nuevo, algo más largo esta vez, con la cadencia de una canción, y una enorme corona de hierro destella en la cabeza del Érsek.

El Érsek gime, quizá balbuceando su propia oración, pero aparece espuma en las comisuras de su boca, teñida por el rojo pálido de la sangre diluida.

Intento cerrar los ojos, pero una perversa necesidad los mantiene abiertos. Sé que mi imaginación será peor que lo que sea que vaya a ocurrir ahora. La corona brilla como el humeante calor, ondulándose como el cristal bajo la luz del sol, tan brillante que refleja el rostro deformado y sonriente de Nándor en su superficie. El Érsek emite un grito ronco cuando el hierro candente le abrasa la piel, hasta la cúpula blanca de su cráneo. La sangre sube por su garganta y burbujea en sus orejas.

El salón se llena de arcadas y sollozos, de sonidos adoquinados por el horror. Algunos invitados gatean hacia las puertas, pero los Leñadores están apostados hombro con hombro en el umbral, como centinelas, con expresiones de vacía y estúpida devoción en sus rostros.

La piel de la frente del Érsek se funde y arruga sobre sus ojos. Ni siquiera puede gritar ya, por toda la sangre que tiene en la boca.

En un instante más, ha terminado. El cuerpo del Érsek se desploma del trono, una montaña de ropajes marrones empapados en sangre y de piel hedionda como la cera caliente y rosada de una vela. Nándor se inclina con delicadeza sobre el cadáver.

—No temáis, buena gente de Régország —dice, quitándole al Érsek la cadena de hierro y poniéndosela alrededor del cuello—. Ahora soy realeza y divinidad.

El agua roza mi piel como el borde de una daga, caliente y frío a la vez. Miro, desde detrás de mi cabello mojado, al Leñador que sostiene el cubo medio vacío. Es uno al que he visto antes, uno al que le falta una oreja. Su ausencia hace que su cabeza parezca torcida; como un árbol con ramas, pero sin raíces.

—¿Qué sentido tiene? —le pregunto, castañeteando los dientes—. Voy a morir mañana.

—El rey quiere que estés limpia —me dice el Leñador—. Yo no hago preguntas, y tú tampoco deberías.

—Todavía no es el rey —replico.

Cuando me he limpiado para satisfacción de Nándor, e incluso han cepillado y lustrado mi capa de lobo, me llevan a mi antiguo dormitorio. Intento escapar, desesperada y sin pensar, pero las rejas de hierro de la ventana son firmes, la puerta está bien cerrada y mi magia ha desaparecido para siempre.

Quiero llorar de nuevo, pero solo porque me parece lo adecuado. No obstante, me he quedado sin lágrimas, despojada de ellas como de la piel muerta sobre una herida. En lugar de eso, me acurruco contra la pared este, donde el sol aparecerá el día de mi ejecución y calentará mi rostro contra la piedra fría.

Mis recuerdos del consuelo de mi madre son lejanos y remotos; casi he olvidado el tono de su susurro y la sensación de su palma sobre mi frente. Pero también recuerdo el consuelo de Virág. Sus manos de seis dedos me peinaban el cabello con tanta destreza como una ardilla saltando entre las ramas, y los días que acudía a su choza llorando, se sentaba conmigo ante la chimenea y me cepillaba el cabello y lo trenzaba hasta que mis lágrimas se secaban. Ahora, el recuerdo parece tan desvaído y vacío como el interior de una caracola, desprovisto de toda su calidez. Pienso en Zsigmond abrazándome contra su pecho, pero ese recuerdo parece borrado por duplicado, como si recordara un fantasma. Seguramente morirá mañana, él también, y la calle yehuli será abandonada.

Este es el maltrecho estado de mi mente cuando la puerta se abre. La atraviesan dos Leñadores, arrastrando a otro hombre entre ellos. Tiene el torso desnudo y su sangre cae sobre el suelo de piedra. Gáspár.

Me pongo en pie. Mi corazón late con un ritmo irregular. Antes de que consiga decir una palabra, los Leñadores lo han dejado sobre la cama. Después, giran sobre sus talones y desaparecen, dando un portazo a su espalda.

Gáspár yace boca abajo, sin moverse. La extensión de su espalda está tan marcada de heridas de látigo que es una celosía de carne y sangre, con brillantes trenzas rojas hilvanadas de rosa. Verlo, y el hedor acre en mi nariz, y el débil gemido que atraviesa sus labios separados... Todo ello hace que el pecho me duela insoportablemente. Y entonces lloro, las lágrimas me aguijonean el rabillo de los ojos mientras pongo la cabeza de Gáspár en mi regazo y le aparto los rizos de su frente húmeda por el sudor.

Después de un par de minutos, pestañea y me mira, sin enfocar el ojo.

—¿Te ha hecho daño?

—No —digo, y me río sin pretenderlo de su absurda generosidad. La carcajada suena equivocada, como un río borboteando e inundando la casa de hierba de alguien—. No me hará daño hasta mañana.

Deja escapar un suspiro y, muy despacio, mueve los brazos para rodearme la cintura. El dolor dibuja surcos profundos en su frente. Nunca antes me había sentido tan inútil y miserable, paralizada por el amor. Esta es la sensación, creo, que hace que la madre cierva corra tras sus débiles e indefensos cervatillos. Una locura, en realidad, que te sintoniza con la mortalidad, con los lugares tiernos donde las gargantas se encuentran con las mandíbulas, con los halcones que sobrevuelan tu cabeza y con los lobos que acechan justo más allá de la línea de árboles. Me encorvo y presiono los labios contra su cabello.

—¿Me contarás una historia, chica lobo? —murmura contra mi muslo. En su boca, el epíteto no tiene dientes, y resulta casi dulce.

—Creo que me he quedado sin historias —le confieso.

Su risa ligera me calienta la piel a través de la tela de mi vestido.

—Entonces vamos a dormir.

Pero no lo hacemos. Todavía no. Nos sentamos. Respiramos. Hablamos en voz baja, como si hubiera alguien con nosotros a quien no quisiéramos despertar. Al final le cuento la historia del rabino y el hombre de barro. También le hablo de la reina Ester. Repasamos algo de régyar antiguo. Dejo que Gáspár me enseñe un par de palabras en merzani, que me cubren la lengua como un sorbo de buen vino. Nos abrazamos durante toda la noche, hasta que sale el sol.

CAPÍTULO VEINTICINCO

Despierto en algún momento de la mañana, cuando el cielo es tan rosa como la cavidad de una oreja, delicado y crudo. La extensión de cama a mi lado está fría, las sábanas salpicadas de sangre seca, y Gáspár no está. Siento un pánico inútil. Aparto las colchas y corro entre la ventana, todavía protegida por sus rejas de hierro, y la puerta, tan cerrada como antes. Cuando el último fragmento de moribunda esperanza me abandona, me detengo en el centro de la habitación vacía y deseo poder hacer que la piedra se derrumbe, que el suelo se hunda y que el techo se venga abajo. Me enterraría en sus ruinas, si pudiera hacer que la Torre Rota cayera conmigo.

La puerta se abre con un tembloroso sonido metálico, el chirrido de su estructura de hierro contra el suelo de piedra. Veo el desastre de la nariz de Lajos antes de ver el rostro de Katalin: sus heridas, ahora negras y cubiertas de costras, sus ojos furiosamente azules. El Leñador la empuja a través de la puerta y ella trastabilla hasta mis brazos.

—El rey quiere que ambas llevéis el cabello trenzado —dice Lajos con brusquedad. Nos señala con la barbilla; está cubierta de blanco tejido cicatrizado.

—¿Por qué? —le pregunto. Tengo la voz ronca, después de tantas horas de susurros.

—Al estilo pagano —dice, y cierra la puerta a su espalda.

—¿Y por qué deberíamos? —pregunta Katalin cuando se endereza, aunque Lajos ya no está—. Si van a cortarme el cuello, poco me importan los lazos bonitos de mi cabello.

Pienso en la espalda de Gáspár, en sus espantosas heridas de látigo.

—Encontrarán un modo de castigarte por tu negativa, ya lo sabes. Lo mejor que puedes esperar es una muerte fácil y dulce.

Katalin aprieta la mandíbula.

—¿Qué han hecho para volverte tan dócil? Si lo hubiera sabido, yo misma lo habría hecho hace mucho.

Eso enciende una antigua llama en mi interior, y se me acalora la cara.

—¿Y para qué? ¿Por qué me odiabas tanto? ¿Era porque no me quedaba en el suelo cuando me empujabas, o porque no me tragaba los insultos que me lanzabas? ¿Dormías mejor por la noche si sabías que yo estaba llorando en *mi* cama, a tres chozas de distancia?

Durante un largo momento, Katalin no dice nada. Hay un ligero rubor en sus mejillas y esto, me doy cuenta de ello con una lúgubre satisfacción, es más de lo que había conseguido hasta ahora. Estoy lista para considerarlo una perversa victoria en las horas previas a mi muerte, pero Katalin me rodea y comienza a pasar los dedos por mi cabello.

Temo hablar, temo poner en peligro este frágil momento que parece acercarse con indecisión a la camaradería. Pienso en las manos de Virág, increíblemente ágiles con sus seis dedos, peinando mi cabello en docenas de complicadas trenzas tan finas como raspas de pescado. Pienso en Zsófia, cubriéndome con su tinte plateado. Pienso en cómo me lanzaron hacia los Leñadores, como un cerdo al sacrificio, gordo bajo el cuchillo del granjero.

—Tienes el cabello imposible —resopla Katalin, pero termina mi última trenza y la sujeta con una tira de piel marrón.

—Ya ha terminado —digo, con la mirada clavada en un punto distante—. Moriré en Király Szek, como se suponía que debía hacer.

Katalin emite un sonido vacilante y sus dedos se tensan contra mi cuero cabelludo.

—Yo nunca quise que murieras por mí, idiota.

—Sin duda lo parecía —replico—, teniendo en cuenta lo mucho que me atormentabas.

—No fui la mejor…

—Eras *horrible* —la interrumpo.

Katalin niega con la cabeza, circunspecta.

—¿Sabes qué me decía siempre Virág, cuando estábamos solas? *Una vidente nunca tiembla*, me decía. La estúpida vieja bruja. Siempre era amable conmigo porque *tenía* que serlo; yo iba a ser la siguiente táltos, y se suponía que ocuparía su lugar. Me obligó a tragarme cada visión como si fuera vino dulce en lugar de veneno, y me hizo creer que eso era amabilidad. No tenía ninguna razón para ser amable contigo, ya que estabas vacía, pero lo era de todos modos; entre azotes, al menos. Te odiaba por eso.

Suelto una carcajada breve, sin humor.

—Entonces, ¿eras cruel conmigo porque ella era amable?

—Qué idiota, ¿verdad? Virág me decía que debía estar preparada para hacer cualquier cosa por Keszi, para morir por mi tribu. Tú eras parte de mi tribu. Una hermana lobo. —Prueba la palabra, mordiéndose el labio—. Debería haber intentado protegerte a ti también.

Algo se desenmaraña en mí, como un hilo. Presiono la cara contra su hombro, contra la suave piel blanca de su capa de lobo, justo por debajo de la curva de su mandíbula helada.

—Podría quemar esta torre hasta los cimientos, ¿sabes? —me dice—. Con nosotras dentro.

Pienso en mi propio y fugaz deseo de ver derrumbarse la Torre Rota. Pero sería un gesto sin peso, un grito sin eco. La reconstruirían, o crearían algo nuevo de sus cenizas. Incluso destrozar la estatua de San István o romper los sagrados huesos de sus dedos sería como patear una piedra solitaria hacia un oscuro abismo. Igual que matar al turul no nos mató a nosotras, no mató a nadie en Keszi, el Patridogma sobreviviría a un poco de mármol destrozado y piedra desmoronada.

—Creo que prefiero morir bajo el acero —le digo—. Es más rápido y más limpio, y no tendré que oler mi propia piel quemándose.

—Supongo que es cierto —contesta Katalin. Sin apartarme de su hombro, comienza a cantar. Es una canción suave, dulce y breve, una que Virág usaba a menudo como nana. Por un momento creo que está forjando una daga, pero sería tan inútil como el fuego; podríamos matar a dos o tres Leñadores, pero nunca podríamos con todos.

Cuando Katalin termina su canción, hay un pequeño disco de plata en su palma, lo bastante pulido para hacer de espejo. Lo levanta y veo en su interior el tembloroso reflejo de la perfecta chica pagana, con mitos y leyendas y magia trenzada en su cabello, historia en el destello de sus ojos y en la tensión de su mandíbula. Para bien o para mal, nadie podría adivinar la mancha de la sangre de mi padre.

La puerta se abre de nuevo, para Lajos y otros dos Leñadores. Llevan cuerda para nuestras manos, y la tensan lo bastante para quemar la pálida piel del interior de mi muñeca. Los Leñadores nos llevan por los zigzagueantes pasillos del castillo por última vez, a través del humo de las antorchas casi extinguidas, hasta el patio.

El aire rancio del mercado no atraviesa las puertas del palacio; los puestos están cerrados con motivo de la coronación de Nándor. Han limpiado la porquería de los malolientes adoquines y los han cubierto de suntuosas alfombras tejidas, en violeta oscuro y verde bosque y dorado. Guirnaldas de flores blancas y púrpuras bordean un estrado improvisado, y sus delicados pétalos se curvan buscando un sol coronado de nubes. Son azafranes tempranos, que solo florecen en la pendiente sur de una única colina de Szarvasvár.

El estrado ha sido construido para albergar un nuevo trono, uno de oro recién bruñido. Me pregunto si Nándor ha obligado a mi padre a hacerlo, cerniéndose sobre él con un látigo en la mano. El respaldo tiene la forma de una lanza de tres púas, cada una de ellas afilada hasta una punta brillante, como un desigual colmillo dorado. Está envuelto en un majestuoso tapiz que contiene el blasón de la Casa Bárány, para que Nándor pueda reclamar el trono bajo ese apellido, a pesar de que, según la ley patricia, es un bastardo. Verlo me llena de una furia turbia y contenida, pero no es nada comparado con lo que siento al ver al propio Nándor.

Sube al estrado entre los vítores y el clamor de la multitud; los rostros de sus admiradores brillan tanto como las monedas recién acuñadas. Le arrojan coronas de laurel y ramos de tulipanes que deben haberles costado un ojo, porque los merzani están quemando todos los campos de flores de la Gran Llanura. Su dolmán es de un blanco puro, como el cielo en el profundo invierno, y sobre él lleva un mente rojo y dorado, con mangas de pelo que caen casi hasta el suelo. Se deslizan sobre los pétalos de tulipán, esparcidos sobre el estrado como carpas de vientres pálidos varadas en la orilla.

Una camarilla de Leñadores rodea el estrado como un collar negro, haciendo retroceder a la multitud. En el estrado hay otro hombre, con un mente azul oscuro y una pluma solitaria adornando su pecho.

El conde Reményi sostiene la corona sobre un cojín de raso rojo. Examino a la multitud, con un pánico ciego, buscando la cara de mi padre entre los cientos de rostros brillantes, y lo encuentro flanqueado por dos Leñadores. No imagino por qué Nándor no lo ha matado todavía; quizá quiere que Zsigmond vea cómo un rey patricio recibe la corona que él ha creado. Una oleada de alivio me atraviesa antes de recordar que todo esto no servirá de nada. Nándor le cortará el cuello tan pronto como la multitud se disperse;

quizás antes, si quiere convertirlo en parte del espectáculo. Habrá un millar de ojos sobre mí cuando yo muera.

Por fin lo veo. Gáspár sube al estrado con su dolmán negro y su suba, como un Leñador de nuevo. Lo único que le falta es el hacha en su cadera. Sus movimientos son tensos y cautos; lo veo hacer una mueca cuando levanta los brazos para recibir la corona del conde Reményi. Siento una punzada de dolor fantasma recorriendo la parte de atrás de mis muslos, donde mis cicatrices son un espejo pálido de su carne y sus escabrosas heridas. Es doloroso y visceralmente inadecuado verlo junto a Nándor, de brillante rojo y dorado, como ver el sol y la luna en el cielo a la vez, Isten dibujando el alba con una mano y pintando la medianoche con la otra.

Lajos nos conduce a Katalin y a mí a través de la multitud, hacia los pies del estrado, tan cerca que noto en mi lengua el dulce aroma del polen de los azafranes de primavera. Miro el ojo de Gáspár, líquido en la escasa luz, y lo único que veo reflejado en él es mi doloroso y ruinoso amor. Hay otro mundo en el que podríamos habernos quedado en la cuna de raíces para siempre, elevando nuestras palabras en fríos susurros, pero con las manos y las bocas calientes.

—¡Buena gente de Régország! —exclama el conde Reményi; una vez, dos veces, hasta que el sonido de la multitud decrece y después se silencia—. Nos hemos reunido hoy aquí para coronar al próximo rey de nuestro país. El heredero al trono de Ave István, jefe de la Tribu del Halcón Blanco y de todas sus tierras, bendito por la mano amable del Prinkepatrios. Arrodillaos ante él y ante vuestro dios.

Reconozco las palabras del banquete del día de San István; así fue como Nándor presentó a su padre. Mientras habla, el conde Reményi despliega su capa de plumas blancas, la capa de Akosvár y la Tribu del Halcón Blanco, la misma que llevó aquella noche. Ahora la coloca en la espalda de Nándor, e inhalo bruscamente. A pesar de sus acalorados parloteos sobre la perversión de nuestras costumbres paganas, subirá al trono por el rito de Isten.

El conde Reményi da a Gáspár un violento empujón, y se acerca para susurrarle unas palabras que apenas consigo oír:

—*Dilo*.

Gáspár da un paso adelante. Su expresión es dura, pero le tiemblan las manos enguantadas.

Y entonces Katalin grita.

Cae sin huesos al suelo, donde se agita y aúlla. Ajena de repente a la amenaza del hacha de Lajos, me arrodillo a su lado e intento girarla torpemente con las manos atadas. Tiene los ojos vacíos y blancos.

—¿Qué significa esto? —grita Nándor. La multitud se lanza hacia ella y después se aleja de nuevo, estirando el cuello para ver lo que ocurre y retrocediendo con repulsa.

—Está teniendo una visión —digo con los dientes apretados—. Habrá terminado en un momento.

Hay una fina película de sudor en la frente de Nándor; nunca lo he visto tan cerca de parecer alarmado. Se gira de nuevo hacia el gentío, cuyo miedo se hincha como el pulso de una antorcha, casi visible.

—¿No lo veis? —grazna—. ¡La locura pagana y la magia pagana! Cuando sea rey, no habrá más horrores oscuros habitando nuestra tierra patricia, no habrá más siervos con la capa de Thanatos conduciéndonos a la perdición.

El velo blanco abandona los ojos de Katalin. Se sienta, incorporándose, y entre el trémulo murmullo de la muchedumbre, posa su centelleante mirada azul en Nándor.

—Vienen —dice—. Los paganos. Todos ellos, de todas las aldeas. Van a atacar la capital.

La única palabra para esto es «caos». Nándor reúne a los Leñadores de inmediato y ellos suben al estrado, creando un bastión alrededor de su casi rey. Gáspár lanza la corona lejos de él y esta traquetea sobre los adoquines; un hombre calvo con la ropa sucia salta sobre ella y la cubre con el cuerpo mientras una docena de campesinos demacrados y desesperados se abren camino hacia él, ansiosos ante la oportunidad de tocar algo hecho de oro.

He perdido a Gáspár de vista tras el bastión de Leñadores, y casi pierdo a Katalin en la furiosa agitación de la multitud. Me aferro a ella lo mejor que puedo con las manos atadas, encorvándome bajo un calado de extremidades en movimiento y recibiendo un ocasional codazo o el puntapié de una bota. Se me revuelve el estómago, una agitación que parece un reflejo de la de la masa.

Me pregunto qué tipo de futuro ha visto Virág: Leñadores atravesando el Ezer Szem, hachas cortando los helechos y las zarzas y después la carne humana, antes de que puedan cantar para crear una daga o una punta de flecha, o encender un fuego vano. Nándor al timón, como un mascarón tallado en marfil y oro, su pálida mano cerrándose alrededor de la garganta de la anciana. Sé qué decisión ha tomado. Quiere morir luchando.

Sorda a todo excepto al torrente de la sangre en mis oídos, me pongo en pie y tiro de Katalin conmigo. Me abro camino entre la multitud con la mitad del salvajismo de un lobo de verdad, intentando encontrar a mi padre. Cuando lo hago, es porque tropiezo con fuerza contra su espalda, y casi nos tiro a ambos al suelo.

—Évike —resuella, agarrándome las manos atadas—. Tenemos que huir de esta ciudad de inmediato.

Niego con la cabeza, en silencio, pensando en el techo del templo tachonado de estrellas, cargado de todas sus historias. Pienso en las columnas blancas, como costillas rotas, y en los bancos descoloridos donde tantos hombres, mujeres y niños se han sentado, generaciones desgastando el barniz de la madera.

—No hay vergüenza en huir, cuando la otra opción es morir. Sobre todo, Dios quiere que sus hijos vivan. Que sean buenos y que sobrevivan.

Sus palabras hacen que se me cierre la garganta, que algo rasposo y caliente trepe por ella. Recuerdo que me susurró al oído el verdadero nombre de Dios, como si fuera la mejor y más cierta historia que jamás hubiera contado y un secreto solo porque hay que estar listo para manipularla con cuidado, como un ciervo que hocica a su cervatillo recién nacido hacia las hierbas más tiernas.

—Vete tú —susurro—. Yo tengo que quedarme.

—Allá adonde tú vayas, iré yo —dice mi padre.

—Por favor —le pido—. Llévate a Batya y a Jozefa y al resto, y abandonad Király Szek lo antes posible.

Zsigmond no contesta y comienza a desatarme las cuerdas que me atan las manos. Recuerdo la presión de sus dedos mientras me enseñaba a sostener la pluma. Después, levanta las manos hasta mi rostro.

—Hija mía —me dice—. ¿Recuerdas el verdadero nombre de Dios?

Paso sus sílabas bajo mi lengua, probándolas como haría con un bocado de pan o un sorbo de vino, midiendo su peso.

—Sí.

—Entonces tienes la fuerza que necesitas.

Me da un beso en la frente y después se marcha. Lo veo desaparecer a través de la multitud; mis ojos emborronan la silueta de su espalda en retirada. Levanto las manos para secarme las lágrimas, todavía con el sabor del nombre de Dios en mi lengua. En la historia, Ester acudió al rey aunque sabía que arriesgaba su vida, y el rabino creó su hombre de barro aunque estaba seguro de que sería castigado por ello. Yo también poseeré su fortaleza y su astucia, siempre que recuerde cómo formar las letras.

Cuando Zsigmond se marcha, levanto la barbilla e intento ver las puertas de la ciudad, la cima de la colina más alta al otro lado. Hay una hilera de pálidas capas de oro destellando en el horizonte.

Deben haber tardado siete días para reunir a todos los guerreros de todas las aldeas del Ezer Szem, cabalgando tan rectos como una daga hacia la capital. Debió ser fácil cuando consiguieron salir del bosque, atravesar la hierba amarilla de la Pequeña Llanura, las aldeas que cerraban sus puertas y escondían los rostros de sus niños al paso de la caravana. Imagino el cabello trenzado con zarzas y los ojos que brillaban con un propósito aciago y único.

No puedo oírlo, pero sé que están cantando mientras descienden, cantando en su camino al olvido.

Katalin sigue a mi lado, con la cabeza agachada bajo la celosía de brazos. Aflojo sus ataduras y la arrastro a través de la multitud, cortando un estrecho pasillo hacia la barbacana.

—¿Estás loca? —me espeta—. ¡Vamos en la dirección equivocada!

—No voy a abandonarlas —digo, aunque el estrépito casi se traga mis palabras.

Conozco el camino al calabozo lo bastante bien para hacerlo con los ojos cerrados. El castillo está vacío, sus pasillos tan callados como una chimenea fría, hasta que doblamos la esquina. El siguiente pasillo está pintado con sangre. Está sellada en los muros y extendida sobre el suelo de piedra, en un rastro espantoso que conduce hasta un montón de cuerpos debajo de una arcada tallada. La sangre cubre la lana negra de sus capas, con magulladuras nuevas en la piel de sus cabezas rapadas. Leñadores.

Con hielo en mis venas, me arrodillo junto al más cercano y examino sus heridas. Tiene varias en el torso, cortes limpios en la tela de su dolmán. Tajadas amplias y profundas que han extraído trozos enteros de carne: cortes hechos por un hacha, no por una espada. Diminutos gránulos de metal oscuro salpican su piel destrozada. Deben ser los Leñadores leales, los que se negaron a postrarse ante Nándor, aunque no sé si mintió sobre encarcelarlos o si sus Leñadores rebeldes los mataron de todos modos, contra sus órdenes.

Uno de los hombres tiene todavía un arco a su espalda, y encuentro un carcaj con flechas cerca. Tomo ambas cosas y las abrazo contra mi pecho con las manos temblorosas.

Bajamos las escaleras a la tenue luz de las antorchas. Tuula y Szabín están acurrucadas en su celda, y Bierdna es una masa inmóvil de pelo apelmazado que parece casi muerta. Cuando Tuula me ve, se levanta lentamente, despertando también a la osa.

—¿Estás aquí para ejecutarnos, chica lobo? ¿Ha dado el rey por fin la orden?

—El rey está muerto —le digo.

Tuula inhala aire rápidamente, con incertidumbre en su mirada.

—Los paganos vienen —le digo—. Todos los de Keszi, y también el resto de las aldeas. Es una locura. Tenéis que marcharos.

—¿Ganarán? —me pregunta Szabín.

Me pilla tan desprevenida que tardo un momento en responder, y lo hago con un gruñido angustiado.

—No lo sé.

Miro a Katalin.

Ella niega con la cabeza. Su visión no debió mostrarle tanto.

La expresión de Tuula es ilegible.

—Entonces, ¿estás aquí para liberarnos, chica lobo?

—Sí —contesto, tragándome el nudo de mi garganta—. Katalin...

Me giro hacia ella, expectante, pero lo único que hace es fruncir el ceño.

—La juvvi todavía no se ha disculpado conmigo por haberme lanzado a esa bestia feroz.

—*Por favor* —le pido—. Katalin, por favor.

No me importa lo lastimera que sea mi petición; la desesperación me ha enfriado la piel como una fiebre, y un sudor gélido se acumula en mi frente. Si no puedo salvar a mi padre, si no puedo salvar a Virág o a Boróka o a Gáspár, allí donde esté, al menos puedo hacer esto.

Murmurando algo ininteligible, Katalin pasa a mi lado y se encorva sobre la puerta de la celda, examinado la cerradura. Canta a empellones, con susurros reticentes, pero cuando termina tiene una pequeña llave de latón en la mano.

—Toma —resopla, presionándola contra mi palma—. No quiero volver a oír nada más sobre mi crueldad.

Mi alivio es fugaz y dulce. Giro la llave en la cerradura y abro la puerta de la celda, y después también la de Bierdna. Con una presión en el pecho, observo a Tuula mientras acaricia la cabeza peluda de la osa, mientras suelta sus cadenas y le quita el bozal y Bierdna mueve el morro húmedo con alegría.

—Gracias, Évike —me dice Szabín en voz baja. Pienso en cuánto la odié durante los días que pasamos en Kaleva. Tenía la mente llena de pensamientos mezquinos sobre lo imbécil que era al creer que podía vivir en paz con una juvvi, a pesar del centenar de años de historia horrible que pesa entre ellas, cargado de sangre nueva, además. Quizá solo estuviera reprendiéndome a mí misma, miserablemente consciente de que estaba enamorándome de un Leñador.

—Hay un camino fácil para salir de la ciudad —les digo, sacudiendo la cabeza—. A través de los barracones de los Leñadores.

—Ningún camino será *fácil* —apunta Katalin—. Los paganos han rodeado la ciudad desde el norte. Si queréis marcharos, tendréis que atravesar sus filas.

Miro el arco que le quité al Leñador. Tengo los nudillos blancos.

—Supongo que no vas a marcharte.

—No —me dice—. No habrá ningún sitio al que volver a menos que ganemos, solo un claro empapado de sangre en el bosque y un grupo de chozas ardiendo.

No soy lo bastante lista, ni sé lo suficiente de tácticas de batalla para hacer un buen cálculo de las probabilidades. Solo sé que morirán muchas mujeres lobo, sea cual fuere el rumbo que tome el destino. Sé que Gáspár sigue aquí y que debo creer que está vivo, que lo creeré hasta el momento en el que vea cómo la luz se esfuma de su ojo, y si lo abandono estaré tan a la deriva como un barco sin capitán, como la aguja de una brújula, girando y girando y girando sin encontrar jamás el verdadero norte. Y sé que Régország no será seguro para nadie a quien quiero a menos que Nándor esté muerto y que su recuerdo se haya ahogado bajo el sonido de un centenar de voces gritando.

El nombre de Dios tiene un sabor dulce en mi lengua. Recorro el camino desde el calabozo, por el laberinto de pasillos y hasta la puerta que conduce a los barracones de los Leñadores. Tuula, Szabín y Katalin toman armas de los estantes, espadas plateadas que destellan como la cola de un pez. Yo añado a mi carcaj tantas flechas como consigo encontrar. Mi aliento se cuaja en el aire húmedo. Hay una luz pálida al final del túnel, como un ojo que no pestañea, y cuando nos hemos cubierto de acero la seguimos, hacia el bramido y el gruñido de la batalla.

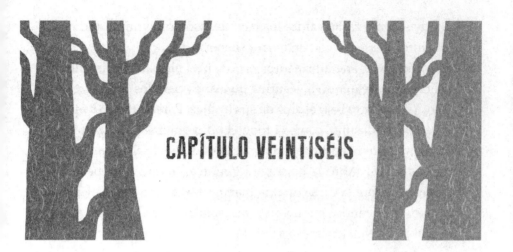

CAPÍTULO VEINTISÉIS

L a entrada del túnel surge bajo una colina elevada, oculta entre las zarzas y la maleza silvestre, no lejos de los establos de los Leñadores. Tan pronto como nos abrimos paso a través de las zarzas retorcidas, noto algo mojado y caliente salpicándome la cara. A poco más de un metro de distancia, el cuerpo inerte de un Leñador se desliza de su caballo, con el pecho abierto hasta la curva roja del músculo y el aplastado andamiaje blanco del hueso. Me llevo una mano a la cara y, cuando vuelvo a mirarme los dedos, están oscurecidos por la sangre.

Una chica con una capa de lobo gris se alza sobre él, blandiendo una larga y fina espada. Su cabello negro se agita como un estandarte de guerra en trenzas que bajan por su espalda. Zsófia. Comienzo a moverme hacia ella, con la primera sílaba de su nombre en mis labios, pero antes de que pueda decir una palabra, un Leñador pasa a caballo y su hacha le separa la cabeza del cuerpo.

Los segundos parecen pasar en una indolente agonía, goteando como acero fundido. Katalin baja la colina, rápida como una lanza, hacia el Leñador. Tuula y Szabín la siguen, la osa forcejeando contra los helechos y el escaramujo, con los labios retraídos sobre sus largos dientes amarillos. A varios pasos de distancia, donde su cabeza ha caído, los ojos de Zsófia me miran todavía brillantes, perlados con un horror suspendido.

Zsófia, que me atormentó; Zsófia, que me cantaba insultos; Zsófia, que me ayudó a vestirme de blanco para los Leñadores... Ahora ha muerto bajo el arco de sus hachas. Parece que yo he provocado este destino, como si todo el odio que me hacía rechinar los dientes por la noche se hubiera transmutado de algún modo en un poder real. Abro la boca para gimotear, para gritar, pero alguien me cubre la cara con una mano y me arrastra hasta los arbustos. Pataleando, me libero y me aparto, solo para girarme y descubrir que mi atacante es Boróka.

—Évike —jadea, y me rodea con sus brazos.

La abrazo tan fuerte que creo que mis uñas van a atravesar su leonada capa de lobo, y cuando nos separamos, las lágrimas inundan mis ojos.

—Creí que estabas muerta —susurra—. Cuando te vi allí, con la capa de Katalin y el cabello teñido de blanco... Debí intentar detenerlos.

Lo único que puedo hacer es negar con la cabeza; el recuerdo parece haberse desvanecido hace mucho, como un arañazo que ha sanado y apenas queda de él una pequeña cicatriz azulada. Lo único que ahora es real es el rechinar de las espadas y las oleadas de cuerpos y el sabor ferroso de la sangre en el aire.

—Por favor —le pido—. Mantén la cabeza baja hasta que la lucha haya terminado...

Boróka se ríe, sin aliento.

—No puedes pedirme eso.

Sabía que esa sería su respuesta, pero me destripa igual. Tomo su rostro entre mis palmas ensangrentadas y ella me lo permite, durante un breve y doloroso momento. Pero después un Leñador se abalanza sobre nosotras, con los ojos cargados de desprecio, y ella salta y levanta la espada para golpearlo. Un instante después, ha desaparecido entre la multitud.

Una hilera de mujeres lobo cubre la cima de la colina, las fogoneras lanzando sus bolas de fuego. Pequeños incendios salpican todo el campo de batalla, partículas de luz naranja moteando la maleza. Después están las forjadoras, blandiendo sus hojas cantadas, a veces dos a la vez. Y entre las pequeñas manchas de las capas de lobo están los Leñadores, sus capas oscuras contra la hierba blanqueada por el invierno. Busco en vano a Gáspár entre ellos, aunque sé que él no abatiría a una mujer lobo, ni a ninguno de sus hermanos Leñadores. Todavía no consigo imaginar que haya huido de la refriega, como un cobarde, o que la esté sopesando como un táctico de rostro serio, calculando fríamente las probabilidades. Si se ha lanzado al fragor de la batalla, será solo para buscar a su hermano.

Más allá de la colina, encuentro mi presa: un brillante latido blanco entre los cuerpos en movimiento, con una cota de malla sobre el dolmán y una espada dorada en la mano. Nándor. La empuñadura de su espada está cubierta de perlas, y su cabello castaño abandona su rostro mientras se lanza a través del brezo a caballo. No es su caballo; es el mío: la brillante y pálida yegua con la que me marché de Keszi, con la crin pulcramente cepillada y la silla dorada de la realeza.

Me pongo en pie y preparo una de mis flechas. Los Leñadores atraviesan mi línea de visión, borrones negros como hollín sobre la piel. Lanzo la flecha y atraviesa el pecho de un Leñador, justo bajo el hueco de su garganta. Tose sangre, pero los hombres no mueren como los conejos y los ciervos. Cae de su caballo y se dirige a mí, tambaleándose, y no se derrumba hasta que lo atravieso con otra flecha. Esta vez lo hiere justo en el centro del pecho, donde su corazón se oculta flanqueado por los pulmones.

Entre la locura y la sangre que hierve en el aire, es imposible saber hacia dónde se decantará la balanza. Es imposible saber si están ganando los paganos o los patricios. Lo único que puedo ver son mujeres lobo en el charco de sus capas ensangrentadas y Leñadores inmóviles, atravesados por espadas. Sus cuerpos son casi idénticos, una suba negra tras otra. Caigo de rodillas de nuevo y gateo sobre el montón de cadáveres más cercano, rezando y rezando al dios que pueda estar escuchando para no encontrar a Gáspár entre ellos. Estos Leñadores muertos no tienen rostro; están marcados por sus orejas, narices y ojos desaparecidos.

Cuando levanto la mirada de nuevo, la veo bajando la colina con su capa blanca de lobo y su cabello del color de la nieve. Nunca había visto a Virág moverse así, con la agilidad de un zorro, o al menos de una mujer con la mitad de su edad. Su frente tiene más arrugas de lo que recuerdo, como el barro duro del lecho seco de un río, y aun así sus movimientos poseen un vigor juvenil. La última vez que la vi me entregó a los Leñadores, con una inclinación totalmente serena en su barbilla. Pero ahora mi mente se puebla con otros recuerdos: Virág poniéndome en su regazo mientras sus historias se elevan en su choza como volutas de humo; Virág trenzándome el cabello y cubriéndome las orejas con sus manos de seis dedos cuando el trueno sonaba demasiado fuerte y demasiado cerca para que pudiera dormir.

Es una deformación de lo que siento por Gáspár, como la nariz cortada de un Leñador o mi dedo mutilado, pequeño y feo en comparación. Pero es amor de todos modos, o eso creo. Es ese amor feo y horrible el que me envía por la colina tras ella, justo cuando Nándor tira de las riendas de su caballo y se gira en su dirección.

Sus espadas se encuentran, pero hay un poder tras el golpe de Nándor que ella todavía no ha visto, que ella no comprende. Con la fuerza del impacto, Virág se cae de su caballo y aterriza en el suelo con un golpe sordo.

Grito su nombre, pero ella no me oye o no le importa lo bastante para girarse. El adorable rostro de Nándor está salpicado de sangre, y hay un velo en su mirada parecido a la locura. Sus ojos son casi tan blancos como el cabello de Virág, con las pupilas contraídas y sin color. Parece que apenas ve a la anciana cuando salta de su caballo, con su espada sonriendo hacia ella. La matará, como los Leñadores han matado al resto de las mujeres lobo, sin conocer sus nombres siquiera. Nunca escuchará las historias que viven en su tuétano y en su sangre, nunca sabrá que, una vez, cuando me mordió una serpiente en el bosque, Virág me succionó el veneno de la herida ella misma, apretando sus colmillos extra contra la piel de mi muñeca.

Ella morirá como lo hizo el turul, como si fuera cualquier pájaro, para ser comido. Es lo único que puedo pensar mientras me lanzo entre ella y la espada de Nándor y su hoja se entierra profundamente en el músculo de mi hombro izquierdo.

Nándor parpadea mientras extrae su espada, como si acabara de despertar de un sueño profundo.

—Oh, chica lobo —dice, casi con nostalgia—. Debes haberte contagiado de la estúpida nobleza de mi hermano.

Y entonces se marcha de nuevo, tragado por la refriega. El dolor es como el azote de un millar de dagas calientes y mi corazón se estremece, testarudo y débil. Mi visión se emborrona, sumiéndome en la oscuridad y sacándome de ella de nuevo. A través de la pluma de mis pestañas, el rostro de Virág se cierne sobre mí.

—¿Por qué has hecho eso, niña tonta?

La sangre arde en mi garganta.

—¿Por qué me salvaste tú?

—Quizá vi que algún día tú me salvarías *a mí* —me dice. Su rostro se ondula como un reflejo en el agua.

Mi visión se oscurece de nuevo.

—Entonces ya sabes por qué lo he hecho.

Siempre sabía todo antes de que yo lo hiciera. Mientras murmura algo ininteligible, me pone la mano en la herida. La presión es insoportable al principio, otro feroz lazo de dolor. Después empieza a disminuir, en vibrantes incrementos, y la negrura se aleja de mi mirada. Creo que he oído el susurro de una canción en sus labios, pero cuando levanto la cabeza de nuevo y el mundo vuelve rugiendo a mí, me doy cuenta de que no es una canción.

—Niña honorable, niña tonta —está murmurando, casi con el ritmo de una oración—. Ambas viviremos para ver otro invierno.

Hay una extraña tensión en mi hombro mientras la aguja invisible de Isten atraviesa mi herida, guiada por la mano de Virág. Intento tartamudear mi agradecimiento, pero ella tuerce la boca en una mueca, la misma expresión con la que me miraba siempre que maldecía o mentía o quemaba su estofado.

—Vamos —me dice—. Lo que has dado no será olvidado.

Me estremezco con la cruel mengua del dolor.

—¿No se olvidará todo, si morimos hoy aquí?

—No moriremos —insiste—. Isten no lo permitirá.

Me pregunto si su visión también le habrá mostrado eso: los Leñadores derrotados, los paganos victoriosos. Parece demasiado bueno, demasiado sencillo y limpio. La colina está cubierta de cuerpos con capa de lobo. Pero tras un apresurado conteo, da la impresión de que hay aún más en pie, y menos Leñadores.

Capto un destello blanco con el rabillo del ojo. Nándor está subiendo la colina, sin espada y empapado en sangre, con el dolmán medio abierto. Llega a la boca del túnel y deja que la oscuridad se lo trague. Está herido, pero vivo. Y viendo lo poco que significan para él las heridas, sé que solo regresará a la lucha si ocurre algo. Me pongo de rodillas, sorprendida por lo ligera y fuerte que me siento. Le doy a Virág un beso apresurado en la mejilla antes de subir la colina tras él.

Sigo su rastro de sangre a través de los barracones vacíos de los Leñadores, de los pasillos del palacio y hasta el patio, todavía preparado para su coronación. Los pálidos pétalos de las flores han caído del estrado y flotan a través del aire como lánguida nieve. El tapiz aún rodea el trono bruñido y sus borlas se agitan con el viento; la capa de plumas blancas está abandonada sobre los adoquines, tan brillante y plana como un charco de agua congelada. Nándor cojea por el pasillo improvisado, salpicando sangre con cada paso pesado. Lo oigo susurrar algo para sí mismo, demasiado bajo para entenderlo, y después endereza la espalda, como si hubieran vertido acero en su columna. Su paso se vuelve más firme a medida que el Padre Vida lo va curando.

Conteniendo el aliento, preparo una flecha y tenso la cuerda del arco. Tengo que conseguir un tiro mortal.

Antes de que pueda lanzar la flecha, Nándor se gira. Su rostro está agrietado, como un cuenco de porcelana, roto por una mueca terrible.

—Creí que te había matado, chica lobo —dice.

Estoy justo donde estaba mi padre ese primer día en Királyi Szek, con las botas cubiertas de sangre de cerdo.

—Yo también creí haberte matado una vez. No eres el único que puede sobrevivir a una muerte segura. Supongo que estoy tan bendita como tú.

Sus ojos han asumido de nuevo su inquietante película blanca, y por un momento me aturde. No creo que haya conseguido nunca exorcizar su muerte. Desde aquel día en el hielo, creo que ha crecido junto a su propio fantasma. ¿Por qué tendría que sangrar, como Gáspár, si ya ha hecho el mayor sacrificio de todos?

Nándor se ríe, pero la carcajada es breve y estrangulada.

—No creerás que puedes matarme ahora. Los dioses o los demonios que responden a tus oraciones… Bueno, no son rivales para el mío.

No sé si se refiere al dios yehuli, a Isten o a ambos. Trago saliva, todavía con el nombre de Dios en la boca, probando sus sílabas como un jugo dulce sobre mi lengua.

—No —le digo—. No creo que pueda matarte sin su ayuda.

En el instante en el que disparo mi flecha, Nándor susurra otra oración y me veo lanzada hacia atrás por el patio. Golpeo la piedra con la cabeza, tan fuerte que siento que mis molares se sueltan y noto sangre en la línea de mi encía. Mi flecha vuela en espiral hacia algún sitio a lo lejos y mi arco cae al suelo con un repiqueteo, lejos de mi alcance.

Nándor se arrodilla encima de mí, a horcajadas sobre mi pecho. Levanto una mano, pero él es más rápido y fuerte y sus dedos se cierran sobre mi garganta. Jadeo, separando los labios mientras intento respirar, y entonces me mete la mano en la boca abierta y tira de una de mis muelas con dos dedos.

Grito, pero la mano con la que me agarra el cuello amortigua el sonido. Tiene la mano ensangrentada hasta la muñeca. Examina mi diente, brillante como una perla entre su índice y su pulgar, con una curiosidad casi inocente. Puede que esté pensando exactamente en lo mismo que su padre pensó: que hay poder en ese diente, como el que el rey buscaba en las uñas de las mujeres lobo. Por un momento recuerdo a mi madre, su cabello rojo como el de un zorro brillando mientras los Leñadores la conducían a la entrada del bosque. Después de todo moriré en la capital, como ella, cortada en pequeños trocitos. Nándor tira el diente y este repiquetea sobre los adoquines.

—Disfrutaré matándote, chica lobo —me dice—. Y esta vez me aseguraré de que sea para siempre.

Busca en mi boca para tirar de otro diente. El dolor llega en un abrupto estallido, floreciendo como una rosa. La sangre escapa de entre mis labios; puntos oscuros se agrupan en el centro de mi visión. Todavía puedo sentir el nombre de Dios en ella, ejerciendo presión sobre mi lengua. Es posible que Nándor sea más fuerte que yo, más puro que yo, pero eso es algo que él nunca sabrá.

Sostiene otro de mis dientes a la luz, sonriendo y sonriendo. No se da cuenta de que mi mano derecha, con sus cuatro dedos, ha empezado a moverse sobre los adoquines hacia su palma, presionada contra el suelo. No se da cuenta de mis movimientos, lentos y trémulos; no se da cuenta de que mi dedo traza con sangre la palabra yehuli para *muerto* en el dorso de su mano.

Un resplandeciente calor se ramifica desde las puntas de mis dedos y trepa por su muñeca, a través de su brazo, sobre la curva de su hombro. Atraviesa la seda blanca de su dolmán y pela su piel como si fuera una fruta pálida. Nándor grita y se derrumba sobre mí, agarrándose el pecho con el brazo. Toda su longitud está negra, con la carne quemada, y se descascara como los bordes curvados de un pergamino al que le han prendido fuego.

—¡Bruja! —jadea, tambaleándose hacia atrás. Trozos enteros de músculo y tendón se desmoronan, dejando a la vista largas extensiones de hueso chamuscado.

No puedo moverme y la sangre que tengo en la boca apenas me permite respirar. Incluso la magia yehuli, el conocimiento y la certeza que despejó una franja en la oscuridad de mi mente, me parece inalcanzable y distante ahora. Titila a lo lejos, como una estrella moribunda. Antes de que Nándor pueda abalanzarse de nuevo sobre mí, su nombre resuena en el aire.

—¡Nándor!

Se gira, tambaleándose. Gáspár avanza por el patio, todavía con su atuendo de Leñador. El alivio me inunda como una oleada de agua clara de manantial, y casi me rindo por completo a la oscuridad, atontada por la alegría de verlo vivo. Está ileso… pero desarmado. No hay ningún hacha brillando en su cadera.

—Hermano —dice Nándor. Una media sonrisa tiembla en su rostro, y vuelve a tener los ojos demasiado brillantes—. Si has venido a rescatar a tu concubina pagana, me temo que no estás preparado para esta batalla.

—Déjala —le ordena Gáspár. Su mirada se posa en mí un instante, apenas un momento de respiración contenida que se extiende entre nosotros como un hilo negro—. Vas a perder, Nándor. La mayoría de tus Leñadores ha caído, y el ejército tardará semanas en llegar aquí desde Akosvár. Si te rindes ahora y detienes a los Leñadores que te quedan, te perdonaré la vida.

Nándor se ríe y es un sonido imponente, como el agua rompiendo sobre las rocas.

—No necesito tu piedad, hermano. Estás desarmado.

Gáspár no contesta. En lugar de eso, camina hasta la escultura de San Istprocess, con su inexpresiva mirada de mármol y todavía engalanada con flores blancas. Gáspár toma la espada de la mano del santo (la espada real, salpicada de óxido) y la eleva, como un relámpago plateado contra el cielo oscurecido por las nubes.

—*Megvilágit* —dice, con la voz tan clara como una campana. Y entonces una llama atraviesa la hoja.

—¿Te atreves a empuñar la espada de un santo? —le espeta Nándor.

—Empuño la espada de un *rey*; la que es mía por derecho —dice Gáspár—. Yo soy el único hijo legítimo de Bárány János y el heredero al trono de Régország.

Nándor sonríe con sus labios incoloros.

—Nunca has conseguido derrotarme.

—Nunca lo he intentado de verdad —replica Gáspár, y durante el instante más breve veo que sus labios también se curvan—. Esta vez, no me contendré.

Nándor gruñe una oración y una espada cobra vida en su mano buena, tan brillante como una moneda y tan reluciente como el oro. Cuando sus armas se encuentran, la llama contra el acero, lo hacen con un sonido retumbante que reverbera en el interior de mi pecho. Su danza de guerra es casi demasiado rápida para que mis ojos la sigan, y no se parece en nada a su encuentro anterior, con espadas de madera. La mirada de Nándor ha perdido su astucia divertida.

—¿Y por qué crees que la gente de Régország te aceptará como rey? —le espeta Nándor mientras su espada se precipita sobre el hombro izquierdo de Gáspár—. Un mestizo mutilado, mancillado por la sangre extranjera de su madre y envenenado por su amor hacia una mujer lobo. ¿A alguien le podría extrañar que nuestro padre se negara a entregarte la corona?

No espero que Gáspár reaccione a esta provocación, pero una oleada de furia me atraviesa y me pongo de rodillas.

—La corona siempre ha sido mía —dice Gáspár con tranquilidad, entre respiraciones—. Solo me faltaba la fuerza para reclamarla.

—¿La fuerza? —Nándor grazna una carcajada—. Tuviste los mejores tutores del rey, y toda la atención de nuestro padre…

—Atención hasta que me sacó el ojo —lo interrumpe Gáspár, pero su voz denota un control del que carece la de Nándor, a juego con su paso y con el firme movimiento de su espada—. Atención hasta que me envió con los Leñadores.

—El día que te sacó el ojo fue el más feliz de mi vida —dice Nándor. Una humedad enjoyada hace brillar su rostro—. Lo recuerdo bien. Yo volvía de la capilla con el Érsek y estaba ansioso por mostrarle a nuestro padre un nuevo truco con la espada, con un absurdo entusiasmo infantil. Pero cuando me acerqué a él en el pasillo, pasó de largo y te llevó al salón. Me sentí tan débil que me senté allí fuera y lloré por su rechazo, hasta que te sacaron con la cara cubierta de sangre. Entonces me sentí más jubiloso que nunca.

El relato de Nándor me hace hervir de rabia. Puedo ver la sangre filtrándose en la espalda del dolmán de Gáspár, después de que las heridas de sus latigazos se hayan abierto, una y otra vez, con cada giro de su hombro, con cada salto y cada empellada. Lentamente, con la boca todavía dolorida, me pongo en pie y cojeo hacia mi arco y mi carcaj abandonados. Mis dedos ensangrentados se cierran alrededor del arco.

—Te han mentido toda tu vida. —Gáspár avanza hacia Nándor con una serie de golpes rápidos que lo hacen tambalearse varios pasos hacia atrás. El brazo izquierdo de Nándor, destrozado por mi magia, se mueve entre ellos como una bandera de rendición—. Te han manipulado para que encajaras en una falsa santidad...

—¿Falsa? —A la luz naranja de la espada de Gáspár, sus ojos parecen inundados de fuego—. Tú has visto qué poder tengo. Un poder de verdad, con el que he reclamado la Corona. Pero ¿con qué justificación reclamas tú el trono de Régország?

—Por el derecho natural —responde Gáspár—. Por la sangre.

Y entonces golpea el lado romo de la espada de Nándor con su espada en llamas y tal fuerza que se la quita de la mano. Sale despedida por el patio y repiquetea sobre los adoquines a los pies de la estatua de San IstVán.

La sorpresa repta sobre la cara de Nándor en incrementos lentos y amargos, como el gotear de la nieve al fundirse. El poco color que había allí desaparece de sus mejillas, y la mandíbula se le afloja. Por un momento, me parece imposible haber pensado alguna vez que era atractivo. Parece una carpa de río, descolorida y destripada.

—*Meghal* —dice Gáspár, y la llama de su espada se extingue. Baja la espada mientras camina hacia Nándor, que ha retrocedido casi hasta la barbacana.

—Hermano... —comienza Nándor. Extiende las palmas, elevando los brazos sobre su cabeza. Cuando Gáspár llega hasta él, tiene las manos levantadas y está acobardado—. Te pido que muestres piedad...

—No quiero matarte —le dice Gáspár. Su expresión es dura; la candente punta de su espada está apenas a unos centímetros de la curva del cuello de Nándor—. No merece la pena ennegrecer nuestras almas por ello... La mía o la tuya. Si te rindes, detienes a tus Leñadores y te arrepientes de tus pecados de violencia y parricidio, yo te haré la misma oferta que tú me hiciste: vivirás en el exilio, en el Volkstadt, y nunca volverás a levantar las armas contra Régország.

Mientras el silencio se extiende sobre el patio, un recuerdo acude a mí: cuando estábamos en la tienda de Kajetán, y yo tenía el frío cuchillo del jefe de la aldea contra mi lengua. Gáspár también había estado dispuesto a perdonarlo, a pesar de sus horrorosos crímenes. Ahora me doy cuenta de que no fueron solo los votos de los Leñadores los que detuvieron la hoja de Gáspár; fue su propio juramento privado, una constelación cargada de un centenar de brillantes virtudes y lecciones, y lo siguió como el capitán de un barco trazando un curso a través de un mar negro como el vino. Ha reunido sus estrellas de los viejos libros en los archivos del palacio, de las historias de su nodriza, de los proverbios merzani que su madre susurraba contra su cabello. De los sermones del Érsek y de su batallón de tutores, incluso de su cruel y voluble padre.

¿Cómo ha conseguido tragárselo todo sin morir envenenado? Cuando las palabras merzani se topan con sus primas régyar en su interior, ¿cómo evita cortarse con su sibilante lucha de espadas? Durante mucho tiempo, yo creí que mi sangre mezclada era una maldición, y la culpé de la ausencia de la magia de Isten. Mirando a Gáspár ahora, mientras ofrece piedad a su traidor hermano, creo que la sangre no puede ser una bendición ni una maldición. Solo es.

El viento arrastra los pétalos blancos. A lo lejos se oye el sonido del canto de las espadas, el chirrido del metal. Gáspár sostiene su espada sin temblar mientras Nándor traga saliva. Por un momento, creo que cederá.

Y entonces separa los labios para pronunciar una oración.

La espada de Gáspár, la espada de San Istvan, se rompe como el cristal de una ventana. En el mismo instante, una pequeña daga destella en la mano de Nándor. La parte animal y asustada de mí, el tropel de adrenalina, es lo que prepara mi flecha y tensa la cuerda del arco, pero antes de que pueda disparar, Nándor tiene su brazo bueno alrededor de Gáspár. Su daga está en su garganta.

—Te lo advertí, chica lobo —me dice Nándor. Cada palabra es un penacho de aliento helado contra la mejilla de su hermano—. Te advertí que no sería tan fácil matarme.

Con la cuerda del arco tensa, miro a Gáspár al ojo. Allí donde mi amor me inmovilizó antes, haciendo que me debatiera con una desesperada debilidad, ahora me cubre de hierro. Nándor dibuja una línea de sangre en el cuello de su hermano, curvando la lengua en la naciente silueta de otra oración.

Este es un poder que siempre he tenido, uno que me he ganado, uno que no puede arrebatarme un dios caprichoso. Siento la madera áspera contra mi palma, la cola de la flecha acariciando mi mejilla. No me importa de quién sean las historias que canta mi sangre.

Dejo que mis dedos suelten la cuerda. Mi flecha sale disparada por el aire, tan rápida como un aleteo, y se entierra en la garganta de Nándor.

Tose. Se atraganta. La sangre le llena la boca, burbujea sobre sus labios en el lugar de una oración. Suelta a Gáspár y cae de rodillas, agarrándose el cuello mientras la sangre se reúne en el lugar de la herida. Gáspár se tambalea hacia mí y ambos vemos cómo Nándor balbucea sus últimas y mudas respiraciones. Gotitas rubíes pintan una miniatura en su clavícula, como carámbanos sobre los aleros. Pienso en el halcón desplumado, graznando y aleteando mientras moría en el interior de su jaula dorada, y me satisface que Nándor no vaya a tener la dignidad de pronunciar unas últimas palabras.

Cuando por fin se derrumba, sus ojos están tan nublados como dos trozos de cristal marino, y su boca y su mandíbula son un exceso de oscura sangre roja.

Los hombros de Gáspár se elevan y descienden en el silencio, y yo dejo que mi arco caiga al suelo. Empieza a hablar, pero lo agarro por el cuello de su suba y lo silencio.

—No —le pido—. Un rey no debería comenzar su reinado con la conciencia manchada. Mi alma está muy satisfecha de poder cargar con ese peso.

Deja escapar un suspiro que es casi una carcajada, aunque hay un peculiar dolor hilvanado en el sonido. Se acrecienta en mí, también, al saber que algo se ha perdido: el brumoso y apenas soñado futuro en el que él escribe poemas desde la recluida seguridad de su destierro volken, y en el que yo soy su cocinera o su esposa.

—Si hay alguien por quien condenaría mi alma —me dice Gáspár—, sería por ti.

Entonces yo también me río, y me besa suavemente la boca. Dentro de un instante, el patio estará inundado de supervivientes, de Leñadores renqueantes, de mujeres lobo heridas y de los campesinos curiosos que se atrevan a abrirse camino a través del desastre. Algún día, un archivero guardará en la biblioteca del palacio un libro sobre el asedio de Király Szek, y este documentará las vidas perdidas, el terreno ganado, los tratados firmados y los mapas redibujados. Pero no dirá nada sobre esto: una mujer lobo y un Leñador abrazándose en el sangriento final, y las nubes abriéndose sobre ellos, dejando pasar una luz consumida.

EPÍLOGO

El bosque está inquieto hoy, con la risilla de los olmos, el grave y melancólico murmullo de los sauces y, por supuesto, los susurros ansiosos de nuestros cobardes álamos. Me abro camino entre la arboleda, con mucho cuidado de no tropezar con el nudoso calado de sus raíces, y apoyo la mano contra el tronco de un roble para sentir su amaderado latido. Mi corazón se estremece, como algo a punto de saltar.

Mientras camino de vuelta a Keszi, veo que han sacado las mesas largas y que las han vestido con manteles rojos, y que las han surtido de tubérculos, de patatas del tamaño de un puño. Hay una guirnalda comestible de escuálidas zanahorias y cebollitas, y el olor del gulyás se eleva como penachos de humo. Me encorvo sobre una cazuela en la que burbujean hojas de acedera y huevos cocidos, y escucho el chisporroteo de la masa caliente. El olor a vinagre de la col encurtida me conduce a la choza de Virág, donde está reunida alrededor del fuego con la mayoría de los niños pequeños de la aldea.

Sus manos de seis dedos trazan con vivacidad los contornos de una historia que he oído medio centenar de veces ya. Los niños comen platos de col y las últimas ciruelas del verano, con las bocas teñidas de púrpura. Reconozco a una niña entre ellos: no tiene más de siete años y una maraña de cabello oscuro, una huérfana. Su madre cayó ante una macabra enfermedad que se resistió incluso a los esfuerzos de Boróka.

Me agacho a su lado en el suelo de tierra. Tiene una mueca en el rostro iluminado por el fuego, una arruga profundizándose entre sus cejas mientras Virág habla. Con la historia de Csilla y Ördög, Virág ha perfeccionado su drama: sabe exactamente cuándo detenerse para los susurros y jadeos de sorpresa, y qué parte hará que su audiencia se quede en silencio, temblando de miedo. La pequeña mira fijamente el fuego, observando cómo las ascuas se comen la madera.

—No *tienes* que escucharlo, ¿sabes? —le digo en voz baja.

Tengo la mano extendida en el suelo a su lado, desprovista de su quinto dedo. Sus ojos se detienen en ella, notando la ausencia. Mira mi mano y la de Virág.

—¿Qué te pasó? —me pregunta en un susurro.

—Te lo contaré, si quieres —le digo, y asiente, así que lo hago. Virág frunce el ceño desde el otro lado del fuego; puedo oír el eco de su reprimenda girando en mi mente. Cree que estoy criando a una generación de masoquistas, poco mejores que los Leñadores. Yo le contesto que, cuando los veranos sean largos y la comida sea abundante y las madres se mantengan con vida hasta que sus hijas sean mayores, nadie estará lo bastante desesperado como para cortarse los dedos de las manos o de los pies. Además, ella siempre intenta argumentar su punto de vista; yo no dejaré de hablar del mío.

Cuando he terminado el relato, a la niña le pesan los párpados. Se la entrego a Virág, que la mete en la cama, en mi antigua cama, para la siesta. Me da un beso rápido en la frente, con un reproche contenido en su lengua, y después me echa de su choza.

Los aldeanos han comenzado a reunirse en torno a las largas mesas. Katalin está encorvada sobre un cuenco de sopa de cerezas ácidas, justo del color de un amanecer de verano. Cuando me ve acercarme, levanta la mirada y curva la comisura de sus labios, punteada de tejido cicatrizado.

—Ya casi han llegado —me dice—. Lo he visto.

Oigo el tronar de los pasos antes de verlos, como si un corazón gigante latiera bajo el suelo del bosque. Los árboles se levantan del suelo con el quejoso sonido de un millar de extremidades arrancadas, esparciendo hojas secas y cascarilla de semillas y pequeñas y ácidas manzanas verdes. Cuando se van a la cama de nuevo, hay un estrecho sendero serpenteando entre sus enormes troncos, justo lo bastante ancho para que lo transite un hombre a caballo.

Un momento después, el primer Leñador sale del túnel. El manto oscuro de su caballo está veteado por la luz de la última hora de la tarde. Se detiene en la entrada del bosque y a mi espalda se reúnen los aldeanos, esperando y observando mientras otro Leñador atraviesa la línea de los árboles.

El viento susurra a través de las hojas y el último caballo aparece trotando. En su grupo va Gáspár, ligeramente más alto que sus hombres, vestido con un dolmán negro delicadamente bordado en oro. Una corona a juego descansa sobre su cabeza, una diadema de amartilladas ramas doradas. Busca mis ojos y lo miro; lo retengo un instante antes de dejarlo ir.

—El rey está aquí —susurra Boróka, conduciendo a dos pequeños a la parte delantera de la multitud—. ¿Recordáis todas las historias?

Debo haber contado docenas de ellas, a cualquiera que quisiera escuchar, sintiéndome a veces tan testaruda y malhumorada como Virág, ofendida cuando mi audiencia no mostraba atención o cuando desenfocaba la mirada en los detalles importantes. Si vivo hasta la mitad de su edad, me preocupa saber que al final heredaré su carácter.

—El rey negro —dice uno de los niños—. Fekete.

—Luchó contra el usurpador de su hermano con una espada de fuego —añade el otro niño, y ambos miran a Gáspár con la boca abierta.

—Ya era hora —se queja Virág—. El estofado está casi frío.

No es fácil que Leñadores y paganos compartan mesa en un banquete, en la precaria inauguración de una nueva tradición. Hemos matado tres corderos como sacrificio a Isten, y los Leñadores unen sus manos para dar gracias al Prinkepatrios por estos manjares antes de levantar sus cuchillos para comer. Ayuda que hayan traído jarras de vino en sus alforjas, saquitos de especias e incluso madejas de lana teñida para tejer. Virág conduce a Gáspár a la cabecera de la mesa y después se sienta a su lado. Comemos y bebemos hasta que tenemos los labios teñidos por el vino y las barrigas demasiado llenas bajo nuestras túnicas.

Cuando la noche cae sobre Keszi, con el profundo terciopelo azul del dolmán de un hombre rico, apartamos las mesas y uno de nuestros hombres comienza a tocar su kantele. Es más sencillo ahora, cuando todos tenemos las mejillas sonrosadas y el paso un poco tambaleante. Todos conocemos los mismos bailes, incluso estos hombres de ciudad y su rey, al igual que todos podemos recitar las mismas canciones infantiles en régyar antiguo.

Tomo a Boróka de la mano y bailamos juntas, riéndonos y mareadas, viendo el borrón oscuro de Gáspár en mi periferia. Está apartado del círculo de baile, hablando en voz baja con Virág. Cuando la canción termina con un tañido de las cuerdas del kantele, me acerco a él. Todavía tengo la visión dichosamente borrosa.

—¿No te unes a nosotras? —le pregunto—. ¿O alguna adusta ley prohíbe bailar a los reyes?

—En Király Szek no tienen tiempo para bailar —dice Virág, con apenas un tenue toque de auténtica amargura en la voz.

En Keszi recibimos las noticias de tercera o cuarta mano, a través de los halcones mensajeros cuyas alas no se cansan en los largos viajes desde la capital o de los recaderos capaces de reunir el valor suficiente para enfrentarse a la oscura maraña del bosque, pero sé que todavía hay mucho trabajo por hacer. Király Szek se ha visto inundado de refugiados de guerra de Akosvár, y los merzani siguen acosando la frontera. Pero han convencido a los condes supervivientes de darle una oportunidad a la paz y ahora hay enviados merzani en el palacio, para el vacilante inicio de las conversaciones para el armisticio. El bey parece dispuesto, ahora que Régország tiene un rey de sangre merzani. Gáspár ha comenzado a organizar el asentamiento de los refugiados por todo el país, y han surgido nuevas aldeas en las cuatro regiones. Algunos incluso han fijado su residencia justo al otro lado del Ezer Szem, y hay un puesto permanente de Leñadores allí, para asegurarse de que las criaturas del bosque no les hagan mal. Una vez, en un ataque especialmente violento, Virág envió a algunas mujeres lobo a través del bosque, con sus espadas forjadas y su magia sanadora, para mantener a salvo a los nuevos aldeanos.

—Encontraremos el momento —dice Gáspár, con una sonrisa—. Sobre todo si mi nuevo consejo lo permite.

A la luz de la luna llena, los árboles proyectan una telaraña de sombras sobre Keszi. Virág nos deja, caminando hacia la hoguera. Rodea el fuego y toma un último trago de vino. El rostro de Gáspár está dibujado en plata, como las noches que pasamos juntos en la nieve o en el bosque, cuando nos acurrucamos como dos lunas crecientes bajo el ojo blanco de la luna de verdad.

—Y dime —comienzo, notando que algo caliente sube por mi garganta—, ¿qué tal se comporta el nuevo consejo?

Este consejo del rey no es como el anterior. Todavía están los cuatro condes, uno de cada región (aunque Gáspár ha reemplazado al pobre difunto Korhonen y ha exiliado al intrigante Reményi), y un Érsek que ha sido designado hace poco y que es joven, animado y astuto, sin la malicia velada de su predecesor. Pero también hay otros miembros, elegidos para representar a las facciones más pequeñas de Régország. Facciones que viven en los límites helados del Lejano Norte, o en el oscuro vientre de los bosques.

—Bueno, Tuula y Szabín han emprendido el viaje hacia la capital —me dice—. Y hemos pescado la mitad de los peces del río para prepararnos para alojar a la osa. Los yehuli han celebrado sus propias reuniones durante semanas, tras las que han llevado a cabo unas rápidas elecciones para designar a su representarte. Debería alegrarte saber que ganaron los argumentos de Zsigmond.

La idea me inunda de tanta alegría que me río, mareada por el alivio. En mi ausencia, mi padre tendrá un nuevo modo de llenar sus días, sentado en el consejo del rey, y quizás incluso una mujer con la que volver a casa por la noche.

—Batya estará encantada.

—Ya ha enviado una cesta de pan al palacio, como agradecimiento. —La sonrisa de Gáspár es amable. Su ojo está inundado de luz de luna—. Ahora solo esperamos a nuestra última representante.

En cierto sentido fue como ser expulsada de nuevo, cuando todo Keszi me votó para que fuera su voz en el consejo del rey. Puede que todavía haya algunos que disfruten con la idea de que pase tantas semanas en la capital. Pero la mayoría, creo, han renunciado a sus antiguas crueldades, igual que yo he abandonado mis perversos rencores. Algunas de las chicas que me atormentaron son madres ahora, y cuando pasan a mi lado, corriendo tras sus hijas o enseñando a sus hijos a tejer, veo que no los apartan de mí. Veo que están enseñándoles a ser más amables, aunque a veces sus labios todavía se curvan con el inicio de un insulto, o con el apenas contenido deseo de fruncir el ceño.

—¿Te preocupa que no vaya, si no me llevas tú? —le pregunto.

—Por supuesto que no. Pero no quería que atravesaras el bosque sola.

Hemos viajado muchos kilómetros juntos, solo para terminar de nuevo aquí. Cuando nuestros ojos se encontraron por primera vez en el límite de Keszi, yo disfrazada con mi mentirosa capa de lobo y él cargado con el peso de su suba de Leñador, no podría haber imaginado que nuestros caminos nos llevarían a este sitio otra vez, al mismo punto en el claro, con tantas nuevas palabras floreciendo en nuestro interior.

—Un día, cuando acuda a nuestras reuniones del consejo —comienzo, con cautela—, tú tendrás una esposa. Deberás tenerla.

Una sombra cubre su rostro. Ahí esta esa espada, afilada sobre nuestras cabezas, contando los segundos hasta su caída. He intentado no pensar en ello durante los días en los que lo he esperado aquí, con la anticipación cantando bajo mi piel. Intentaré no pensar en ello durante las noches que pasemos juntos en mi nueva choza, o en nuestro viaje de regreso a Király Szek, pero creo que debo decirlo ahora, o me ahogaré al tragarme el dolor.

Para mi sorpresa, Gáspár se encoge de hombros.

—Quizá, sí. Quizá, no. Si el rey no tiene ningún hijo legítimo, la corona recaerá en un hermano, en un primo, en un tío. La línea de sucesión es parecida a un largo hilo que se mueve en espiral por nuestro árbol genealógico. Siempre podría nombrar a otro heredero.

Esta esperanza, que es tan fina como el borde de un cuchillo que pende sobre nosotros, me es suficiente para continuar. Me aferraré a ella aunque me corte; evitaré que caiga. Cuando el invierno es una larga bruma blanca, cuando la nieve se acumula sobre el tejado y el frío recubre tu médula, es el sueño de una primavera verde y luminosa lo que evita que desesperes. Lo beso solo una vez, en el lado izquierdo de su ligera sonrisa.

—Hay una cosa más —me dice, y busca en los pliegues de su capa—. De Zsigmond.

Me entrega un paquete envuelto en muselina marrón y rodeado por un cordón. Suelto las ataduras y retiro la tela para ver un grueso rollo de pergamino, un tintero grande y dos delicadas plumas. Verlo hace que mi pecho se hinche y que unas lágrimas no pedidas salten a mis ojos.

—Gracias —le digo.

—Yo solo lo he traído —replica Gáspár—. Cuando lleguemos a Király Szek, podrás darle las gracias a Zsigmond tú misma.

Sujeto la pluma con fuerza entre los dedos, todavía caliente de la mano de Gáspár. Virág ha reunido a otra audiencia junto al fuego, a todos los hombres y las mujeres que todavía no se han retirado a sus chozas. Los Leñadores están junto a sus caballos, con expresiones severas e inciertas.

—Bueno, ahora tendrás que quedarte a oír la historia —le digo, arqueando una ceja—. Cuando Virág comienza, no acepta interrupciones. —Gáspár parece querer protestar, así que continúo con rapidez—: Yo ya he pasado bastante tiempo en tu mundo. Tú puedes quedarte un poco más en el mío.

Abre el ojo; por un momento, puedo ver los trazos tempranos de un rubor en sus pómulos y en las puntas de sus orejas. Pero me sigue a través del claro, hacia la brillante espiral de llamas y hacia Virág, sentada ante ella. Nos acomodamos junto a Katalin, que está hombro con hombro junto a Boróka. El pelo de sus capas de lobo se eriza, el blanco acariciando al leonado. En el suelo, sus dedos están a un milímetro de distancia.

—Os contaré la historia de Vilmötten y de su viaje al Inframundo —dice Virág—. Cómo conoció a Ördög y a su esposa semimortal, y cómo regresó al Mundo del Medio tanto con una bendición como con una maldición.

Katalin gime en voz baja, pero Virág la acalla con una mirada. Gáspár parece vacilar, como el primer azafrán al florecer. Desenrollo uno de los largos pergaminos de Zsigmond y hundo mi pluma en la tinta nueva. Hay letras yehuli estampadas en el lateral del tintero, y puedo leerlas todas. Los largos dedos del fuego se elevan hacia la hoz de la luna. Sus chispas nos guiñan desde el cielo nocturno. Virág comienza a hablar, hilvanando la historia de Vilmötten en el aire como dos raíces de árbol ensambladas, o como un río surcando la tierra. Acerco mi pluma a la hoja y escribo.

GUÍA DE PRONUNCIACIÓN

A

Akosvár (ɑ-kaʃ-vahr): Región al sur de Régország. En el pasado fue la tierra de la Tribu del Halcón Blanco.

Anikó (ɑ-ni-koʊ): Sanadora de Keszi.

arany (ʌ-ræn-jɑ): Oro.

B

Balász (boʊ-lash): Un hombre de la aldea de Kajetán.

Bárány Gáspár (bɑ-ræn-jɑ gæʃ-pɑr): El príncipe legítimo, Leñador, hijo de Bárány János y de la difunta reina merzani, también conocido como Fekete.

Bárány Géza (dʒi-zah): El tercer rey patricio del Régország, nieto de San István y padre de János; se lo conoce también como Szürke.

Bárány János (jɑ-nosh): Rey de Régország, bisnieto de San István.

Bárány Tódor (tu-dor): Segundo rey patricio de Régország, hijo del rey István, fundador de la Sagrada Orden de Leñadores y conquistador de Kaleva.

Batya (bæt-jɑ): Mujer yehuli de Király Szek.

bey (beɪ): Soberano del imperio merzani.

Bierdna (bi-erd-nɑ): Una osa.

Boróka (bɑ-roʊ-kɑ): Mujer pagana de Keszi.

boszorkány (bɑ-sær-kɑn-jɑ): Bruja.

C

Csilla (tʃil-la): En la mitología pagana, esposa de Ördög y reina del Inframundo.

Conde Furedi (fu-rɛ-di): Conde de Farkasvár.

Conde Korhonen (ko-ro-nen): Conde de Kaleva.

Conde Németh (ni-mɛθ): Conde de Szarvasvár.

Conde Reményi (rɛ-min- ɲi): Conde de Akosvár.

D

Dorottya (do-ro-te-ya): Una mujer de la aldea de Kajetán.

E

Élet (i-lɛt): Significa «vida», y es el río más largo que divide el territorio de Régország.

Elif Hatun (ʌ-lif hɑ-tiɛn): La fallecida esposa merzani del rey János.

Érsek (i-i-ɑr-ʃɛk): Arzobispo.

Eszti (ɛs-ti): Una niña de la aldea de Kajetán.

Évike (i-vi-keɪ): Mujer pagana de Keszi con sangre yehuli.

Ezer Szem (ɛ-zer ɛs-i-ɛm): Bosque de Farkasvár, donde se asientan las últimas aldeas paganas.

F

Farkasvár (fɔr-kɑʃ-var): Región este de Régország, que limita con Rodinya. En el pasado fue la tierra de la Tribu del Lobo.

Ferenc (fʊ-rɛnts): Un Leñador.
Ferkó (fʊr-koʊ): Un Leñador.

H

Hanna (hɑ-nɑ): Una mujer de la aldea de Kajetán.
harcos (or-kash): Guerrero, soldado.

I

Imre (ɪm-reɪ): Un Leñador.
Írisz (ɪ-riz): Una mujer pagana de Keszi.
Isten (ɪʃ-tɛn): En la mitología pagana, el dios padre y creador del mundo.
István (iz-βan): El primer rey patricio de Régország, considerado su fundador y santo.

J

Jozefa (joʊ-zɛ-fa): Chica yehuli de Király Szek.
Juvvi (ju-vi): Grupo etnorreligioso que reside en las zonas al norte de Kaleva.

K

Kajetán (koʊ-jɛ-tæn): Jefe de una aldea de la Pequeña Llanura.
Kaleva (kɑ-lɛv-ɑ): La región al norte de Régország, en el pasado un reino independiente.
kantele (kæn-te-leh): Instrumento de cuerda que se dice que tocaba Vilmötten.
kapitány (koʊ-pi-tæn-jɑ): Capitán.
Katalin (kɑt-oʊ-lɪn): Mujer pagana de Keszi, y vidente.
Keszi (kes-si): Una de las aldeas paganas del Ezer Szem, ubicada cerca del límite del bosque.

Király és szentség ('kɪər-aɪ ɛs sɛnt-sheg): Literalmente, «rey y santo», usada como expresión coloquial de «realeza y divinidad».

Király Szek ('kɪər-aɪ ɛs sik): La capital de Régország.

Kuihta (ku-i-ta): Monasterio en Kaleva.

L

Lajos (la-yos): Un Leñador.

Lidércek (li-dɜr-sek): Monstruos comunes en el bosque de Ezer Szem.

M

Magda ('mag-da): Madre de Évike, una mujer pagana.

Marjatta (mɑr-jɑ-ta): Madre de Nándor, una mujer del norte.

Matyi (mɑ-ti): Hijo bastardo del rey János.

Meghal (meɪ-kal): Literalmente, «extinguir», un hechizo para apagar el fuego.

Megvilágit (mæg-vi-la-git): Literalmente, «iluminar», un hechizo para invocar el fuego.

mente (men-te): Abrigo.

Merzan (mɛr-zæn): Imperio al sur de Régország.

Miklós (mi-klos): Un Leñador.

Mithros (mi-tros): Héroe y salvador de la tradición patricia.

N

Nándor (nan-dor): El mayor de los hijos bastardos del rey János.

O

Ördög (or-ðok): En la mitología pagana, el dios de la muerte y del Inframundo.

P

Patricio: Seguidor del Patridogma, o relacionado con este.

Patridogma: Religión oficial de Régország.

Peti (pe-ti): Un leñador.

Prinkepatrios: El dios padre del Patridogma, compuesto por dos aspectos, Padre Vida y Padre Muerte.

R

Rasdi (ræs-di): Mujer juvvi de la tradición oral.

Régország (rig-ɔr-sahg): Reino limitado en el oeste por el Volkstadt, en el este por Rodinya y en el sur por Merzan.

régyar (ri-dʒar): Idioma y pueblo de Régország.

Riika (ři-ka): Criada en el palacio del rey János.

Rodinya (roʊ-dɪn-ja): Imperio al este de Régország.

S

Shabbos (ʃa-bʌs): Día yehuli del descanso.

suba (ʃu-ba): Capa de lana que llevan los Leñadores, históricamente asociada a los ganaderos de la Pequeña Llanura.

Szabín (sa-bɪn): Antigua Hija del Patridogma.

Szarvasvár (sar-βaz-βar): Región al oeste de Régország, en el pasado la tierra de la Tribu del Ciervo.

T

Taivas (ta-i-βas): Literalmente, «cielo», un lago de Kaleva.

táltos (tal-tos): Vidente, habitualmente la jefa de una aldea pagana.

Thanatos (ta-'na-tos): Entidad demoniaca de la tradición patricia, responsable de tentar a los humanos al pecado.

Turul (tu-rul): En la mitología pagana, un halcón que concedió a Vilmötten el don de la videncia.

Tuula (tu-lah): Chica juvvi de Kaleva.

V

Vilmötten (bil-meu-ten): En la mitología pagana, hombre mortal que ha recibido el favor de los dioses y se ha convertido en una figura heroica.

Virág (vi-ræg): La táltos de Keszi, una mujer pagana y vidente.

Volkstadt (foʊk-stæt): Reino al oeste de Régország.

Y

yehuli (jɛ-hu-li): Grupo etnorreligioso que reside principalmente en Király Szek.

Z

Zsidó (tʃi-ðo): El nombre para los yehuli en régyar.

Zsigmond (tʃid-mond): Hombre yehuli de Király Szek, orfebre.

Zsófia (ʎo-fja): Mujer pagana de Keszi.

AGRADECIMIENTOS

G racias a mi excepcional agente, Sarah Landis, por comprender este libro desde el primer día, por defender esta novela y mi trabajo, y por supuesto por todas las veces en las que se aseguró de que me mantuviera cuerda. Habría estado realmente a la deriva sin ti. Gracias a mis igualmente brillantes editores, David Pomerico y Gillian Green, por sus perspicaces notas que ayudaron a transformar este libro en algo de lo que estoy increíblemente orgullosa. Gracias a todo el equipo de Harper Voyager, y a Ben Brusey, Sam Bradbury, y todos en Del Rey, por llevar este libro al mundo. Mi más profunda gratitud a todos vosotros, por darle una oportunidad a una autora debutante y a un manuscrito con demasiadas metáforas pastorales.

Un millón de gracias y mi infinito reconocimiento a Isabel Ibañez, la primera persona en el mundo editorial en creer en este libro y en mí como autora, por todas las sugerencias que hicieron del primer manuscrito algo infinitamente mejor. No estaría aquí hoy sin tu paciente, generosa y considerada orientación.

A mis compañeras Judías Sutiles, Rachel Morris y Allison Saft... ¿Por dónde empezar? Aunque escriba la utopía fantástica más indulgente y evasiva, no podría imaginar mejores amigas.

A los Monstruos, Maria Dong, Samantha Rajaram, Kola Heyward-Rotimi y Steve Westenra: valiosos confidentes, aficionados al género y algunos de los escritores más brillantes que he tenido el privilegio de conocer. Maria, gracias por un millar de rescates, grandes y pequeños.

A mis otros muy valiosos y talentosos amigos escritores: Courtney Gould, Emily Khilfeh, Jessica Olson, Sophie Cohen y Amanda Helander. Gracias por todas las sesiones de desahogo, por los chistes privados y los MP de madrugada. Nadie puede sobrevivir a la publicación sin un poco de frivolidad.

A Manning Sparrow, *polu philtatos hetairos*: mi compañero más querido, con diferencia. Con lo que hemos vivido juntos podría llenar otro libro.

A James Macksoud: a pesar de ser escritora, las palabras me fallan a veces. ¿Qué otra cosa podría decir, excepto gracias? Por todo.

A Doris Margalit, por encender una antorcha y ayudarme a salir del bosque.

A mis padres, por leerme desde antes de que supiera hablar, y por solo hacer una ligera mueca cuando os dije que quería ser escritora.

A Henry Reid, por ser tan buen hermano que jamás podría escribir sobre ti en un libro.

Porque dije que lo haría, gracias a Hozier y Florence Welch, por componer la música que me hizo compañía durante las muchas horas en las que revisé y edité este libro, y por todas las canciones que me conmovieron y me inspiraron tanto que atenuaron la niebla de mis bloqueos de escritora.

Y por último, gracias a mis abuelos, Thomas y Suellen Newman, por darme el regalo de la educación. Abuelo, nunca habría conseguido escribir sobre la naturaleza con tanto amor de no haber sido por ti. Abuela, tú me criaste para que creyera en el poder de las letras. No podría haber escrito esto sin vosotros.

SOBRE LA AUTORA

A va Reid nació en Manhattan y se crio al otro lado del río en Hoboken, Nueva Jersey, pero actualmente vive en Palo Alto, donde el clima es demasiado soleado y la gente demasiado amistosa. Tiene una licenciatura en Ciencias Políticas del Barnard College, centrada en la religión y el etnonacionalismo. *La loba y el leñador* es su primera novela.

Página web: avasreid.com
Twitter: @asimonereid
Instagram: @avasreid